**Books are to be returned on or before
the last date below.**

2 3 TACH 1999

4 3 3 9 5 0 1 0 0 3 0 9 8 4 4 2 7 7 2 6 0 1 2

02722

FEL Y DUR

ELGAN PHILIP DAVIES

CYMDEITHAS LYFRAU CEREDIGION Gyf

Argraffiad cyntaf: Tachwedd 1998

ISBN 1 902416 06 6

Dychmygol yw holl gymeriadau a digwyddiadau'r nofel hon.

Dymuna'r awdur gydnabod derbyn ysgoloriaeth gan
Gyngor Celfyddydau Cymru i ysgrifennu'r llyfr hwn.

Cyhoeddwyd dan gynllun comisiynu Cyngor Llyfrau Cymru.
Dymuna'r cyhoeddwyr gydnabod cymorth Adrannau
Cyngor Llyfrau Cymru.

Cysodwyd ac argraffwyd gan Argraffwyr Cambrian,
Ffordd Llanbadarn, Aberystwyth, Ceredigion SY23 3TN.

Cyhoeddwyd gan Gymdeithas Lyfrau Ceredigion Gyf.,
Ystafell B5, Y Coleg Diwinyddol Unedig, Stryd y Brenin,
Aberystwyth SY23 2LT.

I

Esyllt, Gwenno, Lois a Gwion

Gorweddai ar ei hwyneb yn y dŵr; ei chorff yn hollol lonydd, ac yn symud dim ond pan fyddai'r dŵr yn golchi drosto gan godi a gollwng ei gwallt golau ar ei chefn. Bu'n gorwedd felly ers amser. Ers iddi orffen nofio. Nofio nes bod ei breichiau a'i choesau'n cwyno am orffwys. Nes ei bod yn rhy flinedig i nofio ymhellach. Yna gorwedd gyda'r dŵr yn tawel olchi drosti. Dim ond hi, ei meddyliau, a'r dŵr yn golchi drosti. Yn golchi ei meddyliau i ffwrdd? Dyna'r oedd hi'n ei obeithio. Yn dyheu amdano. Y byd ymhell, a'r dŵr yn taro yn erbyn ei chlustiau yn boddi ei sŵn. Boddi! Agorodd Carol ei llygaid a syllu i waelod y pwll. Llifodd y meddyliau'n ôl.

Yn ôl i'r mynydd, a'r pwll yng nghysgod y coed. Y coed yn cau'n isel ac yn dynn am y pwll. Camu allan o'r haul cynnes i ganol y cysgodion. Allan o sŵn y byd i fan lle nad oedd dim i'w glywed ond siffrwd y pistyll yn llifo'n ddi-baid i mewn i'r pwll lle gorweddai Judith Watkins ar ei hwyneb yn y dŵr. Camu i mewn i'r dŵr, a'i oerni annisgwyl yn peri iddi lyncu ei hanadl wrth iddi suddo at ei chanol. Ei llygaid yn dal ar y corff. Yn dal i obeithio ei bod mewn pryd. Estyn amdani. Gafael ynddi. Ei thynnu tua'r lan.

Synhwyrai symudiadau o'i chwmpas; teimlai ei hun yn cael ei chodi gan gynnwrf y dŵr.

Llithrodd ei throed a disgynnodd dros ei phen i'r dŵr oer. Brigodd i'r wyneb a phwysau marw'r corff yn gwthio yn ei herbyn, yn ei hatal rhag codi. Dechreuodd suddo unwaith eto ...

Gafaelodd llaw yn ei hysgwydd a'i throi ar ei chefn. Ceisiodd Carol agor ei cheg i ddweud ei bod hi'n iawn ond roedd ei phen yn cael ei dynnu'n ôl yn y dŵr a'r llaw a'i daliai dan ei gên yn ei gwneud hi'n amhosibl iddi siarad. Ildiodd, a gadawodd i'w hun gael ei chludo i ymyl y pwll.

'Beth ddigwyddodd?' gofynnodd un arall o gynorthwywyr y pwll nofio a oedd yn eu disgwyl.

'Dim ...' dechreuodd Carol.

'Llewygu,' atebodd ei hachubwr, gan ei chodi i freichiau ei gyd-weithiwr.

'Naddo!' Ysgydwodd Carol ei hun yn rhydd o'i afael. 'Gorffwys o'n i.'

'Wyt ti'n iawn?' gofynnodd yr un ar ochr y pwll.

Nodiodd Carol.

'Gorffwys!' poerodd y llall gan ddringo allan o'r pwll ac edrych yn amheus arni.

'Ie, gorffwys.'

'A dy wyneb yn y dŵr?'

'Gad iddi, Steve.'

'Ffordd ddwl o orffwys,' meddai Steve, gan anwybyddu cyngor ei gyfaill. 'Nofio wyt ti fod i' neud fan hyn.'

Siglodd Carol ei phen ac edrych o'i chwmpas yn amyneddgar. Roedd y digwyddiad wedi denu cynulleidfa o ryw ddwsin o bobl a syllai'n hurt arni. Cododd ei llygaid a gweld rhes o wynebau'n gwasgu yn erbyn ffenest blastig oriel y gwylwyr.

'Ro'n i *wedi* bod yn nofio,' meddai Carol, gan droi yn ôl at Steve. ''Na pam ro'n i'n gorffwys.'

'O't ti'n lwcus 'mod i 'ma, neu fe fyddet ti mewn trwbwl.'

'Steve ...'

'Hy!' ffrwydrodd Carol. 'Faint o amser gymerodd hi i ti sylwi arna i? Pum munud? Deg munud? Ro'dd 'da ti fwy o ddiddordeb yn y ferch 'na yn y wisg nofio borffor nag yn neb arall yn y pwll. Allen ni i gyd fod wedi boddi cyn i ti sylwi.'

'Hei, paid trio bod yn glyfar neu fyddi di ddim yn ca'l dod 'ma o gwbwl.'

'Steve!'

'Alli di mo'n stopio i. Ma' 'da ni drefniant i ddefnyddio'r ganolfan hamdden.'

'O's e, wir? Gyda phwy ma'r trefniant?'

'Heddlu Dyfed-Powys,' atebodd ei gyfaill.

Heb aros i glywed ymateb Steve, cymerodd Carol ei lliain o'r fainc bren a cherdded i ffwrdd. Dyma'r tro cyntaf iddi fod yn y ganolfan hamdden er ... er mis Gorffennaf, ac roedd hi'n amlwg – hyd yn oed cyn iddi gael pryd o dafod gan y ffoadur o *Baywatch* – mai camgymeriad oedd ei hymweliad.

Nofio oedd yr ymarfer corff a wnâi'r Ditectif Ringyll Carol Bennett yn fwyaf aml; yn y môr pan allai, ond yn y ganolfan hamdden pan fyddai'r tywydd yn gwneud mentro i'r tonnau'n ffolineb llwyr. Roedd hi'n wyth ar hugain oed ac wedi treulio deng mlynedd diwethaf ei bywyd yn aelod o Heddlu Dyfed-Powys ac wedi mwynhau pob munud ohono – tan fis Gorffennaf diwethaf pan ddarganfu gorff Judith Watkins mewn llyn bychan yn y bryniau o gwmpas y dref.

Beth ddaeth dros ei phen, gofynnodd Carol iddi ei hun ar ôl cyrraedd yr ystafell newid, i feddwl ei bod hi wedi dygymod â darganfod corff Judith Watkins a'i bod hi'n awr yn rhydd i ailgydio yn ei bywyd ei hun? Bywyd! Roedd hi wedi methu ag adfer bywyd Judith. Ai dyna a'i poenai hi fwyaf? Nid marwolaeth Judith Watkins, ond ei hymdrechion ofer hi i'w hachub? Ei methiant hi. Nid oedd wedi adnabod Judith Watkins, felly sut gallai alaru amdani? Nid oedd erioed wedi ei chyfarfod, felly sut gallai weld ei heisiau? Dim ond ar ôl iddi farw roedd Carol wedi'i gweld hi, ond oddi ar hynny roedd Judith Watkins wedi bod yn gwmni cyson iddi. Rhywun fu ar ei meddwl ddydd a nos ers pedwar mis. Nid oedd diwrnod wedi mynd heibio nad oedd hi wedi meddwl amdani. Ei gweld … yno yn y dŵr … ei chael … erioed wedi'i hadnabod … ei cholli … Roedd rhaid beio rhywun am ei methiant, on'd oedd? Roedd rhaid i rywun deimlo'n euog.

Taflodd Carol y lliain yn galed yn erbyn y cwpwrdd dillad a throdd merch fach mewn gwisg nofio Minnie Mouse i edrych arni. Hanner gwenodd Carol, ac yna cododd y lliain a dechrau ei sychu ei hun.

Siglodd ei phen a dechrau rhwbio'i gwallt. Roedd hi wedi ymddwyn yn anghyfrifol yn gorwedd yno ar ei hwyneb yn y dŵr. Fe ddylai fod yn ddiolchgar i Steve yn hytrach na cholli ei thymer ag ef. Pwy a ŵyr, efallai ei fod ef wedi gwneud mwy drosti hi nag yr oedd hi wedi ei wneud dros … Dyna hi eto! Arweiniai pob meddwl yn ôl i'r un lle. Yr un hen feddyliau. Dim byd newydd. Dim byd cadarnhaol.

Nid oedd darganfod corff marw yn brofiad newydd iddi. Cofiai'r cyntaf yn eglur: Bessie Adams, gwraig saith deg tair oed nad oedd neb wedi gweld ei heisiau am bron i bythefnos. Carol gafodd y gwaith o dorri i mewn i'w thŷ, a Carol ddaeth o hyd i Bessie'n gorwedd yn farw yn ei gwely mewn ystafell a oedd fel rhewgell. Wedi hynny bu'n bresennol ar ôl sawl damwain ffordd ac roedd hi wedi ymdrechu i roi Judith Watkins i orffwys ochr yn ochr â'r rheini. Ond yn ofer; nid oedd yr un ohonynt wedi cael cymaint o effaith arni â marwolaeth Judith Watkins.

Bu'r sesiynau cynghori y perswadiodd ei phennaeth, y Prif Arolygydd Clem Owen, iddi eu cael, yn help iddi am gyfnod. Siarad amdano, adrodd ac ailadrodd y digwyddiad, mynd drwyddo, ei siarad allan o'i chyfansoddiad, camu oddi wrtho a'i weld yn y trydydd person. Fe wnaeth hynny i gyd, ond ni lwyddodd i gael gwared â'r euogrwydd; y gred y dylai hi, y gallasai hi, fod wedi gwneud mwy. Aeth y sesiynau'n fwrn, a rhoddodd y gorau i fynd.

Roedd Glyn wedi ceisio'i orau i'w chysuro, a'i helpu i anghofio. Rhoi pethau eraill iddi feddwl amdanynt, pethau eraill iddi eu cofio. Roedd e hyd yn oed wedi llwyddo i adael ei wraig a'i blant am benwythnos cyfan er mwyn treulio'i phen blwydd gyda hi. Ac am y tridiau hynny, llwyddodd Carol i anghofio, ond unwaith y cyrhaeddodd hi adref i'r fflat wag, a hithau ar ei phen ei hun, fe'i llethwyd drachefn gan y meddyliau, yr euogrwydd, yr anobaith.

Sychodd Carol ei hun yn galetach â'r lliain er mwyn cynhesu ei gwaed a'i yrru'n gyflymach drwy ei gwythiennau. Edrychodd o gwmpas yr ystafell wisgo, rhywbeth na fyddai'n arfer ei wneud. Cadw i'ch hunan oedd y rheol; pawb ar wahân. Gwelodd un o'r merched eraill yn edrych arni, ond yr eiliad y sylweddolodd fod Carol wedi ei gweld fe drodd i ffwrdd. Adnabu Carol hi fel un o'r rhai fu'n gwylio'r ddrama gyda'r ddau gynorthwywr. Tybed beth oedd hi'n meddwl ohoni? Rhywun nad oedd yn ei hiawn bwyll? Rhywun nad oedd yn saff ar ei phen ei hun? Rhywun a oedd yn beryg iddi hi ei hun?

'Cer mewn, Lisa, ma' digon o le i'r tair ohonon ni yn y cefn.'

'Paid gwthio, Rose!'

'Be sy'n bod, ferched? Neb ise dod i'r bla'n ata i?' gofynnodd y gyrrwr, gan godi'r bag cynfas o'r sedd yn ei ymyl a'i roi ar y llawr.

'Dim diolch! Yr unig le diogel mewn tacsi yw'r cefn,' atebodd Lisa, gan wasgu i mewn a thynnu'r drws ar ei hôl.

'Ddim dyna be wedest ti wrtha i pwy ddiwrnod,' meddai'r drydedd ferch gan chwerthin.

Rhoddodd Lisa slap i ysgwydd ei ffrind. 'Ro'dd hwnnw'n wahanol, Karen. Do's unman yn ddiogel pan wyt ti gyda rhai pobol.'

Hanner trodd y gyrrwr yn ei sedd. 'Iawn 'te, ferched, i ble ry'n ni'n mynd?'

'Marine Coast,' atebodd Rosemary.

'Noson fawr?' gofynnodd y gyrrwr, gan ddechrau llywio'r car allan i ganol y ffordd ac i gyfeiriad gwersyll gwyliau Marine Coast.

'Fel pob noson arall,' atebodd Karen.

'Yn dy freuddwydion,' meddai Lisa, a chwarddodd y tair. Roedd y botel fawr o win gwyn rhad roeddent wedi ei rhannu i ddechrau'r noson cyn gadael y fflat wedi cyrraedd y nod.

'Tair ar y teils,' dechreuodd Karen ganu.

Sylwodd Rosemary ar y gyrrwr yn syllu arni yn y drych. 'Paid cymryd sylw ohoni,' meddai wrtho. 'Dyw hi ddim yn gallu canu fwy nag yw hi'n gallu yfed.'

'Tair off y reils,' ymdrechodd Karen.

'Ond mae'n mwynhau neud y ddau,' meddai Lisa gan dwrio yn ei bag am sigarét.

'Odi'r dawnsfeydd 'ma yn Marine Coast yn dda? Yn werth mynd iddyn nhw?' gofynnodd y gyrrwr.

'Dim syniad. Heno yw'n tro cynta,' atebodd Rosemary.

Tagodd Karen a chael pwl o beswch.

'Ma'n nhw'n rhy ddrud i fynd yn amal,' meddai Lisa, yn dal i dwrio. 'O's tân 'da rhywun?'

Agorodd Rosemary ei bag ac estyn taniwr lliw aur iddi yn gyfnewid am sigarét. Roedden nhw wedi gadael y dref erbyn hyn ac yn gyrru ar hyd ffordd yr arfordir, yn un o nifer o geir oedd yn bwrw am y gwersyll gwyliau. Syllai Lisa allan drwy'r ffenest a daliai Karen i ganu'r un cwpled drosodd a throsodd. Pwysai Rosemary yn ôl yn y sedd yn meddwl ac yn gwylio'r gyrrwr yn ciledrych ar y tair ohonynt bob hyn a hyn.

'Stan!' galwodd Lisa, wrth iddyn nhw oddiweddyd car.

'Stan the man,' dechreuodd Karen ganu.

'Wyt ti'n siŵr?' gofynnodd Rosemary.

'Perffaith,' meddai Lisa. 'Ti'n iawn am lifft adre, Rose.'

'Odw,' meddai Rosemary, a goleuodd ei hwyneb. 'Odw, on'd dw i?'

Trodd y car o'r ffordd fawr a gyrru drwy glwyd y gwersyll carafannau ac aros yn ymyl yr adeilad croesawu.

'Dyma ni, ferched.'

Agorodd Rosemary'r drws a dringo allan.

'Hei! Karen! Dere, ni wedi cyrra'dd,' meddai Lisa, gan wthio'i ffrind allan o'r car.

'Faint yw e?' gofynnodd Rosemary.

'Saith punt pum deg.'

'O'r dre i fan hyn?'

'Yr holl ffordd.'

Estynnodd Rosemary'r arian iddo drwy'r ffenest.

'Mwynhewch eich hunain.'

'O's 'na amheuaeth?' gofynnodd Rosemary, ond roedd y ffenest wedi ei chau a'r tacsi'n gyrru i ffwrdd.

Agorodd ddrâr canol y cwpwrdd am yr eildro a gwthio'r amlenni a'r papur ysgrifennu oedd ynddo naill ochr. Ble'r oedd hi? Roedd hi i fod yn y drâr hwn. Doedd hi erioed wedi ei chadw yn unman arall. Fe ddylai un allwedd ar gylch a llun o Gastell Coch arno fod yn hawdd ei gweld. Wel, pam na allai ddod o hyd iddi, 'te? Gwthiodd y cynnwys i'r ochr arall a thynnu'r drâr allan ymhellach er mwyn gweld y cefn. Daeth y drâr allan o'r ddesg a'i tharo ar ei chrimog dde gan arllwys ei gynnwys dros y llawr. Gollyngodd y drâr a disgyn i'w gliniau.

'Na!' gwaeddodd pan deimlodd y dagrau'n dechrau cronni. 'Na, paid. Dim dagrau. Rwyt ti gartre nawr. Yn y fflat, ti sy'n rheoli. Ddim fe. Ti.'

Cododd yn bwyllog a rhoi'r drâr yn ôl yn y ddesg, yna taclusodd y papurau a'u rhoi yn y drâr. Cerddodd at y gadair freichiau ar bwys y tân nwy ac eistedd. Neidiodd y gath i fyny i'w chôl, ac wrth iddi fwytho ei chot dechreuodd Susan Richards ymdawelu. Meddylia'n rhesymegol am y peth, meddai wrthi ei hun. Os nad yw'r allwedd yn y drâr, ble arall gall hi fod? Does neb wedi ei defnyddio ers i Martin adael, felly ble mae hi?

Nid oedd Susan wedi meddwl am allwedd sbâr drws y fflat ers wythnosau, ond heddiw, yn ddisymwth, fe ddechreuodd boeni amdani. Ac o'r eiliad honno ymlaen nid oedd wedi gallu meddwl am ddim byd arall. Nid oedd wedi gallu canolbwyntio ar ei gwaith. Toddai ffigurau'r fantolen roedd hi'n ei harchwilio i'w gilydd yn un gybolfa ddiystyr, a bu'n rhaid iddi eu cyfrif bum gwaith cyn cael yr un cyfanswm ddwywaith o'r bron. Roedd y prynhawn wedi ei wastraffu – a dyn a ŵyr, roedd gormod o brynhawniau wedi eu gwastraffu yn ystod y tair wythnos diwethaf. Tair wythnos! Dyna i gyd? Dim ond tair wythnos, a phrin y gallai gofio amser pan nad oedd yn byw fel carcharor, fel drwgweithredwraig ar ffo, yn amheus o bawb ac yn edrych dros ei hysgwydd drwy'r amser.

Dyma ti, meddyliodd, yn chwech ar hugain oed ac yn garcharor yn dy gartref dy hun, fel rhywun dros ei phedwar ugain yn dioddef o ryw glefyd. Ond mae e *yn* glefyd, meddyliodd wedyn; ef yw'r clefyd sy'n bwyta'n hunanhyder a'n annibyniaeth i, ac yn tanseilio 'ngallu i fyw fy mywyd fel dwi'n dymuno'i fyw. Meddyliai amdano bob awr o'r dydd. Clywai ei lais yn dweud, 'Helô, Susi', pan fyddai'n siarad ag eraill neu'n gwrando ar y radio. Roedd wedi treiddio i mewn i'w meddwl, i mewn i'w bywyd. Rheolai bopeth a wnâi. Nid âi allan gyda'r nos bellach oni bai ei bod yn siŵr y byddai ganddi rywun i'w chasglu a'i dychwelyd i'r fflat. Roedd ei bywyd wedi ei droi ar ei ben.

Ac o'i blegid ef roedd hi wedi dechrau poeni am yr allwedd. Roedd hi wedi rhuthro adref o'r gwaith i wneud yn siŵr ei bod yn ddiogel yn y drâr. Ond doedd hi ddim. Cydiodd yn dynn yng nghot Calan, nes i'r gath wingo a chodi ei phen i edrych arni. Beth os oedd hi wedi ei cholli allan yn y stryd a'i fod ef wedi dod o hyd iddi? Na, fyddai hynny ddim wedi digwydd; pryd byddai hi wedi mynd â'r allwedd allan o'r fflat? Pwy fyddai …

Y plymer! Roedd hi wedi rhoi'r allwedd i'r plymer a ddaeth i drwsio boiler y gwres canolog. Pryd oedd hynny? Wythnos, deg diwrnod yn ôl? Mor ddiweddar â hynny, ond roedd hi wedi anghofio'r cyfan amdano. Dyna'r effaith roedd ef yn ei chael arni. Gwthiodd Susan y gath i lawr a mynd i nôl ei dyddiadur. Y dydd Llun blaenorol? Ie, roedd hi wedi galw heibio i'r siop gyda'r allwedd ar ei ffordd i'r gwaith, a'r trefniant oedd iddo ef adael yr allwedd yn y fflat a thynnu'r drws ar ei ôl pan fyddai wedi gorffen. Ond wnaeth e mo hynny. Cofiai Susan yn glir yn awr nad oedd e wedi gadael yr allwedd a'i bod hi wedi mynd i'w chasglu oddi wrtho y bore wedyn. Beth oedd hi wedi'i wneud â hi, felly? Oni fyddai wedi ei rhoi yn ôl yn y drâr yn syth ar ôl cyrraedd adref? Byddai, ond ar ei ffordd i'r gwaith roedd hi pan alwodd amdani, felly nid oedd hi wedi cyrraedd adref tan ryw wyth awr yn ddiweddarach.

Cydiodd yn ei bag ac arllwys ei gynnwys allan ar y ddesg. Gwasgarodd y cyfan a rhoi popeth yn ôl yn y bag fesul eitem, ond nid oedd yr allwedd yno. O, na! Dechreuodd golli arni ei hun unwaith eto. Ble …? Na, canolbwyntia. Beth … ie, beth oedd hi'n ei wisgo'r diwrnod hwnnw? Beth oedd amdani pan alwodd yn y siop? Un o'i ffrogiau gwaith, ond doedd dim poced yn y rheini … a chot. Cot! Aeth i'r cwpwrdd a chydio yn ei chot fawr. Chwiliodd drwy'r pocedi ond roedden nhw'n wag.

Nage, nid hon roedd hi'n ei gwisgo'r bore hwnnw. Roedd hi'n bwrw glaw ac roedd hi wedi gwisgo'i chot law. Tynnodd y got fawr o'r bachyn ond doedd y got arall ddim odani. Aeth i'w hystafell wely i chwilio amdani ond doedd hi ddim yno chwaith.

Roedd hi wedi ei gadael yn y gwaith cyn hyn, ond dim ond am ddiwrnod – dau ar y mwyaf. Byddai wedi sylwi arni a dod â hi adref, hyd yn oed os oedd yn gwisgo cot arall, ac fe fyddai wedi ei thaflu i gefn y car … Y car! Dyna roedd hi wedi ei wneud. Taflu'r got i gefn y car ar ôl gadael y gwaith ac yna anghofio amdani.

Daeth ton o ryddhad drosti. Dyna lle'r oedd yr allwedd, yn ddiogel ym mhoced ei chot yn y car. Ond yn dynn ar sawdl y rhyddhad dychwelodd ei phryder, ac fe'i llethwyd drachefn gan ofid, a chan ddychmygion ohono ef yn cael ei ddwylo ar yr allwedd ac yn ei ollwng ei hun i mewn i'r fflat pan nad oedd hi yno, neu pan oedd hi'n cysgu. Crynodd, a dychwelodd yr holl bryderon fu'n ei blino drwy'r prynhawn.

Byddai'n rhaid iddi fynd i'r car i'w nôl neu châi hi ddim eiliad o gwsg y noson honno. Ond beth os oedd ef y tu allan? Beth os oedd ef yno'n gwylio'r fflat, yn disgwyl iddi ddod allan, yn disgwyl iddi wneud camgymeriad? Efallai mai aros am gyfle fel hyn oedd e. Efallai mai ef oedd wedi cynllunio'r cyfan.

Paid! Paid! Os wyt ti'n mynd i feddwl hynny, mae e wedi ca'l y gore ohonot ti. Alli di ddim gadel iddo reoli dy feddylie. Dyna fydde'r diwedd. Ti sy'n rheoli dy fywyd, nid ef.

Cerddodd at y ffenest ac edrych allan. Roedd ceir wedi'u parcio yn y stryd islaw ond nid oedd neb i'w weld ynddynt ac nid oedd neb i'w weld yn llechu yn nrysau'r adeiladau gyferbyn. Ond fe allai fod yno. Fe allai fod yn disgwyl amdani. Yn disgwyl iddi gamu allan o'r adeilad ac yna'i gadael i gerdded ychydig ar hyd y stryd cyn camu allan o'r cysgodion a sibrwd, 'Helô, Susi.'

Crynodd eto.

Dwi ddim yn garcharor!

Fi sy'n rheoli fy mywyd!

Cydiodd yn ei hallweddi a gadael y fflat.

Ffrwydrodd y drws oddi ar ei echel wrth i'r ddau daro yn ei erbyn a disgyn yn eu hyd ar y llawr tu allan. Rholiodd un o'r bechgyn i ffwrdd a chodi ar ei draed yn ystwyth. Roedd y llall yn dal ar ei bedwar pan laniodd yr esgid yn ei arennau.

'Dere mla'n!' gwaeddodd y ciciwr. 'Dere *mla'n!*'

Llifai'r adrenalin a'r ddiod yn gymysgedd benwan beryglus. Anelodd gic arall at y bachgen ar y llawr ond roedd hwnnw wedi sgathru allan o'i gyrraedd rywsut. Stryffaglodd i godi ac roedd ar ei draed pan laniodd y dwrn ar ei drwyn a'i dorri. Cododd y bachgen ei ddwylo i'w wyneb gan adael ei gorff yn ddiamddiffyn. Ciciwyd ei goesau oddi tano a syrthiodd yn swp ar y llawr. Glaniodd cic arall ar ei ben a thynnodd y bachgen ei goesau i fyny at ei gorff a gwingo mewn poen. Roedd ef wedi cael digon, ond nid felly ei ffrindiau a oedd wedi llifo allan o'r adeilad gyda gweddill y dawnswyr. Rhuthrodd y pedwar ar y ciciwr a disgynnodd hwnnw i'r llawr dan gawod orffwyll o ddyrnau a thraed. Roedd yr esgid ar y droed arall nawr – ac roedd hi'n disgyn yn ddidrugaredd ar y belen o gnawd ar y llawr.

'Hei!' galwodd un o'r bownsers, gan wthio drwy'r dorf oedd wedi ffurfio'n gylch o gwmpas yr ymladdwyr. Daliai fat pêl-fas yn ei ddwylo. Nid oedd arno ofn hollti penglog neu ddau; roedd wedi gwneud hynny o'r blaen ac roedd yn ddigon parod i wneud hynny eto heno. Ond cyn iddo gael cyfle, fe'i gwthiwyd naill ochr gan griw o fechgyn a gamodd i mewn i'r cylch i wynebu'r pedwar oedd newydd roi crasfa i'w ffrind. Tair eiliad yn ddiweddarach ac roedd hi'n frwydr; brwydr a werthfawrogai ac a gymeradwyai'r gynulleidfa â'u sgrechfeydd a'u bloeddio cynghorion. Roedd hyn yn well, yn llawer gwell, na'r ddawns. Roedd hyn yn gyffur ynddo'i hun.

Gwelodd Rosemary Karen ym mhen draw'r dorf a chydiodd ym mraich ei chymar.

'Stan?'

'Beth?' gofynnodd hwnnw'n ddiamynedd, heb dynnu ei lygaid oddi ar yr ymladd.

'Dim,' meddai Rosemary, gan wybod yn well na'i lusgo ar ei hôl. 'Bydda i 'nôl mewn munud.'

Gwthiodd Rosemary ei ffordd drwy'r dorf gan geisio osgoi'r traed a'i baglai a'r dwylo a afaelai ynddi.

'Karen! Karen!' gwaeddodd yng nghlust ei ffrind.

Trodd Karen ei llygaid pŵl at Rosemary, ac ar ôl canolbwyntio'n galed am rai eiliadau fe'i hadnabu.

'Hia, Rose! Hei, ma' hyn yn grêt.'

Nodiodd Rosemary a gofyn, 'Wyt ti wedi gweld Lisa?'

'Beth?'

'Lisa! Wyt ti wedi'i gweld hi?'

Siglodd Karen ei phen. 'Na, ddim ers … ers … ers amser,' a chwifiodd ei breichiau i ddangos sut roedd amser yn hedfan.

'Wyt ti'n iawn am lifft?'

'Odw, dwi'n iawn gyda Dick.'

'Nick,' cywirodd y bachgen yn ei hymyl. Chwarddodd Karen, rhoi ei breichiau am ei wddf a'i gusanu.

Gwyddai Rosemary mai dim ond un peth y gallai Karen feddwl amdano ar y tro, felly trodd i ffwrdd a dechrau gwneud ei ffordd yn ôl at Stan gan edrych o'i chwmpas am Lisa. Nid oedd i'w gweld yn unman; efallai ei bod wedi gadael yn barod, meddyliodd. Doedden nhw ddim wedi gwneud trefniadau i gyfarfod ar ôl i'r ddawns orffen; roedden nhw i gyd yn hen gyfarwydd â threulio nosweithiau ar eu pennau eu hunain yn y fflat, neu gyrraedd yn ôl yno a chael y lle'n llawn.

Cododd bonllef arall o'r dorf a throdd Rosemary i edrych i ganol y cylch. Roedd yn agos i ugain o fechgyn yn ymladd yno bellach, ac yn eu plith roedd y bownser â'r bat pêl-fas. Ond câi gryn anhawster i'w ddefnyddio. Gafaelai tri bachgen ynddo: dau ar ei gefn yn gafael yn ei freichiau, ac un ar y llawr yn cydio'n dynn yn ei goes – er mai ofn gollwng ei afael rhag iddo deimlo'r bat ar ei ben oedd yn symbylu'r un ar y llawr.

'Tu ôl i ti!' bloeddiodd rhywun o ganol y dorf, a gwaeddodd y gweddill eu cymeradwyaeth. Gwylltiodd y bownser ac ymdrechodd yn galetach, ond yn ofer, i ddisodli'r ddau ar ei gefn. Roedd hyn yn fodd i fyw i'r dorf a ddechreuodd weiddi fel un, 'Tu ôl i ti! Tu ôl i ti!'

Yna, o'r cysgodion ar ymyl y cylch, ymddangosodd bownser arall. Rhuthrodd drwy'r dorf at ei gyfaill. Curodd bennau'r ddau oedd ar ei gefn yn erbyn ei gilydd a'u taflu o'r neilltu fel caniau cwrw gwag. Gwisgai un o'r bechgyn glustlws, ac wrth iddo gael ei dynnu'n rhydd rhwygwyd hi o'i glust. Sgrechiodd fel mochyn wedi ei drywanu, a phistylliodd y gwaed o'i glust dros ei ffrindiau a'r bownser. Yn rhydd o'r diwedd, dechreuodd y bownser â'r bat bladuro pawb o fewn cyrraedd. Disgynnodd yr ergyd gyntaf ar ben y bachgen a lynai wrth ei goes a'r rhai nesaf ar gefnau aelodau'r ddau griw yn ddiwahân.

Bloeddiodd y dorf eu cymeradwyaeth. Ond yn uwch na'r floedd oedd sgrech yr uchelseinydd a llais gwichlyd gwraig yn gweiddi, 'Ma'r heddlu ar eu ffordd! Ma'r heddlu ar eu ffordd!'

Cymeradwyodd y dorf y cyhoeddiad yn wawdlyd, ond er gwaethaf eu dewrder torfol, dechreuodd rhai adael y cylch a cherdded naill ai'n ôl i'r neuadd neu i gyfeiriad y maes parcio. Mentrodd ambell un i mewn i'r cylch i wahanu'r ymladdwyr, ac yn eu plith, perchennog y gwersyll a oedd yn dangos ei wyneb am y tro cyntaf.

'Sean! Brian!' galwodd, ac fel dau gi ffyddlon trodd y ddau fownser at eu meistr.

'Sean, cer i guddio'r bat 'na.'

Nodiodd Sean a throi at yr adeilad croesawu.

'Brian?'

Lledodd Brian ei freichiau i ddangos bod ei ddwylo'n wag, ac wrth iddo wneud hynny agorodd ei got i ddatgelu fod ei grys gwyn yn goch gan waed.

'Cer i newid dy ddillad cyn i'r heddlu ddod.'

Edrychodd Brian i lawr ar ei grys.

'Cer! Symud! Byddan nhw 'ma mewn munud.'

Diflannodd Brian a throdd y perchennog at weddill ffyddlon y dorf.

'Ma'n ddrwg iawn gen i am hyn,' meddai a gwên ymddiheurol ar ei wyneb. 'Ma'r ddawns drosodd am heno, ond cofiwch fe fydd yna ddawns arall am wyth o'r gloch nos Sadwrn. Gobeithio y gwelwn ni chi bryd hynny.'

'Tu ôl i ti!' gwaeddodd rhywun.

Chwarddodd y perchennog i ddangos ei fod mewn hwyliau da. Ond y tu ôl iddo clywodd seiren y ceir heddlu'n agosáu.

Gwichiodd olwynion y gadair o dan bwysau'r Prif Arolygydd Clem Owen wrth iddo symud yn ôl ac ymlaen mewn ymgais i'w wneud ei hun yn gyfforddus. Efallai fod yn rhaid iddo ddarllen teithi meddwl diweddaraf yr Ysgrifennydd Cartref ond nid oedd raid i'w ben ôl, yn ogystal â'i ymennydd, ddioddef.

'Ymateb yr Ysgrifennydd Cartref i'r Cynnydd Rhagweledig Mewn Troseddau Dros y Pum Mlynedd Nesaf: Nodi'r Amcanion,' darllenodd yn uchel yn ei lais siarad-â-Merched y Wawr gorau. 'Nodi'r Amcanion!' ailddarllenodd yn anghrediniol. 'Do's dim ise bod yn Ysgrifennydd Cartre i nodi'r rheini,' meddai, cyn ychwanegu, 'Fe alle unrhyw Noddy neud 'ny!' a chwarddodd yn uchel ar ben ei jôc ei hun. Agorodd yr adroddiad a throi i'r cefn i ddarllen yr argymhellion; efallai y gwnâi gweddill y ddogfen ryw fath o synnwyr wedyn.

Roedd y Prif Arolygydd Clem Owen yn bum deg tair oed ac o fewn dwy flynedd i gyrraedd oedran ymddeol. Erbyn hynny fe fyddai wedi gwasanaethu Heddlu Dyfed-Powys am bymtheng mlynedd ar hugain, ac yn ystod y cyfnod hwnnw roedd wedi datblygu o fod yn heddwas cyffredin i fod yn heddwas anghyffredin. Roedd iddo enw fel arweinydd a enynnai deyrngarwch a pharch ei gyd-weithwyr. Roedd y jôc am 'dim clem' wedi newid i 'dîm Clem' ers blynyddoedd bellach. Tair blynedd ar ddeg ar hugain o wasanaeth ac roedd Clem Owen wedi mwynhau pob munud ohonynt – tan y flwyddyn neu ddwy ddiwethaf pan ddechreuodd y gwleidyddion a'r rheolwyr busnes ymhél â phethau. Ar un adeg ni allai ddychmygu bywyd ar wahân i'r heddlu, a byddai gorfod

21

ymddeol wedi torri ei galon, ond yn awr fe fyddai'n dymuno gwynt teg ar ôl y cyfan heb golli eiliad o gwsg.

Trodd yn aflonydd yn y gadair. Roedd wedi darllen y pymtheg argymhelliad 'pellgyrhaeddol' heb weld yr un cyfeiriad at yr un geiniog ychwanegol. Caeodd yr adroddiad a'i daflu'n ddirmygus ar y ddesg. Ble ar y ddaear roedd y bobl hyn yn byw? Nid ar yr un strydoedd ag ef, roedd hynny'n ddigon amlwg.

Edrychodd ar ei oriawr. Deng munud arall cyn ei gyfarfod â'i bennaeth, yr Uwch Arolygydd David Peters. Estynnodd am ffeil o'r bocs ar y llawr yn ei ymyl. Y tu ôl i'r drws roedd yna ddau focs tebyg a oedd hefyd yn llawn o ffeiliau hen achosion yr oedd ef wedi bod yn gysylltiedig â nhw yn ystod yr ugain mlynedd diwethaf. Er gwaethaf ei lwyddiant personol yn arwain yr ymchwiliadau i derfyn boddhaol, hen achosion trist a diflas oeddynt i gyd; pethau yr oedd wedi gobeithio ar un adeg na welai byth mohonynt eto, ond daeth tro ar fyd ac roedd Clem Owen yn mawr obeithio y byddai rhywrai eraill yn dangos diddordeb ynddynt gan droi ei orffennol yn ddyfodol.

Ddeufis yn gynharach, pan oedd ar ymweliad â'r pencadlys yng Nghaerfyrddin, crybwyllodd Clem Owen wrth gyfaill iddo, a oedd yn arolygydd gyda Throseddlu De Cymru, ei fod ar fin ymddeol.

'Be nei di wedyn?' gofynnodd ei gyfaill.

'Dwi ddim yn siŵr. Ma' sôn bod tsecio grantie ffermwyr yn talu'n dda.'

'Odi, ond ma'r teledu'n talu'n well.'

'Beth?' gofynnodd Owen yn ddryslyd. 'Dal pobol heb drwyddede?'

'Nage. Hen achosion. Os alli di gynnig achosion gwir, diddorol, iddyn nhw, llofruddiaeth neu ladrad mawr, gyda lot o wa'd a mwy fyth o ryw – ti'n gwbod, rhwbeth o werth teleduol – bydd 'da nhw ddiddordeb.'

'Mewn beth?' gofynnodd Clem, yn dal yn y drysni.

'Mewn neud rhaglen deledu, wrth gwrs.'

'O,' meddai Owen a oedd yn casáu'r holl blismyn drama a oedd i'w gweld ar y teledu byth a beunydd. 'Falle. Fe feddylia i amdano fe.'

'Na, heddi yw'r amser, Clem. Dwi'n gwbod am sawl un sy wedi meddwl am 'i neud e ar *ôl* iddyn nhw ymddeol, ond ma' hi'n rhy hwyr erbyn 'ny, pan nad o's 'da ti'r un rhyddid i edrych ar y ffeilie.'

Nodiodd Owen a disgynnodd y darnau i'w lle. ''Na pam wyt ti 'ma?'

Winc oedd yr unig ateb a gafodd. Ond roedd hi'n ddigon i blannu'r syniad. O dipyn i beth roedd y prif arolygydd wedi llwyddo i oresgyn ei atgasedd o raglenni ditectif ac wedi bwrw iddi i hel ynghyd ffeiliau'r holl achosion y gallai gofio iddo fod yn gysylltiedig â nhw. Roedd ambell ffeil wedi mynd ar goll adeg y symud i'r pencadlys newydd, ond ar y cyfan roedd ganddo gasgliad reit dda, a phan gâi funud neu ddwy o lonydd byddai'n darllen rhywfaint ohonynt er mwyn asesu eu 'gwerth teleduol'.

Nid oedd gan Clem Owen y syniad lleiaf beth oedd 'gwerth teleduol' yr achosion mewn gwirionedd, ond gyda ffydd y diniwed fod yna werth i stori dda, roedd eisoes wedi nodi dau achos a oedd yn cynnwys pob peth y byddai ei angen ar unrhyw gynhyrchydd gwerth ei halen: enwau, disgrifiadau, lluniau, dogfennau, adroddiadau, cynlluniau a chant a mil o fanion eraill y corddai pob ymchwiliad i'r wyneb.

Aildroedio'i lwyddiant yn achos llofruddiaeth gŵr a gwraig gan eu nai ydoedd pan gurodd rhywun ar ddrws ei swyddfa.

'Mewn!' galwodd, gan ychwanegu'r cyngor arferol roedd pawb yn yr adeilad yn ei wybod erbyn hyn: 'Rho hwp dda iddo fe.'

'Bore da, syr.'

Ochneidiodd Clem Owen hyd fêr ei esgyrn pan welodd wyneb y rhingyll ifanc yn ymddangos yn y drws. Ond er gwaethaf ei deimladau llwyddodd i gadw'i gyfarchiad yn gwrtais.

'Beth uffach wyt ti moyn heddi, James?'

'Dod i weld os yw popeth yn iawn gyda'r cyfrifiadur, syr,' atebodd yr ymwelydd a gwên lydan ar ei wyneb.

'Odyn, ry'n ni'n dau ar ben ein digon, diolch yn fawr i ti am ofyn,' meddai Owen, gan droi yn ôl at y ffeil.

Edrychodd y Rhingyll Ian James o gwmpas yr ystafell yn chwilio am y cyfrifiadur. Gwthiodd ei sbectol yn agosach at ei lygaid ond nid oedd hynny'n ddim cymorth. Ni welai'r cyfrifiadur yn unman. Ildiodd a gofyn i'r prif arolygydd, 'Ble ma'r PC?'

Cododd Clem Owen ei lygaid o'r ffeil. Bu'n edrych ymlaen at yr eiliad hon ers dyddiau. 'Pa un? PC Jenkins, PC Williams, PC Shell?'

Gwenodd y rhingyll yn nawddoglyd. 'Y cyfrifiadur.'

'O, hwnnw,' meddai'r prif arolygydd yn ddi-hid.

'Ie, syr, ble mae e?'

'Ar y llawr.'

Edrychodd y rhingyll heibio cornel y ddesg a sylwi ar wifrau llipa'r peiriant.

'Gadewch i fi 'i roi e 'nôl ar y ddesg i chi,' meddai'n amyneddgar.

'Gad e!' meddai Clem Owen. 'Mae e'n iawn lle mae e.'

'Ond pa werth yw e ar y llawr?'

'Gwerth y byd, boi. Mae e'r uchder iawn i fi roi 'nhra'd arno fe.'

'Syr, nid dyna'r ffordd i drin gwerth dwy fil o arian y trethdalwyr.'

'Dwi'n cytuno â ti, James. Ma' sawl ffordd well o wario dwy fil o arian y trethdalwyr.'

Ochneidiodd y rhingyll. Roedd wedi bod fan hyn droeon o'r blaen ac wedi dysgu nad oedd ganddo obaith dryw mewn drycin o gael y gair olaf mewn dadl gyda'r prif arolygydd. Swyddog Cyfrifiadurol y Rhanbarth oedd y Rhingyll Ian James. Roedd hi'n swydd newydd a oedd wedi derbyn sêl bendith yr Uwch Arolygydd David Peters a phrif gwnstabl Heddlu Dyfed-Powys, a chyda noddwyr mor ddylanwadol doedd syndod yn y byd fod Ian James yn falch iawn ohoni. Ar ddechrau'r haf fe fu'r prif gwnstabl mewn cynhadledd i brif gwnstabliaid heddluoedd gwledydd Prydain. Noddwyd y gynhadledd gan gwmni cyfrifiadurol, ac yn gyfnewid am ei haelioni neilltuwyd prynhawn i'r cwmni arddangos ei offer. Syrthiodd sawl prif gwnstabl dan hud y dechnoleg newydd, ac yn eu plith, pennaeth Heddlu Dyfed-Powys.

O fewn diwrnod iddo ddychwelyd o'r gynhadledd roedd llythyron yn gwibio fel colomennod o Gaerfyrddin i bedwar cwr ei ofalaeth yn datgan yn glir ac yn gadarn mai'r cyfrifiadur oedd dyfodol plismona, ac os oedd Dyfed-Powys i gamu'n hyderus i mewn i'r unfed ganrif ar hugain, roedd hi'n hen bryd iddi ddod ar-lein. Roedd Heddlu Dyfed-Powys yn hen gyfarwydd â HOLMES, y cyfrifiadur cenedlaethol a fabwysiadwyd yng nghanol yr wythdegau yn dilyn y blerwch gweinyddol a ganiataodd i Peter Sutcliffe gadw'i draed yn rhydd cyhyd yn Swydd Efrog; roedden nhw hefyd yn defnyddio cyfrifiaduron i gofnodi tystiolaeth a chroesgyfeirio'u hymchwiliadau i'r troseddau mwyaf difrifol yn y sir. Ond roedd hyn yn wahanol. Roedd hyn yn golygu cyfrifiadur ar ddesg pob swyddog ym mhob gorsaf i wella cyfathrebu, cyflymu ymateb a dwyn pob rhan o'r gwasanaeth yn nes at ei gilydd. Nid adran un-dyn-a'i-lygoden fyddai Adran Gyfrifiadurol Heddlu Dyfed-Powys bellach. O, nage!

Roedd yr Uwch Arolygydd David Peters yr un mor

frwdfrydig â'i bennaeth, ac roedd ar flaen y ciw yn cynnig gwasanaeth ei ranbarth ar gyfer y cyfnod arbrofol. Derbyniwyd ei gynnig a dyrchafwyd PC Ian James yn rhingyll ac yn Swyddog Cyfrifiadurol y Rhanbarth. Bu'r saith wythnos ers ei benodiad yn rhai ysgytwol i bawb, ond nid oedd neb wedi cael ei ysgwyd yn fwy na'r Prif Arolygydd Clem Owen. Credai'r Rhingyll James fod gwaith y CID yn arbennig o addas ar gyfer awtomeiddio, ac o'r herwydd câi pennaeth yr adran ei sylw personol. Nid oedd Clem Owen yn llawn werthfawrogi'r sylw hwn, ac os mai claear fu ei ymateb gwreiddiol i'r cynllun, roedd ymweliadau dyddiol y swyddog cyfrifiadurol wedi diffodd unrhyw wreichionyn o frwdfrydedd a mudlosgai yn ei gyfansoddiad. Erbyn hyn roedd yn casáu'r cyfrifiadur a'i hyrwyddwr â chas perffaith, ac roedd y ddau ohonynt yn ddau reswm arall pam roedd ymddeoliad yn ymddangos yn fwyfwy deniadol iddo bob dydd.

'Dyw e'n dda i ddim lawr fan'na,' meddai James. 'Shwd y'ch chi'n mynd i weld eich negeseuon e-bost os na fyddwch chi'n defnyddio'r cyfrifiadur?'

'Ma' i bob nos ei leuad,' meddai Owen.

'Ond os na newch chi edrych ar eich e-bost, fyddwch chi ddim yn gwbod bod Mr Peters ...'

'Am 'y ngweld i am hanner awr wedi naw?'

'Ie,' meddai'r rhingyll cyn gofyn yn ddiniwed, 'Shwd y'ch chi'n gwbod fod Mr Peters am eich gweld os nad y'ch chi wedi gweld ei e-bost?'

Gwenodd Clem Owen. 'Ma' rhai ffyrdd o gyfathrebu yn y lle 'ma'n gyflymach na dy e-bost di, hyd yn o'd,' meddai, gan godi a cherdded at y drws.

Yfodd y Rhingyll Gareth Lloyd waelodion sur y coffi a thaflu'r cwpan plastig i'r bin ger y peiriant. Dringodd yn ôl i fyny'r grisiau i lawr cyntaf yr adeilad i gicio'i sodlau am ychydig eto. Roedd treulio amser mewn llysoedd barn yn rhan o fywyd pob heddwas, ac roedd gweld y camau llwyddiannus olaf mewn achos a oedd wedi cymryd wythnosau, efallai fisoedd, i'w baratoi, yn bleserus iawn, ond roedd yna hefyd adegau pan oedd yr ymweliadau'n hir, blinedig ac yn wastraff amser llwyr. Roedd heddiw'n un o'r adegau hynny i Gareth Lloyd.

Roedd wedi'i baratoi ei hun ar gyfer treulio sawl diwrnod yn y Llys Ynadon yn gweld yr achos yn erbyn Daniel Morgan, deunaw mlwydd oed, o Gilmeri, Coedlan Angharad, yn mynd drwy ei gamau olaf, ond eisoes, ar y bore cyntaf, roedd amser wedi ei wastraffu.

Dechreuodd y gweithgareddau'n addawol gyda'r erlyniad a'r amddiffyniad yn cyflwyno'u safbwyntiau ar natur yr achos a sut fyddai'r ffordd orau o'i gynnal. Dadleuai'r erlyniad fod y pum trosedd y cyhuddwyd Daniel Morgan ohonynt, sef cymryd cerbyd heb ganiatâd y perchennog, difrodi eiddo, lladrad, cael eiddo drwy dwyll, a bod â chyffur rheoledig yn ei feddiant, yn rhai digon difrifol i drosglwyddo'r achos o'r Llys Ynadon i Lys y Goron. Ar y llaw arall dadleuai'r amddiffyniad, er eu bod yn cydnabod difrifoldeb y cyhuddiadau, eu bod yn rhai yr oedd gan y Llys Ynadon yr hawl i'w gwrando. Roedd tri o'r cyhuddiadau yn rhai y gellid eu clywed naill ffordd yn y Llys Ynadon neu yn Llys y Goron, ond roedd y cyhuddiadau o gymryd cerbyd heb ganiatâd y perchennog a difrodi eiddo yn rhai na ellid eu clywed ond yn y Llys Ynadon. Ac, ychwanegodd cyfreithiwr Daniel Morgan wrth orffen ei gyflwyniad, roedd gan ei gleient ffydd yn nhrefn gyfiawnder y Llys Ynadon.

Doedd gan ffydd a chyfiawnder affliw o ddim i'w wneud â'r gweithgareddau, ac fe wyddai pawb oedd yn bresennol hynny – ar wahân, efallai, i Daniel Morgan a'i deulu. Y ddedfryd bosib oedd wrth wraidd y dadlau. Pe gwrandewid achos Daniel yn Llys y Goron a'i gael yn euog, fe allai'r ddedfryd fod ddwywaith yr hyn y gallai'r Llys Ynadon ei roi am yr un troseddau. Dyna pam roedd y ddwy ochr mor daer eu dadleuon; yr erlyniad am sicrhau'r gosb galetaf bosib i Daniel, a'r amddiffyniad am gael y gosb ysgafnaf bosib iddo.

Ar ôl i'r fainc wrando'n amyneddgar ar y dadleuon, gohiriodd y cadeirydd y gweithgareddau er mwyn iddynt ystyried eu penderfyniad. Ddau gwpanaid o goffi peiriant yn ddiweddarach, roedd Gareth yn dal i ddisgwyl canlyniad yr ymgynghori. Edrychodd ar ei oriawr a nodi mai prin bum munud oedd ers iddo edrych arni ddiwethaf. Cerddodd un o swyddogion y llys heibio.

'Faint o amser …?' dechreuodd Gareth ofyn, ond gwenodd hwnnw'n nawddoglyd arno a cherdded yn ei flaen heb ateb.

Pwysodd Gareth yn ôl yn y gadair galed a gadael i'w feddwl gorlannu a chloriannu digwyddiadau'r achos unwaith eto. Dechreuasai'r cyfan dri mis yn gynharach ar noson gynnes o Orffennaf ar un o draethau'r dref lle'r oedd rhai o ieuenctid yr ardal yn cael parti. Yn ôl pob tebyg roedd digon o fwyd a diod yno – ynghyd â rhywfaint o gyffuriau – ond roedd yn ddigwyddiad llawer rhy ddof a digyffro wrth fodd Daniel Morgan a thri o'i gyfeillion. Penderfynodd y pedwar fynd i chwilio am fwy o gyffro rywle arall, ac ar ôl ymweld â sawl tafarn fe greodd y ffrindiau eu cyffro eu hunain mewn sbloet o fandaliaeth oedd yn cynnwys difrodi'r capel yr oedd tad Daniel yn weinidog arno. Ac er mor felys yn ddiweddarach fu'r cysylltiad teuluol hwnnw ar fysedd golygyddion nifer o'r papurau cenedlaethol, nid y cyd-ddigwyddiad hwnnw oedd yr unig reswm dros eu diddordeb yn yr achos. O na, roedd gwell i ddod.

Ar ôl cael eu gwala o ddifrodi, roedd y pedwar bachgen yn llawer rhy flinedig i gerdded adref ac fe aeth

Daniel Morgan ati i chwilio am gludiant. Ychydig yn ddiweddarach – mewn car yr oedd wedi ei gymryd heb ganiatâd y perchennog – arhosodd Daniel i roi lifft i fachgen arall, mab yr Arolygydd Ken Roberts a oedd, drwy gyd-ddigwyddiad arall, i arwain yr ymchwiliad i holl ddifrodi'r noson. Fe ddylsai'r cysylltiad personol hwnnw fod wedi bod yn ddigon i sicrhau na fyddai gan Ken Roberts ran yn holi Daniel Morgan ar ôl ei arestio, ond drwy gyfuniad o gawlach gweinyddol ac ystryw ar ran yr arolygydd, fe lwyddodd i gael Daniel ar ei ben ei hun yn yr ystafell holi. Pan ddaeth Gareth Lloyd i wybod am hynny rhuthrodd i'r ystafell a gweld Daniel Morgan ar wastad ei gefn ar y llawr a'r Arolygydd Ken Roberts yn pwyso drosto'n fygythiol. Gwelodd tad Daniel, y Parchedig Emrys Morgan, a safai yn ymyl Gareth, yr un olygfa. Dilynwyd y digwyddiad gan yr holl gymhlethdodau arferol: cwyn o gamymddygiad ar ran yr heddlu gan y teulu, a galwad am ymchwiliad gan aelod o awdurdod yr heddlu, a oedd, drwy drydydd cyd-ddigwyddiad, yn gyfaill i'r Parchedig Emrys Morgan.

Teimlodd Gareth law ar ei ysgwydd. Agorodd ei lygaid a gweld gwên nawddoglyd swyddog y llys. 'Mi'r ydan ni ar fin ailymgynnull.'

Cododd Gareth a'i ddilyn i mewn i'r llys lle'r oedd y tri ynad eisoes yn eistedd y tu ôl i'r fainc. O'u blaen roedd clerc y llys, ac o'i flaen yntau yr erlynydd a'r cyfreithiwr dros yr amddiffyniad. Yn ymyl y cyfreithiwr eisteddai Daniel Morgan, gyda'i rieni yn y rhes y tu ôl iddo.

Gorffennodd y cadeirydd astudio'r ddogfen a ddaliai yn ei law, tynnu ei sbectol a charthu ei wddf er mwyn dangos fod y llys wedi ymgynnull. 'Mi'r ydw i a'm cyd-ynadon,' ac edrychodd i'w dde ac i'w chwith i ddangos mai'r wraig ar ei ochr dde a'r dyn ar ei ochr chwith oedd ei gyd-ynadon, 'wedi cael cyfle i ystyried cyflwyniad yr erlyniad a'r amddiffyniad, ac er bod y cyhuddiadau yn rhai difrifol a niferus, rydym wedi penderfynu y gall yr achos gael ei gynnal yma yn y Llys Ynadon. Ydi hynny'n iawn gyda chi, Mr Humphries?'

Cododd cyfreithiwr Daniel Morgan ar ei draed. 'Ydy, syr.'

Y rownd gyntaf i'r amddiffyniad, meddyliodd Gareth, ond o leia fe gawn ddechrau'r achos nawr. Ond chwalwyd ei obeithion pan glywodd eiriau nesaf y cadeirydd.

'Ond wedi dweud hynny, mae yna ystyriaethau eraill sy'n cymhlethu pethau. Mae yna gŵyn wedi cael ei gwneud gan y diffynnydd ynglŷn â'r driniaeth a dderbyniodd tra oedd yng ngofal yr heddlu ar ôl iddo gael ei arestio. Yn dilyn derbyn y gŵyn fe benderfynodd y prif gwnstabl gynnal ymchwiliad i ymddygiad un o aelodau'r heddlu fu'n delio â'r achos er mwyn gweld a oes yna sail i gynnal gwrandawiad disgyblu. Mae'r amddiffyniad wedi dadlau o'r cychwyn fod yr ymchwiliad hwnnw'n ymwneud â hygrededd a geirwiredd yr amddiffynnydd, ac o'r herwydd, ym marn yr amddiffyniad, ni ddylai'r achos hwn gael ei gynnal nes bydd yr ymchwiliad hwnnw wedi ei gwblhau. Mi'r ydw i a'm cyd-ynadon,' ac unwaith eto edrychodd i'r dde ac i'r chwith, 'yn cytuno â'r farn honno, ac roeddem yn mawr obeithio y byddai'r ymchwiliad hwnnw wedi cael ei gynnal cyn hyn ond, yn anffodus, oherwydd amgylchiadau, ni fu hynny'n bosib. Fodd bynnag, mi'r ydw i nawr yn deall y bydd yr ymchwiliad yn dechrau yn ystod y diwrnodau nesaf ...'

Wel, wel, meddai Gareth wrtho'i hun, tra sibrydai'r dyn ar y chwith yng nghlust y cadeirydd.

'Dwi'n deall,' meddai'r cadeirydd, gan godi ei law i atal y sibrwd yn ei ymyl, 'y bydd yr ymchwiliad yn dechrau fory, felly rydym wedi penderfynu gohirio'r achos nes bod hwnnw wedi gorffen.'

Yr eiliad y gorffennodd y cadeirydd roedd Humphries ar ei draed. 'Syr, hoffwn ddiolch i chi ar ran fy nghleient am ddelio â'r sefyllfa mewn ffordd mor ddeallus, ac fe hoffwn hefyd fanteisio ar y cyfle hwn i ofyn am ddatgeliad blaen o dystiolaeth yr erlyniad.'

'O, ie,' meddai'r cadeirydd gan droi at yr erlynydd. 'Ydy hynny'n iawn?'

Cododd yr erlynydd ar ei draed. 'Ydy, syr, ond dim ond yn achos cyhuddiadau tri, pedwar a phump.'

'Em …' meddai'r cadeirydd, gan wisgo'i sbectol ac edrych ar y papurau o'i flaen. Pwyntiodd y wraig ar ei ochr dde ar rywbeth ar y ddalen â'i bys, a dechreuodd y dyn ar ei chwith sibrwd yn ei glust unwaith eto.

'Dim ond y cyhuddiadau naill ffordd, syr,' meddai'r erlynydd.

'Wrth gwrs 'ny!' meddai'r cadeirydd yn ddiamynedd, wedi cael digon o'r holl gymorth diangen roedd pawb yn ei gynnig iddo.

'Pwy sydd yma ar ran yr heddlu?' gofynnodd a'r un min yn ei lais. Roedd y cadeirydd yn benderfynol y câi rhywun brofi'r awch, a doedd gan Gareth ddim amheuaeth pwy fyddai hwnnw.

'Fi, syr,' meddai, gan godi ar ei draed. 'Sarjant Lloyd.'

'Wel, Sarjant Lloyd. Dwi ddim yn hoffi gohirio achos os alla i beidio. Mi'r ydw i o'r farn bod gohirio cyfiawnder gyfystyr ag atal cyfiawnder, ac mae'r achos hwn wedi cael ei drin yn warthus. Mae'r cyfan yn hollol annerbyniol. Mae'n hen bryd iddo gael ei ddwyn i ben, felly dwi am i chi fynd yn ôl at eich penaethiaid a dweud wrthyn nhw i dynnu'u sane lan a mwstro. Iawn?'

'Iawn, syr,' atebodd Gareth, heb y bwriad lleiaf o drosglwyddo'r neges.

Cerddodd Clem Owen ar hyd y coridor ac i fyny'r grisiau i ystafell yr Uwch Arolygydd David Peters, pennaeth Rhanbarth F Heddlu Dyfed-Powys. Roedd Owen mewn hwyliau da ac ni allai feddwl am ddim y gallai Peters ei ddweud wrtho a fyddai'n newid hynny. Roedd yr ystadegau datrys am y mis yn ddigon parchus, a nifer y troseddau oedd yn dal heb eu datrys ar ôl tri mis i lawr. O ran plismona, helynt Ken Roberts oedd yr unig gwmwl mewn awyr oedd bron yn las i gyd. Nid oedd gan Clem Owen unrhyw amheuaeth na ddeuai'r arolygydd yn rhydd o'r cyhuddiad. Wedi'r cyfan, nid oedd Daniel Morgan wedi dioddef niwed, a dim ond ei air ef oedd gan yr erlyniad yn erbyn Ken Roberts. Na, doedd y peth yn ddim mwy na ffurfioldeb.

'A, Clem, dere i mewn,' meddai David Peters ar ôl i'r ysgrifenyddes ei anfon drwodd. 'Stedda, fydda i ddim eiliad.'

Eisteddodd Clem Owen a gwylio bysedd yr uwch arolygydd yn symud yn herciog ar draws allweddell y cyfrifiadur. Goleuai wyneb David Peters fel wyneb plentyn yn syllu drwy ffenest siop deganau ar noswyl Nadolig wrth i sgrin ar ôl sgrin o brint a lluniau wibio ar draws y monitor o'i flaen. Eisteddai'r cyfrifiadur, ynghyd â'i amrywiol ychwanegiadau, ar ben bwrdd fformeica gwyn newydd. Credai Clem Owen fod y bwrdd yr un mor anghymarus â'r hen ddesg bren tywyll yn ei ymyl ag yr oedd yr uwch arolygydd â'r dechnoleg newydd. Ond dyna fe, pan fo dyn yn mopio'i ben yn lân ar rywbeth, does dim lle i reswm nac ymddygiad gweddus.

'Dwi 'di bod yn syrffio, Clem,' meddai'r uwch arolygydd heb dynnu ei lygaid oddi ar y sgrin.

'Syrthio? Gethoch chi ddim dolur, gobeithio.'

Gwenodd David Peters iddo'i hun. 'Syr*ff*io, nid syr*th*io, wedes i, Clem. Teithio mas ar y Rhyngwe.'

'Y *runway*? Pa faes awyr fydde hynny wedyn, syr?'

'Y rhwydwaith electronig,' meddai Peters, a goleuadau'r sgrin yn chwarae'n seicedelig ar ei wyneb.

'O, ie, wrth gwrs,' meddai Owen, heb y syniad lleiaf am beth roedd yn sôn.

'Ti'n gwbod, Clem, drwy'r cyfrifiadur 'ma dwi newydd fod mewn cysylltiad â Heddlu Montréal.'

'Ro'n nhw'n help mawr gyda'r achos dwyn defaid o Fryn Glas, o'n nhw, syr?' gofynnodd Owen, gan wybod yn iawn ei fod yn ymddwyn yn blentynnaidd – ond nid mor blentynnaidd â'i bennaeth, chwaith. Wedi'r cyfan, roedd i statws ei freintiau.

'Gredet ti ddim y stôr o wybodaeth sydd i'w ga'l ar hwn, ac mae e i gyd ar fla'n dy fysedd.' Chwaraeodd blaenau bysedd yr uwch arolygydd ychydig eto ar yr allweddell, a rhochiodd rhywbeth ym mherfeddion y cyfrifiadur. Trodd yr uwch arolygydd i wynebu Clem Owen.

'Shwd wyt ti'n dod mla'n gyda dy gyfrifiadur di?'

'Ry'n ni fel hen ffrindie.' Cerdyn Nadolig a dim cysylltiad arall drwy'r flwyddyn.

'Da iawn, da iawn. Os byddi di ise ymweld â hafanleoedd, ma' 'da fi gyfeiriade sawl un diddorol iawn.'

Syllodd Clem arno heb ddangos ei fod hyd yn oed wedi clywed ei gynnig. Gwyddai'n iawn nad i drafod cyfrifiaduron roedd Peters wedi trefnu'r cyfarfod.

'Ie, unrhyw bryd,' meddai Peters, gan bwyso'n ôl yn ei gadair, plethu ei ddwylo ar draws ei fol a syllu'n fyfyriol ar y ddesg.

O, na, meddyliodd Clem Owen, un o'r sesiynau hynny. Roedd y ddau heddwas o fewn blwyddyn neu ddwy i'w gilydd o ran oedran ac wedi adnabod ei gilydd am y rhan fwyaf o'r ugain mlynedd diwethaf, ond er gwaethaf hynny nid oeddynt yn gyfeillion nac yn gwneud dim â'i gilydd y tu allan i oriau gwaith. Roedd David Peters yn aelod brwd o'r Seiri Rhyddion, brawdoliaeth roedd Clem Owen yn ei chasáu. Ni allai neb, gan gynnwys David Peters ei hun, wadu na fu ei gysylltiadau Saeryddol yn gymorth iddo yn ei yrfa, ond serch hynny roedd yn rhaid i Clem Owen gydnabod fod yr uwch arolygydd wedi bod yn heddwas effeithiol hefyd. Un da mewn argyfwng oedd Peters, un a allai feddwl ar ei draed, gwneud penderfyniad a glynu wrtho. Naw gwaith allan o ddeg, hwnnw fyddai'r penderfyniad cywir, a hyd yn oed ar yr adegau hynny pan oedd wedi gwneud y dewis anghywir i ddechrau, gallai newid ac addasu'n ddigon cyflym fel bo'r canlyniad, yn amlach na pheidio, yn foddhaol. Penderfynu ar y foment ac ymateb i'r annisgwyl oedd cryfder Peters, nid paratoi ymlaen llaw, a dyna pam roedd yn ei chael hi'n anodd dod at bwynt y cyfarfod rhyngddo ef a Clem Owen.

'Odyn wir, ma'n nhw'n dipyn o arf ac ry'n ni'n ffodus iawn i ga'l rhywun fel Sarjant James yma i ddangos eu holl botensial.'

Cadwodd Clem Owen ei farn ar y mater iddo'i hun.

'Odyn wir,' meddai Peters gan gytuno ag ef ei hun. 'Em ... ro'dd achos y bachgen 'na'n dechre heddi, on'd o'dd e?'

'Daniel Morgan?'

'Ie.'

'O'dd. Ma' Gareth Lloyd draw yn y llys ar hyn o bryd.'

Nodiodd Peters. 'Shwd ma' Roberts yn dal o dan y pwyse?'

'Dy'ch chi ddim wedi'i weld e?' gofynnodd Owen, gan wybod yn iawn fod yr uwch arolygydd wedi cadw'n ddigon pell oddi wrth Ken Roberts.

'Na, ddim eto. Meddwl y bydde hi'n well peidio dangos ochor.'

Ond dyna'n gwmws beth wyt ti wedi ei wneud, meddai Clem Owen wrtho'i hun.

Agorodd Peters ddrâr y ddesg. 'Em ... derbynies i lythyr bore 'ma.'

'E-bost?' gofynnodd Owen rhwng doniol a difrif.

'Beth?'

'Dim byd.'

Daliodd Peters y llythyr o'i flaen a'i ddarllen yn dawel iddo'i hun cyn siarad eto. 'Oddi wrth y prif gwnstabl, yn dweud pwy fydd yn cynnal yr ymchwiliad i gŵyn tad Daniel Morgan yn erbyn Ken Roberts.'

'Yn lle Colin Jones?'

'Ie. Yn anffodus mae ei salwch yn fwy difrifol nag o'n ni wedi'i feddwl, a dyw Heddlu Gogledd Cymru ddim yn gallu sbario prif uwch arolygydd arall, felly ma'r prif gwnstabl wedi cysylltu â sir arall.'

'Pa sir?'

'Gwent.'

Cloddiodd Clem Owen yng ngwaelodion ei gof i geisio cofio a oedd yn adnabod rhywun yn Heddlu Gwent, ond ni ddôi neb i'w feddwl.

'Pwy yw e?'

'Em ...y ... Tony Stephens. Ti'n 'i nabod e, on'd wyt ti?'

'Odw,' meddai Owen, wedi ei synnu gormod i ddweud mwy.

'Da iawn. Ro'n i'n meddwl dy fod ti. Bydd e'n dechre ar 'i waith fory.'

'Fory?'

Nodiodd Peters.

'Tony Stephens,' sibrydodd Clem Owen dan ei wynt. 'Uffach gols!' A dechreuodd bryderu am dynged yr Arolygydd Ken Roberts.

Roedd cefnogaeth frwd David Peters a dirmyg tawel Clem Owen yn adlewyrchiad teg o safbwyntiau'r gwahanol garfanau yn yr orsaf ynglŷn â'r 'prosiect awtomeiddio', fel y'i gelwid. Byddai dweud fod y rhaniad yn ôl oedran – yr ifanc o blaid a'r hen yn erbyn – yn annheg, gan fod David Peters, a oedd ymhlith y mwyaf brwdfrydig, hefyd ymhlith yr hynaf. Efallai y byddai'n decach dweud, fel y gwnaeth y Rhingyll Berwyn Jenkins, mai'r ifanc a'r uchelgeisiol oedd fwyaf huawdl eu cefnogaeth. Ond beth bynnag ei safbwynt, fe fyddai'n anodd iawn i unrhyw un ddianc rhag y chwyldro technolegol, yn enwedig gyda hyrwyddwr penderfynol fel Ian James yn barod i roi o'i amser i bawb.

'Pam na nei di roi cynnig arni? Dwi'n addo na fyddi di'n difaru.'

Eisteddai ar gornel y ddesg yn mynd drwy'i bethau ac yn edrych ar Carol Bennett yn ymdrechu i gwblhau ei hadroddiad ar ladrad o siop fferyllydd yn y dref. Cliciai allweddell y teipiadur trydan a chodai Carol ei phen yn ofidus ar ôl pob llythyren i syllu ar y papur. Deng mlynedd o wasanaeth a doedd hi'n dal ddim yn ddigon hyderus i chwarae heb gopi.

'Ma' popeth yn haws ar gyfrifiadur,' mynnai James, gan dynnu ei sbectol a dechrau ei glanhau, yn gwybod fod ei bresenoldeb, a'i sylwadau, yn gwneud Carol Bennett yn fwy esgeulus.

'Damo!' meddai Carol gan estyn am y botel o hylif gwyn a ddefnyddiai i gywiro ei haml gamgymeriadau teipio.

'Fydde ddim ise hwnna arnot ti i ddechre,' meddai'r rhingyll a oedd, fel pob gwerthwr da, yn barod i droi anffawd eraill i'w fantais ei hun. 'Chwarae plant yw cywiro camgymeriade ar gyfrifiadur.'

Chwythodd Carol yn ddiamynedd ar y ddalen er mwyn sychu'r hylif. Edrychodd ar ei nodiadau a gofyn, 'Shwd wyt ti'n sillafu *dextropopoxyphene*?'

'Fydde dim ise iti boeni am sillafu geirie'n gywir ar gyfrifiadur; wnaiff e tsecio'r sillafu drosot ti a'i gywiro os o's ise.'

'Odi fe'n sgrifennu'r adroddiade drosot ti hefyd?' gofynnodd Carol, gan estyn am eiriadur o'r silff yn ei hymyl.

'Ddim yn hollol, ond …' ac fe benliniodd James yn ymyl y ddesg ac edrych yn wyneb Carol. Disgleiriai ei lygaid y tu ôl i wydr ei sbectol; roedd e newydd ddarganfod man gwan Carol Bennett. 'Rwyt ti'n defnyddio'r un geirie ym mhob adroddiad, on'd wyt ti?'

'Dwi erio'd wedi defnyddio *dextropopoxyphene* o'r bla'n,' meddai Carol gan droi tudalennau'r geiriadur.

Gwenodd Ian James. 'Naw deg y cant yr un geirie, 'te, a gyda chyfrifiadur fe elli di gadw pob adroddiad a'i ailddefnyddio. Drycha! Sawl achos o fwrgleriaeth wyt ti'n ymchwilio iddo mewn blwyddyn?'

Cododd Carol ei hysgwyddau. 'Cant, cant a hanner.'

'Ac rwyt ti'n sgrifennu adroddiad ar bob un ohonyn nhw, on'd wyt ti?'

'Odw.'

'Wel, petait ti'n cadw'r adroddiade, fe allet ti'u hailwampio nhw.'

'Ond dwi *yn* cadw'r adroddiade.'

'Ar bapur. Ond petait ti wedi sgrifennu un adroddiad ar gyfrifiadur a'i gadw fe ar ddisg, fe allet ti ailddefnyddio hwnnw dro ar ôl tro, a dim ond ise newid y manylion – y dyddiade, enwe pobol, beth ddigwyddodd – fydde ise i ti neud. Bydde fe'n arbed lot fawr o amser i ti.'

'Bydde, on' fydde fe.' Roedd Carol wedi rhoi'r gorau i'w theipio ac yn gwrando ar Ian James.

'Dwyt ti, yn fwy na fi, yn fwy nag unrhyw blismon, ddim yn mwynhau teipio adroddiade; dyna'r rhan waetha o'r gwaith, ac ma' unrhyw beth sy'n mynd i neud hynny'n haws yn rhwbeth i'w groesawu. On'd yw e?'

Nodiodd Carol ac arogleuodd James waed.

'Dwi'n gwbod nad wyt ti ise dangos i bawb fan hyn nad wyt ti'n gyfarwydd â'r cyfrifiadur, ond petai un gyda ti gartre, gallet ti ddysgu ar hwnnw heb i neb arall dy weld.'

'Gallen, sbo.'

'A phetai 'da ti dy gyfrifiadur dy hunan gartre fe allet ti neud pethe er'ill ar wahân i adroddiade arno fe. Dy gyfrifon, trefniade gwylie, cyfeiriade, rhestri cardie Nadolig a chant a mil o bethe er'ill.'

'Rheini i gyd ar yr un peiriant?'

'Wyt ti am i fi weld beth alla i 'i neud?'

Gwyddai Ian James ei fod wedi codi awydd ar Carol a'i bod ar fin llyncu'r abwyd. Doedd dim rhaid iddo ddweud gair arall; ymarfer ychydig o amynedd, dyna i gyd oedd ei angen nawr, ac fe fyddai cyfrifiadur arall wedi ei werthu.

Canodd y ffôn ac estynnodd Carol Bennett yn reddfol amdano. Roedd yr eiliad wedi pasio. Rhegodd Ian James dan ei wynt.

'Helô? O, helô, aros funud,' a rhoddodd Carol ei llaw dros y ffôn. 'Galwad bersonol.'

Cododd James oddi ar ei liniau.

'Cofia, fe alla i ga'l cyfrifiadur personol i ti.'

Pwyntiodd Carol at y drws. Nodiodd James a gadael.

'Sori, ro'dd rhywun 'ma.'

'Pwy?' gofynnodd Glyn Stewart ar ben arall y ffôn.

'Neb wyt ti'n nabod. Rhywun yn trio gwerthu cyfrifiadur i fi.'

'Paid cyffwrdd â nhw. Ma'n nhw'n fwy o boen na'u gwerth.'

'Do'n i ddim yn bwriadu.'

'Call iawn. Shwd fyddet ti'n hoffi ca'l rhywun i aros gyda ti nos yfory?'

'Drwy'r nos?'

'Y rhan fwya ohoni, o leia.'

'Bydd rhaid i fi fodloni ar ymweliad byr arall, 'te.'

'Bydde'n well 'da finne petawn i'n gallu aros drwy'r nos.'

Wel, pam na wnei di, 'te? meddyliodd Carol. 'Faint o'r gloch?'

'Rhywbryd o gwmpas saith.'

'Iawn.'

'Wela i di bry'ny. Hwyl.'

Roedd ei alwadau yn ogystal â'i ymweliadau yn fyr, meddyliodd. Hwyl, meddai'n dawel wrthi ei hun a rhoi'r ffôn yn ôl yn ei le.

Trodd y Ditectif Gwnstabl Eifion Rowlands drwyn ei gar i mewn drwy glwydi gwersyll gwyliau Marine Coast a'i anelu tuag at y rhes hir o adeiladau gwyn, coch a glas ar yr ochr chwith. Roedd digon o le yn y maes parcio i gant o geir ond, a'r tymor ymwelwyr wedi hen orffen, dim ond tri char a fan wen oedd yno heddiw. Ar ochr y Ford Courier roedd y geiriau 'Morris a Symonds – Seiri Coed', wedi eu peintio mewn glas tywyll. Dringodd Eifion allan o'r car ac ymestyn ei freichiau. Roedd rhwng dau feddwl p'un ai cerdded i gyfeiriad y sŵn llifio a glywai'n dod o'r adeilad mawr ym mhen pella'r maes parcio, neu fynd at yr adeilad croesawu. Roedd yr adeilad croesawu'n agosach o dipyn. Agorodd Eifion y drws ond doedd neb yno y tu ôl i'r cownter i'w groesawu.

'Siop!' galwodd, gan daro'r cownter â chledr ei law.

Cydiodd yn un o'r dwsinau o daflenni hysbysebu atyniadau'r ardal a orweddai ar y cownter. Dan yr Ogof. Dan y don, ti'n feddwl, meddai wrtho'i hun gan roi'r daflen i lawr.

'Siop!' galwodd eto.

Roedd y drws y tu ôl i'r cownter yn gilagored. Cododd Eifion aden y cownter a cherdded drwodd i'r swyddfa gefn. Nid oedd neb yno, chwaith. Edrychodd Eifion o gwmpas y swyddfa wag – ar y cyfrifiadur ar y ddesg, y teledu bychan yn ei ymyl, a'r sêff yn y gornel – a siglo'i ben.

'Alla i'ch helpu chi?'

Trodd Eifion a gweld gwraig yn ei phumdegau yn sefyll yn y drws.

'Odych chi'n gweithio 'ma?' gofynnodd Eifion, gan anwybyddu'r cwestiwn a ofynnwyd iddo ef.

'Odw.'

'Esgeulus iawn, mynd mas a gadel y lle'n agored. Alle unrhyw un ddod mewn a helpu 'i hunan.'

'Dim ond wedi mynd i'r storfa yn y cefn am funud o'n i,' protestiodd y wraig, gan ddod i mewn i'r swyddfa a cherdded y tu ôl i'r ddesg.

'Digon o amser i unrhyw un sy'n pasio ddod mewn a dwyn popeth sy yn y stafell.'

'Pwy y'ch chi?' gofynnodd y wraig, yn teimlo ychydig yn sicrach ohoni'i hun nawr ei bod yn ei phriod le.

'DC Rowlands, Heddlu Dyfed-Powys. Ma' ise edrych ar ddiogelwch y gwersyll 'ma'n druenus.'

'Ga i weld eich cerdyn?'

'Beth?'

'Eich cerdyn adnabod. Ga i 'i weld hi? Diogelwch, chi'n deall.'

Ochneidiodd Eifion ac estyn am ei gerdyn gwarant.

'Odi'r perchennog 'ma?' gofynnodd, gan prin roi amser i'r wraig weld ei lun cyn rhoi'r cerdyn 'nôl yn ei boced.

'Mr Ryan?'

'Os mai fe yw'r perchennog.'

'Mae e draw yn y neuadd, yr adeilad mawr sy ym mhen draw'r maes parcio.'

A heb wastraffu amser i ddiolch am yr wybodaeth, trodd Eifion Rowlands ar ei sawdl a gadael y swyddfa. Oedodd y tu allan a chynnau sigarét. Roedd hi'n fore braf o hydref, a'r haul yn taflu cysgodion tenau ar draws y maes parcio. Llyncodd Eifion y mwg ac edrych o gwmpas y gwersyll gwyliau. Roedd angen gwyliau arno ef, meddyliodd. Arno ef a Siân. Doedden nhw ddim wedi cael eiliad iddynt eu hunain er mis Ionawr pan anwyd Emyr. Deg mis! Deg mis o ddillad brwnt, bwyd tun a sgrechian – ganddo ef, Siân ac Emyr. Roedd iselder wedi'r geni wedi cydio'n dynn yn ei wraig ac er ei bod wedi gwella rywfaint erbyn hyn, fe fyddai cael amser i ffwrdd yn gwneud byd o les i'r ddau ohonynt.

Roedd hanner ei wyliau'n dal heb eu cymryd ac fe allen nhw fynd unrhyw bryd; dim ond iddo ddwyn perswâd ar Siân. Ond nid i aros mewn lle fel hwn, chwaith, meddyliodd, wrth gerdded ar draws y maes parcio. Rhywle ychydig yn fwy gwâr, yn fwy moethus ac yn sicr yn gynhesach. Oedd, roedd ganddo'r awydd a'r amser; y modd oedd y broblem. Doedd cyfuniad o gyflog ditectif gwnstabl a theulu newydd ddim yn cyfateb i wyliau tramor da.

Roedd y sŵn llifio wedi newid i sŵn drilio a gallai Eifion weld Morris neu Symonds, saer coed, wrthi'n rhoi drws newydd ar yr adeilad. Tawelodd y drilio a chwythodd y saer y blawd llif o'r twll ar gyfer y colfach.

'Ble …?' dechreuodd Eifion, ond boddwyd gweddill y cwestiwn gan sŵn y dril yn ailgychwyn. Cymerodd Eifion gam yn agosach at y saer a'i daro ar ei ysgwydd. Cododd y saer ei fys o sbardun y dril a throi i edrych ar Eifion.

'Mr Ryan. Ble mae e?'

'Mewn fan'na,' atebodd y saer gan amneidio â'i ben i mewn i'r neuadd.

Cerddodd Eifion i mewn i'r adeilad i oglau sur hen fwg a chwrw. Ymestynnai'r neuadd am ryw saith deg troedfedd o'r fynedfa i'r llwyfan, gyda goleuadau ac uchelseinyddion bob deg troedfedd o'r ffordd. Yr unig doriad ar yr undonedd oedd y bar ar yr ochr dde ac yno, yn taro golwg dros y stoc, roedd Richie Ryan, perchennog Marine Coast.

Trodd Ryan ei ben pan glywodd sŵn traed Eifion yn cerdded ar draws llawr pren y neuadd. 'Ie?' gofynnodd, gan roi potel o Archers yn ôl ar y silff. Dyn bychan yn ei bedwardegau diweddar oedd Richie Ryan. Gwisgai siwt lwyd golau, crys gwyn â streipen goch, a thei felen a choch; ychydig yn rhy liwgar i fod yn ddyn busnes cyffredin, ond ar yr un pryd edrychai'n ddigon parchus a llewyrchus.

'Mr Ryan; DC Rowlands, Heddlu Dyfed-Powys,' a dangosodd Eifion ei gerdyn gwarant i Ryan cyn iddo ofyn amdano.

'Y busnes 'na neithiwr?' gofynnodd Ryan.

'Pa fusnes?'

'Yr ymladd.'

'Ie, mewn ffordd. Un o'r bechgyn o'dd yn y ddawns neithiwr wedi'i anafu.'

'Ro'dd mwy nag un ohonyn nhw wedi'u hanafu, weden i,' meddai Ryan, gan sychu ei ddwylo â lliain y bar.

'Ma' hwn yn gweud mai un o'ch bois chi nath e.'

'O? Faint o niwed ga'th e?'

'Ma' fe wedi rhwygo'i glust. Clustlws wedi'i thynnu mas.'

'Cas.'

'Cas iawn. Odi fe o gwmpas?'

'Pwy?'

'Y bownser o'dd 'ma neithiwr.'

'Ma' 'da ni ddau swyddog diogelwch ond sdim un ohonyn nhw 'ma ar hyn o bryd.'

'Gweithio ar 'u penne'u hunen ma'n nhw, neu ga'l 'u cyflogi gan gwmni ...' ac oedodd Eifion am eiliad cyn ychwanegu ' ... i ofalu am y drws?'

Tynnodd Ryan becyn sigaréts o'i boced a chynnau un cyn ateb. Roedd hynny ynddo'i hun yn ddigon o ateb i Eifion, ond arhosodd i'w glywed e gan Ryan ei hun.

'Gweithio i fi.'

Nodiodd Eifion.

Nid mater o gael adeilad, uchelseinydd, dwsin neu ddau o gryno-ddisgiau a dau neu dri aelod o'r clwb rygbi i gadw'r plant tai cyngor mas oedd cynnal dawns erbyn hyn. Roedd dyddiau 'Nid i fi ond i chi' Disgo Teithiol Mici Plwm wedi hen fynd. Mici Pwy? Nid adloniant oedd dawns bellach, ond busnes, busnes proffidiol iawn gyda sawl cyfle i wneud arian: tâl mynediad, diod (Hip! Hip! Hwrê! am alcopops!) a dim grŵp i'w dalu, a dyna elw sylweddol ar ddiwedd y noson. 'Nid i chi ond i fi.' Ond o'r holl gyfleoedd i wneud arian, y pennaf un – yr unig un os ydych chi am wneud arian go iawn – yw gofalu am y drws, gan mai pwy bynnag sy'n gofalu am y drws sy'n rheoli'r gwerthiant cyffuriau yn y ddawns.

Nodiodd Eifion eto ac edrych o'i gwmpas. 'A beth ddigwyddodd i'r drws?'

'Rhan o ddifrod neithiwr, yn ystod yr ymladd,' meddai Ryan, gan chwythu cynffon hir o fwg i'r awyr.

'Odych chi ise gneud cwyn?'

'Yn erbyn pwy?'

Cododd Eifion ei ysgwyddau. 'Y bachan sy'n cyhuddo'ch bois chi o rwygo'i glust.'

'Odi fe'n gneud cwyn yn 'yn herbyn ni?'

'Dyna pam dwi 'ma. Odych chi am daro'n ôl?'

Siglodd Ryan ei ben. 'Allen i ddim profi mai fe nath e, yn fwy nag y galle fe brofi'i achos e. Ro'dd 'na ryw ddeg ar hugain ohonyn nhw'n ymladd ar un adeg. Pwy sy i weud pwy nath beth i bwy?'

Nodiodd Eifion. 'Lle allen i ga'l hyd i'r ddau swyddog diogelwch?'

'Ma'u cyfeiriade nhw gyda fi yn y swyddfa,' meddai Ryan, gan arwain y ffordd allan o'r neuadd.

'Ma'n nhw'n fechgyn iawn. Buon nhw gyda fi drwy'r

haf. Dim trwbwl. O unrhyw fath,' meddai Ryan wrth iddynt gerdded ar draws y maes parcio. Cerddai'n syth a phwrpasol fel cyn-filwr, a siaradai fel swyddog yn sôn am ei filwyr.

'Tipyn o waith cadw ar le fel hwn,' meddai Eifion.

'Ma' fe'n llyncu arian pan do's dim ymwelwyr 'ma. Dyna pam dechreues i gynnal y dawnsfeydd, er mwyn ca'l rhywfaint o incwm dros y gaea.'

'Odyn nhw'n talu?'

'Ddim os ydw i'n mynd i orfod ca'l drws newydd bob wthnos a 'ngweithwyr yn ca'l 'u cyhuddo o ymosod ar y dawnswyr.'

'O's 'na brobleme er'ill?'

Arhosodd Ryan. 'Do's dim cyffurie fan hyn. Dwi'n gwbod mai dyna y'ch chi'n feddwl wrth sôn am gadw drws, ond dwi wedi'u rhybuddio nhw. Do's dim gwahaniaeth 'da fi beth ma'n nhw'n neud mewn llefydd er'ill – ond ddim yma. Ma'r dawnsfeydd yn ca'l 'u hysbysebu fel *raves* am mai dyna beth ma' pobol yn 'i ddisgwl. Digon o sŵn a chyffro ond dim cyffurie. Rhwbeth dros y gaea yw'r rhein, a dwi ddim ise iddyn nhw sbwylio 'musnes ar gyfer yr haf.'

'Rhoi enw drwg i'r gwersyll?'

'Ie. Dyna pam dwi ddim am i'r helynt 'ma gyda'r bachgen dyfu heb ise.'

Nodiodd Eifion ac ailddechreuodd y ddau gerdded i gyfeiriad yr adeilad croesawu.

'Odi'r bachgen o ddifri ynglŷn â'r gŵyn?' gofynnodd Ryan.

'Pwy a ŵyr? Neithiwr, wrth y plismyn dda'th mas 'ma, nath e'r gŵyn. Falle'i fod e wedi ailfeddwl erbyn hyn ond ma'n rhaid i ni fynd drwy'r broses.'

'Wrth gwrs. Ond yn 'ych barn chi, faint o sail sy 'dag e?'

Cododd Eifion ei ysgwyddau.

'Galle achos llys neud drwg i fi,' meddai Ryan.

'Falle ddaw hi ddim i hynny. Os o'dd y bachgen yn rhan o'r ffrwgwd, dyw e ddim yn gwbwl ddiniwed, chwaith, ac fel wedes i, falle bydd e'n gweld pethe'n wahanol ar ôl sobri.'

'Ie, gobeithio,' meddai Ryan, heb swnio'n rhy obeithiol.

Dilynodd Eifion ef i mewn i'r adeilad croesawu lle safai'r wraig y tu ôl i'r cownter.

'Enid, allwch chi nôl cyfeiriade Brian Pressman a Sean Macfarlane i fi?' meddai Ryan.

'Wrth gwrs,' meddai'r wraig, gan wenu ar Ryan a gwgu ar Eifion cyn diflannu i'r swyddfa.

'Odi diogelwch yn broblem i chi?' gofynnodd Eifion yn ddigon uchel i'w eiriau gario i'r cefn.

'Ma' diogelwch wastad yn broblem mewn lle agored fel hwn a phobol yn mynd a dod bob dydd. Wrth gwrs, ma' pethe'n well amser hyn o'r flwyddyn.'

'Faint o garafanne sy 'da chi?'

'Chwe deg o garafanne a phymtheg *chalet,* ac ma' 'na golledion bob blwyddyn.'

'Rhywrai'n torri mewn?' gofynnodd Eifion gan geisio cofio a oedd wedi clywed am achos o ddwyn o'r gwersyll yn ddiweddar.

Gwenodd Ryan. 'Nid hynny'n gymaint â phobol yn gadel ar ddiwedd 'u gwylie ac yn mynd â hanner y llestri a'r dillad gwlâu gyda nhw.'

Chwarddodd Eifion. 'Ma' 'da ni daflenni ar ddiogelwch alle fod o help i chi.'

'Ma' 'da ni gamerâu CCTV i gadw llygad ar y maes parcio a'r adeilade gweinyddol.'

'O'n nhw'n ffilmio neithiwr?'

Siglodd Ryan ei ben. 'Na, do'n i ddim yn meddwl y bydde ise nhw.'

'Trueni; allen nhw fod o help i chi gyda chŵyn y bachgen.'

Nodiodd Ryan. 'Falle nethe hi ddim drwg i fi ga'l cip ar y pamffledi 'na.'

'Fe ddo i â nhw heibio.'

Ymddangosodd Enid o'r cefn ac estyn darn o bapur i'w chyflogwr.

'Newch chi adel gwbod i fi be sy'n digwydd ynglŷn â'r gŵyn?' gofynnodd Ryan.

'Iawn,' meddai Eifion, gan gymryd y darn papur o'i law.

'Bydden i'n ddiolchgar iawn.'

Daeth Carol Bennett i lawr y grisiau i'r cyntedd. Dim ond ychydig o waith roedd ei angen ar yr adroddiad eto cyn ei gwblhau, ond byddai'n rhaid iddi ddychwelyd at berchennog y fferyllfa i'w holi ymhellach cyn y byddai'n gwbl glir a thawel ei meddwl ynglŷn â'r holl ffeithiau. Arhosodd ac edrych ar ei horiawr: ugain munud i un. Cinio gyntaf, meddyliodd, neu fynd i'r fferyllfa a bod yn siŵr o ddal y fferyllydd cyn iddo ef ddiflannu am ei ginio? Roedd yn dal rhwng dau feddwl pan glywodd sŵn llais merch ifanc oedd yn sefyll wrth y cownter ymholiadau yn codi'n uwch ac yn uwch gyda'r straen o geisio'i rheoli ei hun. Trodd Carol tuag ati a gweld mai PC Scott Parry oedd y tu ôl i'r cownter. Gwyddai y gallai Parry fod yn ansensitif iawn ar adegau, ac o'r olwg sarrug ar ei wyneb roedd hi'n un o'r adegau hynny'n awr.

'Alla i'ch helpu chi?' gofynnodd Carol.

Trodd y ferch i edrych ar Carol, ond Parry atebodd.

'Popeth yn iawn, sarj,' meddai, gan fethu â chuddio'r min yn ei lais. 'Dwi'n delio 'da hyn.'

'Odych chi'n gweithio 'ma?' gofynnodd y ferch i Carol.

'Odw,' atebodd Carol, cyn ychwanegu, yn groes i synnwyr cyffredin a pholisi'r orsaf, 'Licech chi drafod beth bynnag sy'n eich poeni gyda fi?'

Nodiodd y wraig.

'Sarj!' meddai Parry'n bigog.

'Pa stafell holi sy'n rhydd?' gofynnodd Carol i Scott Parry.

Rhythodd Parry arni.

'Paid trafferthu, fe ffeindiwn ni un.'

Ac arweiniodd Carol y ffordd drwy'r drysau diogelwch ac i lawr y coridor.

Roedd y golau coch ynghynn uwchben y drws cyntaf, ond roedd yr ail ystafell holi'n wag. Cyfeiriodd Carol y ferch i un o'r cadeiriau cyn tynnu cadair arall allan o'r tu ôl i'r bwrdd ac eistedd yn ei hymyl. Edrychai'r ferch ar bigau'r drain. Roedd hi'n amlwg ei bod hi'n anghyfarwydd â'r sefyllfa roedd ynddi, ac yn ansicr lle i ddechrau. Gwnâi ei hwyneb gwelw a blinedig iddi edrych fel petai yn ei thridegau diweddar, ond roedd Carol o'r farn eu bod yn agosach i'w hoedran hi: y ddwy ohonynt yn eu hugeiniau ar drothwy hanner cant.

'Carol Bennett,' meddai, er mwyn torri'r garw.

Trodd y ferch ei llygaid tuag ati o grwydro o amgylch y stafell fechan foel. 'Susan Richards.'

'Beth yw'r broblem, Susan?'

Dechreuodd y llygaid grwydro unwaith eto cyn dychwelyd at Carol. 'Ma' rhywun yn fy nilyn i.'

Doedd ryfedd nad oedd hi wedi cael llawer o hwyl gyda Parry, meddyliodd Carol. Er gwaetha'r holl sylw a roddwyd i'r pwnc, a'r newidiadau yn y gyfraith, i Parry a'i debyg, problem fach i ferched, tebyg i fisglwyf neu obsesiwn gyda cholli pwysau, oedd stelcian.

'Odych chi'n gwbod pwy yw e?'

Siglodd Susan ei phen. 'Nagw. Ond mae e 'na,' ychwanegodd, rhag ofn na fyddai Carol yn ei chredu.

'Odi fe wedi siarad 'da chi?'

'Ar y ffôn.'

'Mae e'n eich ffonio chi?'

'Odi.'

'Beth mae e'n dweud?'

' "Hel ... Helô, Susi".'

Oedodd Carol, yn disgwyl rhagor. 'Dim byd arall?'

'Na.'

'Odi fe wedi'ch bygwth chi?'

'Nagyw, ond ma'r ffordd mae e'n gweud hynny ...' ac ni allai ei hatal ei hun rhag crynu.

'Pryd dechreuodd hyn?'

'Tair wthnos 'nôl, neu o leia dyna pryd ges i'r alwad ffôn gynta, ond wedi meddwl, ma'n rhaid 'i fod e wedi dechre 'nilyn i cyn hynny.'

Nodiodd Carol.

'Chi'n cytuno?' gofynnodd Susan Richards, yn falch o'r arwydd yma bod Carol yn ei chredu.

'Odw. Bydde fe wedi treulio peth amser yn dysgu cymaint amdanoch chi ag y galle fe, yn dod yn gyfarwydd â'ch ffordd o fyw, cyn cymryd y cam cynta.'

''Na beth ro'n inne'n meddwl.'

'A do's 'da chi ddim syniad pwy all e fod?'

Siglodd Susan ei phen. 'Nago's.'

'Beth am y llais? Odi e'n llais cyfarwydd?'

'Nagyw. Dim ond ... dau air mae e'n gweud.'

'Beth am y ffaith ei fod yn eich galw chi'n Susi? O's 'na rywun arall sy'n eich galw chi'n Susi?'

'Ma' pawb yn 'y ngalw i'n Susi.'

'Ffrindie a phobol sy'n eich nabod chi'n dda, chi'n feddwl?'

'Ie.'

'Odych chi'n sgrifennu'ch enw fel Susi?'

'Nagw.'

'Beth am gariadon? Odych chi wedi cweryla gyda rhywun yn ddiweddar?'

'Naddo.'

'Neu wahanu?'

Dim ond am eiliad yr oedodd hi cyn dweud, 'Na,' ond roedd hynny'n ddigon.

'Odych chi'n siŵr?'

'Wel, ma' Martin, y dyn o'n i'n byw gydag e, wedi symud i Fryste i weithio, ond dim gwahanu yn yr ystyr ein bod ni wedi cweryla a gorffen o'dd hynny.'

'Pam wahanoch chi, 'te?'

'Am 'i fod e'n gorfod symud i Fryste gyda'i waith.'

'A doeddech chi ddim am fynd?'

'Nago'n.'

'Pam?'

'Dwi'n hapus … ro'n i'n hapus 'ma. Ma' 'da fi waith dwi'n 'i fwynhau a wel, a dweud y gwir, ro'dd ein perthynas ni'n dod i ben, ac mewn ffordd ro'dd y ddau ohonon ni'n ffodus bod Martin yn ca'l cynnig i symud.'

'Ac nid 'i lais e sy ar ben arall y ffôn?'

'O, nage, a bydden i wedi nabod Martin, beth bynnag.'

'Wrth gwrs,' meddai Carol cyn iddi ddeall yn iawn beth roedd Susan Richards wedi ei ddweud.

'Odych chi wedi'i weld e?'

Oedodd am ychydig eto. 'Falle.'

'Shwt?'

Anadlodd yn ddwfn cyn dechrau ar yr hanes. 'Ro'n i'n siopa yn Safeway pan glywes i rywun tu ôl i fi'n gweud "Helô, Susi". Ro'dd 'y meddwl i ar y siopa a chymerodd hi ychydig i fi sylweddoli beth o'n i wedi'i glywed, a llais pwy o'n i wedi'i glywed. Ro'dd y siop yn weddol lawn ar y pryd, a phan dro's i weld pwy o'dd 'na do'dd 'na neb yn agos ata i, ond …'

'Ie?'

'Ro'dd 'na ddyn yn cerdded bant ac ro'dd 'i ben wedi hanner troi ac ro'dd e'n edrych 'nôl tuag ata i. Dwi ddim yn gwbod os mai fe yw e, ond fe yw'r un dwi'n cofio.'

'Allwch chi 'i ddisgrifio fe?'

'Do'dd e ddim yn dal iawn, rhyw bum troedfedd a

naw neu ddeg modfedd; ddim yn dew a ddim yn dene, gyda gwallt tywyll, byr.'

'Beth am 'i oedran?'

'Yn 'i bedwardege.'

'Ond do'ch chi erio'd wedi'i weld e o'r bla'n?'

'Wel ...' Gwelai Carol ei bod hi'n ddiamynedd, nid yn gymaint gyda'r cwestiwn, na gyda Carol, ond yn fwy gyda hi ei hun am ei bod wedi gofyn yr union gwestiwn i'w hunan droeon a heb gael ateb boddhaol.

'Chi *yn* meddwl eich bod chi wedi'i weld e o'r bla'n?'

'Odw. Ro'dd 'na rwbeth amdano fe o'dd yn gyfarwydd, neu dyna ro'n i'n meddwl ar y pryd, ond erbyn hyn dwi ddim mor siŵr. Falle mai dim ond meddwl hynny ydw i, neu 'mod i wedi'i neud e'n debyg i rywun arall. Dwi jyst ddim yn gwbod.'

'A pryd ddigwyddodd hyn?'

'Dydd Sadwrn dwetha.'

'Odi fe wedi'ch ffonio chi wedyn?'

'Do, nos Sul a nos Lun.'

'O'dd y galwade hynny'n wahanol? Mewn unrhyw ffordd?'

'Nago'n.'

Nodiodd Carol ond gwelai Susan Richards hynny fel amheuaeth.

'Dy'ch chi ddim yn 'y nghredu i!'

'Odw, dwi'n eich credu chi.'

'Nady'ch. Ry'ch chi'n meddwl os mai'r dyn yn Safeway o'dd e fe fydde fe wedi gweud rhwbeth am hynny ar y ffôn, ac os ydw i wedi neud camgymeriad am hynny, fe allen i fod yn neud camgymeriad am y cyfan.'

'Nadw, Susan.'

'Beth 'te?'

'Dwi *yn* eich credu chi ond bydden i wedi disgwl iddo fe weud rhwbeth ar y ffôn am yr hyn ddigwyddodd yn Safeway ...'

'Dy'ch chi ddim …'

' …os o'dd e wedi cynllunio siarad â chi yno. Falle nad o'dd e wedi'ch dilyn chi yno, ac mai cydddigwyddiad o'dd i'r ddau ohonoch chi fod yn y siop ar yr un pryd, a'i fod e wedi methu'i atal ei hun rhag dweud rhwbeth wrthoch chi. Falle'i fod e wedi difaru neud 'ny wedyn ac yn ofni'ch bod chi wedi'i nabod e, a dyna pam na soniodd e am y digwyddiad. Os mai dyna'r rheswm, yna ma'n bosib iawn eich bod chi wedi cyfarfod rywle a'ch bod chi'n 'i nabod e.'

'Ie, falle'ch bod chi'n iawn,' meddai Susan Richards, gan dreulio'r cyfan roedd Carol newydd ei ddweud.

'Odych chi wedi recordio'r galwade?'

'Na, do's dim peiriant ateb 'da fi.'

'Falle y dylech chi ga'l un er mwyn monitro'i alwade. Os gadewch chi'r peiriant mla'n drwy'r amser, fe allwch chi glywed pwy sy'n eich ffonio cyn i chi godi'r ffôn. Odych chi wedi gwasgu 1471 ar ôl iddo fe ffonio?'

'Ddim y troeon cynta, ond bob tro dwi wedi cofio neud 'ny ma' fe wedi blocio'r rhif ar 'i ochor e.'

'Ma' hynny i'w ddisgwl. Ond cofiwch wasgu 1471 ar ôl pob galwad, falle'r anghofith e flocio'i rif rywbryd. Hira i gyd y cadwith hyn mla'n, y mwya tebygol yw e o fod yn esgeulus. Fe drefna i fod BT yn monitro'ch galwade. Os ffonith e wedyn fe ddaliwn ni fe.'

Nodiodd Susan Richards ond gallai Carol weld anobaith yn disgyn arni wrth iddi feddwl y gallai'r dioddef barhau am amser eto.

'O's 'da chi ffrindie? Rhywrai y gallwch chi rannu hyn 'da nhw?'

'Clare, y ferch sy'n gweithio 'da fi yn y swyddfa; dwi wedi gweud wrthi hi.'

'A do'dd hi ddim yn neud yn fach ohono fe?'

'Nago'dd. Hi wedodd wrtha i i ddod atoch chi.'

'Cyngor da.'

'O's 'na rwbeth arall alla i 'i neud?'

Siglodd Carol ei phen. Gwyddai y gallai ddweud wrthi i roi cloeon cryfach ar ei drysau; cadw digon o betrol yn y car er mwyn cyrraedd rhywle diogel, rhag ofn y byddai'n dechrau ei dilyn yn y car; gadael allwedd i'w fflat gyda chymydog rhag ofn iddi golli ei bag; cadw ces wedi ei bacio wrth law a digon o arian parod rhag ofn y byddai'n rhaid iddi ddianc rhagddo ... Ond cynghorion i godi dychryn arni oedd y rhain, nid rhai i'w chysuro. Yr hyn a boenai Carol oedd natur y digwyddiad yn Safeway; ai cydddigwyddiad oedd e mewn gwirionedd, neu gam cyntaf mewn cyfnod newydd ym mherthynas Susan a'i stelciwr?

'Susan,' meddai. 'Ma'n rhaid i ni dderbyn 'i fod e'n gwbod popeth am eich ffordd o fyw erbyn hyn. Ma' 'da fe'r fantais yna. Ond er mwyn i ni ga'l cyfle i ddod i wbod rhwbeth amdano fe, dwi am i chi neud rhestr o'r troeon mae e wedi'ch ffonio chi.'

'Pob un?'

'Pob un. Y dyddiad a'r amser y ffoniodd e chi. Popeth. Er mai fe sy'n cysylltu â chi, ma'n rhaid i ni fanteisio ar y galwade a'u gneud nhw'n gysylltiad rhyngddon ni a fe. Dyna pam ddylech chi ga'l peiriant ateb. Go brin y siaradith e â pheiriant, ond os neith e, bydd 'da ni recordiad ohono, a bydd hynny'n help i ni ddwyn achos yn 'i erbyn e pan ddaliwn ni fe.'

'Ond beth os na ddaliwch chi e?'

'Fe ddaliwn ni fe, Susan.'

'Ond dwi wedi blino ar y galwade. Ma'n gas 'da fi godi'r ffôn nawr.'

'Dwi'n gwbod, ond falle y stopian nhw yr un mor sydyn ag y dechreuon nhw,' meddai Carol, gan wybod mai annhebygol iawn oedd hynny. Y cysylltiad mwy uniongyrchol yw'r cam nesaf fel arfer, a phwy a ŵyr, y tro nesaf fe allai fod yn llawer mwy bygythiol a pheryglus na'r cyfarchiad yn Safeway.

* * *

Dringodd Mansel Evans y llwybr troellog a arweiniai
o'r ffordd fawr at y gamfa ar gwr y goedwig. Rhedodd
Siani, yr ast labrador, i fyny o'i flaen gan arogli pob
twmpath a thwll ar y ffordd.

'Siani! Aros!' galwodd ei pherchennog, wrth i'r ast
wthio'i ffordd drwy'r gamfa yn ddiamynedd i gyrraedd
y goedwig.

'Dere 'ma!' galwodd wrth iddo gyrraedd y gamfa.
Daeth yr ast yn ôl yn gyndyn a'i phen a'i chynffon yn
isel. Arhosodd Mansel Evans a throi i edrych yn ôl i
lawr y llwybr i gyfeiriad y rhes hir o dai a byngalos ar
hyd Lôn y Coed, yn union fel y gwnâi bob prynhawn am
chwarter wedi un.

Roedd ei ddiwrnodau wedi eu rhannu'n gyfnodau
hwylus; cyfnodau a'i cariai ymlaen o fore tan nos,
cyfnodau a'i cadwai'n brysur, cyfnodau y gallai ymdopi
â nhw. Ac roedd treulio awr a hanner bob prynhawn yn
mynd â Siani am dro yn un o'i gyfnodau hapusaf. Nid
oedd Mansel Evans wedi bod mor gaeth â hynny i'r cloc
drwy gydol ei fywyd; yn wir, yn ôl Ena, ei wraig, doedd
ef erioed wedi bod yn brydlon i ddim cyn iddo ymddeol.
Ond yn awr, a digonedd o amser ganddo, roedd Mansel
yn llawer mwy gofalus ohono. Edrychodd ar ei oriawr.
Roedd hi'n amser iddo symud ymlaen.

'Dere,' meddai wrth yr ast, gan chwifio'i ffon i
gyfeiriad y goedwig. Dyma'r arwydd y bu Siani'n
disgwyl amdano, a heb air arall o anogaeth fe
ymgordeddodd drwy'r gamfa a rhedeg i mewn i ganol y
coed.

Bu'n bwrw glaw yn ystod y nos ac roedd y gwair a'r
dail, a chwythwyd gan wyntoedd cryf yr wythnos
flaenorol, yn wlyb o dan draed, ond nid oedd hynny'n
mennu dim ar fwynhad Siani. Câi ryddid gan ei meistr i
grwydro i ble bynnag y byddai ei thrwyn yn ei harwain

ar ôl arogleuon anifeilaidd diddorol. Chwifiodd Mansel Evans ei ffon drwy'r tyfiant ar ochr y llwybr a'i dilyn. Diflannodd yr ast o'r golwg ond roedd ei sŵn i'w glywed yn glir yn y drysni, a phan ddechreuodd hi gyfarth, credai Mansel ei bod, er gwaethaf ei holl sŵn, wedi codi cwningen.

'Siani! Siani! Dere 'ma!' galwodd Mansel. Nid oedd am iddi redeg filltiroedd ar draws y wlad fel y digwyddodd y tro diwethaf y cododd hi un. Ond er mawr syndod a rhyddhad iddo, daliai'r sŵn cyfarth i ddod o'r un man.

'Siani! Dere 'ma! Dere 'ma'r ast!'

Ond parhau i gyfarth o ganol y tyfiant ar ochr y llwybr wnaeth Siani.

'Be sy'n bod arnot ti?' galwodd Mansel Evans, gan bladuro'i ffordd drwy'r drysni â'i ffon. Gwelodd siâp tywyll Siani o'i flaen ac yna siâp golau yn ei hymyl.

'Beth ar y ddaear sy 'da ti fyn'na ...?' dechreuodd, ond wrth iddo wthio'r tyfiant olaf naill ochr gwelodd mai corff ydoedd. Cydiodd yng ngholer yr ast a'i thynnu'n ôl.

Roedd hi'n union ddwy funud ar hugain wedi un, ac roedd amserlen Mansel Evans ar chwâl.

Cerddodd Gareth Lloyd i fyny i gyfeiriad Coed y Gaer
ar hyd y llwybr troellog roedd Mansel Evans wedi
cerdded ar hyd-ddo awr yn gynharach. Ar ochr arall y
gamfa safai'r pedwar dyn oedd yn disgwyl amdano: tri
heddwas a Mansel Evans ei hun. Sylwodd un o'r
heddweision ar Gareth a dringodd dros y gamfa i'w
gyfarfod.

'Sarj.'

'Ble ma'r corff?' gofynnodd Gareth ar ôl ei gyfarch.

'Draw fan'na yng nghanol y drysni,' a phwyntiodd y
plismon i'r cyfeiriad hwnnw.

'Hwnna yw'r dyn dda'th o hyd iddi?'

'Ie, Mansel Evans. Mae e'n byw yn un o'r tai lawr
fan'na yn Lôn y Coed. Ro'dd e'n mynd â'i gi am dro ar
ôl cinio. Y ci dda'th o hyd i'r corff.'

'Ti o'dd y cynta 'ma?'

'Ie.'

'O'dd y corff wedi'i symud?'

'Nago'dd, weden i.'

'Beth am Evans? O'dd e wedi cyffwrdd â'r corff?'

'Nago'dd. Ro'dd rhywun wedi trio'i guddio dan ddail
a brige ac ar wahân i'r ychydig ro'dd y ci wedi'i grafu
rownd y coese, dwi ddim yn credu fod 'na ddim wedi'i
symud.'

Edrychodd Gareth i gyfeiriad Mansel Evans. 'Ble
ma'r ci nawr?'

''Nôl yn y tŷ. A'th e lawr i'r tŷ i'n ffonio ni a
gadawodd y ci yno.'

'O ble dethon *nhw*?' gofynnodd Gareth, gan
amneidio'i ben at y ddau heddwas arall.

'Glywon nhw'r neges yn 'u car.'

Nodiodd Gareth. 'Wyt ti wedi ca'l *statement* 'da fe?'

'Dyna ro'n i'n 'i neud nawr, sarj.'

'Iawn. Gwell i ti gario mla'n er mwyn 'i orffen e cyn i'r *chief inspector* gyrra'dd.'

Nodiodd yr heddwas a dychwelyd at y lleill. Dilynodd Gareth ef dros y gamfa, ac ar ôl dweud wrth y ddau heddwas arall i ddechrau diogelu man y drosedd rhag y bobl a fyddai'n siŵr o ymgasglu, trodd ar hyd y llwybr roedd Mansel Evans a'i gi wedi ei dorri at ymyl y corff.

Gorweddai'r corff ar ei ochr dde, gyda dim ond coesau a thraed noeth i'w gweld o dan y dail rhedyn a'r brigau. Merch, meddai Gareth wrtho'i hun wrth edrych ar y coesau llyfn, di-flew. Naill ochr i'r traed a'r coesau roedd twmpathau bychain o ddail a dystiai fod y ci wedi ceisio gweld yr hyn roedd wedi ei arogli. Tybed ble mae ei hesgidiau? meddyliodd Gareth.

Newydd gyrraedd 'nôl o'r llys roedd Gareth Lloyd pan dderbyniodd yr orsaf alwad Mansel Evans. Gareth oedd yr unig aelod o'r CID oedd ar gael ar y pryd, felly i'w gôl ef y disgynnodd y cyfrifoldeb o ymateb a gwthio'r cwch i'r dŵr.

'Hei! Beth am help fan hyn!' galwodd rhywun o'r llwybr. Roedd Kevin Harry, swyddog man-y-drosedd, yn bustachu i ddringo'r gamfa o dan bwysau ei holl offer. Estynnodd un o'r heddweision ei law iddo a disgynnodd y swyddog yn ddiogel yr ochr draw. Gollyngodd ei fagiau ar y llwybr a cherdded at ymyl Gareth.

'Gna'r hyn y galli di fel ma' hi ar hyn o bryd,' meddai Gareth wrtho. 'Bydd raid i ti aros am Dr Mason cyn neud dim byd arall.'

'Iawn,' meddai Kevin Harry, gan ddychwelyd i nôl ei offer.

Roedd Kevin wedi gorffen tynnu lluniau o'r corff ac yn dechrau ffilmio'i leoliad yn ei gyd-destun pan glywodd Gareth waedd arall o gyfeiriad y llwybr. Trodd i weld Dr Mason, meddyg yr heddlu, yn camu'n ofalus drwy'r drysni a'r anialwch. Ni fyddai'r meddyg wedi gwneud hynny o ddewis ar fore teg o Fai, heb sôn am brynhawn diflas o Hydref ond, fel pob un arall oedd yno, nid oedd ganddo'r dewis. Roedd ei farn am anystyrioldeb cyrff yn ddiarhebol, ond yn y dyddiau tywyll hyn o ddiweithdra uchel, roedd hyd yn oed Dr Mason yn cydnabod bod yn rhaid i ddyn fynd i ble'r oedd y gwaith.

'Allet ti ddim fod wedi neud rhywfaint o drasho?' gofynnodd y meddyg i Gareth Lloyd pan gyrhaeddodd y corff o'r diwedd.

'Nes mla'n, syr.'

'Dyw hynny'n fawr o gysur i fi,' meddai, gan roi ei fag i lawr ar y ddaear laith. Tynnodd gwdyn plastig Tesco o'i boced, ei agor a'i roi ar y llawr yn ymyl y bag a phenlinio arno. Dechreuodd fwmian 'Dacw Mam yn Dŵad' gan syllu ar y corff am rai eiliadau heb ei gyffwrdd. 'Odych chi wedi bod drwy'r rhain?' gofynnodd, gan bwyntio at y gorchudd o ddail a brigau.

'Ddim eto. Kevin!' galwodd Gareth.

Daeth Kevin Harry yn ôl i ymyl y ddau i ffilmio Dr Mason yn codi'r brigau a'r dail oddi ar y corff.

'Yr ochor arall yw'n ochor ore i,' meddai'r meddyg.

Nid ymatebodd Kevin; nid oedd am gael sŵn ei lais ei hun ar y fideo.

'A dwi'n ofni nad hon yw 'i hochor ore hithe chwaith – erbyn hyn, beth bynnag,' meddai Dr Mason wrth godi'r dail yn ofalus o wyneb y ferch. Roedd yna glwyf dwfn a llydan ar ochr dde ei phen. Roedd y gwaed wedi sychu ac roedd ei gwallt yn gymysg â'r dail oedd wedi eu taflu drosti.

'Dwi ddim yn mynd i gyffwrdd â'r rheina, rhag ofn i fi symud rhwbeth na ddylwn i ddim,' meddai Mason, gan ddechrau teimlo am guriad yn ei gwddf. 'Wel, do's dim dwywaith 'i bod hi'n farw,' meddai, gan gyfiawnhau ei bresenoldeb yno. 'A do's dim dwywaith yn fy meddwl i mai'r ergydion i'r pen achosodd 'i marwolaeth, ond gwell i ti aros i'r patholegydd weud hynny'n bendant rhag ofn fod 'na bwys neu ddau o wenwyn yn 'i stumog hi.'

'Ac ers pryd ma' hi wedi marw?'

'O, ddim yn hir iawn, weden i.' Trodd Dr Mason gorff y ferch fwy ar yr wyneb a chodi gwaelod y ffrog las fer a wisgai. Roedd cefn ei choes dde a boch dde ei phen ôl yn borffor. Gwasgodd y meddyg y cnawd yn galed â'i fys.

'Rhyw ddeuddeg i bymtheg awr,' meddai pan gododd ei fys. 'Ma'r gwa'd wedi ceulo neu bydde'r cnawd wedi troi'n wyn dan bwyse 'mys i. Ma'n cymryd oddeutu deuddeg awr i'r gwa'd geulo. Ond unwaith eto, gwell i ti aros am adroddiad y patholegydd.'

Nodiodd Gareth cyn dweud, 'Dim dillad isa.'

'Nago's,' meddai'r meddyg, gan dynnu'r ffrog yn ôl dros ei choesau. 'Rhwbeth i chi chwilio amdano, os nad o'dd hi'n dewis peidio'u gwisgo.'

Dechreuodd godi ar ei draed ac estynnodd Gareth ei law i'w gynorthwyo.

'O, 'na welliant,' ebychodd y meddyg, gan rwbio gwaelod ei gefn. 'A dim ond mewn pryd,' meddai, gan edrych dros ysgwydd Gareth.

Trodd Gareth i'r cyfeiriad roedd Mason yn edrych a gweld y Prif Arolygydd Clem Owen, ynghyd â phatholegydd y Swyddfa Gartref, yn cerdded tuag atynt ar hyd y llwybr a oedd yn un cyhoeddus iawn erbyn hyn.

'Diolch yn fawr i chi, Dr Mason,' meddai Gareth. 'Fe gaiff Dr Anderson …'

'Athro.'

'Beth?'

'Athro Anderson. Newydd ga'l dyrchafiad, ac mae e'n falch iawn o'i deitl newydd.'

'O, iawn,' meddai Gareth gan wneud nodyn o'r newid er mwyn bod ar delerau da â'r patholegydd.

'Pnawn da, Richard,' cyfarchodd Dr Mason y patholegydd, gan ddangos ei fod ef eisoes ar delerau da iawn ag ef. 'Dwi newydd orffen 'y nhipyn i. Gadawa i ti ga'l llonydd i neud dy ran di.'

'Mae'n gyfyng 'ma, gyfeillion,' meddai'r patholegydd, gan edrych ar Gareth Lloyd a Clem Owen. 'Mae'n siŵr y bydd Kevin a fi'n gynt os cawn ni fwy o le i weithio.'

Dilynodd y ddau heddwas Dr Mason allan o'r drysni.

'Ble y'n ni arni?' gofynnodd Owen i Gareth ar ôl i'r meddyg ffarwelio â nhw.

'Ddim llawer hyd yn hyn. Rhyw awr sy ers i'r corff ga'l 'i ddarganfod.'

Nodiodd Owen. 'Cam wrth gam i ddechre; daw'r came breision wedyn, gobeithio.'

'Ie. Menyw, yn 'i hugeinie diweddar, falle.'

'Shwd ga'th hi 'i lladd?'

'Ergyd i'w phen, fwy na thebyg.'

'Ymosodiad rhywiol?'

'Falle, ond do's 'na ddim arwydd amlwg o hynny. Dyw hi ddim yn gwisgo dillad isa. Ond falle mai o ddewis o'dd hynny.'

'Hmm.'

'Dim sgidie, chwaith,' meddai Gareth.

'Paid gweud 'i bod hi'n dewis peidio gwisgo'r rheini hefyd?'

'Go brin.'

'Y llofrudd wedi mynd â nhw?'

'Ac wedi'u taflu.'

Edrychodd y prif arolygydd o'i gwmpas. 'Ma' 'na ddynion ar 'u ffordd i chwilio'r goedwig. Dwi wedi anfon negeseuon i Carol ac Eifion i ddod mas 'ma hefyd;

fe gewn nhw aros 'ma ac arwain yr holi yn y tai yn Lôn y Coed. Dwi am i ti drefnu pethe 'nôl yn yr orsaf. Fe a' i gyda Dr Anderson …'

'Athro.'

'Beth?'

'Wedodd Dr Mason fod Anderson newydd ga'l 'i neud yn athro.'

'Ti'n iawn, ro'n i wedi clywed. Ma' hynny'n siŵr o fod wrth 'i fodd. Wel, fe a' i gydag e i'r *post mortem*,' meddai, heb fawr o frwdfrydedd. 'Odyn ni'n gwbod pwy yw hi?'

'Ddim eto. Falle daw'r dynion o hyd i fag neu rwbeth yn y drysni.'

'Do's dim blode gwyllt prin yn tyfu 'ma, o's e?'

Edrychodd Gareth yn syn ar ei bennaeth. 'Ddim hyd y gwn i. Pam?'

'Rhag ofn bydd rhywun yn cwyno os cliriwn ni'r tyfiant ar lawr y goedwig.'

'Fydde rhywun yn cwyno?'

'Fe gwynodd cadwriaethwyr am y difrod ro'dd yr heddlu'n 'i neud mewn coedwig rywle yn Lloegr.'

'Am beth o'n nhw'n chwilio?

'Merch fach bedair o'd.'

'Syr!' Rhyw bymtheg llath i mewn i'r goedwig safai un o'r heddweision roedd Gareth wedi eu hanfon i ddiogelu'r lleoliad. Roedd yn chwifio'i freichiau uwch ei ben er mwyn tynnu eu sylw.

'Dal dy ddŵr!' galwodd Clem Owen gan gerdded tuag ato. 'Reit, be sy 'da ti?'

'Bag llaw, draw fan hyn,' ac arweiniodd yr heddwas y ffordd.

Gorweddai'r bag ar y llawr yn ymyl y llwybr. Syllai'r tri ar y bag bychan o ledr ffug du, yn ysu am ei agor ond yn gwybod na allent gyffwrdd ag ef cyn i Kevin Harry ei archwilio am olion bysedd.

'Dyw e ddim yn edrych fel petai e wedi ca'l 'i daflu'n bell iawn,' meddai Gareth.

'Nagyw,' meddai Owen. ''I ollwng gan rywun, fwy na thebyg.'

'Y ferch,' awgrymodd Gareth.

'Neu'r llofrudd,' awgrymodd yr heddwas. Trodd y ddau dditectif i edrych arno, a barnodd yntau y byddai'n well iddo fynd i gynorthwyo'i bartner i orffen clymu'r ruban glas a gwyn o gwmpas man y drosedd.

'Neu'r llofrudd, wrth gwrs,' meddai Clem Owen.

'Posib,' cytunodd Gareth.

'Cer i weld ble ma' Dr ... yr Athro Anderson arni, a gofyn a all e sbario Kevin am funud i ni ga'l gweld be sy yn y bag 'ma.'

Roedd y patholegydd wedi archwilio'r corff cymaint ag y gallai lle'r oedd yn gorwedd ar y pryd, ac roedd ei archwiliad cychwynnol yn cytuno â'r hyn roedd Dr Mason wedi ei amau. Yr unig beth y gallai ei ychwanegu oedd mai rhyw fath o arf crwn, trwm oedd wedi achosi'r niwed i'w phen.

'O's rhywun wedi ymosod yn rhywiol arni?' gofynnodd Gareth.

'Do's dim ôl o hynny; dim cleisie na chrafiade, ond falle y bydda i'n gallu dweud mwy ar ôl neud archwiliad manwl.'

Gadawodd y patholegydd i Kevin Harry baratoi'r corff ar gyfer y dynion ambiwlans a fyddai'n ei gludo i'r ysbyty, a dim ond ar ôl iddo orffen gwneud hynny yr aeth swyddog man-y-drosedd draw at Clem Owen a oedd yn gwylio'r bag bach yn amyneddgar iawn. Bu'n rhaid iddo ymarfer ei amynedd am ddeng munud arall cyn i Kevin estyn y bag iddo.

Ychydig iawn oedd yn y bag: pwrs yn cynnwys pedair punt tri deg naw ceiniog a dwy allwedd; crib; ffiol fechan o bersawr; pecyn o sigaréts a llythyr.

'Miss Lisa Thomas, 27 Ffordd Trebanos,' meddai Clem Owen.

'Wel, ry'n ni'n gwbod pwy yw hi, beth bynnag,' meddai Gareth, cyn ychwanegu, 'os mai 'i bag hi yw hwn.'

'Llythyr yn cynnig swydd iddi,' darllenodd Owen. 'Yn siop trin gwallt Styleways. I ddechre dydd Llun nesa.'

'Came breision yn barod,' meddai Gareth.

'Gobeithio'r arhosith hi fel'ny.'

Er mor bwysig oedd y gwaith cydgordio a threfnu yn y cefndir i unrhyw achos, nid oedd Gareth Lloyd yn or-hoff o fod yn gyfrifol amdano. Roedd yn llawer gwell ganddo fod allan ar wyneb y graig yn dilyn y datblygiadau ac yn holi'r tystion, ond yn absenoldeb yr Arolygydd Ken Roberts fe ddisgynnai'r cyfrifoldeb am y cydgordio ar ei ysgwyddau ef.

Ailddarllenodd Gareth y rhestr i wneud yn siŵr ei fod wedi gwneud pob dim: roedd Coed y Gaer wedi ei chau, a deg ar hugain o ddynion yn ei harchwilio â chrib fân yn ystod yr ychydig oriau o olau dydd oedd ar ôl am unrhyw beth arall a allai fod yn perthyn i'r ferch – yn enwedig ei hesgidiau a'i dillad isaf; roedd Eifion Rowlands a Wyn Collins yn arwain yr holi o ddrws i ddrws yn Lôn y Coed am dystion i unrhyw ddigwyddiad amheus y noson cynt; roedd Carol Bennett wedi mynd i 27 Ffordd Trebanos i weld ai yno roedd y ferch a lofruddiwyd yn byw, ac roedd Clem Owen wedi mynd i'r *post mortem*. Am y tro felly, nes y byddai adroddiadau'r gweithgareddau hyn yn ei gyrraedd, nid oedd dim arall y gallai ei wneud.

Agorodd drws yr ystafell a cherddodd y Rhingyll Berwyn Jenkins i mewn yn cario dau fygaid mawr o de.

'Meddwl falle y byddet ti'n barod am rwbeth i wlychu

dy big,' meddai, gan estyn un o'r mygiau ar draws y ddesg.

Diolchodd Gareth iddo a drachtio'r ddiod gryf, gynnes.

'Shw' ma' pethe'n mynd?' gofynnodd Jenkins, gan dynnu cadair arall at y ddesg a'i wneud ei hun yn gartrefol.

'Dawel, hyd yn hyn.'

'Fydd hi ddim fel'ny am hir, gei di weld.'

'Na, gobeithio.'

Roedd Gareth yn adnabod y rhingyll yn ddigon da i wybod bod yna fwy i'w ymweliad na dod â phaned o de iddo. Berwyn Jenkins oedd ffynhonnell pob gwybodaeth a chasglwr pob si a sgandal yn yr orsaf, ac roedd yn barod iawn i rannu'r hyn a wyddai, dim ond iddo gael dweud ei stori yn ei ffordd a'i amser ei hun; ond heddiw, ychydig iawn o ragymadroddi roedd ei angen arno.

'Wyt ti wedi clywed y newyddion?' gofynnodd, gan wybod yn iawn nad oedd Gareth wedi clywed.

'Pa newyddion?'

'Y person sy'n mynd i arwain ymchwiliad Ken Roberts.'

'Chief Superintendent Colin Jones o Heddlu Gogledd Cymru.'

'Nage,' meddai Jenkins, heb allu cadw'i syndod at anwybodaeth Gareth o'i lais. 'Ma' fe wedi tynnu 'nôl oherwydd salwch.'

'Pwy sy'n cymryd 'i le?'

'Chief Superintendent Anthony Stephens o Heddlu Gwent.'

Siglodd Gareth ei ben. 'Dwi ddim yn 'i nabod e.'

'Paid gweud nad wyt ti wedi clywed amdano fe.'

'Nagw.'

'Bachan! bachan! Wi'n gweld bod 'da ti dipyn i' ddysgu o hyd.'

Yfodd Gareth ychydig yn fwy o'i de.

'Wyt ti ddim ise gwbod pwy yw e?' gofynnodd Jenkins yn ddiamynedd.

Drachtiodd Gareth unwaith eto cyn dweud, 'Ma'n amlwg eich bod chi'n 'i nabod e.'

'O, odw, dwi'n 'i nabod e. Ro'dd e 'ma tan ryw wyth mlynedd 'nôl. Fel ti, sarjant yn y CID.'

'Ma'r dewis yn un da i ni, 'te.'

'A, wel, aros di nawr, wedes i mo 'ny.'

Rhoddodd y rhingyll ei fẁg i lawr ar y ddesg ac estyn i boced ei diwnig am sigarét. Roedd yn dechrau'i fwynhau ei hun.

'Fydde Ken Roberts wedi'i ddewis e?' gofynnodd Gareth mewn ymgais i symud y stori yn ei blaen.

'Do'dd Ken Roberts ddim 'ma yr un pryd ag e. Ro'dd Tony Stephens wedi symud mla'n i borfeydd brasach cyn i Ken ddod 'ma.'

'Popeth yn iawn.'

'A, wel …'

'Wedoch chi mo 'ny.'

'Naddo,' meddai Berwyn Jenkins gan wenu.

'Os mai sarjant o'dd e wyth mlynedd 'nôl ac mae e'n *chief superintendent* nawr, mae e wedi ca'l gyrfa a hanner.'

Nodiodd Berwyn Jenkins ei ben. 'Ro'dd Tony Stephens yn uchelgeisiol iawn a do'dd e ddim yn bwriadu bod yn sarjant yn y CID eiliad yn hirach nag o'dd raid. Do'dd dim byd yn mynd i'w rwystro fe. Ro'dd e'n mynd i neud 'i farc a symud mla'n.'

'A shwd fath o farc nath e 'ma?'

'Un dwfwn iawn. Do'dd cydweithio ddim yn 'i wa'd e. Ro'dd popeth yn gystadleuaeth iddo. Os o'dd 'na glod i fod am ganlyniad da, ro'dd Tony Stephens yn benderfynol mai fe fydde'n 'i ga'l. Ac fel ma' hi gyda phobol uchelgeisiol, do'dd e ddim yn ddyn poblogaidd.

Do'dd e'n rhannu dim gyda neb.'

'Shwt o'dd e mor llwyddiannus, 'te?'

'Wel, fel dwi'n deall, o fewn blwyddyn iddo ddod 'ma ro'dd gydag e ryw hanner dwsin o fân droseddwyr o'dd yn 'i fwydo fe â phob math o wybodaeth.'

'Ac yn dâl am y wybodaeth, bydde fe'n cadw'n dawel am 'u mân drosedde nhw.'

'Dyna ti. Yr unig beth o'dd yn 'u cadw nhw mas o garchar o'dd 'u defnyddioldeb i Tony Stephens. A dim ond tra bydden nhw o ddefnydd iddo fe y bydden nhw'n cadw'u tra'd yn rhydd.'

'Beth o'dd yr achos nath 'i farc e?'

'Dwyt ti ddim mor dwp ag wyt ti'n edrych, wyt ti?' meddai Jenkins, gan ddrachtio'i de. 'Ro'dd bachgen saith mlwydd o'd wedi diflannu. Wyn Lewis o'dd 'i enw. Un funud ro'dd e'n whare gyda'i ffrindie ar ryw ddarn o dir wast ar bwys ei dŷ, a'r funud nesa ro'dd e wedi diflannu. O un i un ro'dd 'i ffrindie wedi mynd adre nes o'r diwedd dim ond fe o'dd ar ôl, ac ro'dd dwy awr arall wedi pasio cyn i'w fam ddechre poeni amdano. Wel, fe a'th hi'n ymchwiliad difrifol ar unwaith gyda dros ddau gant o bobol yn ein helpu ni i chwilio amdano, ond do'dd dim golwg ohono – yn fyw nac yn farw – yn unman. Yr unig ddarn o wybodaeth addawol o'dd 'da Clem Owen o'dd tystiolaeth y plant o'dd wedi bod yn whare gyda Wyn. Ro'dd rhai ohonyn nhw wedi gweld car mawr glas yn pasio lle ro'n nhw'n whare ryw ddwywaith neu dair yn ystod y prynhawn. Ro'dd rhyw hen wraig yn mynd â'i chath am dro …'

'Mynd â chath am dro?'

'Paid gofyn. Ro'dd y fenyw hefyd wedi sylwi ar gar glas yn gyrru o gwmpas y strydoedd, ond yn anffodus do'dd gyda hi ddim mwy o syniad na'r plant shwd gar o'dd e; enwyd bron pob mêc dan haul, os dwi'n cofio'n iawn. Ond gan mai dyna'r cyfan o'dd gyda Clem Owen, ro'dd e'n benderfynol o fynd ar ôl perchennog pob car mawr glas yn yr ardal.'

Ochneidiodd Gareth. 'Do'dd 'da chi ddim byd, o'dd e?'

'Dim o gwbwl, ac fel'ny fuodd hi am yn agos i wthnos; y pwyse'n cynyddu a dim byd i' ddangos am yr holl waith, a phawb erbyn hynny'n derbyn fod Wyn wedi'i ladd. A do'dd neb yn fwy anhapus am y diffyg datblygiade na Tony Stephens. Fe ddechreuodd e feirniadu'r ffordd ro'dd Clem yn arwain yr ymchwiliad – tu ôl 'i gefn, wrth gwrs – ac yn gweud y dylen ni fod wedi neud pethe'n wahanol.'

'Er enghraifft?'

'O, dwi ddim yn cofio beth i gyd. Pwyso ar y fam a'i chariad. Mynd ar ôl y math o bobol fydde'n debygol o gipio bachgen bach.'

'Ond nag o'dd Clem wedi neud 'ny?'

'O'dd, i radde, ond ro'dd e'n rhoi mwy o bwyslais ar y car glas. Ro'dd e'n siŵr bod 'da gyrrwr hwnnw rwbeth i' neud â diflaniad y bachgen. O leia ro'dd e am wbod beth o'dd e'n neud yn yr ardal, os mai dim ond er mwyn 'i ddileu o'r ymchwiliade a cha'l gwbod os o'dd y gyrrwr wedi gweld rhwbeth amheus. Ond fel digwyddodd hi, cha'th e ddim cyfle i neud 'ny.'

'Pam, beth ddigwyddodd?'

'Da'th Tony Stephens o hyd i'r llofrudd. Un diwrnod ro'dd David Peters yn canu'r un hen diwn gron wrth y wasg ein bod ni'n dal i ymchwilio i sawl posibilrwydd, ac yna, drannoeth, dyma fe'n gweud wrthyn nhw ein bod ni wedi arestio dyn am gipio Wyn Lewis a'i fod e wedi cyffesu iddo'i lofruddio.'

'Pwy o'dd e?'

'Dyn o'r enw Les Davies. Wel, dyn o ran oedran ond bachgen bach o ran 'i feddwl.'

'O'dd gydag e hanes o ymhél â phlant bach?'

'Ddim fel'ny, ond ro'dd yn well 'dag e gwmni plant na

phobol 'i oedran 'i hun. Ac ro'dd 'na sôn 'i fod e wedi
ca'l 'i gam-drin gan ffrind i'r teulu pan o'dd e'n fach.'

'O'dd gydag e rwbeth i' neud â'r car?'

'Nago'dd. Do'dd e ddim yn gyrru.'

'Pwy dda'th o hyd iddo fe?'

'Tony Stephens. Ro'dd un o'r dynion o'dd yn cario
clecs iddo fe wedi gweld Les yn siarad â'r plant yn ystod
y prynhawn, ac yn ddiweddarach ro'dd e wedi gweld y
ddau yn cerdded i ffwrdd o'r lle whare.'

'Dyna'r cyfan? Un tyst?'

'Na, ro'dd y fenyw â'r gath hefyd yn cofio gweld Les
Davies yn yr ardal tua'r un amser. Ro'dd hi wedi gweud
'ny wrthon ni ar y pryd, ond gan fod Les yn treulio'i
fywyd yn crwydro'r strydoedd, chymerodd neb fawr o
sylw o'r peth.'

'Nes i ddyn Stephens weld y bachgen yn 'i gwmni.'

'Ie.'

'Pam na fydde'r dyn wedi gweud hynny wrthoch chi'n
gynharach?'

'Ro'dd e wedi bod ar 'i wylie a do'dd e'n gwbod dim
am ddiflaniad y bachgen nes iddo gyrra'dd adre.'

'Beth o'dd gyda Clem i' weud am hyn i gyd?'

'Do'dd Clem yn gwbod dim byd amdano fe. Pan ga'th
Stephens hanes Les, fe arestiodd e ar unwaith a'i holi
heb ddweud gair wrth Clem. Ar ôl i Les gyffesu, a'th
Stephens at David Peters. Y peth cynta ro'dd Clem yn 'i
wbod am Les Davies o'dd Stephens yn gofyn iddo fe a
o'dd e ise dod gydag e i nôl corff y bachgen.'

'Les Davies wedodd wrthoch chi ble'r o'dd y corff?'

'Ie.'

'Do'dd 'na ddim amheuaeth wedyn, o'dd 'na?'

'Nago'dd. Cethon nhw hyd i'r corff yn un o'r hen
siedie 'na ar bwys y rheilffordd. Yr unig broblem o'dd,
ro'n ni wedi chwilio'r rheini drannoeth i Wyn Lewis
ddiflannu, a do'dd 'i gorff e ddim 'na bryd 'ny.'

'Ma'n rhaid mai ar ôl hynny ro'dd Davies wedi mynd â'r bachgen yno. Yn gwbod 'u bod nhw wedi ca'l 'u chwilio.'

'Ma'n rhaid, ond do'dd Les ddim yn ddigon deallus i weithio hynny mas. Dyna beth o'dd yn poeni Clem, a'r ffaith mai dim ond rhyw ddeuddydd cyn i ni ddod o hyd iddo y buodd Wyn farw, yn ôl y *post mortem*. Cwestiwn mawr Clem wedyn o'dd ym mhle'r o'dd Les wedi cadw'r bachgen a shwt o'dd e wedi gofalu amdano fe rhwng yr amser y cipiodd e fe a'r amser yr a'th e ag e i'r siêd. Gethon ni byth ateb boddhaol, a dyna pam nad o'dd Clem Owen yn hapus gyda'r canlyniad.'

'Ond ro'dd e *yn* ganlyniad?'

'O, o'dd. Fe gafwyd Les Davies yn euog o lofruddio Wyn Lewis a'i anfon i garchar am o's.'

'Ac ar gefn y canlyniad fe ga'th Tony Stephens ddyrchafiad.'

'Yn *inspector,* a'i symud i Gaerfyrddin. Ro'dd rhai'n gweud mai am fod Tony Stephens wedi datrys yr achos a cha'l yr holl glod ro'dd Clem yn anhapus gyda'r canlyniad, ond, wel …'na fe, pwy sy'n gwbod.'

'A nawr ma' fe 'nôl 'ma.'

'Odi, yn *chief superintendent* sy'n ymchwilio i ymddygiad un o ddynion Clem, ac ynte'n dal yn *chief inspector.*'

Wrth iddi droi i mewn i Ffordd Trebanos, sylwodd Carol fod y siop ar y cornel wedi newid dwylo unwaith eto. Siop gornel draddodiadol a werthai ychydig bach o bopeth i drigolion y stryd oedd hi pan ddaeth Carol i weithio i'r dref gyntaf, ond yn ystod y blynyddoedd diwethaf roedd hi wedi bod yn gartref i gyfres o fusnesau byrhoedlog, gan gynnwys caffi, siop recordiau, siop offer trydanol ail-law, ac yna siop ddillad ail-law. Ond roedd y fenter honno hefyd wedi dod i ben bellach, ac wedi gwneud lle i fusnes tyllau mewn clustiau a thatŵs.

Ond dyna natur pethau yn Ffordd Trebanos. Ers yn agos i bymtheng mlynedd, wrth i'r perchenogion werthu eu tai a symud fesul un ac un i fyw yn yr ystadau tai newydd ar gyrion y dref, roedd tai'r stryd bron i gyd wedi eu troi yn fflatiau ac ystafelloedd byw a chysgu. Buddsoddiadau un ffordd oedd y tai i nifer o'r perchenogion newydd, a oedd wedi eu gadael i ddirywio nes bod ambell un erbyn hyn wedi dechrau adfeilio ac yn berygl bywyd i'r sawl a drigai ynddo. Bob hyn a hyn codai cynghorwyr y dref neu ohebwyr y papur lleol eu lleisiau a datgan yn huawdl bod cyflwr y tai yn sarhad ar y gymdeithas gyfan ac y dylid gwneud rhywbeth yn eu cylch a hynny ar fyrder. Ond fel arfer gyda datganiadau felly, nid oeddynt yn cyflawni dim, ar wahân i godi cywilydd pellach ar y sawl oedd yn gorfod byw yn y tai.

Wrth iddi yrru ar hyd y stryd, tynnodd fan Dŵr Cymru allan o flaen un o'r tai a llywiodd Carol ei char i mewn i'r bwlch a adawyd ganddo. Gadawodd ei char a cherdded yn ôl i rif dau ddeg saith, dringo'r tri gris at y drws a syllu ar y rhestr o enwau'r trigolion. Nid oedd enw Lisa Thomas yn eu plith. Cyfenwau'n unig oedd pedwar ohonynt – Morgan, Strafford, Grant a Morris; enwau parau oedd tri ohonynt – Mike a Janet, Simon a Paul, Jennifer a Chris; ond ar waelod y rhestr roedd y gair 'Ni'. Swniai hwnnw'n fwy addawol nag un o'r lleill a gwasgodd Carol fotwm y gloch oedd gyferbyn ag ef. Roedd hi'n ei wasgu am y trydydd tro pan agorwyd y drws gan fachgen yn ei ugeiniau cynnar.

'Shwd ma' …' dechreuodd Carol, ond gwthiodd y bachgen heibio heb gymryd sylw ohoni, a cherdded i lawr y grisiau i'r stryd. Bu bron i Carol alw ar ei ôl, ond pan sylwodd ei fod wedi gadael y drws ar agor, gadawodd iddo fynd ac aeth i mewn i'r tŷ.

Roedd y cyntedd yn hir ac, ar wahân i ychydig o olau a ddeuai i mewn drwy'r ffenest fechan ar dro'r grisiau, yn dywyll. Chwiliodd Carol ar hyd y wal am y swits golau a theimlodd blaster noeth a lleithder o dan ei llaw cyn dod o hyd iddo. Cliciodd y swits dan ei bys ond ni oleuodd y cyntedd.

'Grêt!' Syllodd ar y soced golau gwag a grogai ar waelod y grisiau.

Roedd yna ddrws ar ochr chwith y cyntedd heb na rhif nac enw arno. Os mai ar waelod y rhestr enwau oedd 'Ni', yna roedd siawns mai nhw oedd yn byw ar y llawr gwaelod. Dyna a ymresymai, ac y gobeithiai Carol; nid oedd wir am fentro i loriau uchaf yr adeilad heb gwmni o leia hanner dwsin o heddweision a chwrs o bigiadau gwrth-haint.

Atseiniodd sŵn ei dwrn ar y drws drwy'r cyntedd gwag ond ni ddaeth neb i'w agor, a derbyniodd Carol, yn gyndyn, y byddai'n rhaid iddi ddringo i'r llawr nesaf. Ar droad y grisiau ceisiodd edrych drwy'r ffenest allan ar ardd gefn y tŷ, ond roedd cymaint o lwch a baw ar y gwydr fel ei bod hi'n amhosibl gweld dim drwyddo.

Roedd tri drws ar y llawr nesaf ac fe gurodd Carol ar bob un yn ei dro cyn cael ateb yn yr olaf. Safai'r dyn yn nhrowsus ei byjamas, ei wallt yn flêr a'i lygaid yn hanner cau, yn siglo yn ôl ac ymlaen ar ei draed noeth. Roedd rhywle rhwng deg ar hugain a hanner can mlwydd oed ac yn edrych yn hanner marw.

'Ym mha fflat ma' Lisa Thomas yn byw?' gofynnodd Carol iddo.

'Pwy?' gofynnodd y dyn, gan gydio yn y drws â'i ddwy law mewn ymgais i'w atal ei hun rhag siglo.

'Lisa Thomas, merch ifanc tua dau ddeg tair, dau ddeg pedair o'd.'

'Ddim yn 'i nabod hi,' meddai'r dyn, gan ddechrau cau'r drws.

'Mae'n byw yn y tŷ 'ma,' meddai Carol, gan roi ei throed yn erbyn y drws.

Edrychodd y dyn ar esgid Carol. Cododd ei ben yn araf. Pan oedd ei lygaid yn syllu'n oeraidd i'w llygaid, daliodd Carol ei cherdyn gwarant o dan ei drwyn.

'Heddlu,' meddai, gan dynnu ei throed yn ôl o'r drws.

'Dwi'n dal ddim yn 'i nabod hi.'

'Pwy sy'n byw lawr llawr?'

'Dim syniad. Trïwch lan llofft,' a chyn i Carol gael cyfle i ymateb roedd y drws wedi ei gau a'r bollt wedi ei wthio i'w le.

Dringodd Carol i'r llawr nesaf a dechrau curo ar y drysau. Atseiniodd sŵn ei churo drwy'r llawr ond y tro yma fe gafodd ymateb.

'Ie?' Agorwyd y drws gan ferch yn ei hugeiniau cynnar yn gwisgo hen grys-T llwyd a jîns denim glas.

Dangosodd Carol ei cherdyn gwarant iddi a dweud, 'Odi Lisa Thomas yn byw 'ma?'

'Odi, ond dyw hi ddim 'ma nawr.'

'Na, dwi'n gwbod hynny. Allen i ddod mewn i ga'l gair 'da chi?'

'Iawn,' meddai'r ferch, gan godi ei hysgwyddau'n ddi-hid.

Dilynodd Carol hi i mewn i ystafell lydan a oedd yn gyfuniad o ystafell fyw a chegin. Eisteddodd y ferch mewn cadair freichiau gyfforddus a thynnu ei choesau i fyny odani. Edrychodd Carol o gwmpas yr ystafell a gweld ôl ymdrech i'w gwneud yn gysurus a chartrefol. Roedd y carped o liw coch cynnes a'r cadeiriau esmwyth, er eu bod i gyd o gynllun gwahanol, yn lân ac yn weddol gyfan. Ar y waliau roedd nifer o bosteri o adar ac Indiaid Cochion yn erbyn cefndir o sêr a mynyddoedd.

'Dyw Lisa ddim 'ma,' meddai'r ferch yn ddiamynedd, yn amlwg yn teimlo'n annifyr ynglŷn â'r diddordeb a ddangosai Carol yn yr ystafell.

'Na, dwi'n gwbod. Fe ddethon ni o hyd i gorff …'

'Beth?'

'Ma'n ddrwg 'da fi, ond fe ddethon ni o hyd i gorff merch wedi'i llofruddio yng Nghoed y Gaer bore 'ma. Yn ôl pob tebyg, corff Lisa yw e.'

'Lisa? Wedi'i llofruddio? Chi ddim o ddifri?' Cydiodd mewn pecyn o sigaréts a orweddai ar hen fwrdd pren tywyll yn ei hymyl.

'Bydd angen rhywun i gadarnhau mai Lisa yw hi, ond mae'n edrych yn debyg ar hyn o bryd …'

'Pam y'ch chi'n meddwl mai Lisa yw hi?'

'Ro'dd bag ar bwys y corff a'r llythyr 'ma ynddo fe.'

Estynnodd Carol yr amlen iddi. Darllenodd y ferch ychydig o'r llythyr ac yna dechrau wylo'n dawel.

'Ro'dd hi mor falch pan ga'th hi'r gwaith …' meddai, cyn torri lawr yn llwyr.

Arhosodd Carol am rai eiliadau cyn gofyn iddi, 'Pryd weloch chi hi ddwetha?'

'Neithiwr.'

'Ble?'

'Yn Marine Coast. A'th y tair ohonon ni i ddawns 'na.'

'Tair?'

'Ie, Lisa, Karen a fi.'

'Karen beth yw hi?'

'Karen Gardner.'

'A beth yw'ch enw chi?'

'Rosemary Jones.'

'Ac ry'ch chi'ch tair yn byw 'ma?'

'Odyn.'

Ysgrifennodd Carol hyn yn ei lyfr. 'Ac fe ethoch chi i'r ddawns gyda'ch gilydd?'

'Do.'

'Shwd ethoch chi 'na? O's car 'da un ohonoch chi?'

'Nago's. Allwn ni ddim fforddio un. Ma' pris tacsi'n ddigon drud.'

'Mewn tacsi ethoch chi? Y tair ohonoch chi gyda'ch gilydd?'

'Ie.'

'Adawoch chi gyda'ch gilydd hefyd?'

'Naddo. Des i 'nôl fan hyn gyda Stan, ac a'th Karen gyda rhyw foi o'r enw Nick.'

'Pwy yw Stan?'

'Stan Chapman, ma' fe'n gyrru lorri i Dyfed Hauliers. Mae e'n byw yn Maes y Parc; rhif wyth deg saith, dwi'n meddwl.'

'A pwy yw Nick?'

'Dwi ddim yn gwbod. Rhyw foi gwrddodd Karen ag e yn y ddawns.'

'O'dd Karen yn 'i nabod e cyn neithiwr?'

Cododd Rosemary ei hysgwyddau. 'Dwi ddim yn gwbod.'

'A Lisa? Gyda pwy a'th hi?'

'Dwi ddim yn gwbod. Weles i mo'ni ar ôl i'r ddawns orffen.'

'Faint o'r gloch o'dd hynny?'

'Rhwbeth i ddeuddeg?'

'Allwch chi fod yn fwy pendant?'

Siglodd ei phen. 'Chwarter, deng munud i, dwi ddim yn cofio.'

'Braidd yn gynnar.'

'A'th hi'n ffeit 'na, a dechreuodd pobol adel pan dda'th yr heddlu.'

'Pwy o'dd yn ymladd?'

'Rhai o fechgyn y dre a chriw o fechgyn o Gaerfyrddin.'

Gorffennodd Carol gofnodi'r holl fanylion cyn gofyn, 'Odi Karen 'ma nawr?'

'Na. Dyw hi ddim wedi dod 'nôl 'to.'

'O's rhyw syniad 'da chi pryd fydd hi 'nôl?'

'Faint o'r gloch yw hi?'

Edrychodd Carol ar ei horiawr. 'Deng munud wedi pedwar. Fydde Karen wedi cyrra'dd 'nôl erbyn hyn fel arfer?'

'Bydde.'

'Weloch chi Lisa gyda rhywun neithiwr?'

'Neb yn arbennig. Dwi'n cofio'i gweld hi'n dawnsio gyda dau neu dri boi gwahanol yn gynnar, ond dwi ddim yn cofio'i gweld hi o gwbwl wedyn.'

'Pwy o'dd y rhai weloch chi hi gyda nhw?'

'Dwi ddim yn gwbod 'u henwe. Ro'dd un ohonyn nhw'n edrych yn gyfarwydd ond dwi ddim yn gwbod beth yw 'i enw fe.'

'O'dd Lisa o gwmpas pan adawoch chi?'

'Nago'dd. Weles i mo'ni yn ystod y ffeit a dwi ddim yn cofio'i gweld hi am beth amser cyn 'ny chwaith.' Estynnodd am sigarét arall er mwyn cuddio'r cryndod yn ei llais a'r dagrau yn ei llygaid. 'Ro'dd e i fod yn ddechre newydd iddi.'

'Beth o'dd i fod yn ddechre newydd?'

'Y gwaith. Ro'dd hi wedi bod yn chwilio am waith ers iddi ddod 'ma, a hwn o'dd y peth cynta o'dd hi wedi'i ga'l o'dd wrth 'i bodd.'

'Ers pryd o'dd hi wedi bod yn byw 'ma?'

'Ers mis Gorffennaf.'

'O'ch chi'n 'i nabod hi cyn 'ny?'

Siglodd Rosemary ei phen. 'Na, ateb yr hysbyseb ro'n ni wedi'i rhoi yn y Spar nath hi.'

'Ble'r o'dd hi'n byw cyn dod 'ma?'

'Rhydaman.'

'O's gyda hi ffrindie yn y dre?'

'Nago's.'

'Pam symudodd hi o Rydaman?'

'I ga'l dechre newydd.'

'Dyna beth wedoch chi am y gwaith.'

'Ro'dd hi am ddechre popeth o'r newydd.'

'Pam?'

Gwasgodd Rosemary y sigarét yn y blwch llwch. 'Rhwbeth am 'i chyn-gariad.'

'Beth amdano fe?'

'Rhwbeth am y ffordd ro'dd e'n 'i thrin hi.'

'A shwd o'dd e'n 'i thrin hi?'

'Fel baw.'

'O'dd e'n 'i cham-drin hi?'

'O'dd; on'd yw pob dyn yn cam-drin menwod?'

'Wedodd Lisa wrthoch chi 'i fod e'n 'i cham-drin hi?'

'Do. Ro'dd e'n 'i bwrw hi drwy'r amser ac ro'dd Lisa'n neud popeth drosto fe. Dim ond hi o'dd yn gweithio; y cwbwl fydde fe'n neud fydde aros gartre drwy'r dydd yn yfed ac yn trwsio hen geir – a rhedeg ar ôl merched er'ill. Yn y diwedd ga'th hi ddigon ohono fe a gadel.'

'Wedodd Lisa wrtho fe 'i bod hi'n gadel, neu a'th hi heb ddweud wrtho fe?'

Chwarddodd Rosemary. 'Do'dd hi ddim mor dwp â gofyn iddo fe i'w helpu hi i bacio, o'dd hi? Yr hyn ddigwyddodd, yn ôl Lisa, o'dd 'i bod hi wedi ca'l llond bola ers amser ac wedi meddwl 'i adel e ond yn gwbod na alle hi neud 'ny heb ga'l crasfa. Wedyn, un dydd Sul, ro'dd e wedi bod lawr y clwb drw'r bore ac wedi dod 'nôl amser cinio a rhoi llond pen i Lisa am nad o'dd 'i fwyd e'n barod. Wedyn, ar ôl ca'l 'i fwyd, a'th e i gysgu ar y soffa. Gwelodd Lisa'i chyfle, pacio'i bag a mynd, tra o'dd e'n dal i chwyrnu ar y soffa.'

'A neud 'i ffordd 'ma. Pam?'

'Y bws cynta mas o Rydaman.'

'Odych chi'n gwbod enw'r bachgen?'

'Nagw.'

'Dim byd, dim enw cynta?'

Siglodd Rosemary ei phen. 'Ro'dd gyda Lisa ddigon o enwe iddo fe, ond do'dd dim un ohonyn nhw'n beth fyddech chi'n 'i alw'n enw. Chi'n meddwl mai fe ...?'

'Nagw.' Cofnododd Carol yr wybodaeth hon am gyn-gariad Lisa cyn gofyn, 'Odi cyfeiriad rhieni Lisa 'da chi, neu unrhyw berthynas iddi?'

'Na.'

'Bydd raid i fi weld 'i stafell wely; falle bydd 'na rwbeth fan'ny.'

'Fydden i ddim yn meddwl. Nath hi byth sôn am berthnase.'

'Wel, os nag o's 'na deulu agos, bydd yn rhaid i chi ddod i nabod y corff.'

'Fi? Dwi ddim ise edrych ar gorff marw.'

'Karen, 'te.'

Edrychodd Rosemary ar Carol, yn amlwg yn pryderu ac yn meddwl ble y gallai Karen fod.

'Wel, diolch yn fawr i chi am eich amser, Mrs Timothy. Os digwyddwch chi gofio rhwbeth, ffoniwch fi; ma'r rhif ar y cerdyn.'

Caeodd Eifion Rowlands ddrws y tŷ ar ei ôl a chroesi Bryneithin oddi ar ei restr. Roedd tri ar hugain o anheddau yn Lôn y Coed; pedwar ar ddeg o dai a naw byngalo, ond hyd yn hyn doedd neb roedd Eifion wedi ei holi wedi gweld na chlywed dim byd anarferol yn ystod y noson cynt. Roedd un neu ddau ohonynt wedi dweud iddynt glywed sŵn car rywbryd yn oriau mân y bore, ond gan fod y ffordd fawr yn pasio ar waelod y lôn, nid oeddynt wedi talu gormod o sylw iddo. Roedd Eifion hefyd wedi clywed gan un o'r trigolion fod Coed y Gaer wedi bod yn gyrchfan gyfleus a chysgodol i gariadon ar un adeg, ond aethant yn gymaint o bla nes i rai o'r trigolion benderfynu mai'r unig ffordd i roi terfyn arno oedd tynnu lluniau o'r parau yn eu ceir. Peidiodd yr arfer yn fuan wedyn. Ond hen hanes oedd hynny na fyddai gan Clem Owen unrhyw ddiddordeb yn ei glywed.

Cyneuodd Eifion sigarét. Edrychodd ar amlinelliad y tai gyferbyn yn erbyn yr awyr dywyll a disgwyl i'r Ditectif Gwnstabl Wyn Collins orffen holi'r bobl yn y tŷ drws nesaf. Daeth car i fyny'r ffordd gul tuag ato.

Dallodd ei oleuadau Eifion wrth i'r gyrrwr arafu a syllu arno. Roedd y trigolion a fu yn eu gwaith drwy'r dydd yn dechrau cyrraedd adref. Efallai eu bod eisoes wedi clywed am y llofruddiaeth, a chanddynt wybodaeth bwysig a olygai y byddai Eifion yn datrys yr achos mewn dim amser. Falle wir, ond nid oedd Eifion yn mynd i ddal ei wynt.

Edrychodd ar ei oriawr a meddwl am Siân ac am y ffaith y dylai ei ffonio i ddweud y byddai'n hwyr, ond cyn iddo dreulio hynny'n iawn meddyliodd am y cyfarfod y byddai Clem Owen yn siŵr o'i gynnal y noson honno i weld pa wybodaeth roeddynt wedi ei chasglu. Ochneidiodd wrth sylweddoli y byddai disgwyl iddo ef wneud rhyw fath o synnwyr o falu awyr a hel meddyliau trigolion Lôn y Coed ar gyfer y cyfarfod.

Roedd Eifion Rowlands wedi blino ar ei waith. Nid blino'n benodol ar yr achos hwn, ond blino ar fod yn blismon. Blino ar gael ei drin fel gwas bach gan ei gydweithwyr a chael y gorchwylion gwaethaf o hyd. Blino ar fod yn gwrtais ac yn amyneddgar gyda'r cyhoedd a chael llond pen o regfeydd a beirniadaeth yn dâl am hynny. Blino ar yr oriau hir ac anghymdeithasol; oriau y byddai'r achos hwn yn eu hawlio eto ar ben yr holl achosion eraill oedd ar ei blât yn barod. Roedd gan bawb lais yn yr hyn a wnâi, ar wahân iddo ef ei hun.

'Unrhyw beth?'

Cododd Eifion ei ben a gweld Wyn Collins yn cerdded tuag ato.

'Dim. Beth amdanat ti?'

'Hen foi yn gweud iddo weld tacsi'n pasio'i dŷ tua hanner nos neithiwr …'

'Rhywun yn dod adre ar ôl noson allan.'

'A menyw yn meddwl iddi glywed sŵn car o gwmpas dau o'r gloch y bore 'ma. Fe alle hwnna fod yn rhwbeth.'

'Hy!' oedd ymateb dirmygus Eifion. 'Clywes i hynny gan un neu ddau, ond dyw e ddim yn 'i neud yn fwy tebygol.'

'Wel, mae e'n rhwbeth i'w ddilyn, beth bynnag.'

Crychodd Eifion ei drwyn ac edrych yn amheus ar Collins.

'Wel, shwt arall dda'th hi 'ma?' gofynnodd Collins.

'Cerdded?' cynigiodd Eifion, gan godi ei ysgwyddau'n ddi-hid.

'Go brin, yn y dillad ro'dd hi'n 'u gwisgo. Ro'dd yn rhaid iddi hi a phwy bynnag laddodd hi ddod 'ma rywsut, a char yw'r ateb amlwg.'

'Falle'i fod e'n rhy amlwg.'

'Be sy'n bod arnot ti? Ma'n rhaid i ni ddechre'n rhywle.'

'Drycha,' meddai Eifion yn ddiamynedd. 'Beth os nad o'n nhw wedi dod 'ma gyda'i gilydd? Beth os mai dod 'ma ar 'i phen 'i hun i gwrdd â rhywun nath hi ac mai hwnnw laddodd hi? Neu beth os o'dd hi wedi cwmpo mas 'da pwy bynnag dda'th â hi 'ma, neu pwy bynnag dda'th hi 'ma i gwrdd ag e, a'u bod nhw wedi gwahanu ac iddi gwrdd â rhywun arall ac mai hwnnw laddodd hi? Neu beth os mai un o'r bobol sy'n byw yn Lôn y Coed dda'th â hi 'ma ac mai fe, hi neu nhw laddodd hi? Odi hynna'n ddigon iti ddechre arno fe?'

Siglodd Collins ei ben. 'Dwi'n mynd i gario mla'n i holi. Falle bydd rhywun wedi gweld neu glywed rhwbeth.'

'Yn y tŷ ola, ife?' galwodd Eifion ar ei ôl.

'Pwy a ŵyr? Mae e wedi digwydd cyn hyn.'

'Pwy a ŵyr?' ailadroddodd Eifion iddo'i hun cyn ychwanegu, 'Pwy sy'n poeni?'

Saith munud ar hugain i chwech. Clodd Susan Richards ddrws y swyddfa; dyma'r amser roedd hi'n ei gasáu fwyaf. Roedd e'n amser twyllodrus. Digon o bobl o gwmpas ond neb yn gwmni. Doedd pobl ddim yn gysur. Dim ond ffŵl diniwed fyddai'n meddwl fod tyrfa'n gyfystyr â diogelwch. Gwnâi tyrfa hi'n haws iddo guddio, yn haws iddo'i dilyn. Agorodd Susan y drws allanol ac edrych allan. Syllodd i fyny ac i lawr y stryd gan astudio'r ceir oedd wedi eu parcio bob ochr i'r ffordd, yn ogystal â'r rhai a yrrai heibio'n araf. Roedd y tro hwnnw yn Safeway yn dal yn rhy fyw iddi allu ei anwybyddu. Byth oddi ar hynny, wrth iddi gerdded o'r swyddfa i'r stryd, fe ddychmygai'r gwaethaf; ei bod yn agor y drws ac yn ei gael ef yno'n disgwyl amdani ac yn dweud, 'Helô, Susi.' Ond yna pan agorai'r drws a gweld nad oedd neb yno, fe gymerai ychydig o gysur – nid yn y dyrfa y tu allan, ond am nad oedd ef yno. Na, nid oedd tyrfa'n gysur iddi. Absenoldeb llwyr un person, dyna fyddai'n gysur. Cydiodd yn dynnach yn y larwm personol ym mhoced ei chot a chamu allan o'r adeilad.

Cerddodd Susan yn gyflym i fyny'r stryd a sŵn ei sodlau'n taro'r palmant yn adleisio curiadau ei chalon. Gadawai ei char yn y lle cyfreithlon agosaf y gallai ei barcio drwy'r dydd, ond roedd hynny ryw ddau can llath o'r swyddfa. Fel arfer byddai Clare yn ei hebrwng at ei char, ond heddiw roedd hi'n gors o annwyd ac wedi aros gartref. Roedd Susan wedi gweld ei heisiau sawl gwaith yn ystod y dydd, i rannu ei gofid a thrafod ei theimladau, ond absenoldeb Clare fu'n hwb iddi benderfynu mynd at yr heddlu. Ers y tro cyntaf iddi ddweud wrthi am y dyn, bu Clare yn ei chynghori i wneud cwyn amdano ond heddiw, a hithau ar ei phen ei hun, sylweddolodd Susan o'r diwedd pa mor ddiamddiffyn yr oedd hi mewn gwirionedd, ac mai'r unig beth doeth i'w wneud oedd rhoi'r mater yn nwylo'r heddlu. Roedd hi wedi credu ar un adeg y byddai ei ddiddordeb ynddi'n peidio ar ôl ychydig, ond erbyn hyn bu'n rhaid iddi gydnabod nad oedd yn mynd i adael llonydd iddi o'i wirfodd. Roedd yn rhaid iddi weithredu.

Cyrhaeddodd y car a oedd wedi ei barcio o dan olau'r stryd. Roedd allwedd y drws yn barod yn ei llaw dde, ond cyn ei rhoi yn y clo edrychodd Susan drwy ffenest ochr y car rhag ofn ei fod yn llechu yn y cefn. Edrychodd o'i chwmpas unwaith eto, rhag ofn ei fod yno'n barod i'w gwthio i mewn i'r car a'i chaethiwo, yna agorodd y drws a neidio i mewn gan ei gloi yn syth. Taniodd y peiriant a throi'r Renault allan i ganol y ffordd.

Roedd wedi bod yn eistedd yno yn ei gar yn disgwyl amdani. Gwelodd hi'n troi cornel y stryd ac yn mynd drwy ei defod arferol. Gwenodd wrth feddwl am y gafael oedd ganddo arni. Dilynodd y Renault i fyny'r stryd. Edrychodd ar y cloc o'i flaen; roedd hi dair munud yn hwyr heno ac ar ei phen ei hun. Tybed ble'r oedd Clare? Clare annwyl a oedd mor ofidus a gofalus o Susi.

Diflannodd y wên.

Ble'r wyt ti, Clare? Yn gweithio'n hwyr? Wedi mynd adref yn gynnar? Ddim wedi bod yn y gwaith o gwbl? Fe ddylai fod yn gwybod yr ateb. Fe ddylsai wybod cyn hyn nad oedd Clare gyda Susi. Cnodd ei wefus yn ei ddicter wrth feddwl am y cyfle roedd wedi'i golli. Pe bai'n gwybod y byddai Susi ar ei phen ei hun, fe allai fod wedi rhoi gwell croeso iddi. Roedd yn mynd yn esgeulus. Gwyddai gymaint amdani erbyn hyn, ond roedd rhyw ddigwyddiad annisgwyl fel hwn yn arwydd iddo nad oedd yn gwybod y cyfan eto. Roedd yna gyfnodau yn ei diwrnod na wyddai ef ddim amdanynt. Roedd y rheini'n adegau pan oedd hi ar goll iddo, y tu hwnt i'w afael, y tu allan i'w reolaeth. Ond fe fyddai hynny'n newid.

Cnodd ei wefus yn galetach a blasu'r gwaed.

Roedd rhywbeth wedi digwydd heddiw; rhywbeth

gwahanol i'r arfer, ac nid oedd ef wedi bod yno i gymryd mantais ohono. Pam ar y ddaear y dewisodd fynd i Abertawe? Ni fu gorfodaeth arno ond derbyniodd y cynnig gan feddwl y byddai heddiw fel pob dydd Iau arall yn hanes Susi. Gwaith o naw tan un o'r gloch, cinio gyda Clare yn Mullins ac yna crwydro o gwmpas y siopau dillad yn Ffordd y Frenhines. 'Nôl i'r gwaith erbyn dau ac yna adref am hanner awr wedi pump. Gwyddai hynny. Dyna oedd y drefn. Roedd wedi ei gwylio ddigon i wybod hynny. Roedd hefyd wedi dilyn y ddwy ohonyn nhw droeon o'r naill siop i'r llall, wedi ymgolli'n llwyr mewn edrych ar ddillad. Roedd wedi mwynhau'r dyddiau cynnar hynny'n eu gwylio'n siopa, yn dewis rhyw ddilledyn newydd. Fe âi mor agos atynt ag y gallai heb dynnu eu sylw, er mwyn gweld beth roedd Susi'n ei brynu, beth oedd ei liw a'i wneuthuriad. Byddai gwybod hynny'n ei gwneud hi'n haws iddo'i dychmygu'n ei wisgo.

Trodd y Renault oddi ar y briffordd i un o'r strydoedd cul a arweiniai i fflat Susi. Fel arfer fe yrrai ymlaen i'r troad nesaf cyn gadael y briffordd; roedd honno'n ffordd gyflymach ac fe fyddai ef yn cyrraedd pen y daith o'i blaen. Ond nid heno. Arhosodd y tu ôl iddi yr holl ffordd. Arafodd wrth y gyffordd olaf; cododd dyn ei law arno ond fe'i hanwybyddodd a gyrru yn ei flaen ar ôl Susi a oedd yn troi i mewn i'r stryd lle'r oedd hi'n byw.

Diffoddodd olau'r car a thynnu i mewn i'r ochr ryw hanner canllath y tu ôl iddi. Gwyddai y byddai ar bigau'r drain nawr, yn meddwl am y decllath olaf o'r car i'r tŷ. Roedd hyn yn gyfle iddo, ond roedd ei feddyliau ar chwâl ac nid oedd y sefyllfa'n llwyr o dan ei reolaeth.

Dringodd Susi allan o'r car ac edrych o'i chwmpas yn frysiog cyn diflannu i mewn i ddiogelwch y tŷ.

Beth fuest ti'n ei wneud heddiw, Susi, heb Clare yn gwmni? Aros yn y swyddfa neu fentro allan ar dy ben dy hun? Beth wnest ti, Susi?

Roedd yna gymaint na wyddai amdani o hyd; ac roedd am wybod y cyfan. Nid yn unig beth roedd hi'n ei wneud, ond hefyd beth roedd hi'n ei feddwl. Ond fe ddôi. Fe ddôi gydag amser. Ac roedd ganddo ddigon o amser. Roedd ganddo weddill ei bywyd.

'Karen? Ti sy 'na?'

Dim ateb, dim ond sŵn rhywun yn symud yn drwsgl yn yr ystafell fyw. Cerddodd Rosemary'n dawel ar draws llawr yr ystafell wely. Syllodd drwy gil y drws a gweld ei ffrind yn lled-orwedd yn un o'r cadeiriau breichiau.

'Karen! Ble ar y ddaear wyt ti wedi bod?'

Agorodd Karen ei cheg a'i llygad dde i edrych ar Rosemary. Hanner cododd ei braich chwith i'w chwifio i ffwrdd, yna disgynnodd y fraich yn llipa a chaeodd ei llygaid. Arhosodd ei cheg ar agor.

'Karen!' galwodd Rosemary, gan gydio yn ei hysgwyddau a'i siglo. 'Karen! Karen!'

'Beth?' gofynnodd Karen yn ddiamynedd, gan droi ar ei hochr i'w gwneud ei hun yn fwy cyfforddus.

'Karen, dihuna!' a siglodd ei hysgwyddau'n galetach.

'Beth?'

'Ma' Lisa wedi marw.'

'A finne.' Gan wenu, caeodd Karen ei llygaid a dechrau chwyrnu.

Croesodd Eifion enw'r tŷ olaf oddi ar ei restr. Dyna ddiwedd ar hwnna, meddyliodd. Pob un (oedd gartref) wedi ei gyf-weld, a phob un (a holwyd) yn ddall a byddar. Nid arno ef oedd y bai os nad oedd gan drigolion Lôn y Coed ddim i'w gynnig i'r ymchwiliad; fe allai'r lleill roi cynnig ar holi o ddrws i ddrws os oedden nhw'n credu y gallen nhw wneud yn well. Ond o leiaf roedd y gwaith wedi ei orffen, ac y gallai ddychwelyd i'r orsaf â rhywbeth i'w ddweud wrth Clem Owen – ar ôl iddo gael rhai munudau iddo'i hun yn y cantîn. Roedd ar fin tanio peiriant y car pan ddaeth yr alwad ar ei radio.

'DC Rowlands.'

'Neges oddi wrth Chief Inspector Owen,' meddai llais y ferch ar y pen arall.

'Ie?' meddai Eifion yn sarrug.

'Ma' Chief Inspector Owen am i ti fynd i wersyll gwyliau Marine Coast …'

'Bues i yno'r bore 'ma,' meddai Eifion ar ei thraws.

'… i holi ynglŷn â llofruddiaeth Lisa Thomas,' meddai'r ferch, gan anwybyddu Eifion. 'Yn ôl gwybodaeth sy gan Chief Inspector Owen, ro'dd Lisa Thomas a dwy ffrind iddi, Rosemary Jones a Karen Gardner, mewn dawns yn y gwersyll neithiwr, ac yno y gwelwyd Lisa Thomas yn fyw am y tro ola.'

Rhegodd Eifion dan ei wynt.

'Odi'r neges yn glir?' gofynnodd y ferch.

'Odi. Yn glir iawn.'

'Gwaith i'r gwas bach 'to,' meddai, gan ddringo allan o'r car i chwilio am Wyn Collins a chael rhai o'r taflenni atal troseddau a gariai hwnnw yn ei gar. Os oedd yn rhaid iddo fynd i Marine Coast, roedd ganddo'i aderyn ei hun i'w ladd yn y maes carafannau.

Trodd Eifion i'r dde ar waelod Lôn y Coed a gyrru ar hyd y ffordd fawr a arweiniai yn ôl i gyfeiriad y dref. Er gwaetha'r traffig trwm ddiwedd dydd, roedd yn gyrru drwy fynedfa Marine Coast ddeng munud yn ddiweddarach. Nid oedd neb i'w weld o gwmpas y swyddfa a cherddodd Eifion heibio i gornel yr adeilad a gweld coelcerth yn llosgi ym mhen pellaf cae chwarae'r gwersyll. Yng ngolau'r goelcerth gwelodd amlinelliad dau ddyn yn ei bwydo: un tal a chydnerth yr olwg, ac un bychan, bywiog. Barnodd Eifion mai Richie Ryan oedd yr un bychan, a dechreuodd gerdded tuag ato.

Roedd llafnau'r fflamau a sŵn clecian y goelcerth yn rhagflas o'r noson tân gwyllt oedd gwta bythefnos i ffwrdd, a gyda hynny ar ei feddwl galwodd Eifion ar y ddau cyn iddo'u cyrraedd. Trodd y ddau a'i weld am y tro cyntaf. Taflodd Ryan y darn hir o bren bu'n ei ddefnyddio i brocio'r tân i lawr a cherdded i'w gyfarfod.

'Mr Rowlands, do'n i ddim yn disgwl eich gweld chi eto heddi.'

'Dod â'r rhain i chi,' meddai, gan estyn y taflenni diogelwch roedd wedi eu cael gan Wyn Collins.

'O, ie, diolch,' meddai Ryan, gan syllu ar y swp.

'Shw'mae,' meddai Eifion wrth y dyn tal, a nodiodd hwnnw ei ymateb. Roedd y dyn ymhell dros chwe throedfedd o daldra ac edrychai ei ben sgwâr â'i wallt crop yn fychan iawn ar yr ysgwyddau llydan. 'Chi'n dechre'n gynnar.'

'Beth?' gofynnodd Ryan.

'Y goelcerth. Guto Ffowc.'

'O, ie.'

'Beth y'ch chi'n llosgi?' holodd Eifion, gan gamu'n agosach at y tân.

'Gweddillion y drws dorron nhw neithiwr,' meddai Ryan, gan godi'r pren a gwthio darn o hen garped i mewn i ganol y tân. 'A tra'n bod ni wrthi fe daflon ni rai pethe er'ill sy wedi bod yn casglu o gwmpas y lle. Chi'n gwbod fel ma' hi.'

'Odych chi'n gweithio 'ma?' gofynnodd Eifion i'r dyn cydnerth.

'Dyma Brian Pressman, un o'r swyddogion diogelwch,' atebodd Ryan.

'Brian Pressman, ife?' meddai Eifion, gan gerdded tuag ato o gwmpas y goelcerth. 'Ro'n i'n bwriadu galw i dy weld di. O't ti'n gwbod bod un o'r dynion gafodd 'i anafu 'ma neithiwr wedi neud cwyn yn dy erbyn?'

'Na'di,' atebodd Ryan. 'Newydd gyrra'dd ma' Brian. Dod i gynnig helpu gyda'r difrod. Dwi ddim wedi ca'l cyfle i weud wrtho fe am hynny 'to.'

'Falle bydd rhaid i fi ga'l *statement* 'da ti am yr hyn ddigwyddodd neithiwr,' meddai Eifion wrth Pressman, cyn ychwanegu, 'Iawn?' pan na chafodd unrhyw fath o ymateb ganddo.

'Iawn,' meddai Ryan. 'Fe ofala i am hynny. Gwedwch chi pryd fyddwch chi ise i Brian a Sean ddod i'r stesion i wneud *statement* ac fe wna i'n siŵr y byddan nhw 'na.'

'Man a man i fi i ga'l gair 'da Brian nawr,' meddai Eifion, yn dal i syllu ar Pressman a safai'n llonydd a mud.

'Nawr?'

Roedd hi'n amlwg bod Ryan yn teimlo'n anghyfforddus ac am ddirwyn y sgwrs i ben. Efallai mai golwg fygythiol Brian Pressman oedd yn gyfrifol am hynny, meddyliodd Eifion, a Ryan mor awyddus i'w argyhoeddi nad ar ei staff ef oedd y bai am ffrwgwd y noson cynt. Ond beth bynnag oedd y rheswm, ni theimlai Eifion unrhyw reidrwydd i leddfu ofnau perchennog Marine Coast.

'Pam lai? Dim ond un neu ddau o gwestiyne, fel y galla i ddweud 'mod i wedi'i holi ynglŷn â'r digwyddiad.'

Nodiodd Ryan. 'Iawn.'

'Fel ro'n i'n gweud, Brian, ma' un o'r dynion o'dd yn y ffeit neithiwr wedi neud cwyn amdanot ti a Sean, eich bod chi wedi rhwygo'i glust. Dwi wedi ca'l y rhan fwya o'r stori'n barod gyda Mr Ryan. Y cwbwl dwi ise nawr yw dy ochor di.'

'Do'n i ddim 'na pan ddechreuodd y ffeit.'

'Ond ro't ti 'na pan orffennodd hi.'

'O'n.'

'Alli di weud wrtha i beth ddigwyddodd?'

'Wel,' meddai, gan edrych ar Richie Ryan. 'Dwi ddim yn gwbod shwt ddechreuodd yr ymladd, ond pan ddechreuodd e fe driodd Sean ga'l pawb mas o'r neuadd, fel ro'dd Mr Ryan wedi gweud wrthon ni.'

'Er mwyn achosi cyn lleied o ddifrod â phosib,' meddai'r perchennog.

'A ble o't ti pan ddechreuodd y ffeit?'

Edrychodd Pressman ar Ryan unwaith eto. 'Ro'n i wedi mynd am dro o gwmpas y carafanne – i neud yn siŵr nad o'dd neb yn busnesa gyda nhw.'

'O's rhywun wedi bod yn busnesa gyda'r carafanne yn y gorffennol?'

'O's,' meddai Ryan. 'Dyna pam dwi am i'r bechgyn gadw llygad arnyn nhw, yn enwedig pan ma' lot o bobol o gwmpas.'

'Ar noson ddawns?'

'Ie.'

'Iawn. Brian, beth welest ti pan ddest ti 'nôl i'r neuadd?'

'Pawb tu fas yn ymladd.'

'A be nest ti?'

'Mynd i helpu Sean. Ro'dd dau ohonyn nhw ar 'i ben e. Tynnes i nhw bant.'

'Wyt ti'n cofio i un o'r bechgyn rwygo'i glust?'

'Nagw.'

'Yn ôl y meddyg roddodd rwymyn ar 'i glust, fe fydde 'na wa'd ym mhobman.'

'Ma' 'na wastad gwa'd pan ma' pobol yn ymladd,' meddai Ryan.

'O's, ma'n siŵr. Ond ar wahân i'r amser pan o't ti'n cadw llygad ar y carafanne, Brian, ro't ti yn y ddawns.'

'O'n.'

'Ma'n siŵr dy fod ti wedi ca'l cyfle i weld pawb o'dd yn y neuadd.'

Cododd Pressman ei ysgwyddau. 'Ro'dd lot o bobol 'na. Alla i ddim cadw llygad ar bawb.'

'Wyt ti'n nabod merch o'r enw Lisa Thomas?'

Hanner trodd Pressman i gyfeiriad Ryan ond newidiodd ei feddwl a siglo'i ben. 'Nagw.'

'Mr Ryan?'

'Nagw. Be sy gyda hi i' neud â'r helynt?'

'Dim byd i' neud â'r helynt, hyd y gwn i, ond ry'n ni newydd ddod o hyd i'w chorff yng Nghoed y Gaer, ac yn ôl pob tebyg ro'dd hi yn y ddawns yma neithiwr.'

'O'dd hi?'

'Ac ry'n ni wrthi nawr yn trio rhoi trefn ar 'i horie ola.'

'Wel, beth bynnag y galla i' neud i'ch helpu.'

'O's 'da chi ryw fath o system aelodaeth ar gyfer y ddawns?'

'Nago's. Ma' pawb yn ca'l dod mewn, dim ond iddyn nhw dalu.'

'Dim ffordd o wobrwyo rhai sy'n dod i bob dawns; talu am bedair a cha'l dod i'r bumed am ddim, er enghraifft?'

Gwenodd Ryan. 'Bydde hynny'n golled ariannol i ni. Neud arian ac nid gwobrwyo ffyddlondeb y sawl sy'n dod 'ma yw pwrpas, unig bwrpas, y dawnsfeydd. Ac ma' 'na goste, fel sinc newydd yn y tŷ bach neu ddrws newydd, sy'n golygu mai bach iawn o elw ry'n ni'n 'i neud.'

'Felly do's dim ffordd i chi wbod pwy yn hollol o'dd yn y ddawns nos Fercher?'

'Nago's, dwi'n ofni.'

'Trueni,' meddai Eifion, cyn ychwanegu, 'O'ch chi'n nabod rhai o'r bobol o'dd 'ma?'

'Ma' wynebe rhai sy'n dod yn rheolaidd yn dod yn gyfarwydd, ond dwi ddim yn gwbod 'u henwe. Ond fydden i'n meddwl bod enwe rhai ohonyn nhw gyda chi'n barod, beth bynnag.'

'Shwt?' gofynnodd Eifion yn hurt.

'Yr ymladd. Cymerodd y plismyn dda'th mas 'ma enw sawl un o'dd yn y ddawns.'

Wrth gwrs! Pam na fyddai ef wedi meddwl am hynny? Ond os oedd ei gwestiwn wedi ymddangos yn un amlwg i Ryan, nid oedd Eifion yn mynd i gydnabod ei dwpdra iddo.

'Odyn, ma'r enwe hynny gyda ni, ond gan fod pobol yn amal iawn yn rhoi enwe ffug i ni mewn sefyllfaoedd fel'ny, ro'n i'n meddwl y gallen i ddibynnu fwy arnoch chi.'

'Wel, ma'n ddrwg 'da fi,' meddai Ryan, gan roi proc arall i'r tân a oedd yn dechrau marw, cyn taflu'r pren i'w ganol a chodi cawod o wreichion i'r awyr.

'Os daw enw rhywun i gof, fe fydden ni'n gwerthfawrogi ca'l gwbod.'

'Wrth gwrs.'

'Iawn,' meddai Eifion, gan droi ei gefn at y goelcerth. 'Ga i'ch hebrwng chi yn ôl i'ch car? Brian, nei di gadw llygad ar y tân?'

Nodiodd Pressman a dechreuodd y ddau arall eu ffordd yn ôl ar draws y cae chwarae.

'Dyw e ddim yn siaradwr mawr, yw e?' meddai Eifion

yn ddigon uchel i wrthrych ei sylw ei glywed.

'Nagyw, ond wedyn, dwi ddim yn 'i gyflogi fe i siarad,' meddai Ryan.

'Dwi'n gobeithio nad o's 'da fe hanes o fod yn rhy barod i ddefnyddio'i ddyrne.'

'Ddim hyd y gwn i,' atebodd Ryan, cyn gofyn, 'Fydde hynny'n 'i gneud hi'n anoddach?'

'I'r gŵyn ga'l 'i gollwng?'

'Ie.'

'Falle.'

'Odych chi wedi ca'l cyfle i siarad gyda'r bachgen eto?'

'Nagw, ma' gyda ni ymchwiliade sy'n fwy difrifol na'r ymladd erbyn hyn.'

'O's, wrth gwrs, dwi'n sylweddoli hynny ond …'

'Fe wna i 'ngore, ond alla i ddim addo dim.'

'Fe fydden i'n ddiolchgar am unrhyw beth y gallech chi'i neud, Mr Rowlands.'

'Dwi'n gwbod hynny, Mr Ryan.'

'Hei! Eifion! Ble ti'n mynd?'

Trodd Eifion Rowlands a gweld Carol Bennett yn rhuthro ar ei ôl.

'Os mai mynd am fwyd wyt ti, bydd raid i dy stumog aros; ma' Clem Owen am ein gweld ni nawr.'

Ochneidiodd Eifion, ond cyn iddo gael cyfle i brotestio, roedd Carol wedi dechrau ei ffordd yn ôl i lawr y coridor i gyfeiriad yr ystafell lle'r oedd Gareth Lloyd yn llywio'r ymchwiliad. Rhegodd Eifion dan ei wynt a'i dilyn.

Roedd Gareth Lloyd a Wyn Collins yno'n barod, ac nid oedd gweld y Prif Arolygydd Clem Owen yn gwthio darn olaf ei frechdan i'w geg yn help i dawelu'r cryniadau yn stumog Eifion.

'Dewch mewn,' meddai Clem Owen wrth Eifion a

Carol, gan dynnu ei law ar draws ei wefusau i sychu'r briwsion i ffwrdd. 'Reit, gyfeillion, dim ond cyfarfod byr fydd hwn er mwyn i ni ga'l gweld ble'r y'n ni arni erbyn hyn, ac i drefnu beth fyddwn ni'n 'i neud fory fel y gallwn ni fwrw ati heb wastraffu dim amser. Y peth cynta yw adroddiad y pathologydd. Bydd Anderson yn anfon adroddiad llawnach ar ôl iddo orffen y profion i gyd, ond yn fras dyma fydd e'n 'i ddweud yn 'i adroddiad: ro'dd Lisa wedi ca'l 'i churo i farwolaeth; ro'dd hi wedi ca'l 'i tharo dros ddwsin o weithie ar 'i phen gan achosi niwed terfynol i'r ymennydd. Do'dd hi ddim yn bosib dweud o'u hanafiade beth o'dd yr arf a ddefnyddiwyd, ond yn ôl pob tebyg ro'dd e'n rhwbeth byr, tene, ddim mwy na throedfedd o hyd a hanner modfedd o led, yn drwm, rhyw fath o fetel, ac yn lân, gan nad o's 'na rwd na phridd i'w gweld yn y clwyfe. Felly ma' dod o hyd i'r erfyn hwnnw'n flaenoriaeth. Dyw'r chwilio yn y goedwig ddim wedi'i orffen eto, ac os na ddown ni o hyd i'r arf yno, dwi ise i'r chwilio ledu i'r tir o gwmpas. Iawn, Gareth?'

Nodiodd Gareth Lloyd; roedd hynny i gyd wedi ei drefnu ganddo eisoes. Aeth Clem Owen yn ei flaen.

'Wedyn ma'n rhaid i ni ddod o hyd i'r man lle ga'th hi 'i llofruddio. Nid yn y goedwig o'dd hynny. Yn ôl Anderson, mewn achosion fel hwn ma' 'na lot o wa'd yn y lleoliad fel arfer, ond do'dd 'na ddim gwa'd o gwbwl lle dethon ni o hyd i'r corff. Felly ma'n rhaid bod Lisa wedi'i symud i'r goedwig o rywle ar ôl iddi ga'l 'i lladd, a dwi'n gobeithio y bydd 'da Anderson mwy i' weud am lle ga'th hi'i llofruddio yn 'i adroddiad llawn. Iawn?' Edrychodd o gwmpas y criw bychan o'i flaen. 'Ac ma' hyn yn ein harwain at sut y cyrhaeddodd hi'r goedwig. Eifion, beth am y bobol sy'n byw yn Lôn y Coed; welson nhw rwbeth?'

'Dim. Treulies i'r prynhawn cyfan yn holi o dŷ i dŷ, ond do'dd neb wedi gweld na chlywed dim.'

'Dim byd?'

'Ro'dd un neu ddau yn meddwl iddyn nhw glywed sŵn car rywbryd yn orie mân bore 'ma, ond welodd neb ddim.'

'O ba gyfeiriad da'th sŵn y car?' gofynnodd Gareth Lloyd.

'Ro'dd un yn taeru mai ar Lôn y Coed 'i hun o'dd e, ond do'dd y lleill ddim mor siŵr. Falle mai o'r ffordd fawr dda'th e.'

'Ond ma'n rhyfedd bod … sawl un o'dd wedi'i glywed e, wedest ti?' gofynnodd Clem Owen.

'Dau … nage, tri,' meddai Eifion.

'Wel, dwi'n gobeithio dy fod ti'n cofio pwy o'n nhw, achos dwi am i ti fynd 'nôl i'w holi nhw 'to. Fe all hwnnw fod yn bwysig. Iawn?'

'Ac fe welodd un wraig dacsi'n gyrru i fyny'r lôn tua hanner nos,' meddai Collins.

'Do fe?' meddai Owen.

'Do, yn y tŷ ola,' meddai Collins, gan edrych ar Eifion.

'O'dd hi'n gwbod pwy o'dd ynddo fe?'

'Nago'dd. Welodd hi ddim i ble'r a'th e.'

'Holest ti yn y tai?'

'Do, ond ches i ddim ateb ym mhob tŷ.'

'Eifion?'

'Beth?'

'O's gyda ti rwbeth i' ychwanegu am y tacsi 'ma?'

'Nago's.'

'Wel ma' ise mynd ar ôl hwnna. Os nad o'dd pwy bynnag dda'th yn y tacsi yn byw yn Lôn y Coed, ma'n bosib iawn mae dyna sut da'th Lisa yno. Dwi ise gwbod beth o'dd y tacsi'n neud 'na.'

'Iawn,' mwmialodd Eifion, er ei fod ef o'r farn mai gwastraff amser llwyr fyddai'r cyfan. 'Ond beth am y bobol o'dd yn y ddawns yn Marine Coast? Ro'n i'n meddwl 'ych bod …'

91

'Dal dy ddŵr,' meddai Owen ar ei draws. 'Fe ddown ni at Marine Coast mewn munud. Carol, dwi'n deall dy fod ti wedi ca'l rhwbeth diddorol gyda ffrindie Lisa Thomas.'

'Do,' meddai Carol, heb sylwi fod pen Eifion Rowlands wedi suddo i mewn i'w blu. Roedd y ffaith ei fod yn hen gyfarwydd â phawb yn cael dweud eu darn o'i flaen ef ddim yn ei gwneud hi'n haws iddo'i dderbyn.

'Ro'dd Lisa'n rhannu fflat gyda dwy ferch arall, Rosemary Jones a Karen Gardner, ond dim ond er mis Gorffennaf ro'dd Lisa wedi bod yn byw 'na. Cyn hynny ro'dd hi'n byw yn Rhydaman gyda'i chariad a o'dd, yn ôl pob tebyg, yn byw ar 'i chefn ac yn 'i bwrw. Ac yn ôl Rosemary, er mwyn dianc oddi wrtho fe y da'th hi 'ma.'

'Swnio'n addawol. Lle ma'r cariad 'ma'n byw?'

'Yn anffodus do'dd Rosemary ddim yn gwbod 'i enw na'i gyfeiriad.'

'Damo!' meddai Clem Owen, wrth weld y llwybr yn diflannu dan ei drwyn.

'Beth am berthnase Lisa? Fydden nhw'n gallu dweud wrthon ni pwy yw e?' awgrymodd Gareth Lloyd.

Siglodd Carol ei phen. 'Dwi ddim yn credu bod llawer o berthnase gyda hi. Es i drwy'i phethe hi yn y fflat ond do'dd 'na ddim byd yno o'dd yn awgrymu teulu agos. Ac oni bai i Rosemary weud wrtha i, fydden i ddim wedi meddwl bod Lisa wedi *clywed* am Rydaman, heb sôn am fyw 'na.'

'Wel, ma'r cyn-gariad 'ma'n dal i swnio'n addawol iawn i fi,' meddai Owen, gan edrych ar Gareth Lloyd.

'Allen i anfon llun o Lisa i heddlu Rhydaman. Hyd yn o'd os nad y'n nhw'n 'i nabod hi, fe allan nhw neud ymholiade.'

Nodiodd Owen. 'Ma' hynny'n un ffordd.'

'Ges i lun o Lisa gan 'i ffrindie,' meddai Carol.

'Da iawn. Rhwbeth arall?'

'Ro'dd y tair ohonyn nhw wedi mynd gyda'i gilydd i ddawns yn Marine Coast, ond gadawon nhw ar wahân ...'

'Odyn ni'n gwbod i sicrwydd bod Lisa wedi gadel y ddawns?' gofynnodd Gareth.

'Nadyn. Gwelodd Rosemary hi yng nghwmni sawl bachgen gwahanol yn gynnar yn ystod y nos, ond dyw hi ddim yn cofio'i gweld hi o gwbwl ar ôl yr ymladd. Ges i ...'

'Ymladd?' gofynnodd Clem Owen, gan glywed am y llinyn hwn am y tro cyntaf.

'Ro'dd 'na ymladd yn y ddawns,' meddai Eifion heb geisio cuddio'i anniddigrwydd.

'Neithiwr?'

'Ie.'

'Wel pam na faset ti wedi gweud?' meddai Clem Owen, yn ddig mai ef oedd yr unig un na wyddai amdano.

'Dyna beth o'n i'n trio'i ddweud gynne, ond ...' dechreuodd Eifion, ond unwaith eto torrodd ei bennaeth ar ei draws drwy ofyn cwestiwn i Carol Bennett.

'O'dd 'da Lisa rwbeth i' neud â'r ymladd?'

'Na, dwi ddim yn meddwl. Welodd Rosemary mo'ni yn y dorf adeg yr ymladd.'

'Beth am y ferch arall?'

'Karen Gardner? Do'dd hi ddim yn y fflat pan alwes i, ond ffoniodd Rosemary fi ryw hanner awr 'nôl i weud ei bod hi newydd gyrra'dd adre.'

'O'r ddawns?' gofynnodd Owen.

'Ie, ro'dd hi wedi treulio neithiwr a heddi gyda bachgen gwrddodd hi yn Marine Coast.'

Siglodd Owen ei ben. 'Gofyn am drwbwl. O'dd gyda hi rwbeth newydd i' weud?'

'Nago'dd. Do'dd hi ddim yn cofio gweld Lisa ar ôl iddyn nhw gyrra'dd y ddawns.'

'Iawn,' meddai Owen, gan bwyso ymlaen dros y

ddesg. 'Ma'n rhaid i ni ddod o hyd i'r cyn-gariad. Bydde gwbod pwy yn hollol o'dd yn y ddawns yn help, ond dwi'n ofni na fydd hynny'n hawdd.'

Carthodd Eifion ei wddf cyn dweud yn ddidaro, 'Bydd y rhestr ga'th y dynion atebodd yr alwad yn help.'

'Pa restr?' gofynnodd Clem Owen a golwg ddryslyd ar ei wyneb. 'Pa ddynion?'

'Y plismyn atebodd yr alwad i'r ymladd. Ac ma'n siŵr y bydd y dyn a gwynodd am y driniaeth ga'th e 'da bownsers Marine Coast yn gallu rhoi un neu ddau o enwe er'ill i ni.'

Syllodd Clem Owen yn galed ar Eifion am eiliad neu ddwy cyn i Eifion sylweddoli fod ei bennaeth am iddo adrodd hanes yr ymladd ac esbonio pwy oedd wedi cwyno am ba swyddog diogelwch.

'Odi'r rhestr 'ma gyda ti?' gofynnodd Clem Owen ar ôl i Eifion orffen.

'Na'di. Ar 'yn ffordd i nôl hi o'n i pan alwodd DS Bennett fi i'r cyfarfod. Ro'n i'n meddwl y bydde'n werth 'i cha'l hi wrth law, ond ches i mo'r cyfle i esbonio.'

Edrychodd Owen ar Carol. Daliodd hi ei edrychiad a chodi ei haeliau mewn anghrediniaeth.

'Da iawn, Eifion,' meddai'r prif arolygydd. 'Dwi am i ti fynd ar ôl yr enwe sy ar y rhestr.'

Gwenodd Eifion ar ei bennaeth. 'Beth am bobol Lôn y Coed sy'n credu iddyn nhw glywed sŵn car?'

'Damo! Wyn, alli di neud rheini?'

'Iawn,' atebodd Wyn Collins, a lledodd gwên Eifion Rowlands wrth feddwl am Collins yn gorfod ailymweld â'r holl dai. Doedd e ddim tamaid yn llai nag yr oedd yn ei haeddu.

'Iawn, gobeithio y cawn ni rwbeth pendant yn glou. Os na chawn ni ddim erbyn nos Sadwrn bydd raid i ni ail-greu'r ddawns i weld a fydd hynny'n helpu rhai i gofio beth ddigwyddodd neithiwr. Gareth, alli di ddechre'r paratoadae ar gyfer hwnnw, rhag ofn? A dwi ise i chi neud yn siŵr bod Gareth yn ca'l pob tamaid o wybodaeth 'da chi. Dwi newydd glywed sawl peth fan hyn y dylsen i fod yn gwbod amdanyn nhw'n barod. Ma' rhannu gwybodaeth yn bwysig – pwysig iawn. Wel, os nad o's 'na ddim byd arall, dwi'n credu y gallwn ni roi'r gore iddi am heno a dechre'n gynnar fory.'

'Y tacsis,' meddai Gareth. 'Bydd raid i ni holi'r cwmnïe i weld pwy o'dd wedi gyrru i Lôn y Coed neithiwr.'

'Bydd,' cytunodd Owen. 'Carol, alli di ofalu am hynny?'

'Reit, syr,' meddai Carol cyn ychwanegu, 'Mewn tacsi a'th y merched i'r ddawns.'

'Ife?' meddai Owen. 'Dyna reswm arall i ti ffonio'r cwmnïe tacsi; fe ddylen ni ga'l yr un gyrrwr ar gyfer yr ail-greu; falle'i fod e wedi gweld rhwbeth nos Fercher alle'n helpu ni. Iawn, 'te, os nad o's 'na unrhyw beth arall …'

'Dim ond un peth,' meddai Carol Bennett. 'Ro'dd llythyr ym mag Lisa; siop trin gwallt yn cynnig swydd iddi. Falle y bydde hi'n syniad mynd i'w gweld nhw; ma'n bosib y bydde Lisa wedi rhoi cyfeiriad ei chyn-gyflogwr yn Rhydaman iddyn nhw er mwyn ca'l geirda.'

Cliciodd Clem Owen ei fysedd. 'Nawr dyna'r awgrym gore dwi wedi'i glywed heno. Peth cynta bore fory, Carol, os alli di … na, rwyt ti'n mynd ar ôl y tacsis, on'd wyt ti? Iawn, fe a' i ar ôl hwnna,' ac fe gododd y prif arolygydd o'i gadair i ddangos bod y cyfarfod drosodd. Edrychodd Gareth ar ei oriawr. Dyna'r cyfarfod cyflymaf erioed i Clem Owen ei gynnal. Dim malu awyr a dim ail a thrydydd droedio'r tir fel yr arferai ei wneud. Efallai ei fod yn gwneud cam â'i bennaeth, ond ni allai

95

Gareth Lloyd lai na meddwl fod ymweliad y Prif Uwch Arolygydd Tony Stephens â'r orsaf yn gryn ysgogiad i Clem Owen gael canlyniad cyflym a boddhaol i lofruddiaeth Lisa Thomas.

Cerddodd Clem Owen yn araf at y drws ac yna aros a throi at Gareth.

'Wyt ti am roi'r gore iddi am heno?'

'Ddim eto, dwi am fwydo'r wybodaeth ddiweddara o'r cyfarfod i mewn i'r cyfrifiadur.'

Nodiodd Owen. 'Shwd wyt ti'n dod mla'n 'dag e?'

'Y cyfrifiadur?'

'Ie.'

Gwyddai Gareth farn ei bennaeth am gyfrifiaduron ac o'r herwydd fe geisiai beidio sôn gormod am yr hwylustod a'r arbed amser pan fyddai'n cloriannu a chymharu gwybodaeth. Ond synhwyrai Gareth y tro hwn mai gwir ddymuniad i wybod ei farn ac nid chwilio am gyfle i ladd ar yr offer oedd y tu ôl i'r cwestiwn.

'Yn iawn. Mae e'n helpu i drefnu'r gweithgaredde ac yn cwtogi'r amser ma' dyn yn 'i dreulio ar rai tasge clerigol. Ond dwi ddim yn credu y cymerith e le plismon da.'

Chwyrnodd Clem Owen. 'Dwi'n deall dim arno fe. Ma' Ian James yn neud 'i ore i 'nysgu i, ond dwi'n ofni 'i fod e'n gwastraffu 'i amser gyda hen gi fel fi.'

Gwenodd Gareth a theimlo'n lletchwith wrth glywed cyfaddefiad ei bennaeth. Ni wyddai sut i ymateb ac roedd yn ddiolchgar i Clem Owen am newid y sgwrs drwy ofyn, 'Shwt a'th pethe yn y llys bore 'ma?'

'Yn ôl y disgwl. Bydd hi'n dda ca'l diwedd arno erbyn hyn, gyda'r ymchwiliad ar fin cychwyn.'

'Ma'n siŵr dy fod ti wedi clywed pwy fydd yn 'i arwain.'

'Odw.'

'Wyt ti'n nabod Tony Stephens?'

'Nadw.'

Siglodd Owen ei ben. 'Pwy fydde'n meddwl. Dwi'n 'i gofio fe pan o'dd e'n ddim o beth. Fi ddysgodd iddo fe shwt i glymu'i garre a nawr ma' fe'n mynd i roi 'i linyn mesur ar yr adran 'ma.'

'Ddim yr adran i gyd.'

'Paid twyllo dy hun. Dwi ddim yn credu bydd Tony Stephens yn poeni pwy fydd yn 'i cha'l hi. Wyt ti wedi clywed pryd fydd e am dy weld di?'

'Dau o'r gloch prynhawn fory.'

'Wel, paid ag ofni gweud wrtho fe fod 'da ti drech gwaith i' neud na chadw cwmni iddo fe,' meddai Owen, gan chwifio'i law dros y cyfrifiadur a'r papurau ar y ddesg. Distawodd am eiliad cyn gofyn, 'Ma'n siŵr dy fod ti wedi ystyried yr hyn fyddi di'n 'i weud wrtho fe?'

'Odw.'

'Paid gwrando gormod ar 'i gwestiyne fe; gwed ti beth wyt ti am iddo glywed. Dyna sy'n bwysig mewn tystiolaeth.'

'Dwi'n gwbod.'

'Ddyle fe ddim fod wedi dod i hyn, ac oni bai am Jac Madocks a'i gân-di-gân bydde'r cwbwl wedi'i hen anghofio. Ma' Ken Roberts yn blismon da, yn well plismon na … na sawl un allen i 'i enwi.'

A gyda hynny trodd Clem Owen ar ei sawdl a gadael yr ystafell, yn grwm ei ysgwyddau ac yn araf ei gerddediad.

Dim ond taflu cipolwg brysiog dros y gwaith roedd Clem Owen wedi ei roi iddi y bwriadai Carol ei wneud pan ddychwelodd i'r ystafell CID, ond pan agorodd y llawlyfr lleol a gweld bod un ar bymtheg o gwmnïau tacsis wedi eu rhestru yno, gwelodd hyd a lled y dasg a'i hwynebai. Gwyddai Carol, fel pob gyrrwr car arall yn y dref, fod nifer y ceir tacsi wedi cynyddu'n ddybryd yn ystod y blynyddoedd diwethaf, ac mai tacsi oedd bob yn ail gar ar strydoedd y dref ar ôl un ar ddeg o'r gloch y nos, ond nid oedd hi wedi sylweddoli tan yr eiliad honno eu bod yn gymaint o bla.

Estynnodd am y ffôn a dechrau deialu.

Cymerodd hi awr iddi siarad â'r cwmnïau, ond hyd yn oed wedyn nid oedd hi damaid callach pwy yrrodd y tacsi i Lôn y Coed na chwaith pwy oedd wedi gyrru Lisa, Rosemary a Karen i Marine Coast. Nid oedd Carol wedi disgwyl y byddai'r cwmnïau'n cadw cofnod o'u teithiau, ond roedd hi wedi gobeithio cael hyd i o leiaf un o'r ddau yrrwr roedd hi'n eu ceisio. Ond yr un neges gafodd hi gan bawb: roedd bron pob tacsi wedi gwneud y daith o'r dref i'r maes gwyliau o leiaf hanner dwsin o weithiau nos Fercher y ddawns. Tair merch? Tair merch, pedair merch, pum merch, pa gyfuniad bynnag o ferched y dymunai. Beth petai hi'n dweud o ble y gadawodd y merched y dref? Fe fyddai'n rhaid iddi holi'r gyrwyr. Allai hi? Roedd y gyrwyr i gyd naill ai allan yn eu ceir neu gartref yn gorffwys. Yn wyneb y fath rwystrau, y gorau y gallai Carol ei wneud oedd gadael neges i'r gyrwyr yn gofyn iddynt gysylltu â hi.

Ar ôl rhoi'r ffôn i lawr am y tro olaf, eisteddodd yno'n syllu arno am dipyn gan geisio'i mwstro'i hun i'w throi hi am adref. Yna cofiodd nad oedd hi wedi cysylltu â Thelecom Prydain i ofyn iddynt gadw llygad ar alwadau Susan Richards. Rhegodd ei hun am anghofio. Dyna un peth arall y byddai'n rhaid iddi ei wneud drannoeth.

A ddylai hi ffonio Susan nawr a chyffesu ei hesgeulustod? Neu a fyddai clywed y ffôn yn peri mwy o ofid iddi, yn enwedig gan nad oedd ganddi newyddion da?

Cododd Carol a cherdded at y silff lyfrau ger y ffenest. Tynnodd ei llaw ar hyd y casgliad bychan o lyfrau a ffeiliau. Roedd y gyfraith ynglŷn â stelcian wedi newid mor gyflym nes ei bod hi bron yn amhosibl i unrhyw aelod o'r heddlu, oedd â chant a mil o achosion eraill ar eu plât, wybod pob adran a chymal o'r ddeddf. Daeth o hyd i'r ffeil roedd hi'n chwilio amdani a dychwelodd i'r ddesg i'w darllen.

Trodd y tudalennau nes cyrraedd yr adran berthnasol ac ymlwybrodd drwy'r eirfa gyfreithiol nes iddi ddod o'r diwedd at gymal a gyfeiriai at y 'defnydd o eiriau, neu ymddygiad, ar fwy nag un achlysur, a fyddai'n peri ofn trais i'r dioddefwr, naill ai'n fwriadol neu mewn amgylchiadau lle byddai person rhesymol wedi sylweddoli mai dyma fyddai'r effaith'. Os mai dyna'r diffiniad cyfreithiol o stelcian, nid oedd gan Carol unrhyw amheuaeth nad dyna oedd yn digwydd i Susan Richards. Roedd y ddau air, 'Helô, Susi', wedi peri ofn iddi ac yn fygythiad o drais. Ac yn ôl y ddeddf roedd hynny'n ddigon. Ond gan nad oedd Susan yn gwybod pwy oedd y stelciwr fe fyddai ei rwystro rhag ei phoeni ymhellach yn gryn gamp.

Am y tro, felly, fe fyddai'n rhaid i Susan Richards barhau i fod yn wyliadwrus. Roedd y ffaith ei bod yn ymwybodol o'r perygl y gallai ei wynebu o'i phlaid. Ond a fyddai hynny'n ddigon i'w chadw'n ddiogel? Ac am ba hyd y byddai'r stelciwr yn fodlon ei gwylio o bell? Pryd y byddai'n ei wneud ei hun yn amlwg iddi? Ac ai'r cam cyntaf i'r cyfeiriad hwnnw oedd y digwyddiad yn yr archfarchnad?

'Ar dy ben dy hun?'

'Be ...?' Neidiodd Carol pan glywodd y llais, a throdd i weld y Rhingyll Ian James yn gwenu arni.

'Ma'n ddrwg 'da fi,' meddai James pan sylweddolodd ei fod wedi ei dychryn.

'Na, popeth yn iawn,' meddai Carol, gan eistedd i fyny, ymestyn ei breichiau a dylyfu gên.

'Diwrnod hir?' gofynnodd James.

'Fel pob diwrnod arall. Trio neud gormod o bethe ar yr un pryd a methu neud dim yn iawn.'

'Cofia beth wedes i am y cyfrifiadur.'

Gwenodd Carol; nid oedd Ian James yn un a ildiai'n hawdd. Ond cyfrifiaduron oedd y peth diwethaf roedd hi am glywed amdanynt.

'Ddim adroddiade sy'n 'y mhoeni i nawr.'

'Gall cyfrifiaduron dy helpu gyda phethe ar wahân i adroddiade.'

'Ti'n gweud.'

'Dwi *yn* gweud.'

'O'r gore,' meddai Carol, gan fwstro ychydig o fywyd yn ôl i'w chorff blinedig. 'Dyma her i ti a dy gyfrifiadur. Dwi am ga'l gwybodaeth am stelcio, ca'l *profile* o'r stelciwr. Shwt fydden i'n mynd ati i ga'l yr wybodaeth honno o'r cyfrifiadur?'

Gwenodd y rhingyll a cherdded at y ddesg lle'r oedd y cyfrifiadur.

'Rho eiliad i hwn gynhesu.'

'A, nawr 'te,' meddai Carol, gan godi a chroesi ato. 'Dwyt ti ddim yn gorfod disgwl i lyfr gynhesu cyn y gelli di 'i agor.'

Gwenodd James. 'Un i ti, 'te, ond hwnna fydd yr unig un.'

Fflachiodd sgrin y cyfrifiadur wrth iddo lwytho a chydnabod yr holl raglenni oedd yn ei gof. Yna teipiodd Ian James ei gyfrinair ar yr allweddell ac ymddangosodd y fwydlen ar y sgrin.

'Mae'n siŵr dy fod ti wedi ca'l hyd i'r hyn sy gan y Swyddfa Gartre i' ddweud ar y mater, a gan nad ydw i am i ti weud mai dim ond hen stwff sy 'da fi i' gynnig, beth am fynd mas i'r byd mawr?'

Symudodd y rhingyll y saeth wen fechan ar draws y sgrin a gwasgu botwm ar y llygoden. Byddai'n rhaid i Carol fod wedi cydnabod wrtho ei bod ar goll yn llwyr erbyn hyn, felly gadawodd iddo fwydo'i ego mewn tawelwch am ychydig.

'Beth am hyn?' meddai James ymhen rhyw bedair munud.

Edrychodd Carol ar y sgrin a darllen, 'National Victim Center. Ble ma' hwn?'

'Yn America.'

Cliciodd James y llygoden a newidiodd y sgrin i ddangos dewislen a dros ddwsin o ddewisiadau arni. Darllenodd Carol y penawdau oedd yn amrywio o 'About the National Victim Center' i 'Safety Strategies a Crime Victim Legislation' i 'Crime Victim Events Calender'.

'Ac os nad o's 'na ddigon i ti yn fan'na, beth am un o'r rhain?' A gyda chlic arall o'r llygoden ymddangosodd nifer o ffynonellau eraill ar y sgrin. Roedd hyn yn ormod o bwdin i Carol. Lle ar y ddaear roedd rhywun i fod i ddechrau chwilio'r gwahanol lefydd hyn? Ble'r oedd rhywun yn mynd i gael yr amser? Roedd hi'n bosib cael diffyg traul gwybodaeth gyda'r cyfrifiadur. Edrychai Ian James yn hunanfodlon iawn wrth weld yr olwg ddryslyd ar wyneb Carol.

'Yng ngeirie'r hysbyseb, "I ble wyt ti am fynd heddiw"?'

'Dwi'n gwbod i ble dwi am fynd; cyrra'dd 'na yw'r broblem,' meddai Carol. 'Y cyfan dwi moyn yw rhestr o nodweddion sy'n perthyn i stelcwyr.'

'O'r gore …' a gwelodd Carol y saeth wen yn symud i lawr y ddewislen at y lleoliad nesaf.

'Na, aros funud,' meddai Carol. 'Tria hwnna.'

Cliciodd James y saeth ar 'Stalking: questions and answers' a dechreuodd Carol ddarllen.

Ddeugain munud yn ddiweddarach roedd Carol wedi darllen mwy na digon am yr obsesiwn oedd gan rai pobl am bobl eraill. Serch hynny teimlai mai dim ond codi cwr y llen yr oedd hi ar y dyfnderoedd o fethiant ac ansicrwydd a wasgai ar rai pobl fel bod yn rhaid iddynt orfodi eraill i'w gwerthfawrogi. Dro ar ôl tro wrth iddi ddarllen yr achosion o stelcian fe drawyd Carol gan eironi a thristwch sefyllfa a olygai fod y stelcwyr, yn eu hymgais i ddatgan eu hunan-werth i'r byd, yn dibrisio eraill ac yn eu caethiwo i'w hanghenion.

Dysgodd Carol nad un math arbennig o stelciwr sydd; ond pobl, dynion a gwragedd o bob oedran a chefndir, pobl gyffredin sy'n methu ymdopi â'u bywydau a'u personoliaethau. Efallai eu bod yn anaeddfed, yn methu cynnal perthynas glòs ag unrhyw un, neu'n teimlo bod pawb a phopeth yn cynllwynio yn eu herbyn. Neu efallai eu bod yn cenfigennu wrth lwyddiant eraill tra bod eu methiant cyson hwy yn eu llethu'n llwyr, nes eu bod yn eu gyrru i eithafion na allai Carol ddechrau eu hamgyffred.

Yn amlach na heb, cael ei wrthod gan rywun roedd y stelciwr yn hoff ohono fyddai'n cychwyn yr ymddygiad. Tyfai'r gwrthodiad hwnnw'n obsesiwn nes y byddai'n rhaid i'r stelciwr brofi ei gariad. Fe allai hynny ddechrau mewn ffordd ddigon diniwed megis anfon blodau neu anrhegion, ond os câi'r rheini hefyd eu gwrthod yna fe fyddai'r stelciwr yn dechrau ymddwyn yn fwy ymosodol. Byddai'n ymwthio fwyfwy i mewn i fywyd y person arall ar bob lefel nes y byddai'r ymddygiad yn tyfu ac yn sefydlu'n batrwm o aflonyddu. Yn yr achosion gwaethaf, pen draw'r ymddygiad fyddai trais, ac weithiau llofruddiaeth.

Cam cyntaf rhesymu'r stelciwr yw, 'Os alla i brofi i ti gymaint dwi'n dy garu'; yr ail gam yw, 'Fe alla i wneud i ti fy ngharu'; a'r cam olaf yw, 'Os na alla i dy gael di, yna chaiff neb arall ti, chwaith.' Ond er bod y patrwm yn amlwg, nid yw pob stelciwr yn ei ddilyn i'r eithaf. Bodlona rhai ar garu o hirbell a hiraethu am wynfyd, heb adael iddo ddatblygu'n obsesiwn, tra bod eraill yn mynd i'r eithafion gwaethaf bron yn syth. A gan ei bod yn amhosibl rhag-weld eu hymddygiad, mae'n amhosibl llunio ymateb i reoli'r sefyllfa ac i ddileu'r perygl. Mae'r perygl i'r person sy'n cael ei stelcio ar ei waethaf pan fydd y stelciwr yn teimlo ei fod yn mynd i golli ei 'gariad' am byth, naill ai i berson arall neu am eu bod yn mynd i symud i ffwrdd ac allan o'i gyrraedd.

Ac o'r holl enghreifftiau a ddarllenodd Carol, gwelodd mai stelcian sy'n tyfu allan o gysylltiad personol agos neu garwriaeth rhwng dau yw'r un sy'n arwain gan amlaf at ddiwedd treisgar. Diolch byth, meddai wrthi ei hun, nad dyna'r sefyllfa yn achos Susan Richards, ac nad ei chyn-gariad sy'n ei phoeni. Ond yr eiliad y meddyliodd hynny, cofiodd am Rosemary Jones yn sôn am Lisa Thomas yn gadael ei chariad, dyn a oedd yn gwbl ddibynnol arni.

'Rhagor o darten, Gareth?' gofynnodd mam Carys iddo, gan ddal y plât o'i flaen yn ddisgwylgar.

'Dim diolch.'

'Paned arall, 'te?' ac estynnodd am y tebot.

'Na, dim diolch, dwi'n iawn.'

'Chi'n siŵr?'

'Odw, berffaith.'

Roedd hon yn olygfa roeddynt wedi ei chwarae droeon o'r blaen, ac erbyn hyn roedd sgriptiau'r ddau wedi eu chwynnu a'u naddu nes nad oedd yr un gair ofer ynddynt.

Ar ôl iddo orffen mân orchwylion diwrnod cyntaf yr ymchwiliad i lofruddiaeth Lisa Thomas, roedd Gareth wedi gobeithio cael ychydig oriau i ymlacio yng nghwmni Carys Huws, ond chwalwyd ei obeithion pan gyrhaeddodd fflat Carys i glywed eu bod ill dau wedi cael gwahoddiad – neu yn hytrach wŷs – i fynd am swper i dŷ ei rhieni. Gwyddai Gareth na allai wrthod, a gwyddai hefyd pam fod Grace Huws am gael ei gwmni: achos Daniel Morgan.

Roedd teulu Carys yn aelodau yng nghapel y Parchedig Emrys Morgan, ac ers i Daniel gael ei arestio roedd Grace Huws wedi bod yn holi Gareth yn dwll ynglŷn â'r achos. Roedd Gareth wedi ymatal orau gallai rhag bwydo'i chwilfrydedd, ond ni allai wneud dim i dawelu'r trafod a'r damcaniaethu fu ymhlith yr aelodau ynglŷn â helynt mab y gweinidog.

Er nad oedd perygl iddi fynd yn gapel sblit o ganlyniad i'r helynt, roedd y gynulleidfa wedi ymrannu'n ddwy garfan bendant. Ystyriai rhai fod y cyfan yn ymosodiad ar eu capel a'i bod yn ddyletswydd arnynt i fod yn gefn i'w gweinidog a'i deulu, ac os câi'r llys Daniel yn euog, yna fe fyddai angen Emrys Morgan gymaint yn fwy. Credai'r garfan arall mai Daniel ei hun oedd wedi ymosod – yn llythrennol – ar y capel, a bod dogn sylweddol o'r cyfrifoldeb am ei ymddygiad yn disgyn ar ysgwyddau ei rieni, ac yn arbennig ei dad. I'r ail garfan y perthynai Grace Huws, a nawr bod yr achos wedi dod i'r llys roedd ei hymgyrch am wybodaeth wedi ailddechrau.

'Chi'n siŵr o hynny?' gofynnodd Grace Huws, pan ddywedodd Gareth fod yr achos wedi ei ohirio.

'Odw, ro'n i yno.'

'Ma' hynny'n drueni mawr. Ma'r cyfan wedi llusgo mla'n yn llawer rhy hir; ma'n bryd i ni ga'l llonydd rhag y papure a'r teledu nawr.'

'Dwi'n ofni y bydd e'n hongian uwch eich penne am beth amser eto,' meddai Gareth.

'Bydd, mae'n siŵr,' cytunodd Grace Huws yn wangalon cyn ychwanegu, 'Ca'l gweinidog newydd fydde ore.'

'Odi Emrys Morgan yn debygol o ymddiswyddo?' gofynnodd Gareth.

'Na, wneith e byth ymddiswyddo,' meddai tad Carys, gan gyfrannu i'r sgwrs am y tro cyntaf.

'A allwn ni ddim ca'l gwared ohono fe,' meddai ei wraig.

'Dyw Emrys Morgan ddim wedi neud dim byd o'i le,' meddai Carys.

'Ti'n gweud?' meddai ei thad. 'Petai e wedi cadw gwell llygad ar Daniel, fydde hyn ddim wedi digwydd.'

'Allwch chi ddim beio Emrys Morgan am ymddygiad Daniel,' protestiodd Carys.

'Pam lai?' meddai James Huws, a allai fod yn huawdl iawn ei farn unwaith roedd wedi dechrau cael hwyl arni. 'Fe yw 'i dad ac ma'r llywodraeth yn mynd i ddal rhieni'n gyfrifol am eu plant, on'd y'n nhw, Gareth?'

'Dyna'r sôn.'

'Ac os mai fel'ny mae hi, fe ddyle'r un rheol fod ar gyfer pawb.'

'Dyw hynny ddim yn iawn,' protestiodd Carys.

'Clywes i rywun yn gweud heddi eu bod nhw'n credu bod Emrys Morgan wedi bod yn rhy lawdrwm ar Daniel,' meddai Grace Huws.

'Beth? Ddim digon llawdrwm, ti'n feddwl,' meddai ei gŵr yn syn.

'Nage, o'n nhw'n credu mai am fod ei dad wedi bod yn rhy lawdrwm arno fe ro'dd Daniel wedi ymddwyn fel y gnath e.'

'Wel, chlywes i mo'r fath ddwli erio'd,' meddai James Huws. 'Diolch byth na allan nhw ddim defnyddio rhyw ddadl fel'na mewn llys barn.'

Peidiwch bod mor siŵr, meddai Gareth wrtho'i hun.

Cerddodd Siân Rowlands i mewn i'r lolfa a chau'r drws yn dawel ar ei hôl.

'Ma' fe'n cysgu.'

'Hen bryd,' meddai Eifion heb dynnu ei lygaid oddi ar y teledu.

'Mae 'i ddannedd e'n dal i'w boeni.' Eisteddodd ar y soffa yn ymyl ei gŵr a chydio yn y papur dyddiol. 'Dyma'r cyfle cynta dwi wedi'i ga'l i edrych ar hwn heddi.'

'Dw inne heb 'i weld yn iawn 'to,' meddai Eifion, yn dal i syllu ar y sgrin.

'Wyt ti moyn e nawr?' cynigiodd Siân.

'Mewn munud.'

Bu'r ddau'n dawel am rai munudau; Eifion yn gwylio'r teledu a Siân yn troi tudalennau'r *Western Mail* yn ei dwylo a digwyddiadau'r dydd yn ei phen.

'Cymerodd Emyr bedwar cam heddi,' meddai.

'Do fe?'

'Ma' hynny'n dda i fabi naw mis o'd. Ro'dd Ffion, merch Janice …'

'Aros funud,' meddai Eifion ar ei thraws, gan droi sain y teledu fymryn yn uwch.

Aeth rhai munudau eraill heibio cyn i Siân siarad eto. 'Ma' Janice a Paul yn mynd am wylie i Sbaen wthnos nesa.'

Dechreuodd yr hysbysebion yng nghanol y rhaglen a rhoddodd Eifion ychydig mwy o sylw i'r hyn roedd Siân yn ei ddweud.

'Pwy sy'n mynd i ofalu am y plentyn?'

'Ma'n nhw'n mynd â Ffion gyda nhw.'

'I westy?'

'Ie, ma' 'na gyfleustere gofalu am blant yna.'

'Fe gostith e ffortiwn iddyn nhw.'

'Ddim adeg hyn o'r flwyddyn. Yn ôl Janice ma' 'na fargeinion da i'w ca'l.'

'I Sbaen?'

'I bobman. Dy'n ni ddim wedi ca'l gwylie iawn ers amser, Eifion.'

'Nagyn,' meddai ei gŵr, gan syllu'n ddi-weld ar hysbyseb 'Taclo'r Tacle'.

Cododd y Rhingyll Berwyn Jenkins y ffôn ar yr ail ganiad. Gwyddai wrth ei sŵn mai galwad fewnol oedd hi, ac roedd ganddo syniad reit dda hefyd pwy oedd yn ffonio. 'Y ddesg,' meddai wrtho'i hun.

Clywodd y llais ar y pen arall. Roedd yn iawn.

'Nagyw, syr, ddim eto… Odw, drwy'r amser… Ddim ers y tro dwetha i chi ffonio… Wrth gwrs, syr, ar unwaith.'

Rhoddodd y ffôn yn ôl yn ei le ac ailgydio yn y daflen ystadegau ar yr ymholiadau roedd y ddesg wedi ei derbyn y diwrnod blaenorol.

Cerddodd Gareth Lloyd heibio ar ei ffordd i gyfarfod cyfarwyddo'r ymchwiliad i lofruddiaeth Lisa Thomas.

'Hei! Gareth!' galwodd Berwyn Jenkins arno. 'Odi Clem Owen mewn 'to?'

'Nagyw.'

'Ma' Mr Peters yn chwilio amdano fe.'

'Dwi'n gwbod.'

'O,' a disgynnodd wyneb y rhingyll. Fel ffynhonnell pob gwybodaeth yn yr orsaf nid oedd yn hapus pan fyddai rhywun arall yn gwybod rhywbeth o'i flaen ef. 'Ffoniodd e ti hefyd, do fe?'

'Do. Dwi'n credu 'i fod e wedi ffonio pawb.'

Edrychodd Jenkins yn llechwraidd o'i gwmpas cyn pwyso ymlaen dros y ddesg. 'Dwi'n credu 'i fod e am i Clem fod gydag e pan fydd Tony Stephens a'i griw yn cyrra'dd.'

'Ma' hynny i'w ddisgwl.'

'O, odi, wrth gwrs,' meddai Jenkins, gan godi ar ei draed. 'Wedi'r cwbwl, ymchwilio i ymddygiad …'

'… un o aelode'i adran e fydd Superintendent Stephens?'

'Ie,' meddai Jenkins, heb fod yn siŵr a oedd Gareth yn tynnu ei goes.

Gwenodd Gareth. 'Dyna wedodd Mr Peters wrtha inne, hefyd.'

'O. A ble ma' Clem Owen?'

'Yn dilyn trywydd addawol iawn yn achos llofruddiaeth Lisa Thomas.'

'Odi fe wir?'

Anwybyddodd Gareth amheuaeth amlwg Berwyn Jenkins a gofyn, 'Faint o'r gloch ma'n nhw'n cyrra'dd?'

'Am naw. Coffi am chwarter wedi. Yna mae e'n mynd i weld tad Daniel Morgan am ddeg, a chinio yn y Dderwen Ddu am hanner awr wedi deuddeg. Mae'n dy gyf-weld di am ddau o'r gloch a Ken Roberts am hanner awr wedi tri.'

Syllodd Gareth ar y Rhingyll Berwyn Jenkins; roedd ei wybodaeth o fusnes a chlecs yr orsaf a phawb a weithiai ynddi yn ddiarhebol, ond roedd gwybod amserlen Tony Stephens ar ei gof fel hyn yn ennyn edmygedd.

'Dwyt ti ddim yn gwbod beth fydd canlyniad 'i ymchwiliad, wyt ti?' gofynnodd Gareth yn ddireidus.

'Ken Roberts yn ddieuog o unrhyw gamymddwyn,' atebodd Berwyn Jenkins yn ddifrifol.

'Ti'n meddwl?'

'Dwi'n gwbod.'

'Dwi ddim mor siŵr,' meddai Gareth dros ei ysgwydd.

'Do's 'da Ken Roberts ddim byd i boeni amdano,' galwodd Berwyn Jenkins ar ei ôl.

Darllenodd yr Arolygydd Ken Roberts y llythyr unwaith eto. Nid oedd raid iddo'i ddarllen er mwyn gwybod ei gynnwys, fe wyddai hynny ar ei gof erbyn hyn, ond ar ôl ei ddarllen ddwsinau o weithiau heb deimlo dim, heddiw am y tro cyntaf teimlai Ken Roberts y cwlwm cyffro yn clymu yn ei stumog. Nid oedd wedi teimlo fel hyn ers blynyddoedd, ddim ers pan oedd yn blismon ifanc yn rhoi tystiolaeth mewn llys barn am y tro cyntaf bron i bum mlynedd ar hugain ynghynt. Wrth gwrs, y gwahaniaeth pennaf rhwng hynny a heddiw, meddyliodd, wrth roi'r llythyr yn ôl yn yr amlen, oedd mai ef oedd ar brawf y tro hwn. Ac am y tro cyntaf yn ei hanes, gallai Ken Roberts gydymdeimlo â'r cyhuddedig oedd yn disgwyl i ymddangos o flaen ei well.

Pan glywodd fod y Parchedig Emrys Morgan a Daniel am wneud cwyn yn ei erbyn, credai mai dim ond chwythu bygythion er mwyn ei hunan-barch oedd y gweinidog ac y byddai'r storm yn pasio heibio mewn ychydig. Roedd yn dal yn argyhoeddedig mai dyna fyddai wedi digwydd pe na bai'r Cynghorydd Jac Madocks wedi gwthio'i big i mewn i'r helynt. Fel aelod o Awdurdod yr Heddlu, yn ogystal â bod yn gyfaill i Emrys Morgan, roedd Jac Madocks wedi penderfynu nad oedd gair o gyngor addas gan y dirprwy brif gwnstabl yn ddigon o gosb i Ken Roberts. Nid oedd ef am i'r gŵyn gael ei datrys yn anffurfiol a bu'n pwyso am ymchwiliad i'r achos ym mhob cyfarfod o'r awdurdod, ac er mwyn rhoi taw arno, yn fwy nag am unrhyw reswm arall, cytunodd gweddill yr aelodau i'w gais.

Gwelai Ken Roberts ôl llaw'r Cynghorydd Madocks hefyd ar ddewis Emrys Morgan o gyfreithiwr i amddiffyn ei fab. Nid oedd John Terence Howells yn edmygydd mawr o'r heddlu, yn enwedig o'u dulliau o holi carcharorion, ac roedd rhai achosion diweddar o ffugio cyffesion yn brawf pendant i nifer o bobl fod pob heddwas yn hollol lwgr; rhagfarn y byddai'r cyfreithiwr yn fwy na pharod i fanteisio arni.

Dechreuodd Ken Roberts bwyso a mesur y dystiolaeth

unwaith eto. Dim ond gair Daniel Morgan oedd gan J.T. Howells ei fod ef wedi ymosod arno. Roedd y bachgen wedi cael archwiliad meddygol yn syth ar ôl y digwyddiad, ond nid oedd Dr Mason wedi darganfod yr un anaf ar ei gorff. Roedd hynny'n dystiolaeth gref iawn o'i blaid. Byddai llawer yn dibynnu wedyn ar Emrys Morgan a Gareth Lloyd. Os oedd y gweinidog yn mynd i fynnu ei fod wedi gweld Ken yn bwrw Daniel i'r llawr pan aeth ef a Gareth i mewn i'r ystafell holi, yna fe fyddai'n rhaid i dystiolaeth Gareth wrthddweud tystiolaeth y gweinidog. Ond a allai ddibynnu ar Lloyd? Nid oedd llawer o Gymraeg wedi bod rhyngddynt ers i Lloyd symud yno, ac oherwydd hynny ni allai ddweud sut y byddai'n ymateb. Mae'n siŵr y byddai'n dweud y gwir, ond gwyddai Ken Roberts fod y ffordd y mae person yn rhoi tystiolaeth yn aml yn bwysicach na'r hyn mae'n ei ddweud. A fyddai Lloyd yn frwd neu'n glaear? Ei anallu i ateb y cwestiwn hwnnw a'i poenai fwyaf.

'Ken, wyt ti'n meddwl bod ise cadw'r papure newydd 'ma?' gofynnodd Angela Roberts wrth iddi gerdded i mewn i'r gegin a gweld ei gŵr yn dal y llythyr yn ei law. Darn arall o bapur y byddai wrth ei bodd yn cael gwared ag ef.

'Beth?'

Gwenodd arno. 'Y pentwr papure sy ar ben y grisie. Wyt ti'n dal ise nhw?'

Edrychodd Ken Roberts ar Angela am eiliad neu ddwy cyn i'w feddwl ddychwelyd at bethau bob dydd.

'Na, na, dwi wedi gorffen 'da nhw, ond dwi ddim yn siŵr os yw Geraint am 'u gweld.'

'Nagyw. Gofynnes i iddo fe cyn iddo adel am yr ysgol.'

'Fe a' i â nhw lawr i'r ganolfan yr un pryd â'r poteli.'

'Iawn. Bydd ise bocs i'w cario nhw.'

'Fe ddyle fod un digon mawr yn y garej.'

Edrychodd y ddau ar ei gilydd yn gwybod bod afrealrwydd y misoedd diwethaf wedi dod i ben. Nid oedd gan Ken Roberts lawer o ffrindiau na diddordebau y tu allan i'w waith, ac ar ysgwyddau Angela y disgynnodd y baich o'i gadw'n brysur dros fisoedd ei wyliau estynedig. Roeddynt wedi ymweld â pherthnasau dirifedi ac nid oedd yr ardd na'r tŷ wedi edrych cystal erioed. Ond ffasâd fu normalrwydd y cyd-wneud hynny; cyfnod i'w gadw o hyd braich, i'w anghofio pan fyddai pethau'n dychwelyd i'r hyn y buont gynt. Ond nawr, a hwythau ar drothwy'r ailgychwyn, roedd y ddau'n ofni colli'r hyn a enillwyd yn ystod y misoedd diwethaf.

'Wyt ti'n siŵr nad wyt ti am i fi ddod i dy nôl di wedyn?'

'Odw. Dy'n nhw'n gweld neb ar fy ôl i, felly dyn a ŵyr pryd fydda i'n barod.'

'Do's dim gwahaniaeth; arhosa i amdanat ti.'

'Dwi ddim am i ti aros yno.'

'Ma' Geraint yn dymuno pob hwyl i ti.'

'Hm!' meddai Ken Roberts. Penderfyniad David Peters nad oedd gan Geraint achos i'w ateb ynglŷn â'r car gafodd ei ddwyn oedd yr unig reswm dros lawenhau yng nghanol yr holl gawlach. Ar wahân i Daniel Morgan, roedd y bechgyn eraill i gyd wedi dweud na wyddai Geraint fod y car roeddynt yn teithio ynddo wedi ei ddwyn, felly nid oedd yn euog o unrhyw drosedd. Byddai hynny'n gwanhau dadl J.T. Howells fod Ken wedi ceisio gwyrdroi cwrs cyfiawnder drwy fygwth Daniel er mwyn ei gael i gadw'n dawel am ran Geraint yn yr holl droseddau. Ond dim ond un llygedyn o oleuni oedd hynny. Am y gweddill, edrychai pethau'n ddigon tywyll; yr un mor dywyll â'i hwyliau. Yr un mor dywyll â'i ysbryd.

Cydiai Eifion yn dynn yn olwyn y car gan wneud ei orau i'w lywio drwy drafnidiaeth brysur y bore. Gwnâi'r strydoedd unffordd, y prinder llefydd parcio a'r lorïau anferth yn dadlwytho'u nwyddau, ei dasg yn ddigon anodd, heb iddo orfod dioddef clebran di-baid y Prif Arolygydd Clem Owen a eisteddai yn ei ymyl. Diflannodd y bodlonrwydd a deimlodd Eifion ar ddiwedd y cyfarfod y noson cynt yr eiliad yr atebodd y ffôn y bore hwnnw a chlywed Clem Owen yn dweud wrtho i ddod i'w gasglu o'i gartref. Dyna ddiwedd ar ei ddiwrnod cyn iddo ddechrau'n iawn. Roedd Eifion wedi bwriadu mynd i'r orsaf yn gynnar er mwyn rhoi trefn ar ei nodiadau o'r cyfweliadau yn Lôn y Coed cyn diflannu a dilyn ei drywydd ei hun ynglŷn â'r enwau ar y rhestr. Ond roedd llais ei feistr wedi newid hynny i gyd. Roedd Eifion hefyd yn barod i fentro mai arno ef y disgynnai'r baich o ysgrifennu adroddiad o'r cyfweliad roedd Owen ar fin ei gynnal.

'Wyt ti'n hoffi gyrru, Eifion?' torrodd llais ei feistr ar draws ei fyfyrio.

Nid atebodd Eifion. Dyn a ŵyr faint o gwestiynau dwl, tebyg roedd ei bennaeth wedi eu gofyn iddo yn ystod y deng munud diwethaf; cwestiynau yr oedd yntau wedi eu hanwybyddu bob un. Nid bod hynny'n cael unrhyw effaith ar Clem Owen; roedd yn ddigon abl i ateb ei gwestiynau yn ogystal â'u gofyn.

'Ddim fan hyn nawr,' meddai Clem Owen gan ateb ei gwestiwn ei hun. 'Yn gyffredinol, dwi'n meddwl, pan ma' gen ti ffordd glir a digon o amser – er ma'r rheini'n bethe digon prin y dyddie 'ma. Ma' 'na rwbeth therapiwtig iawn mewn gyrru, dwyt ti ddim yn meddwl? Eistedd y tu ôl i'r olwyn a'r byd yn agor mas o dy fla'n.'

Wel pam na faset ti wedi gyrru dy hunan y bore 'ma, 'te? meddyliodd Eifion, gan droi'r olwyn yn sydyn er mwyn osgoi fan wen oedd wedi stopio'n ddirybudd o'i flaen. Ond nid oedd perygl fod ei bennaeth yn mynd i stopio.

'Ond weithie, hyd yn o'd pan nad o's 'da fi amser, pan dwi'n dechre'r car a gwbod mai dim ond mynd i'r gwaith neu lawr i'r dre'r ydw i, dwi'n teimlo'n siomedig nad yw hi'n daith hirach, ac na fydda i'n gallu gyrru am filltiroedd heb stopio.' Trodd Owen i edrych ar Eifion. 'Wyt ti'n teimlo fel'ny weithie?'

'Odw,' atebodd Eifion ar waetha'i hun, a phan sylweddolodd ei fod wedi siarad fe roddodd ei holl sylw i'r drafnidiaeth o'u cwmpas.

Nodiodd Clem Owen ei ben. ''Nes i glywed neu ddarllen rywle mai teimlo'n ansicr sydd i gyfri am hynny. Dyn yn dyheu i reoli ei dynged ei hun; dwi'n credu mai dyna ma'n nhw'n 'i weud. Ein bod ni'n teimlo'n gaeth i bobol er'ill neu i amgylchiade, ac nad o's 'da ni hawl ar ein bywyd ni ein hunain. Ofni wynebu'r dyfodol neu ofni cydnabod ein gorffennol. Beth wyt ti'n meddwl?'

Edrychodd Eifion yn y drych ar y ceir a'i dilynai, ac yna, pan oedd y ffordd yn glir, fe lywiodd y car i ymyl y ffordd fawr.

'Ry'n ni wedi cyrra'dd, syr,' meddai, gan ddiffodd y peiriant.

'Siwrne fer arall, 'te, Eifion,' meddai Clem Owen, gan ddringo allan ac edrych i fyny ac i lawr y stryd am siop trin gwallt Styleways.

Hanner ffordd i lawr y siop hir a chul roedd merch ifanc mewn ffrog ysgafn las yn golchi gwallt gwraig a bwysai'n ôl dros fasn isel. Pan glywodd y ferch y drws yn agor, trodd i edrych ar y ddau blismon.

'Ie?' gofynnodd, ei dwylo'n dal i dylino'r gwallt.

'Odi Mr Waters ar ga'l?' gofynnodd Clem Owen, gan dynnu bysedd ei law dde ar draws ei drwyn er mwyn gwasgaru'r gwynt cryf o bersawr a lanwai'r siop.

'Mae e yn y cefn.'

'Allen i ga'l gair 'dag e?'

Ochneidiodd y ferch ac edrych ar ei dwylo gwlyb. Gwyrodd ei phen i un ochr a galw, 'Stephen! Stephen!'

Trodd Clem Owen i gyfeiriad y drws a arweiniai i gefn y siop.

'Mae'n clywed, fel arfer, os nad yw e'n gwrando ar y Discman,' meddai'r ferch, gan ddechrau golchi'r sebon allan o wallt y wraig.

Nodiodd Clem Owen. 'A be sy'n digwydd os yw e'n gwrando ar y Discman?'

Edrychodd y ferch arno, yna i gyfeiriad y drws a arweiniai i gefn y siop, ac ochneidiodd. 'Esgusodwch fi, Mrs Williams, fydda i ddim dwy funud.'

'Popeth yn iawn, bach,' meddai Mrs Williams, heb godi ei phen o'r basn golchi.

Cyn pen y ddwy funud ailymddangosodd y ferch a dyn bychan boliog yn cario mygaid o goffi'n ei dilyn. Cerddodd y ferch yn ôl at y wraig, ac wrth iddi basio Clem Owen sylwodd y prif arolygydd ar fathodyn a'r enw Nicky arno ar ei ffrog.

'Ie?' meddai Stephen Waters, a'r union oslef yn ei lais ag a fu yng nghyfarchiad Nicky'n gynharach.

'Chief Inspector Owen, Heddlu Dyfed-Powys,' meddai, gan ddangos ei gerdyn gwarant i Stephen Waters.

'Yhy,' meddai hwnnw, gan ddrachtio ychydig o'r coffi.

'Fydde hi'n bosib i ni ga'l gair ynglŷn â Lisa Thomas?'

'Pwy?'

'Lisa Thomas – ry'ch chi wedi cynnig gwaith iddi,' a thynnodd Owen y llythyr a ganfuwyd yn mag Lisa allan o'i boced.

'O, Liza, chi'n feddwl,' meddai, gan lusgo'r 's'.

'Ie, ma'n siŵr.' Edrychodd Clem Owen i gyfeiriad

114

Nicky a Mrs Williams. Roedd y ferch wedi rhoi'r gorau i unrhyw esgus o weithio ac o dan y gwallt gwlyb roedd clustiau'r wraig yn cosi'n ddifrifol. Trodd Clem Owen i ben blaen y siop ac amneidio ar Waters i'w ddilyn.

'Dyw hi ddim 'ma heddi. Dydd Llun ma' hi'n dechre,' meddai Waters, gan ddrachtio rhagor o'i goffi.

'Dwi'n ofni na fydd hi'n dechre o gwbwl.'

'O? Pam?'

'Dy'ch chi ddim wedi clywed?' gofynnodd Owen i Waters.

'Clywed beth?'

''I bod hi wedi ca'l 'i llofruddio.'

'Llofruddio? Naddo! Liza? Hi o'dd y ferch ar y newyddion neithiwr?' gofynnodd, a'i lygaid yn gwibio'n ôl ac ymlaen rhwng Clem ac Eifion.

Nodiodd Clem Owen.

'Wel, ma' hyn yn ofnadw,' meddai Waters, a'r llygaid a wibiai unwaith eto rhwng y ddau heddwas yn llawn gofid. 'Beth ar y ddaear dwi mynd i' neud nawr?'

'Ynglŷn â beth?' gofynnodd Owen pan sylweddolodd fod y dyn bychan yn disgwyl ateb.

'Ynglŷn â'r siop. Ma' Nicky'n mynd ar 'i gwylie fory – mae'n mynd i Kenya i briodi – ac ro'dd Liza fod i ddechre dydd Llun i lenwi'r bwlch. Nawr bydda i un ferch yn brin.'

Edrychodd yn wyllt o'i gwmpas, y llygaid y tu hwnt i bob rheolaeth, a dechreuodd siarad ag ef ei hun. 'Os all Kim weithio drw'r wthnos ac os bydd 'i ffrind – beth yw 'i henw, Nicky?'

'Cheryl.'

'Ie, Cheryl, os all hi …'

'Ma'n ddrwg iawn 'da fi am y trafferthion ma' hyn i gyd yn 'u hachosi i chi, Mr Waters,' meddai Clem Owen ar ei draws. 'Ond ein problem ni yw'r ymchwiliad i lofruddiaeth Lisa. Ma'n bosib y gallwch chi ein helpu.'

'Beth?' gofynnodd, ond roedd ei feddwl, a'i lygaid, ymhell.

'Pan gynigioch chi waith i Lisa, a ofynnoch chi am gyfeiriad 'i chyflogwr dwetha?'

'Wel do, wrth gwrs. Dwi ddim yn mynd i adel i rywun dibrofiad drin gwallt 'y nghwsmeriaid.'

'Odych chi'n cofio pwy o'dd 'i chyflogwr dwetha?'

Siglodd Waters ei ben. 'Nadw.'

'Be nethoch chi, ffonio neu sgrifennu atyn nhw?'

'Sgrifennu. Ma'i wastad yn talu ffordd i ga'l popeth lawr ar bapur rhag ofn i rwbeth fynd o'i le gyda'r cwsmeriaid.'

'Ac ma'r llythyr yn dal gyda chi?'

'Odi, wrth gwrs 'i fod e. Beth yw'r pwynt ca'l popeth ar bapur os nad y'ch chi'n 'i gadw fe?'

'Allen i 'i weld e?'

'Iawn, fe a' i i nôl e i chi nawr; mae e yn y ffeil ...' Goleuodd ei wyneb. 'Gydag enwe'r merched er'ill o'dd â diddordeb yn y gwaith.'

'Tyn dy lyfr nodiade mas i neud nodyn o'r cyfeiriad,' meddai Clem Owen wrth Eifion. 'Bydd 'i angen e arnot ti pan fyddi di'n sgrifennu'r adroddiad.'

Ochneidiodd Eifion Rowlands ac estyn ei law i'w boced.

'O'dd e'n help i ti?' gofynnodd y Rhingyll Ian James gan bwyso dros ysgwydd Carol.

'Beth?' gofynnodd Carol heb edrych i fyny o'r nodiadau roedd Eifion wedi'u gwneud o'r holi o ddrws i ddrws yn Lôn y Coed.

'Y stwff 'na ges i i ti ar y cyfrifiadur neithiwr.'

'O, o'dd,' meddai Carol, gan roi'r gorau i geisio datrys yr ysgrifen traed brain. 'Diddorol iawn, diolch yn fawr i ti.'

'Rhan o'r gwasanaeth,' meddai, gan wenu. 'O's 'na rwbeth arall alla i' neud i ti?'

116

'Dyw dy gyfrifiadur ddim yn gallu darllen llawysgrifen, odi fe?' ac estynnodd Carol ddalen iddo.

'Ma' 'na beirianne ar ga'l sy'n gallu gneud 'ny. Ma'n nhw'n sganio'r llawysgrifen i mewn i'r cyfrifiadur ac fe alli di 'i hargraffu wedyn fel unrhyw ffeil arall.' Astudiodd James ysgrifen flêr Eifion Rowlands. 'Wrth gwrs, ma'n rhaid i'r llawysgrifen fod yn ddealladwy.'

'Wel, pan fyddan nhw wedi neud un ar gyfer llawysgrifen annealladwy, rho wbod i fi,' meddai Carol, gan dderbyn y ddalen yn ôl a cheisio gwneud synnwyr pellach ohoni.

'Wyt ti wedi meddwl mwy am brynu cyfrifiadur?'

'Nagw, dwi ddim wedi ca'l cyfle i feddwl am fawr ddim yn ddiweddar.'

'Fydde catalog yn help? Fe ga i un i ti, os wyt ti moyn.'

'Paid mynd i drafferth.'

'Dim trafferth o gwbwl.'

'Iawn,' meddai Carol, heb unrhyw frwdfrydedd. Ond roedd brwdfrydedd Ian James yn ddigon i ddau ac yn dechrau mynd yn fwrn arni. Nid oedd bod yn gwrtais yn talu ffordd bob tro, ac efallai y byddai wedi bod yn well petai hi wedi dweud wrtho'n blwmp ac yn blaen ar y dechrau nad oedd ganddi mo'r diddordeb lleiaf mewn prynu cyfrifiadur.

'Reit, fe ga i rai i ti,' meddai James, heb ddangos unrhyw awydd i adael.

Ceisiodd Carol ganolbwyntio ar yr hyn roedd Mr Harold Ford o Glaiston, Lôn y Coed, wedi'i ddweud wrth Eifion am y sŵn car roedd wedi'i glywed yn oriau mân bore dydd Iau, ond gyda Ian James yn dal i hofran yn ymyl ei desg, fe'i câi hi'n anodd rhoi ei holl sylw iddo.

'Reit, wela i di,' meddai James o'r diwedd.

'Iawn,' meddai Carol, gan ymladd yn erbyn y

demtasiwn i godi ei phen i weld a oedd yn wir yn mynd. Cydiodd yn y ddalen lle'r oedd Eifion wedi nodi'r ffaith bod Mrs Doreen Moore hefyd wedi clywed sŵn car yn Lôn y Coed. Roedd Harold Ford wedi dweud wrtho ei fod ef wedi cael ei ddihuno pan glywodd sŵn car a allai fod ar Lôn y Coed. Ond roedd Doreen Moore wedi dweud ei bod hi eisoes ar ddihun pan glywodd hi sŵn y car yn pasio'i thŷ. Roedd hi'n credu mai rhywbeth wedi dau oedd hi, ond nid oedd hi'n siŵr ai nos Fercher oedd hi neu beidio. Tueddai Mrs Moore i ddihuno sawl gwaith bob nos, ac yn oriau mân y bore fe'i câi hi'n anodd gwahaniaethu rhwng y nosweithiau. Ar ôl cofnodi hyn, yn lle gofyn a oedd hi wedi codi a mynd i'r ffenest i weld pwy oedd yno neu a oedd hi wedi clywed y car yn gyrru yn ôl ar hyd y lôn, roedd Eifion wedi newid cywair yn llwyr a gofyn iddi ers pryd roedd hi wedi bod yn byw yno ac a oedd hi ar delerau da â'i chymdogion.

Siglodd Carol ei phen. Fel arfer, dim ond hanner y gwaith roedd Eifion wedi ei wneud ac fe fyddai'n rhaid i Wyn Collins gael gair â'r ddau yma eto er mwyn cael gwybod beth yn union roedden nhw wedi ei glywed a'i weld. A gofynnodd Carol i'w hunan, nid am y tro cyntaf, pwy ar y ddaear oedd wedi meddwl y byddai Eifion yn gwneud ditectif. Casglodd y papurau at ei gilydd a'u rhoi yn ôl yn y ffeil. Cododd i'w dychwelyd at weddill ffeiliau achos llofruddiaeth Lisa Thomas, a daeth wyneb yn wyneb ag Eifion Rowlands. Syllodd ef ar y ffeil yn ei llaw.

'Dwi ddim wedi gorffen cofnodi'r cyfweliade i gyd eto.'

'Fydden i erio'd wedi dyfalu 'ny,' meddai Carol, gan daflu'r ffeil ar y bwrdd a cherdded yn ôl at ei desg.

'Hei!' galwodd Eifion, gan gydio yn y ffeil a'i dilyn. 'A beth ma' hynny'n 'i feddwl?'

'Dyna o'dd 'y nghwestiwn inne pan weles i gynnwys y ffeil. Gorffen cofnodi? Dwyt ti ddim wedi dechre 'to.'

'Pwy wyt ti i weud nad wy'n neud 'y ngwaith yn iawn? Dreulies i a Wyn Collins drwy brynhawn ddoe yn holi'r bobol 'na i gyd, ac ma'r cyfan sy gyda nhw i' weud yn y ffeil.'

'Wel diolch byth fod Wyn gyda ti; bydd tipyn gwell siâp ar 'i adroddiad e.'

'O, ie, ac rwyt ti mor berffaith, on'd wyt ti?'

'Beth?' Trodd Carol i'w wynebu a gwenodd yn ddirmygus arno. 'Paid ti â phoeni amdana i; gna di dy waith yn iawn a fydd dim rhaid i fi boeni amdanot ti.'

Cymerodd Eifion gam tuag ati ond clywodd sŵn rhywun yn cerdded ar hyd y coridor y tu allan ac arhosodd. Eiliad yn ddiweddarach brasgamodd Clem Owen i mewn i'r ystafell.

'Wyt ti'n barod?' gofynnodd i Eifion.

'Bron,' meddai Eifion, gan fynd at ei ddesg a dechrau agor a chau'r dreiriau.

'Ma' 'da ni agoriad i orffennol Lisa Thomas,' meddai Clem Owen wrth Carol. 'Marian, siop yn …'

'Marianne,' cywirodd Eifion yn bigog.

'Beth?' gofynnodd Clem Owen, wedi ei fwrw oddi ar ei echel.

'Marianne yw enw'r siop, ddim Marian.'

'Diolch yn fawr, Eifion; cofia nodi hynny yn dy adroddiad,' meddai Owen, gan droi i siarad â Carol. 'Perchennog siop trin gwallt yn Rhydaman o'dd 'i chyflogwr ola cyn symud 'ma i fyw. Dwi a Eifion ar ein ffordd draw 'na nawr.'

Ymddangosodd PC Scott Parry'n ddirybudd yn nrws yr ystafell.

'Syr?' meddai wrth Clem Owen.

'Ie, Parry?'

'Ma' Mr Peters am eich gweld.'

'Ddim nawr, Parry, dwi ar 'yn ffordd i Rydaman.'

'Ond …'

'Dwyt ti ddim wedi 'ngweld i, iawn?'

'Gwelodd Mr Peters chi'n cyrra'dd.'

'Camgymeriad,' meddai Clem Owen, gan gau ei got fawr. 'Ma' 'na bellter mawr o'i stafell e i'r ddaear, a dyw golwg Mr Peters ddim cystal â'r hyn fuodd e.'

'Dwedodd Mr Peters wrtha i i beidio gadel i chi ddianc 'to.'

'Dianc?'

'Ac ma' Sarjant Jenkins wedi mynd â'r allweddi o'ch car.'

Sigodd ysgwyddau'r prif arolygydd. 'Iawn, Parry, cer i weud wrth Mr Peters y bydda i 'na mewn munud.'

'A dwi fod i'ch hebrwng chi i'w stafell.'

'Uffach gols! Be sy'n mater ar y dyn?' Ochneidiodd Clem Owen a throi at Carol. 'Bydd raid i ti fynd gyda Eifion i Rydaman.'

'Bydde'n well 'da fi fynd ar 'y mhen 'yn hunan,' meddai Carol.

'Ond ma' Eifion yn gwbod y cefndir.'

'Dim ond ise'r cyfeiriad sy arna i.'

'Dwi'n ddigon parod i fynd ar 'y mhen 'yn hunan,' cynigiodd Eifion. 'Ro'n i'n meddwl bod Carol yn mynd ar ôl y cwmnïe tacsis, beth bynnag.'

'Ffonies i nhw i gyd neithiwr,' meddai Carol.

'Unrhyw beth?' gofynnodd Owen.

'Dim byd eto. Ma' sawl un wedi ffonio 'nôl bore 'ma, ond fe alla i fynd i helpu Wyn yn Lôn y Coed tra 'mod i'n aros am y lleill. Odi'r adroddiad ar yr holi o ddrws i ddrws nest ti ddoe gyda ti, Eifion?'

Rhythodd Eifion arni. 'Dwi ddim wedi ca'l cyfle i'w sgrifennu fe 'to.'

'Falle bydde hi'n well petai Eifion yn sgrifennu'r adroddiad 'ny nawr tra 'mod i'n mynd i Rydaman,' meddai Carol wrth Clem Owen.

Tynnodd Owen ei law ar draws ei dalcen; synhwyrai

fod rhywbeth mwy yn llifo o dan sgwrs y ddau ond nid oedd ganddo'r amser i blymio i'r dyfnderoedd hynny nawr.

'Syr?' hysiodd Scott Parry o'r drws.

'Iawn, dal dy ddŵr,' cyfarthodd Owen. 'Eifion, bydd raid i Gareth ga'l yr adroddiad 'na, felly man a man i ti fwrw iddi nawr. Carol, cer di i Rydaman. Ma'r cyfeiriad 'da Eifion.'

'Iawn, syr.'

Trodd Clem Owen am y drws. 'Ac Eifion, tra wyt ti wrthi, gwell i ti sgrifennu adroddiad am waith y bore 'ma hefyd.' Ac allan ag ef ar ôl Parry.

Gwenodd Carol Bennett ac estyn ei llaw at Eifion Rowlands. 'Cyfeiriad Marianne, os yw e'n barod 'da ti.'

Ar hyd y coridor ac i fyny'r grisiau, dilynodd Clem Owen Scott Parry fel oen i'r lladdfa. Gwyddai'n iawn pam roedd yr uwch arolygydd am ei weld; roedd yr orsaf yn llawn o fân siarad am yr ymchwiliad a damcaniaethu am y canlyniad byth ers i Berwyn Jenkins ledu'r newyddion am yr un fyddai'n ei arwain. Roedd Clem Owen yn ymwybodol iawn o hynny gan nad oedd ef yn cael ei gynnwys yn eu sgyrsiau; fel dyn oedd yn dioddef profedigaeth.

Curodd Parry ar ddrws swyddfa David Peters a'i agor pan glywodd yr uwch arolygydd yn dweud wrtho i ddod i mewn. Ond nid aeth Parry i mewn i'r ystafell; arhosodd a'i law ar fwlyn y drws nes i Clem Owen groesi'r rhiniog, ac yna ei gau ar ei ôl.

'Clem, dere mewn,' cyfarchodd Peters ef yn galonnog.

Cerddodd Clem Owen yn araf i ganol yr ystafell a'i lygaid ar ddyn a eisteddai a'i gefn tuag ato. Nid oedd hwnnw wedi symud y mymryn lleiaf i edrych arno nac i'w gydnabod.

'Mae'n siŵr dy fod ti'n cofio Superintendent

Stephens,' meddai Peters, gan chwifio'i law chwith i gyfeiriad yr ymwelydd.

Cododd Stephens yn araf a throi i wynebu Clem Owen.

'Clem, shwd wyt ti?' meddai gan estyn ei law iddo.

Ysgydwodd Clem ei law a dweud, 'Yn dda iawn, Tony, shwd wyt ti?'

'Fel y gweli di, Clem, fel y gweli di.'

'Rwyt ti'n edrych yn dda iawn,' meddai Clem Owen. Gwenodd Stephens ond nid estynnodd yr un cwrteisi i'w gyn-bennaeth. Ond roedd hi'n amlwg fod y blynyddoedd ers i'r ddau gyfarfod ddiwethaf wedi bod yn llawer mwy caredig i Tony Stephens nag i Clem Owen. Gwir fod yna dros bymtheng mlynedd o wahaniaeth rhwng y ddau, ond roedd Stephens yn edrych fel dyn oedd yn mwynhau bywyd ac nid dim ond yn byw. Roedd yn llond ei groen, yn iach, ac yn frown. Edrychai fel dyn bodlon ei fyd ac ar ben ei ddigon. Ond gwyddai Clem Owen fod Tony Stephens yn uchelgeisiol iawn, ac amheuai fod ganddo ychydig o risiau i'w dringo eto cyn y byddai ar ben ei fyd ac yn fodlon ar ei ddigon.

Ond yn frown neu'n welw, nid oedd Clem Owen erioed wedi hoffi'r olwg hunandybus oedd ar wyneb Tony Stephens. Pan gyfarfu ag ef gyntaf flynyddoedd yn ôl, fe'i trawyd nid yn unig gan hunanhyder amlwg yr heddwas ifanc ond hefyd gan ei agwedd nawddogol tuag at ei gyd-weithwyr; ei gred ei fod ef yn well na hwy ac mai ei ffordd ef o weithredu oedd orau. Ni chofiai Clem Owen i Tony Stephens erioed anufuddhau iddo, ond cofiai am sawl achlysur lle'r oedd terfynau ei orchmynion wedi cael eu hymestyn i gynnwys yr hyn roedd ef am ei wneud. Ac er gwaethaf amgylchiadau ei ymadawiad, a'r cysgod roedd hwnnw wedi'i daflu dros yrfa Clem Owen, roedd hi wedi bod yn dda ganddo weld ei gefn. O bryd i'w gilydd ers hynny, roedd wedi clywed rhywfaint o hanes esgyniad cyflym Stephens drwy'r rhengoedd, a phan symudodd i Heddlu Gwent, nid oedd wedi meddwl y byddent byth yn cyfarfod eto, yn sicr nid fel hyn. Dau isafbwynt fu i yrfa Clem Owen ac roedd Tony Stephens yn gysylltiedig â'r ddau.

'A dyma Inspector Curtis.'

Roedd Clem Owen wedi bod yn canolbwyntio cymaint ar Tony Stephens, nid oedd wedi sylwi ar y trydydd person yn yr ystafell. Wrth gwrs, wedi meddwl, fe fyddai Stephens yn dod â rhywun gydag e, ac roedd cael merch i'w gynorthwyo yn gyson â'i gymeriad.

'Mae'n dda gen i'ch cyfarfod, *chief inspector*,' meddai'r arolygydd, gan estyn ei llaw.

'A chithe,' meddai Owen.

Dychwelodd David Peters i'w gadair y tu ôl i'r ddesg ac amneidio ar Clem Owen i dynnu cadair arall at ymyl Tony Stephens. Edrychodd Peters ar ei oriawr.

'Bydd raid i Superintendent Stephens adel mewn munud i gyfarfod â'r Parchedig Emrys Morgan. Ro'n i wedi gobeithio cael sgwrs gyda ti'n gynharach, Clem,' meddai Peters, ac roedd yna dinc o gerydd yn ei lais.

'Ma'n ddrwg 'da fi, ond ro'n i allan yn gweithio ar achos Lisa Thomas.'

'Y ferch ga'th 'i llofruddio?' gofynnodd Stephens.

'Ie.'

'Shwd ma'r ymchwiliad yn dod yn 'i fla'n?'

Gwyddai Clem Owen nad cwestiwn gwag oedd hwn. Roedd Stephens yno i ymchwilio i ymddygiad swyddog dan ei ofal ef, ac ni allai wneud hynny heb ymchwilio i'r modd roedd ef yn rhedeg yr adran. Doedd dim dwywaith nad oedd Ken Roberts wedi torri rheolau ymddygiad deddf PACE drwy fynd i holi Daniel Morgan heb recordio'r cwestiynau a'r atebion. Roedd hynny'n adlewyrchiad gwael ar arweinyddiaeth Clem Owen, ac os câi Stephens Ken yn euog o gam-drin Daniel, yna byddai'r cwmwl a'i dilynai weddill ei yrfa yn un tywyll iawn.

'Rhy gynnar eto, ond ma' 'na lwybr neu ddau sy'n haeddu sylw.'

Chwarddodd Stephens. 'Dere, Clem, ddim siarad â gohebydd y *Dyfed Leader* wyt ti nawr. Beth yw'r llwybre hyn?' gofynnodd, gan danlinellu, italeiddio a dyfynodi'r gair 'llwybre'.

Gwasgodd Owen fraich ei gadair a chanolbwyntio ar siarad yn bwyllog heb regi. Roedd gorfod ei gyfiawnhau ei hun i Tony Stephens yn waeth o lawer nag yr oedd wedi ei ofni. 'Ym mis Gorffennaf symudodd Lisa i'r dre i fyw. Cyn hynny ro'dd hi'n byw yn Rhydaman. Ro'dd hi wedi torri pob cysylltiad â Rhydaman ac ro'dd hynny'n 'i gneud hi'n anodd ymchwilio i'w gorffennol. Ffeindio mas lle ro'dd hi'n byw cyn symud 'ma ro'n i'n 'i neud gynne. Ma' DS Bennett ar 'i ffordd draw i Rydaman nawr i holi'i chyn-gyflogwr yno a fydd, gobeithio, yn gallu'n cyfeirio at hen gariad i Lisa a o'dd, yn ôl y sôn, yn arfer defnyddio'i ddyrne arni. Hwnna yw'r llwybr mwya addawol ar hyn o bryd. Ma'r ffaith mai mewn dawns y gwelwyd hi fyw ddwetha hefyd yn llwybr ry'n ni'n 'i ddilyn.'

'Pa mor ffyddiog wyt ti o ddal y llofrudd?'

'Yn ffyddiog iawn.'

'Wel, pob hwyl i ti, ma' ise tipyn o lwyddiant ar yr adran.'

'Ma' 'da ni record dda am ddatrys llofruddiaethe,' meddai Clem Owen yn amddiffynnol.

'Ond ma' 'na le i gwestiynu'r dullie,' meddai Stephens.

Cnodd Clem ei dafod. Nid dyma'r lle i ddadlau gyda Tony Stephens; roedd e'n ddigon drwg pan oedd e'n rhingyll, ond nawr ei fod yn uwch arolygydd, roedd e'n annioddefol.

Ond pan nad atebodd Owen fe ychwanegodd Stephens, 'On'd oes, *chief inspector*?'

Trodd Clem at David Peters. Ei syniad ef oedd y cyfarfod hwn; gobeithio fod ganddo reswm digonol dros ei gynnal. Ond roedd Peters a'i ben i lawr yn chwilio ymhlith y papurau o'i flaen.

'Gobeithio nad y'ch chi wedi penderfynu canlyniad yr ymchwiliad cyn iddo ddechre ... superintendent,' meddai Owen, gan edrych yn ddifrifol ar Stephens.

'Ddim o gwbwl, ond dwi'n gwbod digon yn barod i weld bod 'na le i wella.'

'Ma' lle i wella ar yr adnodde ry'n ni'n 'u ca'l hefyd ...'

Carthodd Peters ei wddf a thorri ar draws Owen. 'Ma'r superintendent eisoes wedi ca'l *statements* Inspector Roberts a Gareth Lloyd a'r *custody officer* ar yr hyn ddigwyddodd ar ôl i Daniel Morgan ga'l 'i arestio, ond mae e hefyd am weld popeth sy gyda ti ar yr ymchwiliad a arweiniodd at 'i arestio.'

'Ma'r rheini i gyd wedi'u pasio mla'n i'r CPS,' meddai Clem.

'Ddim yr adroddiade terfynol dwi'n meddwl,' meddai Stephens, gan gamu i mewn cyn i Peters gael cyfle i esbonio. 'Dy gofnodion di ar yr ymchwiliad, dy femos i Inspector Roberts ...'

'Memos?' gofynnodd Clem yn syn.

'Ie, cyfarwyddiade ar sut y dylai ef gynnal yr ymchwiliad.'

Siglodd Clem Owen ei ben. 'Do'dd dim amser i sgrifennu memos,' ac fe roddodd gymaint o ddirmyg ag y gallai i'r gair. 'Digwyddodd y cyfan mor gyflym. Yr un diwrnod ag yr a'th Ken Roberts i ymchwilio i'r fandaliaeth, darganfuwyd corff dyn ar y traeth ac ro'n ni i gyd yng nghanol achos o lofruddiaeth. A beth bynnag, ma' Ken Roberts yn blismon profiadol gyda chwarter canrif o wasanaeth; mae e'n gwbod shwt i gynnal ymchwiliad heb i fi anfon memo ato.'

'Wel, nawr, ma' 'na amheuaeth ynglŷn â hynny, on'd

o's?' meddai Tony Stephens. 'Neu fydden i ddim yma heddi, fydden ni, Clem?' Edrychodd ar ei oriawr. 'Felly do's 'da ti ddim gwaith papur i fi?'

'Nago's,' atebodd Clem Owen pan deimlai y gallai'i reoli ei hun rhag dweud gormod.

'Trueni,' meddai Stephens, gan godi. 'Ro'n i wedi gobeithio y bydde gyda ti rwbeth i ddangos pellter rhyngddot ti ac ymddygiad Roberts.'

'Hanner munud ...' a dechreuodd Clem yntau godi. Efallai mai dyma'r lle i ddadlau gyda Tony Stephens wedi'r cyfan.

'Clem!' meddai David Peters.

'Diolch yn fawr i chi am eich cydweithrediad,' meddai Stephens, gan anwybyddu Clem Owen ac estyn ei law i David Peters. 'Cyfarfod buddiol iawn.'

Caeodd Eifion Rowlands ddrws y car â chlec a atseiniodd drwy'r maes parcio. Chwyrnodd y peiriant wrth iddo'i danio ac ymdrechodd i lywio'r car yn ôl ac ymlaen allan o'r cornel cyfyng lle'r oedd wedi'i barcio, cyn i'r olwynion sgrialu drwy'r bwlch i'r ffordd fawr.

Roedd ei ben yn troi a'i waed yn berwi. Pwy uffern roedd Clem Owen a Carol Bennett yn meddwl oedden nhw? Yn cymryd yn ganiataol y gallen nhw ei ddefnyddio ef fel gwas bach pryd bynnag roedden nhw'n dewis. Yr unig amser y llusgai Clem Owen ei hun allan o'i swyddfa oedd pan fyddai am wneud argraff ar ei benaethiaid drwy chwarae'r ditectif mawr am ryw awr neu ddwy. A phan fyddai angen rhywun i fynd ar y teledu i wneud datganiad mewn achos a gâi fwy o sylw na'r cyffredin, Clem Owen fyddai yno gyntaf, fel brân ar gorwg. Ond os oedd yna waith go iawn i'w wneud, os oedd yna filltiroedd i'w cerdded, drysau i'w curo ac adroddiadau i'w hysgrifennu, welai neb ei gysgod. Ac am Carol Bennett ... beth wyddai hi am blismona? Onid oedd hi wedi sylweddoli eto mai'r unig reswm roedd hi yno o gwbl oedd oherwydd y pwysau i gael mwy o ferched yn yr heddlu?

Camodd dwy wraig allan i ganol y ffordd o'i flaen, yn talu mwy o sylw i'w sgwrs nag i'r traffig o'u cwmpas. Gwasgodd Eifion gorn y car. Syllodd y gwragedd arno'n hurt am eiliad cyn dechrau prysuro am yr ochr draw. Yn ei brys gollyngodd un ohonynt ei bag llaw ac arllwysodd ei gynnwys ar draws y ffordd. Rhegodd Eifion a gwasgu'r corn unwaith eto gan chwifio'r ddwy o'r neilltu â'i law. Daeth dyn canol oed o rywle i helpu'r wraig i gasglu cynnwys ei bag. Roedd yn agos i hanner dwsin o bobl eraill hefyd wedi ymgasglu ar ymyl y ffordd. Gwelai Eifion wefusau ambell un yn symud, ac o'r olwg ar eu hwynebau gwyddai mai rhegi ei ymddygiad yr oeddynt. Wel twll 'u tine! Petaen nhw'n gweithio dan y pwysau roedd e'n gorfod ei ddioddef fe fydden nhw wedi torri ymhell cyn hyn. Ac er eu mwyn nhw roedd e'n gwneud y cyfan, beth bynnag. Gwasgodd Eifion sbardun y car a gyrru i ffwrdd heb feddwl eilwaith am y digwyddiad.

Gyrru a gyrru heb stopio? Dyna'r oedd Clem Owen wedi gofyn iddo. Gyrru a gyrru heb stopio? Sawl gwaith roedd ef wedi dyheu am wneud hynny ers i enedigaeth Emyr newid ei berthynas ef a Siân? Degau, dwsinau o weithiau? Roedd wedi colli cyfrif ar y troeon roedd wedi dymuno cefnu ar y cyfan yn ystod y misoedd diwethaf; gadael, mynd, a dechrau eto rywle arall. O, oedd, roedd wedi dymuno hynny, ond gwyddai nad oedd ganddo'r asgwrn cefn. Neu a oedd aros a cheisio adennill yr hyn yr oedd wedi ei golli yn galw am fwy o asgwrn cefn? Pwy a ŵyr? Yr unig beth a wyddai Eifion gydag unrhyw sicrwydd oedd bod ei fywyd wedi newid yn llwyr pan anwyd Emyr. Un funud roedd bywyd yn braf ac ef a Siân yn cyd-dynnu ar bopeth, ac yna'r funud nesaf roedd Emyr wedi ei eni ac roedd y cyfan wedi newid.

Neu, i fod yn fanwl gywir, roedd Siân wedi newid. O'r eiliad y daeth adref o'r ysbyty gydag Emyr roedd popeth wedi bod yn ormod iddi. Doedd ganddi ddim amynedd tuag at Emyr a dim diddordeb yn yr hyn oedd yn digwydd o'i chwmpas. Ond yn waeth i Eifion a oedd yn ei charu, doedd hi ddim yn gofalu amdani ei hun. Byddai'n gwisgo'i gŵn nos pan adawai ef am y gwaith yn y bore, ac fe fyddai'n dal i'w gwisgo pan ddeuai adref gyda'r nos, ei gwallt yn dal yn flêr a'i hwyneb yn ddiraen. Aeth wythnosau heibio cyn iddi fentro gadael y tŷ, a hyd yn oed nawr, wyth mis yn ddiweddarach, ni allai wynebu cael ymwelwyr.

Yn ystod y misoedd diwethaf roedd Eifion wedi gwneud ei orau i'w helpu, ond nid oedd dim a wnâi wedi bod wrth ei bodd. Pan fyddai'n tacluso'r tŷ, câi ei gyhuddo o guddio pethau oddi wrthi, ac os gadawai'r cyfan fel yr oedd, roedd hynny'n arwydd o'i ddifaterwch yn ei chylch hi a'r gwaith roedd ganddi i'w wneud. Roedd hi'n haws iddi weld bai na chariad yn yr hyn a wnâi. Ac i wneud ei faich yn fwy, ni allai rannu'r hyn oedd yn ei flino gyda neb. Ond gwaethygodd y sefyllfa i'r fath raddau nes iddo deimlo'i fod wedi dod i ben ei dennyn, a phenderfynodd fynd at y meddyg, er gwaethaf rhagfarn Siân yn ei erbyn.

Cydymdeimlai hwnnw ag ef, ond os nad oedd Siân yn barod i'w helpu ei hun, nid oedd rhyw lawer y gallai ef ei wneud. Ei unig gyngor oedd i'r ddau ohonynt dreulio mwy o amser gyda'i gilydd, efallai heb Emyr. Beth am iddynt fynd i ffwrdd am wyliau hebddo? Syniad da, syniad da iawn i unrhyw un a allai fforddio gwneud hynny, ond nid oedd Eifion yn un ohonynt. A than neithiwr ni fyddai Eifion wedi meddwl y byddai Siân yn cytuno i wneud hynny; ond os oedd hi wedi dechrau meddwl am wyliau, yna roedd y cam cyntaf wedi ei gymryd.

Parciodd Eifion y car ryw ddeugain llath o swyddfeydd Taylor a Rees, cyfrifyddion, ac wrth gerdded tuag at yr adeilad sylwodd fod tua hanner dwsin o bobl yn sefyllian o'i flaen yn ysmygu. Gwenodd wrth weld fod Mark Brown yn eu plith.

'Polisi dim smygu?' meddai Eifion, gan dynnu pecyn sigaréts o'i boced.

'Beth?' meddai Brown cyn adnabod Eifion ac yna gwenu o glust i glust er gwaetha'r ffaith fod ei glust chwith wedi ei gorchuddio gan rwymyn trwchus. Roedd yn llewys ei grys a'i dei sidan coch a melyn wedi ei thynnu ar agor. Edrychai fel dyn busnes llwyddiannus a hyderus.

'Shw'mae?' meddai wrth Eifion.

'Ddim yn ddrwg, shwd wyt ti?'

'Iawn.' Cododd ei law at ei glust a gwenu unwaith eto.

Roedd Eifion wedi ffonio'r swyddfa cyn gadael yr orsaf i wneud yn siŵr na fyddai ei siwrnai'n ofer. Nid oedd wedi disgwyl i Brown fod yn y gwaith os oedd wedi colli cymaint o waed ag yr oedd yn honni. Ond efallai ei fod yn ei weld ei hun yn dipyn o arwr ac am ddangos ei glwyfau i'w gyd-weithwyr.

'O's 'na rywle allwn ni siarad?'

'Ma' fan hyn yn iawn i fi.'

'Dwi ddim yn arfer trafod materion pwysig ar y stryd.'

'Ddim yn hoffi bod mas ar y bît?' a gwenodd Brown eto.

'O's 'na rywle tu fewn?' gofynnodd Eifion, heb gydnabod y jôc.

'Em ... o's, ma'n siŵr.' Taflodd Brown ei sigarét i'r llawr a'i gwasgu o dan wadn ei esgid. Cadwodd Eifion ei afael ar ei sigarét ef ac arwain y ffordd i mewn i'r adeilad.

'Jo, odi'r stafell bwyllgor ar agor?' gofynnodd Mark Brown i'r ferch yn y dderbynfa ar yr ail lawr.

'Odi, ond ma' …'

Ond anwybyddodd Mark Brown hi ac arweiniodd Eifion drwy ddrysau dwbl ym mhen arall y dderbynfa.

'Odych chi wedi arestio'r bownser?' gofynnodd Brown ar ôl i'r ddau eistedd mewn cadeiriau coch cyffordddus ger bwrdd mawr pren golau.

'Nagyn,' atebodd Eifion, gan edrych o gwmpas yr ystafell. Roedd hi'n drewi o arian. Arian pobl eraill, wrth gwrs, ond eto roedd hi yno ar gyfer defnydd Mark Brown a'i debyg; bachgen bach a gormod o arian yn ei boced a gredai y gallai fynd allan am noson, ei gael ei hun i drwbl a rhoi'r bai ar eraill.

Ond ddim y tro hwn, Markie.

'Pam 'te?'

'Cest ti dy arestio nos Sadwrn, on'd do fe? Fe fuest ti'n ymladd yn Marine Coast ac fe gest ti dy arestio.'

'Be sy 'da hynny i' neud â hyn?'

'Odw i'n iawn?'

'Odych.'

'Ac yn ystod yr ymladd y cest ti dy anafu?'

'Dwi ddim yn gweld …'

'Yn ystod yr ymladd y cest ti dy anafu?'

'Ie.'

'Do'dd dim sôn am hyn yn dy gŵyn. Y cwbwl wedest ti o'dd dy fod ti a dy ffrindie mewn dawns yn Marine Coast a bod un o'r bownsers wedi pigo arnoch chi heb ddim rheswm.'

'Do'n i ddim yn meddwl bod y ffaith 'mod i wedi ca'l fy arestio'n bwysig.'

'Dwi'n siŵr nad o't ti. Ond dyw'r ffaith na chest ti dy gyhuddo ddim yn meddwl dy fod ti'n ddieuog.'

'Fi'n euog? Un o fownsers y lle nath hyn i fi,' meddai Brown, gan bwyntio at ei glust.

'Dwi wedi siarad â pherchennog Marine Coast, ac yn ôl pob tebyg achoswyd rhai cannoedd o bunnoedd o ddifrod i'r neuadd. Mae e'n dechre difaru nad yw e wedi dwyn cyhuddiade yn dy erbyn di a dy ffrindie am achosi'r difrod hwnnw. Fe berswadies i fe i adel pethe fel ma'n nhw, ond os byddi di'n bwrw mla'n gyda'r gŵyn 'ma yn erbyn y bownser, fydden i'n synnu dim pe bai e'n gneud cwyn yn dy erbyn di.'

Gwthiodd Brown ei law drwy ei wallt cyrliog du a gwingodd pan gyffyrddodd ei fraich â'i glust. Roedd wedi colli rhywfaint o'i hunanhyder ond nid oedd Eifion yn barod i adael llonydd iddo eto.

'Yr unig beth ar ôl wedyn yw gwastraffu amser yr heddlu.'

'Hei! Dy'ch chi ddim o ddifri?'

'Yn gwbwl ddifrifol. Os wyt ti'n mynd i ymddwyn fel ffŵl, alli di feio neb ond ti dy hun.'

'O, grêt! Ma' pawb yn ca'l neud fel mynnan nhw a do's neb yn poeni mai fi sy wedi diodde fwya o ganlyniad i hyn.'

'Do's dim rhaid i ti ddiodde mwy nag yr wyt ti wedi'i ddiodde eisoes. Os tynni di'r gŵyn yn ôl, ma'n siŵr 'da fi na chlywi di air pellach am y peth.'

'A beth am 'y nghlust? Ma'r doctor yn dweud bydd 'na graith 'na ac na ddylen i wisgo clustlws eto.'

'Ma' clustlyse braidd yn henffasiwn erbyn hyn, on'd y'n nhw? Ond dwi'n deall bod merched yn meddwl bod craith yn reit ddeniadol. Falle y dei di mas o hyn ar dy ennill.'

'Hy!' meddai Brown, ond gwelai Eifion gysgod gwên ar ei wefusau.

'Ma' 'na un peth arall,' meddai Eifion, gan dynnu llun Lisa Thomas o'i boced. 'Ro'dd y ferch 'ma hefyd yn y ddawns yn Marine Coast nos Fercher. Welest ti hi 'na?'

Cymerodd Mark Brown y llun a'i astudio, yna siglodd ei ben. 'Naddo. Pam?'

'Ma' hi wedi ca'l 'i llofruddio. Falle i ti glywed amdani ar y newyddion neithiwr.'

Siglodd Brown ei ben eto. 'Naddo,' meddai, gan estyn y llun yn ôl i Eifion. 'Dwi erio'd wedi'i gweld hi o'r bla'n.'

Rhwygodd Eifion ddalen allan o'i lyfr nodiadau a'i gwthio ar draws y bwrdd.

'Dwi am i ti sgrifennu enwe a chyfeiriade neu rife ffôn pawb ro't ti'n 'u nabod yn y ddawns echnos.'

Tynnodd Brown feiro aur o boced ei grys a dechrau ysgrifennu. Wrth iddo geisio cofio'r manylion roedd Eifion wedi gofyn amdanynt, cododd Mark Brown ei law chwith at ei glust. Rywsut roedd y poen ychydig yn llai erbyn hyn.

Un i Eifion, meddyliodd Carol, wrth gerdded tuag at y siop trin gwallt a gweld yr enw Marianne mewn llythrennau mawr aur uwchben y ffenest. Roedd Carol wedi cyrraedd Rhydaman am chwarter i un, ac er mwyn osgoi damsiel ar draed neb fe aeth i ddangos ei hwyneb yn swyddfa'r heddlu cyn galw i weld cyn-gyflogwr Lisa Thomas. Dair blynedd yn gynharach bu Carol yn cydweithio â CID'r dref mewn achos o gam-drin plant, ac roedd dau o'r swyddogion hynny'n dal yno ac ar ddyletswydd y diwrnod hwnnw. Cafodd groeso mawr ganddynt a gwahoddiad i ginio. Yr un yw cymdeithas y ffreutur ym mhob gorsaf ac ymdoddodd Carol iddi'n hawdd os nad yn gyfforddus. Yr un hefyd oedd pynciau sgwrsio'r ffreutur, a phan ddechreuwyd trafod rhinweddau grŵp pop merched oedd yn cael sylw byth a beunydd yn y papurau dyddiol, ymesgusododd Carol ei hun a'i throi hi am siop trin gwallt Marianne.

A hithau'n brynhawn dydd Gwener, roedd y siop yn brysur gyda phedair merch yn rhuthro'n ôl ac ymlaen rhwng y cwsmeriaid. Gadawodd Carol i'r pedair gario ymlaen â'u gwaith am rai munudau nes i un ohonynt sylwi arni.

'Fyddai'n bosib ca'l gair gyda Marianne?'

'Ar y pen,' atebodd, heb oedi mymryn yn ei phrysurdeb.

Anwybyddodd Carol y chwarae ar eiriau rhag ofn ei fod yn anfwriadol, ac edrychodd tuag at ddiwedd y rhes o gadeiriau. Yno roedd gwraig yn ei phedwardegau cynnar yn trin dwy os nad tair gwraig ar yr un pryd ac yn cynnwys pob un yn ei sgwrs rhag ofn i un ohonynt deimlo'i bod yn cael cam.

'Marianne?' gofynnodd Carol.

'Bydda i gyda chi nawr, cariad,' meddai honno, gan edrych yn frysiog ar Carol cyn rhoi ei sylw i gudyn anystywallt a wrthodai orwedd yn llonydd ar gorun un o'r gwragedd yn ei gofal.

'Dwi yma ynglŷn â Lisa Thomas.'

Peidiodd y bysedd a dihangodd y cudyn unwaith eto.

'Shelley!' galwodd Marianne ar un o'r merched. 'Nei di ddod fan hyn pan fyddi di wedi cwpla gyda Mrs Talbot?' A gan ymddiheuro i'r gwragedd, amneidiodd Marianne ar Carol i'w dilyn i gefn y siop.

'Clywes i am Lisa ar y newyddion neithiwr,' meddai, ar ôl iddi hi a Carol eistedd o gwmpas y bwrdd bychan yng nghegin y staff. 'Ond do'n i ddim yn gwbod beth i' neud. Llofruddiaeth, wedodd y newyddion. Odi fe'n wir?'

'Odi.'

'Odych chi'n gwbod pwy nath e?'

'Nagyn. Casglu cymaint o wybodaeth ag y gallwn ni am gefndir Lisa ry'n ni ar hyn o bryd, a do's 'da ni ddim byd cyn mis Gorffennaf eleni. Ro'dd hi'n gweithio fan hyn gyda chi tan hynny?'

'O'dd, ac ro'dd 'na golled ar 'i hôl.'

'Pam gadawodd hi?'

'Ma' honno'n stori hir.'

Arhosodd Carol; roedd ganddi ddigon o amser.

'Ro'dd Lisa'n ferch iawn,' meddai Marianne. ''I hunig wendid o'dd 'i bod hi'n rhy sofft gyda dynion ac, wrth gwrs, fe fydden nhw'n cymryd mantais ohoni. Ac fel sy'n amal yn digwydd gyda pherthynas fel'ny, ar ôl peth amser ro'n nhw i gyd yn 'i gadel hi.'

'O'dd hi wedi ca'l sawl perthynas fel'ny?'

'O'dd, ond fel trodd pethe mas, rheini o'dd y rhai da. Cariad ola Lisa cyn iddi adel y dre o'dd bachgen o'r enw Michael Young, a fe o'dd y gwaetha o'r cwbwl.'

'Ym mha ffordd?'

'Ro'dd e'n 'i bwrw hi. Weithie, pan fydde hi'n dod i'r gwaith yn y bore, bydde'i hwyneb a'i breichie'n gleisie i gyd. Gwaith cynta'r dydd i'r merched er'ill yn amal o'dd cuddio cleisie Lisa cyn i'r cwsmeriaid gyrra'dd.'

'Pam na fydde hi wedi cwyno wrth yr heddlu amdano fe?'

'Gwedwch chi. Wedes i ddigon wrthi, ond fydde hi'n cymryd dim sylw. Ro'dd hi dros 'i phen a'i chlustie mewn cariad ag e, a do'dd dim byd ro'dd e'n 'i neud, na dim byd o'dd unrhyw un yn 'i ddweud yn mynd i newid hynny.'

'Beth am 'i theulu? Allen nhw neud dim i'w helpu?'

'Do'dd ganddi ddim teulu. Buodd 'i thad hi farw pan o'dd hi'n fach. Ailbriododd 'i mam ond do'dd Lisa a'i llystad ddim yn dod mla'n. Gadawodd e ar ôl rhyw dair blynedd, ac ro'dd 'i mam yn beio Lisa am hynny. Pan ga'th 'i mam gariad newydd do'dd hi ddim am i'r un peth ddigwydd 'to ac fe ga'th Lisa'i thaflu mas. A'th hi i fyw gyda'i mam-gu, mam 'i thad, wedyn, a phan adawodd hi'r ysgol fe a'th ar gynllun hyfforddi a dyna pryd y da'th hi 'ma i weithio. O fewn blwyddyn ro'dd 'i mam-gu wedi marw a'r Cyngor yn taflu Lisa allan o'i chartre. Dyna pryd y dechreuodd hi gyda'r holl ddynion. Chwilio am gariad o'dd hi, wrth gwrs, ond dwi ddim yn meddwl 'i bod hi erio'd wedi ca'l hyd iddo.'

'Ac ro'dd hi'n byw gyda'r bachgen 'ma, Michael Young, nes iddi adel Rhydaman?'

'O'dd. Ro'dd pawb wedi gweud wrthi i'w adel e, ond nethe hi ddim.'

'Be nath iddi 'i adel e yn y diwedd?'

'Ro'dd e wedi bod yn mynd ar ôl merched er'ill ers amser, ond erbyn hyn ro'dd 'na un ro'dd e'n 'i gweld yn amlach o hyd. Ro'dd Lisa'n sylweddoli na fydde hi'n hir cyn y bydde hi'n ca'l 'i thaflu mas unwaith 'to er mwyn neud lle i rywun arall. Do'n i ddim yn gwbod 'i bod hi wedi'i adel e nes iddi ffonio fan hyn un bore Llun a gweud 'i bod hi wedi gadel Rhydaman. Wedodd hi ddim i ble'r o'dd hi wedi mynd am 'i bod hi'n gwbod y bydde Michael yn dod i holi a o'n i'n gwbod lle'r o'dd hi, ac ro'dd Lisa'n gwbod yn iawn nad yw pob un o'r merched sy'n gweithio 'ma'n gallu cadw'i cheg ar gau.'

'Pryd gadawodd hi?'

'Dydd Sul, y deunawfed o Orffennaf.'

Pedwar diwrnod cyn i Judith Watkins farw, meddyliodd Carol. Mae pawb yn byw ar wahân; mae popeth yn gysylltiedig.

'Dyna o'dd y dyddiad, dwi'n berffaith siŵr o hynny,' mynnodd, gan feddwl mai amheuaeth oedd i gyfrif am dawedogrwydd Carol.

'Da'th Michael 'ma i chwilio amdani?' gofynnodd Carol ar ôl iddi hel ei meddyliau ynghyd.

'O, do. Ro'dd e'n wyllt.' Gwenodd Marianne cyn ymhelaethu. 'Ro'dd Lisa wedi gadel mewn steil. Ro'dd Michael wedi treulio bore dydd Sul yn y clwb fel arfer, a dod adre'n feddw dwll i ga'l 'i ginio, ond am nad o'dd Lisa'n gwbod pryd i'w ddisgwl, do'dd hi ddim wedi paratoi dim. Gwylltiodd Michael a dechre'i bwrw hi cyn cwmpo i gysgu yn 'i gwrw. Ro'dd e'n dal i gysgu pan alwodd rhywun o'dd wedi cytuno i brynu un o'r ceir o'dd e wedi bod yn 'u trwsio. Pan roddodd y bachan bedwar cant a hanner o bunne mewn arian parod i Lisa am y car, fe welodd hi 'i chyfle a dianc cyn i Michael ddihuno.'

'Do's dim rhyfedd 'i fod e'n wyllt pan alwodd e 'ma.'

'Ro'dd e'n bygwth neud pob math o bethe iddi pan gethe fe hyd iddi.'

'O'dd e, wir? Nath e fygwth 'i lladd hi?'

'Do, ond dwi ddim yn gwbod os o'dd e o ddifri.'

'Ond fe glywsoch chi fe'n bygwth 'i lladd hi?'

'O, do.'

'O'dd 'na dystion er'ill?'

'Shelley a Jackie.'

'Nhw yw'r merched sy'n gweithio i chi?'

'Dwy ohonyn nhw.'

'Glywodd unrhyw un arall e? O'dd 'na gwsmeriaid 'ma ar y pryd?'

'O'dd.'

'Odych chi'n cofio pwy?'

'Ddim heb edrych yn y llyfr.'

'Licen i ga'l 'u henwe a'u cyfeiriade os yn bosib.'

'Iawn. Ma'r llyfr mas yn y siop.'

'Odych chi'n gwbod lle ma' Michael Young yn gweithio?'

'Gweithio?' Chwarddodd Marianne yn anghrediniol. 'Dyw e ddim wedi neud diwrnod iawn o waith yn 'i fywyd ar wahân i drwsio'i hen geir. Ro'dd 'na sôn ar un adeg 'i fod e'n dwyn ceir, ond dwi ddim yn gwbod faint o wirionedd o'dd yn hynny.'

'Ble allen i ga'l hyd iddo fe, 'te?'

'Ma' fe'n byw ar stad Parc yr Ynn, rhif saith deg pedwar.'

'Iawn, diolch yn fawr i chi ...' ac oedodd Carol. 'Marianne beth yw'ch enw chi?'

'Williams. Marian Williams, ond ma' Marianne yn swnio'n well ar gyfer y busnes.'

Un i Clem Owen, meddyliodd Carol, gan ddilyn Marian Williams allan i'r siop.

Nid oedd dod o hyd i dŷ Michael Young yn fawr o gamp. Roedd cyfarwyddiadau Marian Williams, ynghyd â'r tri hen gar a'r darnau dirifedi o geir eraill a orweddai yn anialwch yr ardd flaen yn cyhoeddi'n eglur mai yn rhif saith deg pedwar roedd Michael Young yn byw.

Dringodd Carol allan o'i char a chamu'n ofalus rhwng y peipiau mwg a'r pyllau olew i gyfeiriad y sŵn cerddoriaeth a ddeuai o'r garej yn ochr y tŷ. Yno roedd car arall wedi ei godi i ben ramp fechan, ac allan oddi tano ymestynnai coesau pâr o jîns seimllyd, budr, a phâr o dreiners yr un mor ddiraen am y traed. Edrychodd Carol o'i chwmpas ar yr offer a'r rhannau ceir a lanwai bob twll a chornel o'r garej. Roedd gwerth arian yno, ond roedd Carol yn amau a fyddai gan Michael Young yr un dderbynneb i brofi iddo'u cael yn gyfreithlon. Gwelodd y radio ar silff fechan a'i diffodd. Llanwyd y garej â distawrwydd a sŵn ysbeidiol curo a thuchan o dan y car. Ciciodd Carol un o'r treiners seimllyd ac aros i'r brif system nerfol gario'r neges i'r ymennydd. Penderfynodd beidio dal ei gwynt. O'r diwedd tawelodd y curo, ond nid y tuchan, wrth i weddill y corff ddod i'r golwg oddi tan y car.

'Michael Young?' gofynnodd Carol, gan siarad yn gyntaf er mwyn bod un ar y blaen.

'Ie?' meddai'r dyn yn amheus.

'DS Bennett, Heddlu Dyfed-Powys. Dwi ise gofyn rhai cwestiyne i ti.'

Cyrhaeddodd y tuchan ei uchafbwynt wrth i Young godi'n araf ar ei draed. Estynnodd am gadach brwnt o silff gyfagos a sychu ei ddwylo arno gan astudio Carol a oedd, yn ei thro, yn ei astudio yntau. Roedd Michael

Young tua thri deg dwy, tri deg tair blwydd oed, dwy os nad tair modfedd dros chwe throedfedd, yn denau, yn dywyll ei bryd ac yn beryg bywyd i ferched oedd wedi eu magu ar freuddwydion am ganwyr pop a chwaraewyr pêl-droed. Taflodd y cadach yn ôl ar y silff a disgwyl i Carol ddweud pam roedd hi yno. Nid oedd ef yn mynd i ddweud gair yn fwy nag oedd yn rhaid iddo.

'Lisa Thomas,' meddai Carol, ac ymlaciodd Michael rywfaint.

'Ie?'

'Ro't ti'n arfer 'i nabod hi.'

'*So*?'

'Ro'dd hi'n arfer byw 'ma gyda ti.'

'*So*?'

'Ac ro't ti'n arfer 'i bwrw hi.'

Siglodd Michael ei ben; nid yn gymaint i wadu gosodiad Carol, ond mwy mewn syndod ei bod hi'n trafferthu i'w wneud o gwbl. 'Beth y'ch chi moyn?' gofynnodd yn ddiamynedd.

'Ise gwbod ble'r o't ti rhwng deg o'r gloch nos Fercher a dau o'r gloch fore dydd Iau.'

'Pam?'

'Am mai dyna pryd ga'th Lisa'i llofruddio.'

Gwenodd Michael, gan ddangos ei ddannedd gwyn, syth. 'Chi o ddifri? Chi'n wir yn meddwl y bydden i'n 'i lladd hi?'

Tro Carol oedd hi i gadw'n dawel.

'Do'n i'n gwbod dim am y peth tan nawr,' meddai Michael, gan bwyso ymlaen yn agosach at Carol. 'Dim byd amdano. Dim.'

'O't ti ddim yn gwbod bod Lisa wedi'i llofruddio?' gofynnodd Carol yn anghrediniol.

'Nago'n, dim.'

'Wel, go brin y bydde fe ar Atlantic 252,' meddai Carol, gan amneidio at y radio ar y silff fechan. 'Ond ma'r hanes wedi bod ar y radio a'r teledu.'

'Wel chlywes i ddim byd amdano fe.'

'Pam o't ti'n bwrw Lisa?'

Siglodd Michael ei ben unwaith eto cyn gofyn, 'Nos Fercher ga'th hi 'i lladd, wedoch chi?'

'Neu'n gynnar fore Iau.'

'Ro'n i yn y clwb nos Fercher, ac wedyn 'nôl fan hyn.'

'Pa glwb?'

'Krakatoa.'

'Krakatoa?' gofynnodd Carol, gan geisio peidio chwerthin.

'Ie.'

'O'dd 'da ti gwmni?'

'O'dd.'

'Pwy?' Roedd hyn yn anoddach na datod nyten wedi rhydu.

'Ceri.'

'Ceri?'

'Y ferch sy'n byw 'da fi.'

''I henw llawn?'

'Ceri Morgan.'

'A ble ma' hi nawr? Yn y tŷ?'

'Na, mas.'

'Pryd bydd hi 'nôl?'

'Dwi ddim yn gwbod. Nes mla'n.'

'Pryd welest ti Lisa ddwetha?'

'O, 'nôl ddechre'r haf rywbryd,' ac os nad oedd ei ddiffyg diddordeb yn nhynged Lisa yn ddigon amlwg yn ei eiriau, roedd goslef ei lais yn datgelu cyfrolau am ei deimladau. Sut gallai unrhyw un fod mor ddi-hid o berson arall? Yn enwedig rhywun mae'n rhaid ei fod wedi ei hoffi, os nad ei charu, ar un adeg. Doedd Carol erioed wedi cyfarfod â Judith Watkins, ond eto …

'Pryd yn hollol welest ti hi?'

'Dwi ddim yn cofio,' meddai'n ddiamynedd. 'Y diwrnod diflannodd yr ast anniolchgar.'

'Ie, ro'n i'n deall dy fod ti'n wyllt gyda Lisa am redeg i ffwrdd.'

'Hy! Gwynt teg ar 'i hôl hi. Ro'n i'n barod i ga'l gwared ohoni, beth bynnag.'

'Ca'l gwared ohoni?' ailadroddodd Carol yn araf. 'O't ti?'

'Ddim beth y'ch *chi'n* feddwl.'

'Nage? Beth wyt *ti'n* meddwl, 'te?'

'Ro'dd hi wedi mynd yn boen. Byth yn hapus; yn cwyno am bopeth. Do'dd dim ise hynny arna i.'

'A beth am Lisa? Beth o'dd hi ise?'

Cododd Michael Young ei ysgwyddau'n ddi-hid; doedd anghenion Lisa erioed wedi croesi ei feddwl.

'Ma' 'da ni dystion a glywodd ti'n bygwth lladd Lisa. Ma'n rhaid 'i bod hi wedi neud rhwbeth mawr i ti fygwth neud 'ny.'

Nid atebodd Young.

'Fel dwyn pedwar cant a hanner o bunne oddi wrthot ti, falle.'

'Pwy wedodd 'ny?'

'Dwi'n credu mai 'i ddarllen e yn y *Dyfed Leader* 'nes i. Yn sicr, mae'n stori werth 'i lledu.'

Rhythodd Michael Young arni.

'Pam na chwynest ti wrth yr heddlu?'

Chwarddodd Michael.

'Ofn y bydden nhw'n rhoi stop ar dy fusnes?' awgrymodd Carol.

'Pa fusnes?'

'Hwn i gyd,' meddai Carol, gan chwifio'i braich ar gynnwys y garej.

'Dyw hwn ddim yn fusnes,' meddai Michael, dan wenu'n ddisglair. 'Hobi yw e, a do's dim o'i le ar neud ambell i ffafr i ffrindie.'

'Ti, yn neud ffafre?' Siglodd Carol ei phen.

Gwenodd Michael Young.

'Pwy o'dd gyda ti nos Fercher, ar wahân i Ceri?' gofynnodd Carol.

'Dwi ddim yn cofio; yr un criw ag arfer, fwy na thebyg. Os odych chi ise gwbod pwy o'dd 'na, gofynnwch i Dai Maxwell, fe o'dd tu ôl i'r bar ac ma'i gof e'n well na'n un i.'

'Iawn, Michael, dwi'n mynd i weld faint o wir sy yn hyn i gyd. Ond os na fydd Dai Maxwell a Ceri Morgan yn cytuno â dy stori fe fydda i 'nôl.'

'Chi'n mynd i siarad â Ceri?'

'Odw. Dwi'n mynd i aros amdani yn 'y nghar.'

Syllodd Michael arni'n dawel am eiliad. 'Chi ise dod mewn i'r tŷ i aros amdani?' a dangosodd ei ddannedd gwyn, syth unwaith eto.

'Nadw,' meddai Carol, gan gerdded at ei char. Dim diolch, Mr Blaidd.

Nid oedd gan ddau o drigolion Lôn y Coed ddim i'w ychwanegu at yr hyn yr oedden nhw eisoes wedi'i ddweud wrth Eifion Rowlands a Wyn Collins, ond roedd y trydydd, Mrs Doreen Moore, gwraig weddw saith deg a thair oed, wedi bod yn meddwl yn ddwys am yr hyn roedd hi wedi'i glywed yn oriau mân fore Iau. Ers i'w gŵr farw bedair blynedd ynghynt, anaml iawn y cysgai Doreen Moore drwy'r nos, ac ni fu nos Fercher yr ugeinfed o Hydref yn eithriad. Y ffaith fod pob noson yn debyg i'w gilydd oedd wedi ei gwneud hi'n ansicr ynghylch yr hyn roedd hi wedi ei glywed a phryd, ond tra oedd yn gorwedd ar ddihun nos Iau dechreuodd y darnau ddisgyn i'w lle.

'Ie, nos Fercher o'dd hi,' meddai wrth Wyn Collins ar ôl iddi arllwys te i'w gwpan ac iddo dderbyn darn o deisen lap. 'Dwi'n siŵr o hynny nawr.'

'Pam y'ch chi mor siŵr?' gofynnodd Collins, gan godi'r deisen i'w geg.

'Five Live,' meddai Mrs Moore dan wenu.

'Beth?' gofynnodd yr heddwas, gan geisio peidio poeri gormod o friwsion ar draws y carped hufen a choch.

'Pan dwi'n methu cysgu dwi'n gwrando ar y radio. Dwi'n 'i roi e i fynd am awr ar y tro gan obeithio yr a' i i gysgu cyn pen yr awr. Mae'n gweithio, hefyd, ran amlaf, ond dwi'n dal i ddihuno sawl gwaith yn ystod y nos.'

Nodiodd Collins. 'Ac ar nos Fercher?'

'Ro'n i'n gwrando ar y radio fel arfer. Five Live; mae e'n dda, chi'n gwbod. Dwi hyd yn o'd yn mwynhau'r criced erbyn hyn. Fe fydde Mr Moore yn synnu clywed hynny,' ac fe chwarddodd wrth gofio am ei diweddar ŵr a'i dynnu coes am ei dryswch ynghylch rheolau'r gêm.

'Ro'ch chi'n gwrando ar y criced ar y radio fore dydd Iau?'

'O, na, dyw'r daith i Awstralia ddim yn dechre tan fis Tachwedd. Na, gwrando ar y trafod sy gyda nhw drwy'r nos o'n i.'

'O, iawn, dwi'n gweld,' meddai Wyn Collins, gan estyn am ddarn arall o'r deisen. Roedd wedi cynnal sawl cyfweliad tebyg i hwn yn ystod ei yrfa. Fe allai'r daith fod yn un hir iawn, ond os byddai'n arwain i rywle, roedd e'n ddigon hapus, ac roedd cael rhywbeth i'w gnoi ar y ffordd yn help mawr.

'Ro'n i wedi anghofio popeth am y radio pan siarades i â'r plismon arall, ond neithiwr fe wedodd y cyflwynydd fod rhywun wedi anfon *e-mail* ato, beth bynnag yw hwnnw, ynglŷn â'r pwnc ro'n nhw wedi bod yn 'i drafod nos Fercher, a dyna pryd cofies i 'mod inne wedi clywed y drafodaeth honno.'

'A dyna pryd o'ch chi ar ddihun?' gofynnodd Wyn, yn synhwyro'i fod yn agosáu at ...

'Ie, a dyna pryd clywes i'r car.'

...ben y daith.

'Faint o'r gloch o'dd hyn?'

'Rhywbryd o gwmpas pum munud ar hugain a chwarter i dri, dwi'n meddwl. Ro'dd newyddion hanner awr wedi dau newydd fod ac ro'dd y drafodaeth newydd ddechre; dyna pryd clywes i'r car,' a phwysodd Doreen Moore yn ôl yn ei chadair yn gwenu'n fodlon.

'Glywoch chi sŵn y car er bod y radio arno?'

'Do, ro'dd sŵn y car yn ddigon uchel i fi'i glywed e dros y siarad ar y radio.'

'Ac ro'dd hyn rhwng hanner awr wedi dau a thri o'r gloch?'

'Rhwng pum munud ar hugain a chwarter i dri,' mynnodd Mrs Moore.

'Gyrru lan am Goed y Gaer neu i lawr am y ffordd fawr o'dd e?'

'O, i fyny i gyfeiriad y coed.'

'Welsoch chi'r car?'

'Naddo. Am hanner awr wedi dau y bore mae'n rhy oer i ddod allan o'r gwely,' meddai Doreen Moore yn amddiffynnol cyn ychwanegu, 'A beth bynnag, hyd yn oed petawn i wedi codi, fe fydde'r car wedi hen ddiflannu. Dwi ddim mor gyflym ar 'y nhra'd ag o'n i'n arfer bod.'

'Glywsoch chi'r car yn pasio 'nôl?'

'Naddo. Ma'n rhaid 'mod i'n cysgu erbyn hynny. Dwi ddim yn cofio clywed newyddion tri o'r gloch. Dwi ddim yn cofio clywed diwedd y drafodaeth, chwaith,' meddai a golwg siomedig iawn ar ei hwyneb.

'Eisteddwch, sarjant.'

'Diolch,' meddai Gareth Lloyd wrth yr Arolygydd Margaret Curtis a ddychwelodd i'w lle yn ymyl yr Uwch Arolygydd Tony Stephens yr ochr arall i'r bwrdd. Nid oedd yr uwch arolygydd wedi cydnabod presenoldeb Gareth; rhoddai ei sylw i gyd i'r ddogfen oedd o'i flaen.

O'r diwedd cododd ei ben, cynnau gwên a'i diffodd bron ar unwaith cyn pwyso'n ôl yn ei gadair.

'Chi arestiodd Daniel Morgan?' Dim rhagymadroddi, dim 'Chi'n gwbod pam ry'n ni 'ma', na 'Mae hyn yn fater pwysig ac mae delwedd gyhoeddus Heddlu Dyfed-Powys yn y fantol'. Dim o hynny. Byr ac i'r pwynt. O'r gore, meddyliodd Gareth, os mai fel'ny mae hi i fod …

'Ie, syr.'

'A chi o'dd yn gyfrifol am ei holi ar ddydd Mercher yr unfed ar hugain o Orffennaf eleni?'

'Ie, syr.'

'Ar wahân i chi, pwy arall o'dd yn bresennol yn yr ystafell pan gynhalioch chi'r cyfweliad?'

'PC Alun Harris, Daniel Morgan a'i dad, y Parchedig Emrys Morgan.'

'Mae'n siŵr eich bod chi'n gyfarwydd â'r trawsgrifiad hwn o'ch cyfweliad gyda Daniel Morgan.' Estynnodd yr Arolygydd Curtis y ddogfen y bu Stephens yn ei hastudio i Gareth.

'Odw.'

'Ac mae'n gofnod cywir o'r cyfweliad hwnnw.'

Nodiodd Gareth. 'Odi, os yw e wedi ca'l 'i neud o dapie'r cyfweliad.'

'Odi, ond os o's 'na unrhyw amheuaeth 'da chi, sarjant, ma'r tapie sain a fideo gyda ni fan hyn, ac fe allwn ni 'u chware nhw i chi os bydd hynny'n help i chi gofio.'

Siglodd Gareth ei ben. 'Fydd dim ise hynny.'

'Nawr, os newch chi droi i dudalen deuddeg,' meddai Stephens, gan gydio mewn copi arall o'r trawsgrifiad. 'I'r man lle daw Inspector Roberts i mewn i'r stafell.'

Ufuddhaodd Gareth, er ei fod yn gwybod bron pob gair o'r cyfweliad ar ei gof erbyn hyn.

'Ewch drwy'r cyfweliad jyst cyn i'r inspector ddod i mewn.'

144

'Darllen y trawsgrifiad?'

'Nage, dim ond dweud yn fyr ble'r oeddech chi arni cyn i Inspector Roberts ddod i mewn.'

'Wel, fel mae'r trawsgrifiad yn dangos, ro'n i wedi bod yn holi Daniel Morgan am y difrod ro'dd e a'i ffrindie wedi'i achosi, a newydd ddechre'i holi am y canabis ddethon ni o hyd iddo yn 'i stafell wely.'

'A dyna pryd y da'th Inspector Roberts i mewn a thorri ar draws eich cwestiynu.'

'Ie.'

'Nath e mo'i gyflwyno'i hun ar gyfer y tâp recordio, do fe?'

'Naddo.'

'Chi nath hynny.'

'Ie.'

'Ac o'r ffordd ry'ch chi'n neud y cyflwyniad hwnnw, mae'n amlwg nad oeddech chi'n hapus iawn fod Inspector Roberts wedi dod i mewn i'r stafell.'

'Do's neb yn hoffi rhywun yn torri ar 'u traws pan ma'n nhw'n holi, syr.'

'Bydden i'n dweud fod ymyrraeth Inspector Roberts yn fwy difrifol na thorri ar draws eich cyfweliad. O wrando ar y tâp i gyd, fe ddweden i eich bod chi'n agos at ga'l Daniel Morgan i newid ei gân. Fyddech chi'n cytuno?'

'Falle, ond allwch chi ddim bod yn siŵr nes 'u bod nhw wedi newid.'

'Ond os o'dd e ar fin newid, oni fyddai ymyrraeth yr inspector wedi peryglu'r achos?'

'Ddim o reidrwydd.'

'Na? Fyddech chi ddim yn cytuno'ch bod chi'n ddig iawn, yn wyllt, gyda'r inspector am ymyrryd?'

'Na, do'n i ddim yn hapus gydag e ar y pryd, ond wedyn, wydden i ddim pam o'dd e am ga'l gair 'da fi.'

'Gadewch i ni edrych ar ychydig o'r fideo, sarjant.'

145

Heb arwydd oddi wrth ei phennaeth, gwasgodd yr Arolygydd Curtis fotymau'r teclyn ar y ddesg o'i blaen gan gynnau'r teledu a'r peiriant fideo. Sylwodd Gareth nad oedd raid iddi chwarae'r tâp er mwyn dod o hyd i'r union le; roedden nhw wedi gwneud hynny eisoes, cyn iddo ef gyrraedd.

Goleuodd y sgrin a gwelodd Gareth ei hun yn eistedd naill ochr i'r bwrdd yn yr ystafell holi, gyferbyn â Daniel Morgan, ac ychydig y tu ôl i Daniel eisteddai Emrys Morgan. Eisteddai'r heddwas Alun Harris o dan y camera fideo ac felly nid oedd ef i'w weld. Clywodd Gareth ei hun yn dweud:

'*Mae e'n rhwbeth i'w ystyried, on'd yw e?* Ac yn y cefndir sŵn y drws yn agor wrth iddo ychwanegu, '*Os byddi di'n barod ...*'

Daeth Ken Roberts i mewn i'r llun, ei ochr chwith at y camera.

'*Gair, Sarjant Lloyd,*' meddai'r arolygydd ar draws Gareth.

Trodd Gareth ei ben i edrych arno.

'*Gair,*' ailadroddodd Roberts.

'*Mewn munud, syr,*' clywai ei hun yn dweud, gan droi yn ôl i edrych ar Daniel Morgan, ond roedd ei lais yn dynn ac yn galed.

'*Nawr, sarjant,*' meddai Roberts yn bendant a heb symud.

Edrychodd Gareth ar Ken Roberts am eiliad heb ddweud dim. Roedd Roberts yntau'n dawel. Yna estynnodd Gareth ei law at y peiriant recordio a dweud, '*Inspector Ken Roberts wedi dod i mewn i'r ystafell. Y cyfweliad yn gorffen am ddau ddeg saith munud wedi deg.*' Ac roedd ei anfodlonrwydd a'i ddicter i'w clywed yn amlwg ym mhob sill. Gwelodd Gareth ei hun yn codi o'r gadair ac yn cerdded yn syth at y camera fideo. Ar yr eiliad olaf cyn iddo ddiffodd y camera roedd ei wyneb yn llenwi'r sgrin ac roedd ei rwystredigaeth i'w gweld yn glir.

Rhewodd yr Arolygydd Curtis y llun. Rhywbeth arall roedd y ddau ohonynt wedi cytuno arno ymlaen llaw, meddyliodd Gareth.

'Dy'ch chi ddim yn edrych yn hapus iawn, sarjant,' meddai Stephens, yn dal i syllu ar y sgrin.

'Wedes i nad o'n i'n hapus ynglŷn â'r sefyllfa, syr,' meddai Gareth, gan droi i ffwrdd.

'Mae'n drueni nad oes 'na fideo o'r sgwrs rhyngoch chi ac Inspector Roberts y tu allan i'r stafell,' meddai Stephens, gan nodio ar Curtis a ddiffoddodd y teledu.

'Ddwedwyd dim byd, syr.'

'Dim?'

'Dim, ar wahân i neges yr inspector.'

'A beth o'dd y neges honno?'

'Bod DS Graham Ashley o Heddlu Metropolitan Llundain am ga'l gair 'da fi ar y ffôn.'

'Neges ffôn? Dyna i gyd? Ro'dd Inspector Roberts wedi ymyrryd mewn cyfweliad mewn achos o lofruddiaeth i ddweud bod rhywun ise siarad â chi ar y ffôn?'

'Ro'dd galwad DS Ashley hefyd yn rhan o'r achos ro'n i'n ymchwilio iddo.'

'Ond do's bosib na alle fe fod wedi aros?'

'Ro'n i wedi bod yn disgwl am yr alwad. Ro'dd 'da DS Ashley wybodaeth bwysig i ni, syr. Gwybodaeth fuodd o help mawr i ni ddal y llofrudd yn y diwedd.'

'Felly, Sarjant Lloyd, ry'ch chi'n gwbwl hapus fod gyda Inspector Roberts reswm da dros ymyrryd?'

'Odw.'

'Dy'ch chi ddim yn meddwl ei fod e ychydig yn rhy benderfynol o'ch ca'l chi allan o'r ffordd …?'

'Nadw.'

'Er mwyn iddo fe ga'l cyfle i fod ar ei ben ei hun gyda Daniel Morgan?'

'Nadw.'

'Ond ry'n ni newydd weld fod eich geirie a'ch osgo'n dangos yn glir eich bod chi'n anhapus iawn ynglŷn â'i ymyrraeth.'

'Fel wedes i gynne, syr, wydden i ddim bryd hynny pam o'dd e am ga'l gair 'da fi.'

'Pan adawoch chi'r ystafell holi, pwy o'dd ar ôl yno?'

'Daniel Morgan, Emrys Morgan a PC Harris.'

'Beth am Inspector Roberts?'

'Gadawes i fe tu fas i'r stafell.'

'Welsoch chi fe'n mynd mewn i'r stafell?'

'Naddo.'

'Am faint o amser oeddech chi i ffwrdd?'

'Chwarter awr ar y mwya.'

'Ac roeddech chi ar y ffôn am yr holl amser hynny?'

'Y rhan fwya ohono.'

'Beth arall nethoch chi?'

'Ro'n i ar fy ffordd 'nôl i'r stafell gyf-weld pan weles i DS Carol Bennett. Ro'dd hi wedi bod yn neud ymholiade pellach am Daniel Morgan ac fe ges i air 'da hi rhag ofn 'i bod hi wedi darganfod rhwbeth a fydde o help i fi pan fydden i'n 'i holi eto.'

'Ac ar ôl siarad am ychydig gyda DS Bennett fe ethoch chi 'nôl i'r stafell holi?'

'Do.'

'Reit, beth am i ni symud ymlaen at yr hyn ddigwyddodd pan gyrhaeddoch chi'r stafell?'

Anesmwythodd Gareth yn ei gadair. Roedd yr ystafell yn boeth a'r awyrgylch yn drymaidd. Teimlai cledrau ei ddwylo'n llaith gan chwys. Plethodd ei fysedd er mwyn ei atal ei hun rhag eu sychu.

Pan edrychodd Carol yn nrych y car a gweld merch yn troi'r cornel, fe fyddai wedi mentro arian mai hon oedd Ceri – er gwaetha'r ffaith ei bod yn fyr, yn fyr iawn o'i rhoi ochr yn ochr â Michael Young. Roedd hi hefyd yn denau, efallai'n afiach o denau. Gwisgai ffrog hir ddu a siaced fer ddu. Roedd hanner ei gwallt oren wedi ei glymu'n gudynnau hir a roedd gleiniau arian wedi eu plethu ynddo; roedd yr hanner arall yn rhydd ac yn flêr. Cariai fag ysgwydd wedi ei wau o wlân amryliw. Arhosodd Carol nes bod y ferch o fewn dwylath i'r car cyn dringo allan a'i hwynebu.

'Ceri Morgan?'

Arhosodd y ferch ac astudio Carol cyn ateb.

'Ie.'

'DS Bennett, Heddlu Dyfed-Powys. Licen i ofyn rhai cwestiyne i ti.'

'Am beth?' Edrychodd Ceri i gyfeiriad y tŷ, ac wrth iddi droi ei phen fe welodd Carol liw tywyll clais ar ei gwddf. Trodd Carol a gweld Michael Young yn aros o flaen y garej yn edrych arnynt.

'Dwi newydd fod yn siarad â Michael ac mae angen cadarnhau rhai pethe arna i. Ro'dd Michael yn gweud eich bod chi'ch dau wedi bod yng nghlwb y Krakatoa nos Fercher. Odi hynny'n wir?'

'O's gyda hyn rwbeth i' neud â Lisa?' Cwestiwn plaen i sefydlu seiliau'r sgwrs ac nid i osgoi ateb cwestiwn Carol.

'O't ti'n 'i nabod hi?'

'O'n.'

'Shwt 'ny?'

'Dyw Rhydaman ddim yn lle mawr.'

'O't ti'n 'i nabod hi pan o'dd hi'n byw gyda Michael?'

'O'n.'

'Ac ro't ti'n gwbod 'i bod hi wedi ca'l 'i llofruddio?'

'O'n.'

'Pwy wedodd wrthot ti? Michael?'

'Nage, 'i weld e ar y newyddion 'nes i.'

'Ai dyna pryd glywodd Michael amdano?'

'Ie.'

Un celwydd hawdd ei olrhain.

'Pryd o'dd hyn?'

'Neithiwr.'

'Beth o'dd ymateb Michael?'

'Methu credu'r peth.'

'O't ti'n gwbod bod Michael yn arfer 'i bwrw hi?'

Edrychodd Ceri tua'r tŷ a gwelodd Carol y clais ar ei gwddf unwaith eto.

'Mae e'n dy fwrw di hefyd, on'd yw e, Ceri?'

'Beth y'ch chi moyn?' Yr union gwestiwn ag y gofynnodd Michael, ond heb y gwawd.

'Ti'n gwbod mai anamal iawn ma'r ymddygiad yn newid, on'd wyt ti? Unwaith ma'n nhw wedi ca'l blas ar frifo rhywun, ma'n anodd iddyn nhw roi'r gore iddo. Ac os yw'r ferch yn dianc, yn dangos 'i hannibyniaeth drwy adel, ma'n rhaid cosbi hynny ...'

'Odych chi'n meddwl mai Michael lladdodd hi?'

'Beth wyt ti'n meddwl?'

Edrychiad arall i gyfeiriad y tŷ.

'Ot ti'n gwbod fod Michael wedi bygwth lladd Lisa?' gofynnodd Carol er mwyn tynnu sylw Ceri.

Siglodd Ceri ei phen. 'Fydde fe byth yn neud 'ny.'

'Shwt alli di fod mor siŵr?'

'Dwi'n nabod Michael.'

'Wyt ti?'

'Odw.'

'Faint o'r gloch ethoch chi i'r clwb nos Fercher?'

'Tua hanner awr wedi saith.'

'A pryd gadawoch chi?'

'Rhwbeth wedi un ar ddeg. Dethon ni'n syth adre,' meddai, gan rag-weld cwestiwn nesaf Carol.

'A'th Michael mas ar ôl i chi ddod adre?'

'Naddo, ddim cyn i ni fynd i'r gwely.'

'Fyddet ti'n gwbod pe bai e wedi mynd mas ar ôl hynny?'

'Bydden.'

'Alli di fod yn siŵr o hynny? Alli di fod yn siŵr nad o'dd e wedi codi a mynd mas pan o't ti'n cysgu?'

Oedodd Ceri cyn ateb. 'Dwi ddim yn gwbod.'

'Dwi am i Michael ddod lawr i'r stesion gyda fi er mwyn ca'l hyn i gyd ar bapur. Bydd e er 'i les e yn y pen draw.'

Nodiodd Ceri. 'Ga i ddweud wrtho fe?'

'Iawn.'

Cerddodd Ceri Morgan at Michael Young a oedd yn dal i sefyll ger y garej yn eu gwylio. Rhoddodd ei llaw ar lawes ei grys ond tynnodd Young ei fraich yn rhydd. Trodd Carol am ei char ac aros. Gore oll petai Ceri'n gallu ei berswadio i ddod i'r orsaf, meddyliodd Carol, ond mater arall oedd faint roedd hi'n wir yn ei adnabod. Ai ei thwyllo'i hun oedd hi? Ei thwyllo'i hun ei bod yn ei adnabod fel yr oedd yn ei thwyllo'i hun y gallai ei newid. Os nad oedd Michael am newid ac am gymryd cyfrifoldeb am ei ymddygiad treisgar, yna nid oedd dim y gallai Ceri na neb arall ei wneud i'w newid. Yr un hen stori: cariad yn ddall a'r ymroddiad yn ddigwestiwn. Ond anghenion pwy oedd yn cael eu bodloni yn y berthynas, a phwy oedd yn gorfod mygu a rheoli ei anghenion?

Wrth iddi agosáu at ei char, gwelodd Carol ei hadlewyrchiad yn ffenest y drws, a daeth Glyn Stewart i'w meddwl.

Gyrrodd Eifion Rowlands ei gar i ffwrdd o swyddfeydd Taylor a Rees. Roedd ei dymer o dan reolaeth nawr a theimlai'n fodlon iawn ag ef ei hun a'r ffordd yr oedd wedi delio â Mark Brown. Delio â Richie Ryan fyddai'r cam nesaf ond, gan fod Eifion newydd wneud ffafr ag ef, fe ddylai hwnnw fod yn clirio'i wddf ar hyn o bryd yn barod i ganu cân fwyn iawn.

Trodd y goleuadau traffig yn goch ac arhosodd Eifion. Tynnodd y rhestr a gawsai gan Mark Brown o'i boced. Roedd dros ugain o enwau arni, ynghyd ag ambell gyfeiriad a rhif ffôn. Byddai holi'r rhain i gyd yn golygu diwrnod neu ddau o waith, ac os ychwanegai'r enwau roedd wedi eu cael gan y plismyn a aeth i Marine Coast at y rhestr, fe allai barhau ymhell i mewn i'r wythnos ganlynol. Digon o waith i'w gadw ymhell o gyrraedd Clem Owen a'r lleill. Roedd Eifion yn amau'n fawr a fyddai gan unrhyw un o'r rhain unrhyw beth i'w wneud â llofruddiaeth Lisa Thomas, ond os mai dyna'r llwybr roedd ei feistriaid am iddo'i ddilyn, pwy oedd ef i ddadlau? Roedd wedi dadlau digon yn y gorffennol heb gael unrhyw effaith. Roedd wedi ceisio'u plesio hefyd, ond nid oedd hynny wedi gweithio, chwaith. O hyn ymlaen, ni fyddai'n ddim mwy na jobyn o waith. Rhywbeth i'w wneud a'i adael.

Roedd Clem Owen wedi penderfynu peidio cynnal cyfarfod yr achos y noson honno ond gwyddai Eifion fod hynny'n golygu cyfarfod am naw o'r gloch fore trannoeth yn lle hynny. Os oedd disgwyl i Eifion fynd mewn i'r orsaf yn gynnar fore Sadwrn, doedd e'n bendant ddim yn mynd i fentro'n ôl yno heno a chael ei orfodi i wneud awr neu ddwy yn ychwanegol. Byddai'r cyfarfod fore trannoeth yn hen ddigon cynnar i weld ei gyd-weithwyr. Wrth gwrs, fe gâi ei dalu am unrhyw or-amser a wnâi, ond weithiau nid oedd yr arian yn werth y drafferth. Pan ystyriai Eifion y cyflogau roedd bechgyn ifanc fel Mark Brown yn eu cael, gwyddai ei fod yn y gwaith anghywir. Os mai cyflog mawr oedd llinyn mesur llwyddiant, yna roedd ei fywyd ef yn fethiant llwyr.

Gwthiodd Eifion y rhestr yn ôl i'w boced a sylwi ei fod ar gyffordd Heol Nantcollen. Cymerodd eiliad neu ddwy iddo gofio pam roedd enw'r stryd yn canu cloch.

Twriodd yn ei boced am ei lyfr nodiadau. Roedd y darn papur a gafodd gan Richie Ryan yn dal ynddo. Arno roedd enwau'r ddau fownser fu'n gweithio yn Marine Coast nos Fercher – Brian Pressman a Sean Macfarlane – ac roedd Brian Pressman yn byw yn rhif naw Heol Nantcollen. Roedd wedi siarad â Pressman yn barod, ond a allai ddweud ei fod wedi ei holi? Richie Ryan oedd wedi ateb y rhan fwyaf o'i gwestiynau tra llechai Pressman yn y cefndir, bron yn annelwig ac yn anhysbys. Pe galwai i'w weld nawr fe gâi gyfle i'w holi heb fod Ryan yn bresennol i siarad drosto. Ond i beth? Roedd wedi delio â chŵyn Mark Brown; pam dylai fynd i chwilio am waith a digon ganddo ar ei blât yn barod?

Newidiodd y goleuadau, rhoddodd Eifion y car mewn gêr a gyrru yn ei flaen.

'Fe ddywedoch chi gynne, sarjant, i chi fod i ffwrdd o'r ystafell holi am chwarter awr,' meddai'r Uwch Arolygydd Tony Stephens, gan edrych am y tro cyntaf ar y nodiadau roedd yr Arolygydd Curtis yn eu gwneud.

'Ar y mwya,' meddai Gareth.

'Ac ar ôl gadel DS Bennett fe ddychweloch chi'n syth i'r ystafell holi.'

'Do.'

'Pam?'

'Pam?'

'Ie.'

'Am fy mod i ar hanner holi Daniel Morgan.'

'Oeddech chi'n poeni amdano?'

'Nago'n.'

'Felly, doeddech chi ddim yn poeni eich bod wedi gadel Inspector Roberts gyda Daniel Morgan.'

'PC Harris ac Emrys Morgan o'dd gyda Daniel Morgan pan adawes i'r stafell.'

'Ond ro'dd Inspector Roberts yno hefyd.'

'Ro'dd Inspector Roberts tu fas i'r stafell pan adawes i.'

'A doeddech chi ddim yn meddwl y bydde fe'n mynd i mewn i'r ystafell?'

''Nes i ddim meddwl am y posibilrwydd.'

'*Paid poeni am y bachgen, fe ofala i amdano fe,*' oedd union eiriau Ken Roberts. Fe allai ef, a Gareth, fod yn ddiolchgar iawn nad oedd eu sgwrs y tu allan hefyd wedi ei recordio.

'Oeddech chi'n gwbod bod Chief Inspector Owen wedi gwahardd Inspector Roberts o'r orsaf?'

'Nago'n.'

'Doeddech chi ddim yn gwbod hynny pan adawsoch chi'r inspector tu fas i'r ystafell?'

'Nago'n.'

'Pryd ddethoch i wbod am y gwaharddiad?'

Oedodd Gareth. Dim ond am amrantiad, ond roedd hynny'n ddigon.

'Ie, sarjant?'

'Pan o'n i allan o'r stafell.'

'Pwy ddwedodd wrthoch chi?'

'DS Bennett.'

'Pan oeddech chi ar eich ffordd yn ôl i'r stafell holi?'

'Ie.'

'Beth o'dd eich ymateb pan glywoch chi am y gwaharddiad?'

'Mynd 'nôl i'r stafell holi.'

Gwenodd yr uwch arolygydd. 'Dyna beth wnaethoch chi. Ond beth oedd eich ymateb? Beth oedd yn mynd drwy'ch meddwl chi, dyna dwi am ei wybod.'

Siglodd Gareth ei ben. 'Do'n i ddim yn meddwl am ddim byd arbennig.'

Plethodd yr uwch arolygydd ei freichiau a syllu ar Gareth.

'Ma' Mr Morgan a PC Harris yn dweud eu bod nhw

wedi'ch gweld chi'n rhedeg ar hyd y coridor i gyfeiriad yr ystafell holi. Odi hynny'n wir?'

'Ro'n i ar fy ffordd 'nôl i'r stafell cyn siarad â DS Bennett.'

'Ond odi hi'n wir eich bod chi wedi rhedeg 'nôl i'r ystafell ar ôl siarad â DS Bennett?'

'Odi.'

'Pam o'ch chi'n rhedeg, os fel y dwedoch chi gynne, nad oeddech chi'n poeni'ch bod chi wedi gadel Inspector Roberts gyda Daniel Morgan ...'

'Do'n i ddim wedi ei adel gyda Daniel Morgan.'

'Pam oeddech chi'n rhedeg 'nôl am yr ystafell, 'te?'

'Rhag ofn bod yr inspector wedi mynd i mewn i'r stafell a bydde'i bresenoldeb, ar ôl iddo ga'l 'i wahardd o'r orsaf, yn peryglu'r ymchwiliad.'

'Ai dyna'r unig reswm?'

'Ie.'

'Felly doeddech chi ddim yn pryderu am ddiogelwch Daniel Morgan?'

'Nago'n.'

'Ar unrhyw adeg?'

'Nago'n.'

'Oeddech chi'n gwbod bryd hynny fod mab Inspector Roberts yn gysylltiedig â'r achos?'

'Nago'n.'

'Felly nid am hynny roeddech chi'n poeni?'

'Nage.'

Oedodd Stephens am eiliad ac edrych ar y papurau o'i flaen. Ceisiodd Gareth ymladd yn erbyn y demtasiwn i ymlacio.

'Nawr, sarjant, pan gyrhaeddoch chi'r ystafell holi, ro'dd Mr Morgan a PC Harris yna'n barod.'

'Nago'n. Ro'n nhw'n cyrra'dd yr un pryd â fi, o'r cyfeiriad arall, o gyfeiriad y ffreutur.'

'Felly da'th y tri ohonoch chi yno'r un pryd.'

'Do.'

'Beth ddigwyddodd wedyn?'

'Agores i'r drws.'

'A?'

'A gweld Daniel Morgan ar y llawr ac Inspector Roberts yn sefyll yn ei ymyl.'

'Sefyll?'

'Ie.'

'Ma' Mr Morgan yn dweud fod yr inspector yn plygu'n fygythiol dros Daniel.'

'Ro'dd Inspector Roberts ar 'i dra'd. Falle nad o'dd e'n sefyll yn hollol syth, ond ches i mo'r argraff 'i fod yn plygu dros Daniel Morgan na'i fod e'n ymddwyn yn fygythiol. Ro'n i'n sefyll rhwng Emrys Morgan a'r stafell, felly mae'n bosib nad o'dd e'n gweld yn glir iawn.'

'O'dd Daniel yn anymwybodol?'

'Nago'dd, fe gododd ar 'i dra'd bron ar unwaith a dechre gweiddi a rhegi.'

'Beth ddigwyddodd wedyn?'

'Cerddodd Emrys Morgan heibio i fi at Daniel ond fe wthiodd ef 'i dad i ffwrdd.'

'Ac Inspector Roberts?'

'Gadawodd e'r stafell.'

'Ddwedodd e rwbeth?'

'Naddo.'

'Ddwedoch chi rwbeth wrtho fe?'

'Naddo.'

'Beth y'ch chi'n meddwl ddigwyddodd?'

'Syr?'

'O'r argraff gawsoch chi pan agoroch chi'r drws, odych chi'n meddwl bod Inspector Roberts wedi bwrw Daniel Morgan?'

'Dwi ddim mewn sefyllfa i ddweud naill ffordd na'r llall, syr.'

'Dy'ch chi ddim am fanteisio ar y cyfle hwn i achub cam cyd-weithiwr?'

'Do'n i ddim yno, syr; galla i dim ond dweud yr hyn dwi'n 'i wbod.'

'Ac ry'ch chi wedi dweud y gwir i gyd wrtha i?'

'Odw, syr.'

'Wel, Sarjant Lloyd, do's dim mwy i'w ddweud, felly. Diolch i chi am eich amser.' Cyneuodd a diffoddodd y wên eto. Cododd yr Arolygydd Curtis ac agor y drws.

Arhosodd Gareth nes iddi gau'r drws a'i adael ar ei ben ei hun yn y coridor cyn sychu'r chwys oddi ar gledrau ei ddwylo.

Tynnodd Clem Owen gynnwys y bocs cardfwrdd allan a'i wasgaru ar hyd y llawr. Cydiodd mewn ambell ffeil ac amlen, eu hagor ac edrych ar rai o'r tudalennau oedd y tu mewn cyn eu cau a'u taflu'n ôl i'r bocs. Roedd y prif arolygydd eisoes wedi twrio yn y ddau focs arall o hen achosion a gludodd o Gaerfyrddin yn chwilio am achos llofruddiaeth Wyn Lewis, ond nid oedd i'w weld yn unman. Roedd enw a dyddiad pob achos wedi eu hysgrifennu'n glir ar y ffeiliau, ac er nad oedd enw Wyn Lewis yn eu plith, roedd Clem Owen wedi gobeithio bod ffeiliau ei achos wedi eu cymysgu gyda'r gweddill; ond ofer fu ei chwilio.

Cododd y bocs cardfwrdd a'i ddychwelyd at y ddau arall. Gwyddai fod ffeiliau rhai achosion eraill y bu ef yn gysylltiedig â hwy yn eisiau o storfa'r pencadlys, felly roedd hi'n bosib bod achos Wyn Lewis yn eu plith. Neu efallai, o ystyried ei deimladau ynghylch achos Wyn Lewis, mae'n bosib bod ei isymwybod wedi ei gadw rhag cynnwys ffeiliau'r achos hwnnw yn ei gasgliad. Fe gâi gyfle i chwilio amdanynt ar ei ymweliad nesaf â Chaerfyrddin.

Neu ai gadael llonydd iddo fyddai ddoethaf? Yn sicr

nid oedd cysur iddo yn yr achos hwnnw, dim ond ergyd neu ddwy arall oddi wrth Tony Stephens, tebyg i'r rhai yr oedd eisoes wedi'u cael yn ystod y bore. Awr fawr Tony Stephens – a'i awr dywyllaf ef – oedd achos Wyn Lewis, petai ond yn cyfaddef hynny. A dyma Stephens, ar ôl yr holl flynyddoedd, unwaith eto'n taflu ei gysgod dros ei yrfa; yn wir, ni allai fod wedi cael gwell cyfle i droi'r gyllell yng nghefn ei hen bennaeth pe bai wedi cynllunio'r holl gawlach ei hun.

Disgynnodd Clem Owen yn drwm i'w gadair ac eistedd yno am funudau lawer yn hel meddyliau am ei ddyfodol. Ac yno, yn dal i synfyfyrio, yr oedd pan gerddodd Ken Roberts i mewn i'r ystafell.

'Wyt ti'n iawn, Clem?' gofynnodd, gan edrych arno'n bryderus.

'Beth?' gofynnodd Owen, yn araf ddod ato'i hun.

'Dwi wedi bod yn curo ers amser ond heb ga'l ateb.'

'Ma'n rhaid 'mod i wedi cwmpo i gysgu am funud. Gormod o ginio yn y cantîn, fel arfer!'

'Ro'n i'n meddwl bod Llinos wedi dy roi di ar ddeiet.'

Chwifiodd Clem Owen yr ensyniad i ffwrdd. 'Pam wyt ti'n meddwl ges i ginio yn y cantîn yn lle mynd adre? Stedda. Ma'n dda dy weld. Shwd wyt ti'n cadw?'

'Gweddol. Bydda i'n well ar ôl ca'l hyn drosodd.'

''Ma i weld Tony Stephens wyt ti?'

'Ie.'

'Pwy sy'n mynd gyda ti fel cynrychiolydd?' gofynnodd Owen, gan gyfeirio at hawl Ken Roberts i gael cyfaill neu gyd-weithiwr yn bresennol pan gâi ei holi.

'Malcolm Edwards o Gaerfyrddin.'

'Dewis da,' meddai Owen, a deimlai'n lletchwith iawn ynghylch yr holl fusnes.

'Shwd un yw Tony Stephens? Wedodd Berwyn Jenkins 'i fod e wedi bod yn gweithio 'ma ar un adeg.'

'Do, ond dwi ddim wedi'i weld e ers sawl blwyddyn.'

'Mae e wedi neud yn dda.'

Nodiodd Clem Owen. 'Odi, ma'n rhaid 'i fod e wedi plesio rhywun.'

'Do'dd e ddim yn dy blesio di?'

Cododd Clem Owen ei ddwylo er mwyn osgoi ateb; nid oedd am i'w ragfarnau ychwanegu at bryderon Ken Roberts.

'Alli di enwi un sarjant sy wedi 'mhlesio i?'

Gwenodd Ken Roberts, ond gwyddai Owen nad oedd wedi llwyddo i'w dwyllo.

Edrychodd Roberts ar ei oriawr. 'Ro'dd e'n gweld Gareth Lloyd am ddau.'

'O'dd.'

'Odi fe'n dal mewn 'na?'

'Odi, dwi'n meddwl.'

Nodiodd Ken Roberts. 'Dyna un arall y bydden i'n 'i roi ar fy rhestr o sarjants sy ddim yn plesio.'

Ystafell dawel, gartrefol mewn tŷ tawel a chartrefol, meddyliodd Eifion, yn eistedd yn gyfforddus mewn cadair freichiau ac yn yfed y paned o goffi roedd Catherine Powell wedi'i wneud iddo. Hi oedd y pedwerydd person ar restr Mark Brown iddo ddod o hyd iddo yn ystod y prynhawn, ac er bod y tri cyntaf yn cofio'r ymladd yn Marine Coast, nid oedd un ohonynt yn adnabod Lisa Thomas nac yn cofio'i gweld hi yno. Nid oedd Eifion yn disgwyl dim gwahanol gan Catherine Powell, ond o leiaf roedd wedi cael paned o goffi derbyniol iawn.

Eisteddai Catherine Powell yn y gadair freichiau gyferbyn ag ef, ac wrth iddo yfed ei goffi cafodd Eifion gyfle i'w hastudio. Gwallt golau, ychydig yn flêr, o amgylch wyneb hirgrwn tywyll a deniadol, a llygaid disglair; tua thair ar hugain oed, a rhyw bum troedfedd tair modfedd o daldra. Doedd dim byd arbennig yn ei chylch, ar wahân i'r ffaith ei bod yn atgoffa Eifion o Siân, ei wraig, ryw oes neu ddwy yn ôl.

'Welsoch chi'r cwbwl, o'r dechre i'r diwedd?' gofynnodd, ar ôl yfed diferion ola'r coffi a rhoi'r cwpan ar y llawr yn ei ymyl.

'Do. Ro'n i wedi mynd 'na gyda Andrew a'i ffrindie.'

'Pwy yw Andrew?' gofynnodd Eifion, gydag ychydig mwy o chwilfrydedd nag oedd ei angen ar gyfer dibenion yr ymchwiliad.

'Andrew Adams, y bachgen o'n i gydag e.'

'Eich cariad?' gofynnodd Eifion, gan arddangos rhagor o'i chwilfrydedd personol.

'Nage,' atebodd Catherine. 'Ac yn bendant ddim ar ôl nos Fercher.'

Gwenodd Eifion. 'Iawn, ewch mla'n.'

'Wel, ro'dd rhyw ddwsin ohonon ni 'na i gyd ond do'n i ddim yn nabod y lleill; ffrindie Andrew a'u cariadon o'n nhw a do'n i erio'd wedi cwrdd â nhw o'r bla'n.'

'Ers pryd y'ch chi'n nabod Andrew?'

'Gwrddes i ag e yn y ganolfan hamdden wthnos dwetha a gofynnodd e a elen i gydag e i'r ddawns nos Fercher. Ma' enw da i ddawnsfeydd Marine Coast a do's dim byd arall i' neud gyda'r nos, felly ro'n i'n falch o'r cyfle i fynd. Do'n i ddim wedi meddwl y bydde'r noson yn cwpla fel nath hi.'

'Mewn ffeit?'

'Ie. Ond dwi'n synnu dim mai fel'ny digwyddodd hi. Ro'dd Andrew a'i ffrindie'n chwilio am drwbwl o'r dechre, ac ro'dd y merched o'dd gyda nhw'n wa'th na'r bechgyn, yn 'u hannog nhw mla'n ac yn whare gyda phob bachgen welen nhw er mwyn creu ffrwgwd. Hyd y gallen i weld, dyna'r unig ddiddordeb o'dd 'da nhw.'

'Felly Andrew a'i ffrindie ddechreuodd yr ymladd?'

'O, ie.'

'O'dd 'na gyffurie 'na?'

'Wel, chi'n gwbod, ma' wastad cyffurie mewn dawnsfeydd.'

'Pwy o'dd yn 'u gwerthu nhw?' Os gallai gael rhywbeth ar Richie Ryan a'i fownsers ...

'Weles i neb yn gwerthu cyffurie 'na, ond ro'dd hi'n amlwg o shwt o'dd rhai pobol yn ymddwyn 'u bod nhw wedi cymryd rhwbeth.'

'A beth am Andrew a'i ffrindie; o'n nhw wedi cymryd cyffurie?'

'Fydde'n well 'da fi beidio gweud.'

Nodiodd Eifion. Merch gall. Call iawn, yn ei olwg ef. 'Y'ch chi'n cofio enwe rhai o'i ffrindie – y bechgyn, y rhai o'dd yn ymladd?'

'Dwi wedi trio'u hanghofio nhw, a dweud y gwir,' meddai Catherine, gan dynnu ei choesau i fyny odani. 'Chris o'dd enw un ohonyn nhw, a Glenny a Stem.'

'Stem?'

'Dwi'n meddwl mai Simon yw 'i enw iawn, ond ro'dd pawb yn 'i alw'n Stem.'

'Unrhyw un arall?'

'Ro'dd 'na un o'r enw Markie ...'

'Peidiwch gweud; boi bach, gwallt cyrliog, llawn o'i hunan?'

'Ie, a chlustlws.'

'O, ie peidiwch anghofio'r clustlws.'

'Shwt allen i?' meddai Catherine gan chwerthin.

Gwenodd Eifion, gan deimlo'n falch iawn ei fod yntau wedi gweld Mark Brown fel Markie. O ddifrif – Markie!

'Collodd e'r clustlws yn yr ymladd, on'd do fe?'

'Do, ga'th hi'i rhwygo o'i glust.'

'Y'ch chi'n cofio beth ddigwyddodd?'

'Un o'r bownsers nath e, ond dwi ddim yn meddwl 'i fod e'n fwriadol. Ro'dd Markie a Stem yn cydio yn y bownser arall. Ro'n nhw ar 'i gefn ac yn trio cydio yn ei freichie i'w atal rhag 'u bwrw nhw â'r bat ...'

'Bat?' gofynnodd Eifion nad oedd wedi clywed am fat gan neb cyn hynny. Ond wedyn, dyma'r tro cyntaf iddo glywed pwy oedd yn gyfrifol am yr holl helynt hefyd. Roedd ffrindiau Mark Brown wedi hen gytuno ar eu storïau ac yn glynu wrthynt. Ond roedd hi'n dal yn rhyfedd nad oedd Mark Brown wedi crybwyll y bat; byddai hynny wedi cryfhau ei achos yn erbyn swyddogion diogelwch Ryan. Efallai ei fod yn rhy feddw i gofio amdano.

'Ie, ro'dd gan y bownser fat pêl-fas ac ro'dd e'n trio bwrw'r bechgyn o'dd yn ymladd. Fe o'dd yr unig fownser o'dd yn trio tawelu pethe, ond wedyn da'th un arall o rywle a chydio yn Markie a Stem a'u tynnu oddi arno.'

'A dyna pryd rhwygwyd clust Markie?'

'Ie.'

'Gwa'd ymhobman.'

'Ych! O'dd. Ciliodd cylch y dorf o gwmpas y bechgyn yn eitha handi, alla i weud wrthoch chi.'

Crychodd Eifion ei drwyn. 'Gawsoch chi'ch dal?'

'Naddo, ro'n i ddigon pell, diolch byth.'

'Dwi'n deall bod y rhan fwya ohono fe wedi mynd dros y bownser dynnodd Markie i ffwrdd.'

'Shwt allen nhw weud? Ro'dd gwa'd ar 'i ddillad e'n barod.'

'Ar ddillad yr ail fownser?'

'Ie.'

'Y'ch chi'n siŵr?' gofynnodd Eifion, gan deimlo ychydig yn llai cyfforddus yn y gadair freichiau. Roedd Brian Pressman wedi dweud wrtho ei fod yn cadw llygad ar y carafannau pan ddechreuodd yr ymladd ac mai mynd i helpu Sean Macfarlane oedd y peth cyntaf a wnaeth ar ôl dychwelyd i'r neuadd.

'Odw.'

'Wedoch chi nad o'dd y gwa'd o glust Markie wedi

disgyn arnoch chi gan eich bod chi'n ddigon pell i ffwrdd…'

'Ond ro'n i'n ddigon agos i weld, yn enwedig gyda llifoleuade'r maes parcio i gyd ynghynn. Digwyddes i'i weld e'n gwthio drwy'r dorf at Markie a Stem, ac ro'dd staen tywyll ar 'i grys gwyn.'

'Staen tywyll?'

'Ie.'

'Felly dy'ch chi ddim yn siŵr mai gwa'd o'dd e?'

'Na, 'nes i ddim cynnal arbrawf arno fe i weld os mai gwa'd o'dd e, ond dan yr amgylchiade, beth arall alle fe fod?'

Cerddodd Eifion Rowlands yn ôl at ei gar. Roedd cwmni Catherine Powell wedi bod yn eli i'w enaid ac yn fodd i'w dawelu ar ôl cynnwrf cynta'r dydd. Arwynebol mewn gwirionedd oedd y tebygrwydd a welodd rhyngddi a Siân pan agorodd hi ddrws y tŷ. Oedd, roedd y ddwy tua'r un taldra, a'u llygaid yr un lliw, ond er ei fod wedi profi cynhesrwydd yng nghroeso a sgwrs Catherine Powell, nid oedd yn ddim o'i gymharu â'r hyn yr oedd wedi ei brofi yng nghwmni Siân. Ond yr oedd yn ddigon i Eifion weld o'r newydd yr hyn yr oedd unwaith wedi ei weld, a'i garu, yn ei wraig. Rhyfedd, meddyliodd, sut y gall anawsterau a phroblemau wthio cariad o'r neilltu yn lle tynnu pobl yn agosach at ei gilydd. Soniai pobl byth a beunydd am rym cariad, ond os oedd hynny'n wir, pam roedd profiad mor aml yn dangos ei wendid?

Cyrhaeddodd y car ac oedodd yn ei ymyl yn meddwl tybed a allai darnau ei briodas yn wir ddisgyn yn ôl i'w lle? Nid oedd gweld pethau o'r newydd o'i ochr ef yn ddigon. Byddai'n rhaid i Siân hefyd fod yn barod i ailddechrau. Ond a oedd hi? Nawr bod y modd o fewn ei gyrraedd, a fyddai gwyliau'n help?

Gwthiodd Eifion ei law i'w boced am allwedd y car a chyffwrdd â'r llun o Lisa Thomas roedd newydd ei ddangos i Catherine Powell. Nid oedd Catherine yn ei chofio hi yn y ddawns, ond roedd yr hyn a gofiai am Brian Pressman a chyflwr ei ddillad yn ddigon i gynhyrfu meddwl Eifion. A oedd hi'n bosibl cysoni tystiolaeth Catherine â'r hyn roedd y bownser ei hun, a Ryan, wedi'i ddweud wrtho? Neu a oedd Pressman wedi bod yn ymladd gyda rhywun arall cyn y ffrwgwd gyda Mark Brown ac yn amharod i ychwanegu at ei drafferthion drwy gyfaddef hynny? A beth am ei gyflogwr? Pa mor bell yr ai Richie Ryan i gadw enw da Marine Coast rhag cael ei lychwino gan sgandal?

Eisteddai Ken Roberts a'r Arolygydd Malcolm Edwards yn wynebu'r Uwch Arolygydd Tony Stephens a'r Arolygydd Margaret Curtis. Syllai'r Arolygydd Curtis ar Ken Roberts yn ddi-weld a di-ddweud tra rhoddai'r uwch arolygydd drefn ar y papurau o'i flaen. Roedd Ken Roberts yn hen gyfarwydd â'r technegau holi a rheoli hyn ac nid oedd ymddygiad y ddau yn mennu dim arno. Blinodd edrych ar gorun cyrliog yr uwch arolygydd, felly daliodd edrychiad yr Arolygydd Curtis nes iddi ildio a dechrau darllen y gŵyn yn ei erbyn. Gwrandawiad preifat, nid achos llys barn oedd hwn, ac nid oedd yn ofynnol i Ken Roberts dyngu llw fod y cyfan a ddywedai yn wir, y gwir i gyd a dim byd ond y gwir; er, fyddai hynny ddim wedi cael unrhyw effaith ar yr hyn y bwriadai ei ddweud.

Ar ôl i'r Arolygydd Curtis orffen ei chyflwyniad, cododd yr Uwch Arolygydd Stephens ei ben o'r papurau a gofyn, 'Ai inspector sy fel arfer yn mynd i ymchwilio i achosion o fandaliaeth?'

'Nid fel arfer, falle, ond mewn amgylchiade arbennig ma' gofyn i bob un neud 'i ran,' atebodd Ken Roberts, heb ddangos y mymryn lleiaf o letchwithdod gyda'r cwestiwn annisgwyl.

'A sut byddech chi'n diffinio amgylchiade arbennig? Pan fydd aelod o'ch teulu ymhlith y troseddwyr?'

'Do'dd yr un aelod o 'nheulu ymhlith y troseddwyr, fel ry'ch chi'n siŵr o fod yn gwbod, syr. Damwain i un o 'nghyd-weithwyr o'dd yn neud hwn yn achos arbennig.'

'Chi o'dd yn gyfrifol am yr ymchwiliad i'r ddamwain?'

'Ie.'

'Ond doeddech chi ddim i fod ar ddyletswydd y diwrnod hwnnw.'

'Nago'n, ond ro'dd hi'n ddydd Sul ac yn ganol haf, a ninne'n brinnach o staff nag arfer. Ro'dd Superintendent Peters i ffwrdd ar 'i wylie a Chief Inspector Owen o'dd yn gyfrifol am yr orsaf gyfan. Bydde'n rhaid cynnal ymchwiliad i ddamwain PC Daniels, ac er mwyn dechre ar y gwaith hwnnw fe alwodd Chief Inspector Owen fi i mewn. Ro'dd hynny hefyd yn rhan o amgylchiade arbennig y diwrnod.'

'Felly penderfyniad Chief Inspector Owen oedd eich gwneud chi'n gyfrifol am yr ymchwiliad.'

'Cyfrifoldeb Chief Inspector Owen yw penderfynu pwy sy'n gyfrifol am bob ymchwiliad.'

'Roedd hwnnw'n ddiwrnod prysur iawn i chi, gan mai dyna pryd y daethpwyd o hyd i gorff Stephen Llewelyn.'

'Amgylchiad arbennig arall.'

'Ie, a dyna beth dwi'n 'i weld yn rhyfedd: achos o lofruddiaeth yn dechre, a dyna lle'r oeddech chi, swyddog o brofiad a fyddai, fel dwi'n deall, yn arfer cydgordio ymchwiliade difrifol, yn dal i ymhél â rhyw helynt difrodi eiddo digon cyffredin. Pam?'

'Nid ymchwilio i'r difrodi o'n i ond i ddamwain PC

Daniels. Ro'dd y difrodi'n rhan o'r hyn arweiniodd at y ddamwain.'

'A doedd achos o lofruddiaeth ddim yn ddigon i chi newid eich blaenoriaethe?'

'Nago'dd, ddim ar unwaith. Ro'dd 'na beryg pan ddarganfuwyd corff Stephen Llewelyn y bydde'r ddamwain yn ca'l 'i gwthio naill ochr. Fe fydde hynny wedi creu probleme i ni maes o law pe na bai rhywun yn cario mla'n â'r ymchwiliad. Ma'n siŵr eich bod chi'n gwbod am bryder y cyhoedd a'r cyfrynge ynghylch damweinie ceir yr heddlu. Ro'dd hi'n neud mwy o synnwyr i fi barhau gyda'r ymchwiliad na gwastraffu rhagor o amser prin drwy drosglwyddo'r gwaith i rywun arall. Ac fel y digwyddodd hi, o'r ymchwiliade ro'n i'n 'u gwneud y llwyddon ni i ddatrys llofruddiaeth Stephen Llewelyn.'

'Ac roedd Chief Inspector Owen yn ddigon hapus i'ch gadel chi i ymchwilio i'r fandaliaeth er gwaetha'r ffaith fod yna gysylltiad rhyngoch chi a'r achos?'

'Do'dd 'na ddim cysylltiad.'

'Beth am eich mab? Ro'dd e'n gysylltiedig â'r achos.'

'Bryd hynny do'n i nac Inspector Owen yn gwbod fod 'na gysylltiad,' meddai Ken Roberts, gan amddiffyn ymddygiad ei bennaeth yn gymaint â'i ymddygiad ef ei hun. Roedd hi'n amlwg iawn iddo fod yna fwy nag ymgais i fod yn amhleidiol yn agwedd Stephens tuag at Clem Owen. A hyd y gwyddai ef, efallai bod yna agenda arall wedi ei chuddio o dan yr holl bapurau oedd o flaen yr uwch arolygydd.

'Ond mi'r oedd 'na gysylltiad,' mynnodd Stephens, gan wrthod gwyro oddi ar ei drywydd. 'Cysylltiad oedd yn ddigon i'ch temtio chi i wyrdroi cwrs cyfiawnder er mwyn cadw'ch mab allan o'r helynt.'

'Dyw hynny ddim yn wir. Er 'i fod e yn y car, do'dd Geraint ddim wedi troseddu am nad o'dd e'n gwbod 'i fod e wedi'i ddwyn. Dyna farn y prif gwnstabl pan benderfynodd 'i adel e'n rhydd, heb gerydd o unrhyw fath.'

'Pryd daethoch chi i wbod bod eich mab yn y car?'

'Pan ddwedodd Daniel Morgan wrtha i.'

'A doeddech chi ddim wedi'i ame cyn hynny?'

'Nago'n,' meddai Ken Roberts. Celwydd noeth, ond nid oedd y ffaith ei fod ef wedi drwgdybio Geraint yn wybodaeth yr oedd yn rhaid i Stephens ei chael. Lleia'n y byd o'r gwir a gâi'r prif uwch arolygydd, gorau'n y byd i bawb – ar wahân i Daniel Morgan, a phwy oedd yn poeni amdano ef beth bynnag?

'Pan oeddech chi gydag e yn yr ystafell holi?'

'Ie.'

'Ar eich pen eich hun. Yn groes i ganllawie PACE?'

'Fe fyddai wedi bod yn groes i'r canllawie pe bawn i'n 'i holi. Ond do'n i ddim yn 'i holi.'

'Ond pam oeddech chi yn yr ystafell o gwbwl?'

'Ro'dd hi'n amlwg i fi pan es i i ddweud wrth Sarjant Lloyd fod yna alwad ffôn iddo fod yna dyndra rhwng Daniel Morgan a'i dad; mae'n siŵr fod hynny i'w glywed yn glir ar y tape,' meddai Roberts, gan nodio i gyfeiriad y peiriant recordio. 'Tra o'dd Sarjant Lloyd yn y stafell fe allai ef reoli hynny ond ro'dd 'na beryg, o adel Daniel a'i dad gyda'i gilydd, y bydde'i holl waith yn ca'l ei ddadwneud, felly'r peth gore fydde gwahanu'r ddau.'

'A dyna pam yr anfonoch chi PC Harris a Mr Morgan allan am baned o de?'

'Ie.'

'Yn ôl tystiolaeth Daniel Morgan fe ddechreuoch chi ei holi fe'n syth ar ôl i'r ddau adel.'

'Dyw hynny ddim yn wir. Siarades i ag e ond do'n i ddim yn 'i holi.' Hollti blew oedd hyn ac fe wyddai'r ddau hynny'n iawn.

'Ond onid yw hi'n bosib, gan eich bod yn yr ystafell holi, fod Daniel yn credu bod yr holi'n parhau?'

'Na, dwi ddim yn meddwl. Ro'dd Sarjant Lloyd wedi diffodd y peirianne recordio ac wedi dweud bod yr holi wedi dod i ben cyn iddo adel y stafell. Felly ro'dd Daniel yn gwbod nad o'n i'n 'i holi. O'm rhan i fe fydde wedi bod yn well petai'r peirianne'n dal i recordio; bydden nhw'n profi na chyffyrddes i â Daniel Morgan.'

'Ie,' meddai Stephens yn amheus. 'Ond dim ond eich gair chi sy gyda ni am hynny.'

'A dim ond gair Daniel Morgan sy gyda chi 'mod i wedi cyffyrddd ag e.'

'Gadewch i ni droi at y digwyddiad hwnnw.'

'Y digwyddiad *honedig* hwnnw,' cywirodd Ken Roberts.

'Ma' Daniel yn dweud eich bod chi'n ei holi am y car ro'dd e wedi'i ddwyn,' meddai Stephens gan anwybyddu'r cywiriad. 'A'ch bod chi'n pwyso arno i ddweud pwy o'dd y bechgyn er'ill gydag e yn y car. Odi hynny'n wir?'

'Do'n i ddim pwyso arno fe ond do, fe nethon ni drafod y car.'

'Pam? Ry'ch chi newydd ddweud nad oeddech chi'n holi Daniel, ond dyma chi nawr yn cydnabod eich bod yn trafod yr union bethe ro'dd Sarjant Lloyd yn holi Daniel yn eu cylch.'

'Dwi'n deall mai holi Daniel am gyffurie gafwyd yn ei feddiant o'dd Sarjant Lloyd cyn iddo adel y stafell, ac nad o'dd e wedi crybwyll y car ro'dd Daniel wedi'i ddwyn.'

'Ond dyw hynny ddim yn golygu na fydde fe'n ei grybwyll nes mla'n.'

'Nagyw, ond ma'r ffaith nad o'dd e wedi holi Daniel am y car yn golygu na alle Daniel ystyried bod ein sgwrs yn barhad o holi Sarjant Lloyd. A beth bynnag, ro'n ni'n gwbod erbyn hynny o ble y cafodd y car 'i ddwyn.'

'Drwy ffynhonnell arall?'

'Ie,' atebodd Ken Roberts, heb gyfaddef na wyddai ef hynny pan oedd yn siarad â Daniel Morgan.

'Ro'dd gwallt Daniel Morgan yn hir ar y pryd, mewn *ponytail*, odi hynny'n wir?'

'Odi.'

'Ma' Daniel yn dweud eich bod chi wedi cydio yn ei wallt a'i dynnu. Odi hynny'n wir?'

'Nagyw.' Celwydd noeth eto, ond nid oedd gan Stephens ronyn o dystiolaeth, ar wahân i air Daniel, a doedd hwnnw'n werth dim.

'Mae'n ddigon hawdd i chi wadu'r cyfan, inspector, ond i rywun o'r tu allan fel fi ma' 'na batrwm amlwg i'r digwyddiade: roeddech chi'n gwbod bod Daniel Morgan yn ca'l ei holi ac roeddech chi'n ame bod 'na gysylltiad rhyngddo fe a'ch mab, ac er mwyn profi neu wrthbrofi hynny fe lwyddoch chi i'w ga'l e ar ei ben ei hun. Fe ddechreuoch chi drwy ei fygwth yn eiriol ac yna, pan fethodd hynny â'i ddychryn, fe ddechreuoch chi ei fygwth yn gorfforol. Yn gynta drwy dynnu ei wallt ac yna drwy ei fwrw i'r llawr. Bydde rhai pobol yn ei cha'l hi'n hawdd iawn credu mai dyna ddigwyddodd.'

Ond mae yna fyd o wahaniaeth rhwng credu a phrofi, meddyliodd Ken Roberts, gan syllu'n dawel ar yr uwch arolygydd. Doedd pethau ddim yn mynd yn rhy ddrwg o gwbl.

Dydd Gwener   15 Hydref 17:45 –
Dydd Sadwrn   16 Hydref 05:55

Roedd hi'n chwarter i chwech erbyn i Carol gyrraedd yn
ôl o Rydaman. Cymerodd y gwaith o berswadio Michael
Young i ddod i orsaf yr heddlu, cael caniatâd i
ddefnyddio adnoddau'r orsaf er mwyn cymryd ei
ddatganiad, ac yna cadarnhau ei gywirdeb, lawer mwy o
amser nag yr oedd hi wedi meddwl. Ond ar ôl dwyawr o
waith caled, roedd Carol wedi cael atebion a'i bodlonai.
Roedd Young wedi enwi wyth person a allai dystio nad
oedd wedi gadael y clwb o gwbl y nos Fercher flaenorol,
o'r eiliad y cyrhaeddodd yno tan amser cau, ac roedd
Ceri Morgan yr un mor benderfynol na adawodd ef ei
hochr weddill y noson. Roedd heddlu Rhydaman wedi
cytuno i holi'r tystion, ac am y tro, yn absenoldeb
unrhyw dystiolaeth uniongyrchol i'w gysylltu â
llofruddiaeth Lisa Thomas, cadwai Young ei draed yn
rhydd. Ond er gwaethaf hynny nid oedd Carol yn barod
i dynnu llinell drwy ei enw a'i ddileu yn llwyr o'u
hymchwiliad, chwaith; roedd unrhyw un oedd wedi
arfer trais yn erbyn Lisa Thomas yn mynd i gadw'i le yn
weddol agos at frig y rhestr o rai dan amheuaeth.
    Wrth iddi yrru'n ôl o Rydaman roedd Carol wedi dechrau
meddwl am y noson oedd o'i blaen, a chwmni Glyn
Stewart. Ceisiodd gynllunio'r pryd bwyd y byddai'n ei
baratoi, a chofio pa fwyd oedd ganddi yn y fflat a beth
fyddai'n rhaid iddi ei brynu ar ei ffordd adref. Ond ar draws
ei chynllunio fe fynnai cwestiynau eraill ymwthio i'w
meddwl. Hen gwestiynau oeddynt, rhai y gwyddai Carol
nad oedd atebion hawdd iddynt. Ac o'r holl gwestiynau, yr
un a'i poenai fwyaf oedd pam ar wyneb daear roedd Lisa
Thomas, Ceri Morgan, a dyn a ŵyr faint o ferched eraill, yn
aros cyhyd gyda dynion tebyg i Michael Young?

Ai ffyliaid oedden nhw, heb y gallu i weld eu bod mewn perthynas ddinistriol? Ai coleddu rhyw syniadau oedden nhw y gallai cariad – a'u cariad nhw yn anad cariad neb arall – droi'r drwg yn dda? Neu ai unigrwydd oedd yn eu gwneud yn ddall? Bod yr angen am gwmni yn fwy na'r angen am gariad, ac yn drech na'r angen am ddiogelwch a byw'n ddi-boen. Os yw cariad yn gofyn aberth, yna heb amheuaeth roedd gormod o ferched yn aberthu'r cyfan yn llawer rhy aml.

Gwyddai Carol ei hun am aberth ac unigrwydd, ac fel merch a phlismones roedd yn hen gyfarwydd â chael y gwaethaf o'i dau fyd. Roedd ymuno â'r heddlu wedi gwireddu dyhead fu ganddi ers ei hieuenctid, ac er ei bod yn mwynhau'r gwaith, ni wnâi'r mwynhad hwnnw hi'n fymryn haws iddi ddioddef agwedd nawddoglyd a rhywiaethol nifer o'i chyd-weithwyr. Roedd ei llwyddiannau wedi tawelu rhai ohonynt, ond gwyddai fod casineb eraill yn dal i fod yno; efallai eu bod yn llwyddo i'w guddio, ond yr oedd yno'n barhaol, o dan yr wyneb, fel magl, yn disgwyl amdani pan na fyddai'n ddigon gwyliadwrus.

A phan oedd ei dyddiau o gamu'n ofalus ar hyd y llwybr canol a gweithio ddwywaith mor galed ac ymddwyn ddwywaith mor ddideimlad â'i chyd-weithwyr drosodd, beth oedd yn ei disgwyl? Fflat wag a'i chwmni hi ei hun. Gorffennai pob ymdrech i gael bywyd y tu allan i'r heddlu mewn siom pan ddôi ei 'chyfeillion' i wybod beth oedd ei gwaith. Teimlai gwŷr a gwragedd fel ei gilydd dan fygythiad yn ei chwmni – y dynion yn fwy na'r merched efallai – ac roedd yn amhosibl iddi gynnal unrhyw fath o gyfeillgarwch sefydlog pan na allai ymddwyn yn naturiol yng nghwmni eraill. Ac er i'w holl ymdrechion fethu, cryfhau ac nid gwanhau a wnâi ei hawydd am gwmnïaeth a chariad, ac fel cymaint o bobl, roedd hi'n fodlon derbyn y naill os nad oedd y llall yn bosibl. Ar adeg felly, pan oedd ei hunanddigonolrwydd yn isel a'i hangen am gwmnïaeth yn boenus, y cyfarfu â Glyn Stewart.

Dywedodd Glyn wrthi'n ddiweddarach iddynt gyfarfod ar adeg oedd yr un mor dyngedfennol yn ei fywyd yntau. Roedd galwadau ei waith fel swyddog diogelwch i gwmni o gyflenwyr nwyddau adeiladu yn ei gadw oddi cartref am ddyddiau bwygilydd, ac ar ysgwyddau Sheila, ei wraig, y disgynnai'r baich o ofalu am eu dwy ferch, a rhedeg ei busnes arlwyo ei hun; sefyllfa a osodai eu priodas dan straen ofnadwy. Ni wyddai Carol sut roedd Sheila'n dygymod â'r straen, ond fe wyddai'n iawn sut roedd ei gŵr yn gwneud.

Ystwyriodd ei hun. Efallai fod ei meddwl ar Glyn, ond roedd ganddi un peth arall i'w wneud cyn y gallai ildio'n llwyr i'r meddyliau hynny.

Trodd ei char i gyfeiriad canol y dref.

Tŷ cyffredin, tebyg i'r degau o dai eraill yn Ffordd Pen y Maes, oedd pencadlys Terry's Taxis, ar wahân i'r ffaith bod y wal a arferai fod rhyngddo a'r ffordd fawr wedi ei dymchwel, a'r ardd flaen i gyd wedi ei gorchuddio gan goncrit i wneud maes parcio ar gyfer hanner dwsin o geir. Ac i un o'r pedwar lle oedd yn wag pan gyrhaeddodd hi yno, y trodd Carol Bennett drwyn ei char.

Siaradodd Carol i'r intercom diogelwch oedd ar y drws gan ddweud pwy oedd hi a pham roedd hi yno. Agorodd y drws a cherddodd i mewn i'r cyntedd gan ddilyn sŵn y siarad a'r gerddoriaeth gefndirol a ddeuai o'r ystafell ar yr ochr chwith. Roedd honno wedi ei thrawsnewid o ystafell fyw i swyddfa broffesiynol iawn yr olwg, gyda chyfrifiadur a phob math o offer angenrheidiol.

'Helô,' meddai Carol, gan guro'r drws. Cododd y

ferch a eisteddai y tu ôl i'r ddesg ei phen a chwifio Carol i mewn i'r ystafell gan barhau i siarad ar un o'r tri ffôn oedd ar y ddesg. Ar soffa o flaen y ffenest fawr lydan eisteddai dyn yn darllen y *Sun*. Cadwodd hwnnw ei ben yn y papur heb gymryd y sylw lleiaf o Carol.

'Esgusodwch fi,' meddai rhywun y tu ôl iddi. Symudodd Carol naill ochr er mwyn gadael i ddyn arall, ifancach o dros ugain mlynedd na'r dyn a eisteddai ar y soffa, ei phasio gyda'i lwyth o dri mŵg llawn. Rhoddodd un o'r mygiau i lawr ar y ddesg ar bwys y ferch cyn mynd i eistedd ar y soffa ac estyn yr ail fŵg i'r dyn yn ei ymyl.

'Tommy!' galwodd y ferch, gan roi'r ffôn i lawr.

Plygodd Tommy ei bapur newydd a chodi o'r soffa.

'Taith i Gaerfyrddin, iawn?' meddai'r ferch gan estyn darn o bapur iddo.

'O's 'da ti rwbeth i fi?' gofynnodd y bachgen.

'Fe weda i os bydd 'na rwbeth, Steve,' atebodd y ferch a oedd wrthi fel lladd nadredd yn teipio ar allweddell y cyfrifiadur. Yna, ar ôl rhai eiliadau, cododd ei phen a gwenu ar Carol.

'Alla i'ch helpu chi?'

'DS Bennett. Ffonies i neithiwr ynglŷn â thacsi a'th â thair merch i'r ddawns yn Marine Coast nos Fercher.'

'O, ie,' meddai'r ferch. 'Dwi wedi holi rhai o'r dynion ond do'dd dim un ohonyn nhw'n cofio un grŵp o dair merch yn arbennig.'

'Ond ro'dd rhai ohonyn nhw wedi mynd â thair merch o'r dre i'r ddawns?'

'O'dd.'

'A beth am y cyfeiriad – dau ddeg saith Ffordd Trebanos; o'dd un ohonyn nhw wedi casglu tair merch o fan'ny?'

Siglodd y ferch ei phen. 'Neb dwi wedi siarad â nhw.'

Ochneidiodd Carol. Terry's Taxis oedd y trydydd

cwmni iddi ymweld ag ef er dychwelyd o Rydaman a'r un oedd y stori yma ag yn y ddau le arall. Efallai nad oedd cael hyd i'r gyrrwr yn bwysig i'r achos, ond hyd nes y byddent yn gwybod pwy ydoedd, roedd yn llwybr nad oeddynt wedi ei ddilyn i'r pen. Ac os na châi'r heddlu hyd i'r llofrudd, yna fe fyddai yno o hyd yn rhywbeth y dylid fod wedi ei wneud a'i ddileu o'u hymchwiliadau.

'Ond ma' 'na rai nad y'ch chi wedi'u holi eto,' meddai Carol, yn dal i ymestyn at y goleuni.

'Un.'

'Ble mae e nawr?' gofynnodd Carol, gan grafangu at y llygedyn lleiaf.

'Mas yn gweithio.'

'O's modd i fi siarad ag e?'

'Pwy yw e, Ri?' gofynnodd Steve.

'Graham.'

'Graham beth?' gofynnodd Carol.

'Graham Ward.'

'Odi hi'n bosib i chi ofyn iddo fe ddod mewn i fi ga'l gair 'da fe?'

'Odi, os y'ch chi moyn.'

'Os newch chi.'

Cododd Ri y ffôn a dechrau deialu.

Roedd Carol wedi disgwyl y byddai gan y cwmni system gyfathrebu debyg i un yr heddlu, ond gan fod ffonau symudol mor gyffredin doedd yna ddim rheswm dros gael rhywbeth mwy soffistigedig. Ac os câi'r ferch hyd i Graham Ward fel y gallai hi ddileu Terry's Taxis o'i hymchwiliad, nid oedd Carol yn poeni os mai colomennod roedden nhw'n eu defnyddio i gysylltu â'u gyrwyr.

'Pam y'ch chi ise siarad ag e?' gofynnodd Steve.

'Mae'n bosib mai fe yrrodd Lisa Thomas i Marine Coast nos Fercher dwetha.'

'Y ferch ga'th 'i llofruddio?'

'Ie, ry'n ni'n mynd i ail-greu'r digwyddiad nos yfory ac ry'n ni ise ca'l yr un gyrrwr i yrru'r tacsi, os yn bosib.'

'Do'n i ddim yn gweithio nos Fercher,' meddai Steve, gan godi ei ddwylo'n ddieuog.

'Ddim o gwbwl?'

'Nago'n.'

'O'dd e?' gofynnodd Carol i Ri.

'Nago'dd,' meddai'r ferch, cyn dweud, 'Ma' Graham ar 'i ffordd 'nôl nawr.'

Nodiodd Carol a dweud, 'Mae'n cymryd tipyn i gadw llygad arnyn nhw i gyd.'

Chwarddodd Ri. 'Dy'n nhw'n ddim gwaith. Ma'n nhw gyda fi fan'na,' meddai gan ddal ei llaw allan o'i blaen.

Gwenodd Carol. 'O's gyda nhw orie rheolaidd bob wythnos, neu ydyn nhw'n gweithio fel ma'r galw?'

'O na, ma' Terry am i bawb neud 'u siâr. Ma' gyda ni rota ar gyfer y gyrwyr i gyd, ond mae'n newid o wthnos i wthnos. Ma'n hawdd iawn gyda'r cyfrifiadur. Ma'n nhw i gyd yno'n barod, a'r cyfan sy'n rhaid i fi'i neud yw llenwi'u horie nhw bob wthnos.'

A gyda medrusrwydd a fyddai wedi codi cywilydd ar Ian James, agorodd Ri y ffeil a throi sgrin y cyfrifiadur tuag at Carol.

'Dyma'r rota ar gyfer yr wthnos hon a'u horie nhw mor belled. Dwi'n 'u gneud nhw bob dydd; ma'n llai o waith fel'ny a llai o beryg i fi anghofio.' Ro'dd Ri yn ei helfen erbyn hyn. Beth allai Ri ac Ian James ei wneud fel tîm? meddyliodd Carol, a oedd yn edifarhau iddi erioed arwain y ferch ar hyd y llwybr hwn. Dyn a helpo dynoliaeth pe bai'r ddau'n cyfarfod. Ond nid oedd Ri wedi gorffen eto. 'Dyma alwade'r gyrwyr, ac fe alli di'u torri nhw lawr yn ôl gyrrwr. Dyma rai Steve fan hyn, a dyma rai Graham. A pan ma' Terry ise gweld pwy sy wedi neud beth, y cyfan sy'n rhaid i fi'i neud yw gwasgu'r botwm 'ma a dyna fe i gyd ar bapur.'

Ar y gair fe ddeffrodd yr argraffydd bychan yn ymyl y ddesg, ac ymhen hanner munud, estynnodd Ri swp o ddalennau i Carol gydag oriau holl yrwyr Terry's Taxis ar gyfer yr wythnos honno.

'Diolch,' meddai Carol, heb fod yn siŵr iawn beth roedd hi i fod i'w wneud â'r trysor hwn.

Gwenodd Ri'n hunanfodlon. 'Ma'n well 'da Terry 'i ga'l e ar bapur,' meddai mewn llais oedd i gyfleu pa mor anwybodus oedd dynion ynghylch cyfrifiaduron.

Canodd y ffôn a throdd Ri i'w ateb. 'Terry's Taxis. Alla i'ch helpu?'

Gwrandawodd Carol a Steve arni hi a'r person diwyneb, dienw ar ben arall y ffon yn gwneud eu trefniadau.

'Job i ti,' meddai Ri, gan roi'r ffôn i lawr a throi at Steve. 'Rhydaman.'

Cododd Steve ac estyn am y darn papur a ddaliai Ri.

'Taith fach nêt i ti amser hyn o'r flwyddyn.'

Cadwodd Carol ei chyngor iddi hi ei hun.

'Odi adroddiad Anderson wedi cyrra'dd?' gofynnodd Clem Owen i Kevin Harry wrth i swyddog man-y-drosedd ymddangos yn nerbynfa'r orsaf.

'Ddim eto.'

'Nei di ffonio'r athro? Dwi am ga'l yr adroddiad cyn yr ail-greu nos yfory.'

'Iawn, ond chi'n gwbod shwt ma'r Athro Anderson, os nad …' A gadawodd Kevin y frawddeg ar ei hanner.

'Os nad beth?' gofynnodd Owen.

Ond syllodd Kevin yn fyddar dros ysgwydd y prif arolygydd i lawr ar hyd y coridor. Trodd Clem Owen a gweld yr Uwch Arolygydd Tony Stephens yn cerdded tuag atynt.

'Paid poeni amdano fe,' meddai Owen, gan droi yn ôl, ond roedd Kevin Harry wedi diflannu.

'Damo!' meddai Owen dan ei wynt. Roedd syrcas Tony Stephens yn effeithio ar bawb a phopeth. Nid oedd gronyn mwy o awydd arno ef i gyfarfod â'r uwch arolygydd nag oedd ar Kevin Harry, ond roedd yn bendant nad oedd yn mynd i ddianc oddi wrtho chwaith.

'Ar goll?' gofynnodd Clem Owen yn hwyliog, gan gerdded i'w gyfarfod.

Gwenodd Tony Stephens. 'Tipyn o newid ers pan o'n i 'ma, Clem.'

'Adeilad newydd yn un peth, ond ma'n siŵr dy fod ti wedi sylwi ar hynny.'

'Mae e'n dipyn mwy pwrpasol na'r hen le. Dwi ddim yn gwbod shwt o'n ni'n gallu gweithio yn hwnnw.'

'Do'n ni'n gwbod dim byd gwahanol.'

'Nago'n, ti'n iawn. Ond dwi'n falch 'mod i wedi symud; dyw hi ddim yn ddoeth aros yn yr un lle'n rhy hir. Do'dd dim awydd symud arnat ti, Clem?'

'Na, dwi'n fodlon iawn ble'r ydw i.'

'Ma' 'na berygl mynd i rigol.'

'Ma' 'na fantais mewn nabod dy batch hefyd, a dwi erio'd wedi ystyried desg yn batch gwerth 'i nabod.'

Nodiodd Stephens yn dawel cyn gofyn, 'Shwd ma'r ymchwiliad i lofruddiaeth Lisa Thomas yn dod yn 'i fla'n?'

Teimlodd Owen ei galon yn dechrau curo fymryn yn gyflymach ac arhosodd am eiliad cyn ateb. 'Araf iawn ar hyn o bryd; ry'n ni'n dal i ddisgwl am yr adroddiade patholeg a fforensig.'

'Ma' pethe'n dene iawn arnot ti os wyt ti'n gorfod disgwl am y rheini.'

'Ddim fel'ny; ma' gyda ni un enw addawol.'

'Y cyn-gariad?'

'Ie,' meddai Owen, yn rhyfeddu pa mor agos i'r pyls roedd bys Stephens.

Nodiodd Stephens iddo'i hun unwaith eto. 'Wyt ti'n gweld ise Inspector Roberts?'

'Odw, ma' Ken Roberts yn blismon da ac yn gydgordiwr trwyadl iawn.'

'O't ti ddim yn gweld 'i ise fe fel cydgordiwr pan o'dd e'n treulio'i holl amser yn mynd ar ôl Daniel Morgan a'i ffrindie?'

'Wrth gwrs 'mod i, ond fe na'th Sarjant Lloyd y gwaith yn dda iawn.'

'Tîm Clem, ife? Llenwi bylche a chynnal cefne'ch gilydd.'

'O't ti ddim yn hoffi bod yn aelod o dîm, o't ti?' meddai Owen, gan anwybyddu ensyniad Stephens.

'Ma' pawb yn wahanol. Sawl sarjant wyt ti wedi'i ga'l dros y blynydde?'

'Wedi colli cyfri, ond mwy o rai da nag o rai drwg.'

'A Lloyd?'

'Un o'r rhai da.'

'Ti'n meddwl?'

'Pam? O'dd e'n rhy glyfar i ti?'

Gwenodd Stephens. 'Shwd ma' pethe rhyngddo fe ac Inspector Roberts?'

'Pam wyt ti'n gofyn?'

'Ro'n i'n ca'l y teimlad nad o'dd pethe'n dda iawn rhyngddon nhw.'

'A'i fod e'n cymryd mantais o helynt Ken Roberts?'

'O, na, i'r gwrthwyneb; 'i fod e'n dweud y gwir ar waetha'i deimlade.'

Gwenodd Clem Owen. 'Pryd byddi di'n cyflwyno dy adroddiad?'

'Cyn gynted ag y galla i.'

'Wel, cynta i gyd, gore i gyd. Dyw'r holl sioe'n gneud dim lles i awyrgylch y lle,' meddai Owen gan ddechrau cerdded i ffwrdd.

'A beth amdana i, Clem?' galwodd Stephens ar ei ôl.

'Ymhlith y da neu'r drwg o'n i?'

'Hei, dere nawr, Tony, dwyt ti ddim yn disgwl i fi dy seboni di ar ganol ymchwiliad, wyt ti?'

Cododd Carol Bennett ei phen pan glywodd gloch y drws diogelwch yn canu. Dilynwyd y sŵn gan lais cryglyd yn dweud, 'Graham.' Plygodd Carol ddalen oriau gwaith Graham Ward y bu'n ei hastudio yn ei hanner a chodi ar ei thraed wrth iddo gerdded i mewn i'r ystafell.

'Mr Ward?' gofynnodd Carol.

'Ie,' ac fe wenodd yn braf arni.

Roedd Graham Ward yn ei bedwardegau cynnar, tywyll ei wedd, a chanddo wallt cyrliog du oedd yn dechrau teneuo ar ei gorun.

'Diolch yn fawr i chi am ddod.'

'Popeth yn iawn,' meddai, gan droi at Ri. 'O's siawns am baned?'

'Cadwa lygad ar y ffôn,' meddai'r ferch, gan godi.

'Diolch, Ri,' meddai, a gwenu'n braf arni hithau. Tynnodd becyn sigaréts o boced ei grys denim.

'Odych chi ise paned?' gofynnodd Ri i Carol.

'Diolch,' meddai Carol, gan aileistedd.

'Beth alla i'i neud i chi?' gofynnodd Ward, gan gynnig sigarét i Carol.

Siglodd Carol ei phen. 'Dwi'n ymchwilio i lofruddiaeth Lisa Thomas. Mae'n siŵr eich bod chi wedi clywed amdani.'

'Hyhym,' meddai Ward, gan lyncu mwg cyntaf y sigarét.

'Ac ry'n ni'n chwilio am y gyrrwr tacsi a yrrodd hi a'i ffrindie i Marine Coast nos Fercher.'

'Hyhym,' meddai Ward eto.

'Ethoch chi â rhywun i'r ddawns?'

'Do. Tair merch.'

'O ble?'

'Ffordd Trebanos. Dwi ddim yn cofio'r rhif, ond do, fe es i â thair merch o Ffordd Trebanos mas i'r ddawns, beth bynnag.'

'Wel, mae'n weddol sicr mai Lisa Thomas a'i ffrindie o'dd y tair.'

'O,' meddai Ward. 'Do'n i ddim yn gwbod bod y ferch ga'th 'i lladd yn un ohonyn nhw.'

'Na. Wel, ry'n ni'n bwriadu ail-greu amgylchiade dawns nos Fercher nos yfory yn Marine Coast, ac fel rhan o hynny ry'n ni am i chi yrru ffrindie Lisa a'r ferch sy'n cymryd 'i lle hi i'r gwersyll fel nethoch chi nos Fercher.'

'O.' Sugnodd yn ddwfn ar ei sigarét.

'O's 'na broblem?'

'Na, dim problem. Dim ond … wel, ma' hyn i gyd yn newyddion i fi, a dwi ddim wedi ca'l amser i feddwl amdano fe … am y ferch … 'i bod hi wedi bod yn 'y nghar i a'i bod hi wedi … wedyn … wedi ca'l 'i llofruddio.'

Nodiodd Carol. Nid oedd hi wedi ystyried sut byddai Graham Ward yn ymateb i gais yr heddlu am ei gymorth gyda'r ail-greu, ond roedd y newyddion am Lisa Thomas yn amlwg wedi cael effaith arno.

'Os nad y'ch chi'n credu y gallwch chi …'

'Na, ddim hynny, jyst … chi'n gwbod … y ferch … do'n i ddim yn gwbod.'

Cyrhaeddodd Ri gyda'r te a chymerodd Carol a Graham Ward fwg yr un. Eisteddodd Ri yn ôl yn ei chadair y tu ôl i'r ddesg.

'Dy'ch chi ddim yn cofio unrhyw beth anarferol yn digwydd nos Fercher?'

Siglodd Ward ei ben. 'Na.'

'Neb yn dangos diddordeb yn y merched pan gyrhaeddoch chi'r gwersyll?'

'Do'n i ddim 'na'n ddigon hir i sylwi.'

'Ethoch chi 'nôl 'na i gasglu rhywun yn ystod y nos?'

'Naddo. Honna o'dd yr unig dro i fi fynd i'r ddawns. Ro'n i ar fy ffordd 'nôl i'r dre pan ges i neges i weud bod rhywun am fynd i Lanelli.'

'Ma'r daith 'na ar y rhestr gethoch chi,' meddai Ri wrth Carol.

'Felly ethoch chi ddim 'nôl i Marine Coast o gwbwl,' meddai Carol wrth Ward.

'Naddo. Pa restr yw hon, Ri?'

'Dy orie am yr wthnos.'

'Pam y'ch chi ise gwbod hynny?' gofynnodd i Carol.

'Dwi ddim,' meddai Carol.

'Fi o'dd yn dangos iddi shwt dwi'n cadw'r amsere gwaith ar y cyfrifiadur,' meddai Ri.

'Ie?' meddai Ward, gan estyn ei law.

Edrychodd Carol ar y rhestr. Ni allai ddeall sut y gallai hi fod yn ddraenen mor bigog i Graham Ward, ond yn sicr roedd canolbwynt ei sylw wedi newid yn llwyr ers i Ri grybwyll ei bodolaeth.

'Faint o'r gloch o'dd hi pan ddethoch chi 'nôl o Lanelli?' gofynnodd Carol, gan estyn y rhestr iddo.

'Pam y'ch chi ise gwbod hynny?' gofynnodd Ward, yn astudio'r ddalen.

'Dyw'r amser ddim ar y rhestr,' meddai Carol. 'A meddwl o'n i y galle hi fod yn ddefnyddiol i ni fel amserlen o ddigwyddiade nos Fercher, 'na i gyd.' Cododd Ward ei ben a syllu ym myw llygaid Carol. Daliodd Carol ei edrychiad am rai eiliadau, ond cyn iddi ildio'r maes iddo fe ddaliodd ei llaw allan am y rhestr. Yn gyndyn, estynnodd Ward y ddalen yn ôl iddi. Cydiodd Carol ynddi, yn ceisio dyfalu a oedd ganddi yn wir drysor yn ei llaw.

'Gest ti rwbeth 'da'r cwmnïe tacsi?' gofynnodd Gareth Lloyd i Carol yr eiliad y cerddodd i mewn i'r swyddfa.

'Do,' atebodd Carol, gan wenu'n hunanfodlon. Mewn diwrnod llawn rhwystredigaethau, roedd un llwyddiant yn werth y byd. 'Un o geir Terry's Taxis a'th â Lisa Thomas a'i ffrindie i Marine Coast.'

'A'r gyrrwr?' gofynnodd Gareth, gan wneud nodyn o'r wybodaeth.

'Dyn diddorol iawn o'r enw Graham Ward. Dwi wedi trefnu iddo neud yr un daith nos yfory, os byddwn ni'n neud yr ail-greu.'

'Ma'n edrych yn debycach bob munud – os nad o'dd dy daith i Rydaman hefyd yn llwyddiannus.'

Siglodd Carol ei phen. 'Dwi ddim yn meddwl,' meddai, gan geisio'i hatgoffa'i hun o ddigwyddiadau'r prynhawn. 'Rhyw hanner a hanner. Ond falle bydd gyrrwr y tacsi'n agor llwybr arall.'

'O?' meddai Gareth, gan edrych ar ei oriawr. 'Wel, rho fe i gyd lawr yn dy adroddiad ac fe drafodwn ni e yn y cyfarfod bore fory. Hwyl i ti.'

Wel diolch yn fawr, meddyliodd Carol wrth iddo gerdded allan o'r ystafell. Ma' 'da fi rywle gwell i fod hefyd; ond trodd at ei theipiadur a dechrau bwydo dalen lan i mewn iddo.

'Ar dy ben dy hun?' gofynnodd WPC Lunwen Thomas wrth iddi gerdded i mewn i'r ystafell.

'Odw. Pam? Pwy o't ti'n disgwl i fod 'ma?'

'Ian James.'

'Dwi ddim wedi'i weld e, diolch byth.'

'Dere nawr, ma'n rhaid 'i fod e 'ma rywle. Y siarad drwy'r stesion yw, ble bynnag ma' Carol Bennett, dyna lle fydd Ian James.'

'Ife, wir,' chwarddodd Carol. 'Wyt ti'n chwilio amdano fe?'

'Dim peryg. Dwi ddim ise prynu cyfrifiadur. Dod i gasglu un o'r ffeilie ar Lisa Thomas dw i. Fi fydd yn cymryd 'i lle hi nos yfory.'

'O,' meddai Carol yn dawel.

'Rhwbeth bach i helpu'r achos,' meddai Lunwen.

'Diolch.'

'Iawn. Hei, dwi'n mynd,' meddai Lunwen, gan ei mwstro'i hun. 'Alli di adel James mas nawr o ble bynnag wyt ti wedi'i guddio fe.'

'Ddim cyn iddo ddysgu cerdded ar 'i ddwy dro'd.'

Estynnodd Carol am y ffôn a deialu rhif Susan Richards. Roedd prysurdeb y dydd wedi gyrru Susan yn llwyr o'i meddwl, ac fe ychwanegai hynny at ei heuogrwydd. Roedd hi wedi pwyso a mesur p'un ai byddai ffonio'n gwneud mwy o ddrwg nag o les ganwaith ar y ffordd adref, ond er mwyn ei thawelwch meddwl ei hun, penderfynodd fod yn rhaid iddi ei ffonio.

Atebwyd y ffôn ar y seithfed caniad a dechreuodd Carol siarad ar unwaith cyn i Susan gael unrhyw achos i amau pwy oedd yno.

'Helô, Susan, Carol Bennett sy 'ma,' meddai, yn annaturiol o ysgafn a hwyliog.

'Helô, o's rhwbeth wedi digwydd?' gofynnodd Susan, ei llais yn dawel a phryderus.

'Nago's, dim byd. Ffonio ydw i i neud yn siŵr eich bod chi'n iawn.'

'Diolch.'

'Odi fe wedi ffonio eto?'

'Nagyw.'

'Odych chi'n iawn?'

'Odw.'

'Do'n i ddim yn gwbod a ddylen i'ch ffonio chi neu beidio, a hithe'n mynd yn hwyr.'

'Dyw hi ddim yn naw o'r gloch 'to.'

'Nagyw, ond chi'n gwbod ...' a gadawodd Carol y frawddeg ar ei hanner.

'Bydde hi wedi naw yn amal arna i'n mynd mas, cyn i hyn ddechre.'

'Mi *newn* ni'i ddal e, Susan.'

Ni ddywedodd Susan air.

'Odych chi am ga'l fy rhif ffôn cartre? Fe allwch chi'n ffonio i unrhyw bryd, iawn?'

'Iawn.'

Rhoddodd ei rhif i Susan a ffarwelio â hi, ond ni allai Carol lai na meddwl bod ei galwad wedi gwneud mwy o ddrwg nag o les – i'r ddwy ohonynt.

'Dwi'n gobeithio nad rhwbeth arall y dylwn i wbod amdano yw hwnna,' meddai Clem Owen ar ôl iddi roi'r ffôn i lawr.

Nid oedd Carol wedi clywed ei phennaeth yn cerdded i mewn i'r ystafell. O ddyn mawr, fe allai symud yn dawel iawn pan ddewisai.

'Dim byd i' neud ag achos Lisa Thomas.'

'Achos arall, 'te?'

'Ie.'

'Un dwi'n gwbod amdano?'

'Ddim eto, syr. Dim ond ddoe gethon ni'r gŵyn.'

'Gan bwy?'

'Susan Richards, gwraig sy'n ca'l 'i stelcian, a'i phoeni gan alwade ffôn annifyr.'

'Odi hi'n gwbod pwy yw e?'

'Nagyw.'

'Pa mor ddifrifol yw'r bygythiad iddi?'

'Dwi ddim yn gwbod; dyw e ddim yn beth hawdd i' fesur.'

'Ond rwyt ti'n poeni.'

'Odw. Dwi'n gwbod mai llofruddiaeth Lisa Thomas ddyle ga'l blaenoriaeth, ond do's dim allwn ni'i neud drosti hi nawr …'

'Fe allwn ni ddal y sawl lofruddiodd hi.'

'Gallwn, ond dwi ddim ise bod mewn sefyllfa lle mai dyna'r unig beth fyddwn ni'n gallu'i neud dros Susan Richards hefyd. Dwi ddim ise i unrhyw beth ddigwydd iddi.'

Fel y digwyddodd i Judith Watkins, meddyliodd Clem Owen, ond gwyddai'n well na chrybwyll hynny.

'Iawn,' meddai. 'Agora ffeil ar yr achos a chadwa mewn cysylltiad â hi. Odi'i galwade hi'n ca'l 'u monitro?'

'Ro'n i ar fin ffonio BT.'

'Cer adre wedyn; ma' fory'n mynd i fod yn ddiwrnod hir.'

Rhoddodd Carol y llysiau ar y ffwrn i ferwi. Ar ôl gwneud y trefniadau gyda BT ac ysgrifennu pwt o adroddiad i Clem Owen ar achos Susan Richards, ychydig o amser oedd ganddi ar ôl iddi adael yr orsaf, a llai fyth o ddewis o lysiau ffres yn y siopau. Fe groesodd ei meddwl, pan welodd cyn dloted oedd y dewis, i roi'r gorau i baratoi swper ac i'r ddau ohonynt fynd allan am bryd y noson honno. Gwyddai na fyddai wedi cymryd llawer i berswadio Glyn, gan mai pur anaml yr âi ef a Sheila allan, ac roedd chwarae'r pâr dibriod, dilyffethair yn rhan o apêl eu perthynas iddo. Ond mae pawb yn chwilio am rywbeth gwahanol mewn perthynas, a'r gwrthwyneb oedd yn wir am Carol. Iddi hi roedd apêl fawr mewn cael rhywun i baratoi bwyd ar ei gyfer, ac mewn profi iddi ei hun y gallai gael gyrfa annibynnol a chynnal cartref. Ond, a hithau bellach bron yn chwarter wedi saith, roedd Carol yn dechrau sylweddoli pa mor anodd oedd cael y gorau o ddau fyd.

Dechreuodd dŵr un o'r sosbenni ferwi a throdd Carol y gwres fymryn yn is. Estynnodd am y blawd i ddechrau paratoi'r saws. Rhwng hisian y berwi a'r gerddoriaeth ar y radio, fe gymerodd rhai eiliadau iddi sylweddoli fod cloch drws y fflat yn canu. Nid Glyn, meddai wrthi ei hun, gan sychu ei dwylo, os nad oedd wedi anghofio'i allwedd. Canodd y gloch unwaith eto wrth iddi gerdded drwy'r ystafell fyw i agor y drws.

'Helô.' Y Rhingyll Ian James yn gwenu fel giât.

'Helô.' Ceisiodd Carol wenu ond ni allai'n llwyr guddio'i syndod.

'Ro'n i'n dechre ame nad o't ti gartre; gweld y gole o'r stryd ond dim ateb.'

'Ro'n i yn y gegin yn coginio.'

'A,' meddai James, gan nodio.

Yn y distawrwydd clywodd y ddau sŵn dŵr yn berwi drosodd.

'Esgusoda fi,' meddai Carol, gan ruthro i'r gegin. Roedd caead y sosban yn dawnsio a'r dŵr yn llifo'n donnau ewynnog i lawr yr ochr. Tynnodd Carol y sosban yn ôl a throi'r gwres i lawr ychydig. Trodd yn ôl am yr ystafell fyw a gweld Ian James yn sefyll yn nrws y gegin. Nid oedd wedi ei glywed yn dod i mewn i'r fflat.

'Y cataloge,' meddai, gan estyn swp o lyfrynnau lliwgar i Carol.

'Cataloge?' meddai Carol yn hurt.

'Cyfrifiaduron. Ro'n i wedi addo dod â nhw heibio.'

'O, ie. Diolch.'

'Paid gweud dy fod ti wedi anghofio.'

'Wrth gwrs 'mod i'n cofio,' meddai Carol, gan hanner cofio cael rhyw sgwrs rywbryd i'r perwyl hwnnw.

'Falle cei di gyfle i edrych arnyn nhw dros y penwthnos.'

'Falle.' Cymerodd Carol y catalogau ond roedd ei meddwl ar y bwyd roedd ganddi ar ôl i'w baratoi. 'Ian, diolch i ti am y rhain, ond ma' hi braidd yn lletchwith …'

'Ma' hwn yn gwynto'n dda,' meddai James, gan gerdded at y ffwrn.

Cerddodd Carol yn araf am yr ystafell fyw gan obeithio y byddai Ian James yn ei dilyn, ond wrth iddi gerdded heibio iddo, cydiodd James yng ngarddwrn ei llaw dde a'i thynnu tuag ato.

'Paid!' gwaeddodd Carol, gan ollwng y catalogau i'r llawr.

'Pam? Be sy'n bod?' gofynnodd James, yn ei dal yn dynn.

'Gad fynd!' gorchmynnodd Carol.

'Ro'n i'n disgwl gwell croeso na hyn,' meddai James, gan wasgu ei garddwrn yn dynnach a cheisio troi ei braich y tu ôl i'w chefn.

'Wel ro't ti'n anghywir,' meddai Carol, gan wingo a cheisio tynnu ei braich yn rhydd. Ond roedd gafael James yn llawer rhy gadarn.

'Pam wyt ti'n ymddwyn mor styfnig, Carol? Ro'dd rhai o'r dynion yn y cantîn yn canmol dy barodrwydd.'

Cododd Carol ei llaw chwith a'i hanelu at ei wyneb. Ond roedd James yn disgwyl hynny. Daliodd ei llaw a throi Carol nes bod ei chefn tuag ato a'u breichiau wedi eu caethiwo rhyngddynt. Tynnodd James Carol yn glòs at ei gorff a phwyso'i foch ar ochr ei phen, ffrâm ei sbectol yn crafu ei harlais, a sibrwd, 'Beth wyt ti'n weud? Noson dawel, dim ond ti a fi. Ma'n siŵr bod digon o fwyd i ddau fan hyn.'

'Gad fynd, Ian!' gorchmynnodd Carol unwaith eto.

Gwenodd James a gofyn, 'Be sy'n bod arnot ti? Paid gweud nad wyt ti wedi bod yn meddwl amdana i, yn breuddwydio am hyn. Beth am yr holl adege 'ny pan nad o't ti'n gallu cadw draw oddi wrtha i? Byth a beunydd yn gofyn fy nghyngor ynglŷn â chyfrifiaduron; yr holl help dwi wedi bod i ti gyda dy waith. Bydden i'n disgwl i ti fod yn fwy diolchgar na hyn.'

'Os na ollyngi di fi a gadel, fe …'

'Carol, Carol, pam wyt ti'n 'y mygwth i?' gofynnodd James mewn llais tawel, tyner. 'Ro'n i'n meddwl ein bod ni'n ffrindie. Ein bod ni'n deall ein gilydd.'

Gwingodd Carol unwaith eto ond doedd gafael James yn llacio dim. Daliai'n dynn yn ei breichiau a sibrwd yn gyfoglyd yn ei chlust. Caeodd Carol ei lais allan; doedd hyn yn ddim gwahanol i helyntion nos Sadwrn ac roedd hi wedi cael ei hyfforddi i ddelio â'r rheini. Anadlodd yn ddwfn a chicio Ian James ar grimog ei goes dde â'i sawdl.

'*Bitch*!' gwaeddodd James. Cododd Carol ei throed i'w gicio eto ond gwthiodd James ei breichiau yn uwch i fyny ei chefn ac roedd y poen yn ormod iddi ei ddioddef. Roedd yntau hefyd wedi derbyn yr un hyfforddiant.

'Ma'n rhaid i ti ddysgu sut i ymddwyn yn iawn,' meddai, a'i lais yn galetach, yn fwy bygythiol. 'Ddylet ti ddim twyllo dynion, esgus bod yn gyfeillgar gyda nhw ac yna troi yn 'u herbyn yr eiliad ma'n nhw'n teimlo trueni drosot ti. Be sy'n bod arnot ti?'

'Gad fi fynd!'

'Paid meddwl 'mod i yma o ddewis; trio dy helpu, cymryd trueni arnot ti ydw i, 'na i gyd.'

'Gad fynd!'

'Bydden i wrth 'y modd yn dy adel di i fynd, Carol, ond ar ôl yr hyn dwi wedi'i ddysgu heno, dwi ddim yn gwbod os alla i dy drystio di. Wyt ti'n meddwl y galla i dy drystio di i weud y gwir am be sy wedi digwydd fan hyn?'

'Gad fi fynd neu ...'

'Dyna ti 'to! Yn 'y mygwth i. Pam wyt ti'n 'y mygwth i, Carol? Wyt ti'n gweld nawr pam na alla i dy drystio di?'

'Gad fi fynd!'

'Byddi di'n siŵr o drio troi popeth a rhoi'r bai arna i am y ffordd rwyt ti wedi ymddwyn. Ond wedyn, pwy sy'n mynd i dy gredu di – rhywun gyda dy hanes di? Wyt ti'n gwbod beth ma'n nhw'n dweud amdanat ti yn y cantîn, on'd wyt ti?'

'Gad fynd!'

'"Carol Bennett, mynd fel fferet''. Rwyt *ti'n* gwbod 'ny; ma' *pawb* yn gwbod 'ny, a dyna pam nad o's dim yn mynd i ddigwydd pan adawa i ti fynd. Do's dim yn mynd i ddigwydd, o's e, Carol. O's e? Ti'n gwbod 'ny, on'd wyt ti? On'd wyt ti?' Ac fe wasgodd ei breichiau ychydig yn uwch eto.

'Gad …' Ymdrechodd Carol i'w herio ond roedd y poen yn ormod.

'Â phleser,' meddai James, gan ei gwthio oddi wrtho.

Trawodd Carol yn erbyn y bwrdd bychan a disgynnodd rhai o gynhwysion y swper i'r llawr. Roedd ei breichiau a'i gwar yn brifo ond gwrthododd ildio i'r poen ond yn hytrach ei gyfeirio yn ei dicter at Ian James.

'Cer mas!' gwaeddodd arno.

'Paid poeni, dwi'n mynd.'

'Mas!' A gwthiodd Carol ef yn ei gefn wrth iddo adael y gegin.

'Hei!' Trodd James, ei law yn barod i'w tharo. Cododd Carol ei braich i'w hamddiffyn ei hun.

Gwenodd Ian James. 'Ma' 'da ti broblem, ti'n gwbod 'ny, on'd wyt ti? Dwi'n ddigon parod i dy helpu di os wyt ti moyn. Wyt ti moyn i fi dy helpu di?'

'Cer mas, Ian,' meddai Carol, a'i llais, er yn ddig, yn dawelach.

Syllodd James arni am rai eiliadau cyn croesi'r ystafell fyw tuag at ddrws y fflat.

'Camgymeriad o'dd hyn, Carol; dy gamgymeriad di,' meddai gan agor y drws. 'Dwi'n gobeithio na nei di gamgymeriad arall.'

Atseiniodd clep y drws drwy'r fflat wrth i Ian James adael. A gyda'r glep a'r rhyddhad o'i weld yn mynd diflannodd holl nerth Carol y bu ei thymer yn ei gynnal. Trodd ei choesau'n ddŵr, a disgynnodd yn swp ar ei phenliniau ar ganol y llawr. Ond gyda'r gollyngdod ni ddaeth y dagrau y bu'n eu hofni; roedd y rheini i gyd wedi eu gollwng dros Judith Watkins, a doedd ganddi ddim ar ôl ar ei chyfer ei hun.

Clywodd y sosban yn berwi unwaith eto yn y gegin. Bydd Glyn yma nawr, meddai wrthi ei hun, a stryffaglodd i godi a cherdded yn simsan i'r gegin.

'Bydd Glyn yma nawr,' meddai eto, yn uchel y tro hwn wrth iddi dynnu'r sosban yn ôl o'r fflam. Bydd Glyn yma nawr. Dyna'r cyfan a âi drwy ei meddwl. Nid Ian James a'r ymosodiad roedd hi newydd ei ddioddef. Edrycha ymlaen ac nid yn ôl, dyna ddywedodd y cynghorydd wrthi pan fynnai ail-fyw darganfod corff Judith Watkins. Rwyt ti wedi galaru amdani, nawr mae'n amser i ti feddwl amdanat ti dy hun. Edrycha ymlaen ac nid yn ôl.

Bu'n anodd, yn amhosibl ar y dechrau, ond yn raddol, o awr i awr ac o ddydd i ddydd, roedd Carol wedi llwyddo i osod ei meddwl ar yfory a'r pethau oedd i ddod. A dyna a geisiai ei wneud yn awr. Meddyliai am Glyn wrth iddi orffen paratoi'r bwyd a'i roi i goginio; wrth iddi ymolchi a newid; wrth iddi osod y bwrdd; wrth iddi gerdded at y drws a'i agor pan adnabu ei gerddediad ar y grisiau, ac wrth iddi ei gusanu.

'Hei,' meddai Glyn, pan dynnodd Carol ei breichiau oddi am ei wddf. 'Fe ddweden i dy fod ti'n falch o 'ngweld i.'

'Wrth gwrs 'mod i'n falch o dy weld di. Dwi ddim yn ca'l dy weld di mor amal â hynny felly dwi'n achub ar bob cyfle.'

Pylodd ychydig o'r wên ar wyneb Glyn a thynnodd ei hun yn rhydd o'i gafael.

'Hei, ti wedi bod yn brysur,' meddai gan gerdded i'r gegin.

Arhosodd Carol yn ei hunfan am eiliad neu ddwy cyn ei ddilyn. Roedd wedi tynnu siaced ei siwt lwyd golau a'i rhoi ar gefn un o'r cadeiriau. Pwysai dros y ffwrn yn dyfal godi caeadau'r sosbenni. Gwelai Carol gorun ei ben, lle'r oedd ei wallt yn denau, yn glir yng ngolau llachar yr ystafell. Cnodd ei thafod rhag dweud dim gan ei fod ef yn poeni'n arw y byddai'n hollol foel cyn y byddai'n ddeugain oed. Roedd ganddo saith mlynedd cyn hynny ond roedd eisoes yn gwneud pob peth posib i'w gadw'i hun rhag heneiddio. Gwyliai beth a faint roedd yn ei fwyta, a threuliai dair awr ddwywaith yr wythnos yn y ganolfan hamdden yn hanner ei ladd ei hun er mwyn cadw'n heini.

'Faint o halen roist ti ar y ffa?'

'Bla'n llwy; dim ond digon i dynnu'r blas allan,' meddai Carol yn amddiffynnol.

'Hym,' meddai Glyn yn amheus.

Arbenigai cwmni arlwyaeth Sheila, ei wraig, mewn prydau iach, bychain a drud ar gyfer gwŷr busnes; byd a oedd gyfandir i ffwrdd o'r hyn roedd Carol yn gyfarwydd â'i fwyta yng nghantîn yr orsaf. Fe wnâi ei gorau ar gyfer Glyn, ond roedd ei gael yn pori ac yn pigo fel hyn yn union fel pe bai Sheila ei hun yno'n beirniadu ei hymdrechion, a gwnâi iddi deimlo'n anghysurus.

Cerddodd Carol at y ffwrn a gwthio'r gadair a chot Glyn arni i mewn o dan y bwrdd. Teimlodd y ffôn symudol yn un o'r pocedi yn taro yn erbyn ei choes. Cyfaill y gŵr anffyddlon, meddyliodd, gan blygu ac agor y popty i weld a oedd y pysgod yn barod.

'Ble ma' Sheila'n meddwl wyt ti heno?' gofynnodd Carol er ei gwaethaf.

Rhoddodd Glyn gaead y sosban yn ôl ac estyn am y lliain i sychu ei ddwylo cyn ateb.

'Ym Mryste. Ro'dd 'da fi gyfarfod yng Nghaerdydd brynhawn 'ma, a dwedes i wrthi fod yn rhaid i fi daro draw i'r swyddfa ym Mryste wedyn.'

'Os wyt ti ym Mryste heno, pam ma'n rhaid i ti adel mor gynnar fory?'

'Ma' un o'r merched yn mynd i ffwrdd am drip gyda'r Brownies am wyth bore fory, a dwi am fod 'nôl cyn iddi fynd.'

'O.'

'Ble gest ti'r rhain?'

'Beth?' gofynnodd Carol, gan gau'r popty a chodi. Daliai Glyn gatalogau cyfrifiadurol Ian James yn ei ddwylo.

'Rhywun yn y stesion,' meddai Carol, gan dynnu'r botel win o'r oergell.

'Wyt ti'n ystyried prynu un?'

'Nagw.'

'Call iawn. Dere, agora i honna i ti.'

Ufuddhaodd Carol ac estyn y botel iddo.

Eisteddai Susan Richards yn ddisgwylgar, ond ymhell o fod yn amyneddgar, yn ei fflat. Llifai goleuadau'r stryd yn batrymau carpiog, lliwgar, drwy'r llenni agored. Dyna'r unig olau yn yr ystafell. Bu'n eistedd yn y tywyllwch yn magu gwydraid o fodca ers, ers ... edrychodd ar ei horiawr a cheisio gweithio allan ers pryd y bu'n eistedd yno. Cododd a cherdded at y bwrdd i lenwi'i gwydr. Trodd Calan ei phen i syllu arni. Ceisiodd Susan gofio ai'r trydydd neu'r pedwerydd gwydraid oedd hwn. Daliodd y botel i fyny i weld faint oedd ar ôl ynddi ond nid oedd damaid callach. Cododd ei hysgwyddau ac arllwys mesur mawr, haeddiannol, arall.

Dychwelodd i'w chadair, eistedd ac edrych unwaith eto ar ei horiawr. Yfodd ychydig o'r ddiod, pwyso'i phen yn ôl ar gefn y gadair a chau ei llygaid. Yn ystod yr wythnosau diwethaf roedd hi wedi dod ar draws nifer o erthyglau mewn cylchgronau a phapurau newydd am brofiadau merched eraill a gâi eu stelcio. Cofiai iddi ddarllen erthyglau tebyg cyn i'w hunllef ei hun ddechrau, ond bryd hynny doedden nhw'n golygu dim iddi; doedden nhw'n ddim mwy na'r rhelyw o erthyglau am argyfyngau bywyd a frithai'r cylchgronau; erthyglau a ddarllenai ac a anghofiai bron yn syth heb feddwl eto am y niwed roedd y profiad wedi'i wneud i fywydau pobl. Ond roedd popeth mor wahanol nawr; iddi hi ac nid i rywun dienw, diwyneb, roedd hyn yn digwydd. Ei hunanhyder hi oedd yn deilchion, ei bywyd hi oedd ar chwâl, yn methu meddwl ymhellach na'r alwad ffôn nesaf.

Ond roedd amheuon eraill yn ei phoeni hefyd. Roedd hi'n byw yn nhir neb; wedi ei dal rhwng gobaith ac arswyd. Gwyddai ei bod wedi gwneud y peth iawn drwy fynd at yr heddlu; bydden nhw'n gallu ei ddal y tro nesaf y byddai'n ffonio. Dyna'i gobaith, ei hunig obaith. Ond beth petai'r stelciwr yn dod i wybod am hyn? Beth wnâi ef wedyn? Beth sy'n achosi i obsesiwn droi'n drais fel yr oedd cymaint o'r erthyglau wedi'i ddisgrifio? A dyna oedd ei harswyd.

Yfodd Susan gynnwys y gwydr ar ei ben a chodi i'w lenwi unwaith yn rhagor. Cerddodd yn araf a simsan at y bwrdd yn ymyl y wal. Tynnodd gaead y botel ac arllwys y fodca heb feddwl dwywaith.

Canodd y ffôn.

Trodd Susan mewn braw gan lusgo'r gwydr oddi ar y bwrdd.

Disgynnodd y gwydr i'r llawr.

Canodd y ffôn. Syllodd Susan arno, ei meddwl wedi rhewi.

Canodd y ffôn.

Roedd yma berygl, ond ni wyddai beth ddylai ei wneud. Meddylia! meddai, gan geisio'i hystwyrian ei hun.

Canodd y ffôn.

Meddylia! Mae'n rhaid i ti ateb i roi cyfle i'r heddlu ei ddal. Ond âi ysgryd drwyddi wrth feddwl am godi'r ffôn ac yntau ar y pen arall.

Canodd y ffôn.

Ateb! gorchmynnodd ei hun. Ateb! Dyma'r alwad fydd yn dod â'r cyfan i ben.

Canodd y ffôn. Estynnodd Susan amdano.

Cododd y derbynnydd yn araf at ei chlust.

Paid! Paid!

Mae'n rhaid.

Paid!

Be sy gen ti i'w golli?

Popeth.

Dim.

'Helô, Susi.'

Dihunodd Carol yn sydyn, yn meddwl am Susan Richards. Ochneidiodd a throi ar ei hochr. Cysgai Glyn yn ei hymyl, ei wallt tywyll yn gorwedd yn flêr ar draws ei wyneb, a'i geg yn agored. Daliai ei wynt yng nghefn ei wddf pan anadlai, gan beri iddo rochian yn ysgafn. Edrychodd Carol heibio iddo at y cloc trydan yn ymyl y gwely. Roedd hi bron yn hanner awr wedi tri; dwyawr arall ac fe fyddai'r cloc larwm yn canu a Glyn yn dechrau'i ffordd yn ôl at Sheila. Dwyawr arall ac fe fyddai Carol ar ei phen ei hun unwaith eto. Meddyliodd am Susan Richards ar ei phen ei hun yn y fflat. Sut gallai Susan gysgu yn gwybod bod yna rywun yn ei gwylio, yn ei dilyn? O leiaf gwyddai Carol pwy oedd yn chwarae â'i bywyd hi; gwelai ei wên galed a theimlai ei law yn dynn am ei braich.

Griddfanodd Glyn a chodi ei fraich uwch ei ben. Edrychodd Carol arno yn hanner disgwyl, hanner gobeithio, y byddai'n dihuno. Tybed a fyddai'n cysgu mor drwm pe bai'n gwybod am ymweliad Ian James?

Trodd Carol ar ei hochr i ffwrdd oddi wrth Glyn. Roedd hi'n gwbl effro nawr ac effaith y gwin a yfodd cyn dod i'r gwely wedi gwanhau. Sut ar y ddaear roedd hi wedi'i chael ei hun yn y fath sefyllfa? A oedd hi wedi bod yn rhy gyfeillgar ag Ian James, ac yntau wedi camgymryd ei chyfeillgarwch am rywbeth mwy? A oedd hi wedi ei gamarwain, heb yn wybod iddi? Neu a oedd hi bellach yn amhosibl iddi hi – yn amhosibl i unrhyw ferch – fod yn gyfeillgar â dynion heb iddyn nhw gamddeall? Ai arni hi oedd y bai? Roedd hi wedi arfer beio'i gwaith am ei methiant i gynnal perthynas, ond beth os mai arni hi ac nid ar y gwaith oedd y bai?

Na, nid oedd hi'n mynd i dderbyn y bai am ymddygiad Ian James. Gwaith tîm oedd gwaith yr heddlu, ac os nad oedd hi'n gyfeillgar â'i chyd-weithwyr ni allai wneud ei gwaith yn iawn. Nid oedd yn meddwl iddi fod damaid yn fwy cyfeillgar ag Ian James nag yr oedd hi gyda Gareth Lloyd, Clem Owen neu hyd yn oed Eifion Rowlands, ac os mai hi oedd ar fai, pam na fydden nhw wedi ymddwyn fel Ian James? Gwenodd Carol wrth iddi feddwl am Clem Owen, ond ciliodd ei gwên wrth iddi gofio am Susan Richards.

Ai dyna oedd y tu ôl i'r stelcian? Bod Susan wedi rhoi'r argraff anghywir i rywun a hwnnw'n ei dilyn byth oddi ar hynny? A Lisa Thomas? Beth amdani hi? Rhyw ddyn yn methu derbyn cael ei wrthod, ac yn newid yn llwyr fel roedd Ian James wedi gwneud? Troi'n gas am na allai ei ego a'i hunanhyder dderbyn gwrthodiad. Trodd Ian James yn fygythiol iawn pan wrthododd Carol dderbyn y rhan yr oedd ef wedi ei pharatoi ar ei chyfer. Ai dyna oedd wedi digwydd i Lisa Thomas – meddwl ei bod wedi dianc o berthynas ddinistriol a'i chael ei hun mewn perthynas arall a oedd yr un mor ddinistriol?

A beth am ei pherthynas hi a Glyn? Pa effaith oedd hyn yn mynd i'w chael arni? Hyd yn oed pe bai hi wedi dweud wrtho am Ian James, beth, mewn gwirionedd, y gallai ef ei wneud? Nid oedd am i'r cyfan droi'n rhyw ffrwgwd nos Sadwrn gyda Glyn ac Ian yn dyrnu'i gilydd. Roedd yna ffyrdd eraill o ddelio â hyn. Ffyrdd a fyddai'n rhoi diwedd ar Ian James a'i debyg.

Bu Carol yn troi a throsi rhwng cwsg ag effro weddill y nos, ac roedd wedi codi a pharatoi brecwast i Glyn ymhell cyn i'r cloc larwm ei ddeffro.

'Pwy wedodd 'ny?' gofynnodd yr heddwas cyntaf heb dynnu ei lygaid oddi ar y car a yrrai heibio iddynt ar y draffordd.

'Clywed Berwyn Jenkins yn siarad 'nes i,' meddai'r ail heddwas, gan gynnau sigarét.

'Paid credu popeth ma' fe'n weud,' meddai'r cyntaf, ar ôl gwneud yn siŵr nad y car oedd newydd basio oedd yr un roedden nhw'n disgwyl amdano. 'Dyw e ddim yn gwbod cymaint ag y mae e'n 'i feddwl.'

'Dwi ddim yn gweud 'mod i'n 'i gredu fe,' meddai'r llall yn bigog. 'Dim ond gweud beth wedodd e dw i.'

'Shwt all Berwyn fod mor siŵr 'u bod nhw'n mynd i ga'l Ken Roberts yn ddieuog? Dyw'r ymchwiliad ddim wedi gorffen eto, odi fe?'

Pasiodd car arall a chraffodd y ddau heddwas ar y rhif.

'Odi fe?' mynnodd.

'Nagyw,' meddai ei gyfaill, gan chwythu mwg ei sigarét drwy'r fodfedd o'r ffenest oedd ar agor. 'Ond os cawn nhw fe'n euog, bydd hi'n dipyn o ergyd i Clem Owen.'

'Ergyd a hanner,' cytunodd y llall. 'Ond ma'r CID wastad wedi bod yn ddeddf i'w hunain. Falle'i bod hi'n hen bryd iddyn nhw ga'l 'u tynnu lawr i'r ddaear.'

'Sawl gwaith ma' dy gais di am symud i'r CID wedi ca'l 'i wrthod?'

'Do's 'da hynny ddim i' neud ag e.'

'Nago's, wrth gwrs.'

'Os wyt …'

'Aros funud; beth yw hwn?'

196

Trodd y ddau i gyfeiriad y goleuadau a ruthrai tuag atynt ar hyd y draffordd.

'Hwnna yw e.'

'Wyt ti'n siŵr?'

Anwybyddodd y gyrrwr gwestiwn ei gyfaill a llywio'r car allan i'r draffordd.

'Wel, ma'n dda 'da fi'ch gweld chi i gyd yma'n brydlon,' meddai Clem Owen, gan edrych o gwmpas y criw bychan a oedd wedi ymgynnull yn ei ystafell. 'Falle y bydde hi wedi bod yn syniad petai ambell un ohonoch chi wedi ca'l noson dda o gwsg neithiwr, gan fod 'na ddiwrnod hir a chaled o'n bla'n, ni, ond pwy ydw i i fusnesa yn eich bywyde preifat?'

Symudodd Carol Bennett yn anghyfforddus yn ei chadair, yn siŵr mai ati hi roedd Owen yn cyfeirio, ond pan welodd Dditectif Gwnstabl Wyn Collins hefyd yn edrych yn euog ac yn ymladd i gadw'i lygaid ar agor, teimlodd fymryn yn well.

'A thra o'dd rhai ohonoch chi'n mwynhau eich hunain neithiwr,' aeth y prif arolygydd yn ei flaen, 'ro'dd Gareth a finne wrthi'n cwblhau'r trefniade ar gyfer ail-greu'r hyn ddigwyddodd nos Fercher dwetha yn Marine Coast, yn y ddawns fydd yn ca'l 'i chynnal yno heno.'

Gwingodd Carol unwaith eto wrth iddi sylweddoli pa mor hir a chaled yn wir y byddai'r diwrnod.

'Carol!' meddai Clem Owen, gan wneud iddi deimlo'n fwy euog a lletchwith. 'Cyn i ni sôn am heno, beth am i ti weud wrthon ni am dy ymweliad â Rhydaman ddoe?'

'Michael Young,' meddai Carol, gan ei thynnu ei hun i fyny yn ei chadair, agor ei llyfr nodiadau a rhoi trefn ar ei meddyliau. Nid oedd hi wedi cael cyfle i ysgrifennu ei hadroddiad eto. Roedd meddwl am wneud hynny'n ei hatgoffa o Ian James a'i gynghorion. 'Michael Young yw enw'r dyn ro'dd Lisa Thomas yn byw gydag e tan fis Gorffennaf eleni, ac yn ôl Marian Williams, perchennog y siop lle'r o'dd Lisa'n gweithio, ro'dd Lisa'n ca'l amser caled iawn gydag e. Yn ôl pob golwg, Lisa o'dd yn 'i

198

gadw fe. Ar wahân i ryw drwsio a gwerthu hen geir, dyw Young yn neud dim. Yn ôl Marian Williams ...'

'Mecanic yw e?' gofynnodd Owen ar ei thraws.

'Dwi ddim yn gwbod faint o fecanic yw e, ond trwsio car o'dd e pan alwes i i'w weld e ddoe.'

'Iawn,' meddai Owen, gan giledrych ar Gareth Lloyd. 'Cer mla'n.'

'Em ...' meddai Carol, gan geisio hel ei meddyliau ynghyd unwaith eto. 'O, ie, Lisa o'dd yn 'i gadw fe, ond yn ôl Marian Williams, ro'dd hi wedi blino neud 'ny, a dyna pam, yng Ngorffennaf eleni, y gadawodd hi a chymryd pedwar cant a hanner o bunne ro'dd rhywun wedi'u talu iddo fe am gar.'

'Odi hynny'n ddigon o reswm dros 'i llofruddio?' gofynnodd Gareth Lloyd.

'Ro'dd e wedi bygwth 'i' lladd hi.'

'O'dd e?'

'A sawl tyst wedi'i glywed e'n neud 'ny.'

'Ond?' meddai Owen, yn gwybod bod pethau'n mynd yn rhy rwydd.

'Ond ma' gyda Young, a Ceri Morgan, y ferch ma' fe'n byw gyda hi nawr, dystion i ble'r oedden nhw ar nos Fercher o ryw hanner awr wedi saith tan rwbeth wedi un ar ddeg.'

'Ond ma'n bosib gyrru o Rydaman mewn llai na awr a hanner, yn enwedig yr amser 'ny o'r nos pan ma' llai o drafnidiaeth ar y ffordd,' meddai Clem Owen.

'Odi,' meddai Carol. 'Ond os o's 'da Michael Young rwbeth i'w neud â llofruddiaeth Lisa Thomas, dwi'n ofni y bydd yn rhaid i ni ga'l tystiolaeth fforensig i brofi hynny gan fod gydag e dystion.'

'Iawn,' meddai Owen, gan godi ffeil oddi ar y ddesg. 'Gan iti sôn am dystiolaeth fforensig, ma'r adroddiad rhagarweiniol ar Lisa Thomas wedi cyrra'dd ac ma'n nhw wedi addo'r adroddiad terfynol i ni cyn diwedd y prynhawn, felly peidiwch meddwl mai chi yw'r unig rai sy'n gorfod gweithio heddi.'

Agorodd Clem y ffeil a thynnu allan yr ychydig dudalennau oedd ynddi. 'Yn ôl yr Athro Anderson, do's dim amheuaeth nad yr ergydion i'w phen achosodd farwolaeth Lisa Thomas. Ma' fe'n amcangyfri 'i bod hi wedi ca'l 'i tharo ar 'i phen rywle rhwng ugain a deg ar hugain o weithie. Ma' 'na hefyd ddwsin o gleisie ar 'i breichiau sy'n arwydd bod Lisa wedi trio'i hamddiffyn 'i hun. Ma'r Athro Anderson yn dweud bod Lisa Thomas wedi ca'l cyfathrach rywiol cyn iddi farw ond dyw e ddim yn credu iddi ga'l 'i threisio. Ond o ganlyniad i'r gyfathrach, ma'r bois fforensig wedi darganfod blew'r arffed ar 'i chorff. Ma'n nhw'n mynd i gynnal arbrofion DNA ar y rheini, felly bydd gyda ni rwbeth arall i'w ddefnyddio pan fyddwn ni'n penderfynu arestio rhywun.'

Cododd y prif arolygydd ei ben ac edrych o'i gwmpas i wneud yn siŵr fod pawb yn talu sylw.

'Rhwbeth i'r dyfodol yw hynny, ond os allwn ni ddychwelyd at yr hyn sy gyda ni am y tro: yr ergydion i'w phen,' meddai gan fwrw ymlaen. 'Yn ôl Anderson, rhwbeth trwm, cul a glân o'dd yr arf, ac mae e'n awgrymu, o brofiad, falle mai sbaner hir, rhwng naw modfedd a throedfedd o hyd ga'th 'i ddefnyddio. I fi, galle hynny olygu'r math o sbaner fydde mecanic yn 'i ddefnyddio.'

'Michael Young,' meddai Carol ar ei draws.

'Yn hollol!' cytunodd Clem Owen a oedd wedi hen wneud y cysylltiad. 'Ro't ti'n sôn am yr angen am dystiolaeth fforensig; wel, falle fod gyda ni'r union beth.'

'Ma'r gwaith o gribinio Coed y Gaer bron â'i gwblhau, ond hyd yn hyn dy'n ni ddim wedi dod ar draws arf o unrhyw fath,' meddai Gareth Lloyd. 'Felly ma' dod o hyd i hwnnw'n dal yn flaenoriaeth gan y galle fe'n harwain ni'n syth at y llofrudd.'

'Ma' fe'n hollbwysig,' ategodd Clem Owen. 'Ma' Anderson hefyd yn gweud bod yr anafiade i Lisa yn rhai gwaedlyd iawn, a'i bod hi'n siŵr o fod wedi colli tipyn o wa'd ble bynnag y ca'th hi 'i lladd. Nawr, do's 'na ddim ôl gwa'd o gwbwl yng Nghoed y Gaer, felly ma' hi'n weddol amlwg iddi ga'l 'i symud i fan'ny ar ôl iddi ga'l 'i lladd.'

'Beth am y sawl laddodd Lisa?' gofynnodd Carol. 'A fydde gwa'd arnyn nhw hefyd?'

'Ma'r Athro Anderson yn gweud yn bendant y bydde 'na wa'd ar 'u dillad nhw. Falle'i bod hi'n ormod i' ddisgwl i'r dillad na'r sbaner 'na fod gyda Michael Young o hyd, os mai fe yw'r llofrudd – ond falle fod rhai o'i hoff ddillad wedi diflannu, neu fod 'i gasgliad o offer un sbaner mawr rhwng naw modfedd a throedfedd o hyd yn brin. Iawn?'

Nodiodd Carol. Roedd hi'n gwbl effro nawr ac yn deall teithi meddwl ei phennaeth. 'Odych chi am i fi fynd 'nôl i Rydaman?'

'Odw, dwi'n mynd i ga'l gwarant fel y gallwn ni archwilio tŷ Michael Young heddi. Ma' gyda ti syniad nawr am yr hyn ry'n ni'n chwilio amdano.'

'Ma' dillad isa Lisa a'i sgidie hefyd yn dal ar goll,' meddai Gareth.

'Bydd rhaid mynd trwy ddillad a sgidie cariad newydd Young,' meddai Owen. 'Wrth gwrs, ma'n bosib bod dy alwad ddoe wedi'i rybuddio fe a'i fod e wedi ca'l gwared ag unrhyw dystiolaeth erbyn hyn. Ond ta waeth am hynny, dwi'n mynd i ofyn i blismyn Rhydaman gadw llygad arno fe nes y cyrhaeddi di gyda'r warant. Dwi hefyd am ga'l llun o Michael Young fel y gallwn ni 'i ddangos i'r bobol fydd yn Marine Coast heno. Ac ma' hwnna,' meddai Clem Owen, gan roi'r adroddiad fforensig yn ôl yn y ffeil a'i chau cyn estyn am ffeil arall, 'yn ein harwain ni'n dwt at yr ail-greu. Gareth, ti sy wedi bod yn neud y paratoade ar gyfer hwnnw.'

'Nos Fercher nesa fydde'r adeg ddelfrydol i ni ail-greu'r digwyddiad,' meddai Gareth Lloyd, 'ond gan fod 'na ddawns 'na heno, ma'n gyfle rhy dda i ni'i golli. Ac fe allwn ni gynnal un arall nos Fercher nesa os na fydd heno'n llwyddiannus. Dwi wedi cysylltu â pherchennog Marine Coast ac ma' popeth yn iawn ar 'i ochor e. Ry'n ni wedi rhyddhau datganiad i'r wasg ynglŷn â'r ail-greu – a dwi wedi ca'l galwad gan ambell i ohebydd yn barod. Gobeithio fydd 'na ddim gormod o'r rheini i amharu ar y gwaith paratoi. Eifion, shwd ymateb gest ti gyda'r bobol o'dd 'na nos Fercher?'

Siglodd Eifion ei ben. Roedd clywed Gareth Lloyd yn dweud ei fod wedi bod yn siarad â Richie Ryan yn crafu ychydig ar ei deimladau; ei diriogaeth ef oedd gwersyll gwyliau Marine Coast. 'Siomedig, dwi'n ofni. Dangoses i'r llun iddyn nhw ond do'dd yr un ohonyn nhw'n 'i chofio hi.'

'Trueni,' meddai Clem Owen. 'Dwi am i ti gysylltu â nhw i gyd a'u gwahodd nhw i ddod i Marine Coast heno. Ma' Lunwen Thomas yn mynd i gymryd rhan Lisa a falle y bydd ei gweld hi unwaith eto, fel petai, yn ennyn mwy o ymateb nag edrych ar lun. Carol, cyn iti fynd 'nôl i Rydaman, dwi am i ti fynd â Lunwen gyda ti i ga'l gair 'da'r merched o'dd yn rhannu fflat gyda Lisa er mwyn iddyn nhw allu dilyn yr un amserlen heno ag y gnethon nhw nos Fercher.'

'Iawn.'

'A tra byddi di'n siarad â'r merched, gofynna iddyn nhw ble'r o'dd Lisa wedi bod yn gweithio ers iddi gyrra'dd o Rydaman,' meddai Gareth.

'O, ie,' meddai'r prif arolygydd, gan dorri ar draws Gareth yn ei frwdfrydedd. 'Dyna rwbeth arall fuodd

Gareth a finne'n gweithio arno neithiwr. Ry'n ni nawr yn gwbod rhywfaint o'i hanes cyn iddi ddod 'ma i fyw, ond dy'n ni'n dal ddim yn gwbod 'i hanes i gyd rhwng hynny a phan ga'th hi'i lladd. Ro'dd hi fod i ddechre swydd newydd ddydd Llun nesa, a go brin fod y pedwar cant a hanner o bunne wedi bod yn ddigon i'w chadw hi yn y cyfamser. Felly dwi ise gwbod lle fuodd hi'n gweithio yn ystod yr wthnose 'ny, ac a o's 'na bobol fan'ny dy'n ni'n gwbod dim byd amdanyn nhw eto, ond alle fod o help i ni. Iawn?'

'Iawn,' meddai Carol gan wneud ychydig o nodiadau yn ei llyfr.

'Iawn,' ailadroddodd Clem Owen gan edrych ar y ddalen o'i flaen. Am y tro cyntaf ym mhrofiad y rhai oedd yn bresennol, roedd y prif arolygydd wedi gwneud nodiadau ar gyfer cyfarfod ac, eto er mawr syndod i'r lleill, roedd yn mynd drwyddynt fesul un. Roedd presenoldeb yr Uwch Arolygydd Tony Stephens wedi gwneud Clem yn benderfynol iawn o ddatrys llofruddiaeth Lisa Thomas, meddyliodd Gareth Lloyd, pan welodd ei bennaeth yn tynnu llinell goch drwy bwynt arall.

'Wyn,' meddai Owen, gan godi ei ben, 'beth am Lôn y Coed? Gest ti ryw oleuni ar y car 'na ro'dd rhai o'r trigolion wedi'i glywed yn orie mân fore Iau?'

'Do,' meddai Collins gan wenu. Ac yna adroddodd hanes Mrs Doreen Moore a'i diffyg cwsg.

''Na i gyd?' gofynnodd Owen yn siomedig.

'Nage. Ches i ddim llawer o hwyl yn holi'r bobol yn y tai ynglŷn â'r car, ond pan o'n i ar fin gadel dyma ferch ysgol, Lowri Davies, yn cerdded lan y ffordd. Ro'dd y bws newydd 'i gollwng hi ar waelod Lôn y Coed. Dechreues i siarad â hi, a, wel, i dorri stori hir yn fyr, hi dda'th adre mewn tacsi am chwarter i dri fore Iau.'

'Dim ond hi?' gofynnodd Owen.

'Ie.'

'Merch ysgol, wedest ti. Beth yw 'i hoedran hi?'

'Pymtheg o'd.'

'Ac ro'dd 'i rhieni'n fodlon iddi fod mas tan yr amser 'ny?'

'Do'dd 'i rhieni ddim yn gwbod 'i bod hi mas.'

'O?'

'Ro'dd hi wedi mynd i'r gwely ac yna codi am chwarter wedi un ar ddeg a mynd mas.'

'Heb i'w rhieni wbod?'

Nodiodd Wyn Collins. 'Yn ôl Lowri, ma'i rhieni'n mynd i'r gwely bob nos am hanner awr wedi deg, ac yn cysgu fel daear erbyn un ar ddeg.'

'I ble'r a'th hi?'

'I gwrdd â'i chariad, Paul Morris, labrwr dwy ar hugain o'd.'

'Ac ro'dd e'n disgwl amdani ar waelod Lôn y Coed?'

'Nago'dd, tacsi o'dd yn 'i disgwyl hi ar waelod Lôn y Coed.'

'A Morris?'

'Na. Lowri o'dd wedi trefnu'r tacsi a thalu amdano.'

'Wyt ti wedi holi Morris?'

'Odw. Yn ôl hwnnw, ma'r ferch yn boen, yn 'i ddilyn i bobman, ac yn neud 'i fywyd yn uffern.'

'Dwi'n siŵr. Rhybuddiest ti fe ynglŷn â'i berthynas â merch bymtheg o'd?'

'Do, ond dwi ddim yn meddwl y ceith hynny ronyn o effaith ar yr un o'r ddau.'

'Na,' meddai Owen, gan godi ei ddwylo mewn anobaith. 'A dyna ddiwedd ar y llwybr 'na.'

'Ie,' cytunodd Collins. 'Oni bai fod 'na fwy nag un car.'

Nodiodd y prif arolygydd. 'Ond ma' 'da ni lwybre er'ill i'w dilyn; Michael Young, er enghraifft. Os cewn ni rywun yn y ddawns heno i weud 'u bod nhw wedi'i weld e yn Marine Coast nos Fercher, byddwn ni 'mhell ar ein ffordd i ddal llofrudd Lisa Thomas.'

Cododd pawb i adael ond oedodd Carol nes mai dim ond hi a Clem Owen oedd ar ôl yn yr ystafell.

'Allen i ga'l gair 'da chi, syr?'

'Rhwbeth arall am Michael Young?' gofynnodd Owen, gan dacluso'r papurau o'i flaen.

'Nage, syr. Rhwbeth mwy personol.'

Cododd Clem Owen ei ben i edrych ar Carol. 'Be sy'n dy boeni?'

'Da'th Sarjant Ian James i'n fflat i neithiwr ac ymosod arna i.'

'Ymosod!'

'Ie.'

'Wyt ti'n …?' dechreuodd Owen. 'Be sy'n bod arna i, wrth gwrs dy fod ti'n siŵr. Uffach, Carol, ma'n ddrwg 'da fi. Wyt ti am neud cwyn swyddogol?'

'Odw.'

Nodiodd Clem Owen. 'Iawn, ti'n gwbod y drefn. Fe ga i air 'da Mr Peters.'

'Iawn, diolch.' Trodd Carol am y drws.

'Wyt ti ise gweud wrtha i beth ddigwyddodd?'

'Ddim cyn i fi neud 'y nghwyn. Dwi'n credu y bydde hynny'n well i'r ddau ohonon ni.'

Nodiodd Owen eto. 'Wyt ti wedi meddwl am yr effaith y bydd hyn yn siŵr o'i cha'l ar dy yrfa?'

'Odw. Dwi'n gwbod be sy wedi digwydd i ferched er'ill sy wedi cwyno am ymddygiad 'u cyd-weithwyr, ond gan nad fi yw'r cynta, fe ddyle pethe fod rywfaint yn haws.'

'Paid bod yn rhy siŵr. Dwi heb glywed be sy 'da James i' weud eto, ac fel pob achos llys, pwyso a mesur y ddwy ochor fydd y panel disgyblu, ac rwyt ti wedi gweld digon o achosion yn ca'l 'u taflu mas o'r llys am na allwn ni 'u profi.'

Ni ddywedodd Carol air. Roedd hi wedi ystyried hyn i gyd yn ystod oriau mân y bore ac nid oedd hi'n mynd i newid ei meddwl nawr.

'Iawn, 'te,' meddai Owen pan oedd y distawrwydd yn ormod iddo. 'Yr unig gyngor alla i'i roi i ti yw i ti gario mla'n â dy waith fel arfer. Cadwa ar ôl Michael Young. Dwi'n weddol siŵr mai fe yw'r llofrudd, a bydde'i ddal e yn bluen yn dy het ac yn cyfri'n gryf mewn unrhyw wrandawiad. Falle nad o's 'da nhw'r syniad lleia am gydraddoldeb, ond ma' nhw *yn* deall llwyddiant.'

Roedd y daith o'r dref i wersyll gwyliau Marine Coast yn un gyfarwydd iawn i Eifion Rowlands erbyn hyn, ac ar ôl heddiw nid oedd yn poeni pe na welai'r lle byth eto. Roedd drws yr adeilad croesawu ar agor a gwelai Eifion Enid y tu ôl i'r cownter yn siarad ar y ffôn. Edrychodd i gyfeiriad Eifion pan gerddodd i mewn i'r swyddfa a chododd ei llygaid tua'r nenfwd.

'Odi, ma'r ddawns yn ca'l 'i chynnal heno,' meddai'n ddiamynedd.

Gwenodd Eifion wên denau arni, ond trodd Enid oddi wrtho.

'Yr un amser ag arfer; hanner awr wedi saith. Wrth gwrs bydd raid i chi dalu. Drychwch, falle'ch bod chi'n meddwl y dylech chi ga'l dod mewn am ddim gan eich bod chi'n cynorthwyo'r heddlu gyda'u hymholiade, ond rhyngthoch chi a nhw ma' hynny. Os y'ch chi'n teimlo'n gryf amdano, ffoniwch nhw yn lle gwastraffu'n amser i.' A rhoddodd y ffôn i lawr.

'Bore da,' meddai Eifion, gan roi ychydig yn rhagor o awyr iach i'r wên denau.

'Chi sy'n gyfrifol am y busnes 'ma heno?' gofynnodd y wraig gan anwybyddu'r cyfarchiad.

'Pam? Be sy'n bod?' Ond roedd ganddo syniad da beth oedd o'i le.

'Dwi ddim wedi neud dim byd drwy'r bore ond ateb galwade naill ai oddi wrth y papure, y teledu a'r radio, neu bobol fel hwnna sy'n meddwl y dylen nhw ga'l mynd mewn i'r ddawns am ddim.'

'Dim byd i' neud â fi,' meddai Eifion, gan godi ei ddwylo'n amddiffynnol. 'Ond os cewch chi alwad arall fel'na gwedwch wrthyn nhw i ffonio Sarjant Gareth Lloyd; fe sy'n delio â hyn.'

'Sarjant Gareth Lloyd,' ailadroddodd Enid gan ysgrifennu'r enw ar y pad ger y ffôn.

'Ie, bydd e'n fwy na balch o glywed oddi wrthyn nhw.'

'Diolch,' meddai Enid, wedi meddalu ychydig.

'Allech chi weud wrtha i ble ga i afel ar Mr Ryan?' gofynnodd Eifion.

'Mae e draw yn y neuadd.'

'Diolch yn fawr,' meddai Eifion gan wenu. 'A chofiwch, Sarjant Gareth Lloyd yw'ch dyn.'

Pan gamodd Eifion allan o'r adeilad, fe welodd Richie Ryan yn cerdded tuag ato o gyfeiriad y neuadd. Cododd Ryan ei law arno ond ni ddychwelodd Eifion y cyfarchiad. Tynnodd becyn sigaréts o'i boced ac aros amdano.

'Mr Rowlands,' meddai Ryan pan oedd ddwylath i ffwrdd.

'Mr Ryan,' meddai Eifion, yn ddigon parod i ymuno yn yr hwyl. Roedd yn debyg bod Ryan wedi'i berswadio'i hun nad oes y fath beth â chyhoeddusrwydd gwael i'w gael.

'Yma i weld shwd ma' pethe'n siapo ar gyfer heno?' gofynnodd y perchennog.

'Yn rhannol.'

'O?' a newidiodd ei osgo.

'Dy'ch chi ddim wedi anghofio bod un o gwsmeriaid nos Fercher yn ystyried dwyn cwyn yn erbyn un o'ch gweithwyr, odych chi?'

'Nadw, ond … wel … wedoch chi y byddech chi'n ca'l gair 'dag e, a falle y gallech chi …' a gadawodd y gobaith heb ei leisio.

'Do, fel rhan o'n hymchwiliad fe ges i air gyda'r achwynydd.'

'A?'

'Fyddwch chi ddim yn clywed mwy am y mater.'

Lledodd y wên ar draws wyneb Richie Ryan unwaith eto. 'Diolch. Diolch yn fawr. Ma' hynna'n rhyddhad. Fe alle'r cyhoeddusrwydd fod wedi ca'l effaith ddrwg iawn arna i.'

'Ond dwi'n ofni na alla i neud dim byd ynglŷn â'r busnes 'ma heno. Ma'n siŵr eich bod chi'n deall bod llofruddiaeth yn fater llawer mwy difrifol.'

'Odw,' meddai Ryan. 'Na, dyw eich cynorthwyo ddim yn taflu unrhyw fath o gysgod dros y gwersyll.'

'Wel, dim ond eich bod chi'n deall,' meddai Eifion, nad oedd yn siŵr a oedd yn deall ymresymiad Ryan.

'O's 'da chi funud?'

'O's,' meddai Eifion, nad oedd mewn unrhyw frys i ddychwelyd i'r orsaf i dreulio oriau'n gwahodd y rhai fu yn y ddawns nos Fercher. Diflannodd Ryan i mewn i'r adeilad croesawu.

Cyneuodd Eifion sigarét arall a'i longyfarch ei hun ar y modd yr oedd wedi trin Ryan. Ei dro ef i ganu cân fach fwyn oedd hi nawr, ac nid oedd Eifion yn credu y câi ei siomi.

Ailymddangosodd Ryan. Cydiodd ym mraich Eifion a'i arwain i ffwrdd o ddrws yr adeilad – ac o lygaid busneslyd Enid, meddyliodd Eifion.

'Am eich sensitifrwydd yn delio â'r sefyllfa,' meddai Ryan, gan dynnu amlen lwyd drwchus allan o'i got a'i hestyn i Eifion.

Cymerodd Eifion yr amlen a'i gwthio'n syth i'w boced heb ddweud gair.

'Peidiwch poeni am heno,' meddai wedyn, gan ddechrau cerdded tuag at ei gar. 'Bydd y cyfan drosodd mewn ychydig orie.'

Rhoddodd Carol y ffôn i lawr. Roedd wedi cwblhau trefniadau'r cyrch ar gartref Michael Young gyda'r Arolygydd Paul Jeffreys yn Rhydaman. Edrychodd ar ei horiawr. Roedd ganddi amserlen gaeth os oedd i gyflawni popeth oedd ar ei phlât. Cydiodd yn ei bag ac anelu am ddrws ei swyddfa. Canodd y ffôn.

'Carol?'

'Susan?'

'Ma' fe wedi ffonio eto.'

'Pryd?'

'Neithiwr.'

'Pam …?' dechreuodd Carol, ond sylweddolodd nad oedd dim i'w ennill o'i dwrdio am beidio â'i ffonio ar unwaith.

'Beth wedodd e?'

'Yr un peth ag arfer.'

'Helô, Sus …?'

'Ie,' meddai Susan ar ei thraws.

'Unrhyw beth arall?'

Os oedd e'n mynd yn fwy beiddgar roedd hynny'n arwydd ei fod yn teimlo'n fwy hyderus, ac nad oedd yn gwybod bod Susan wedi cwyno wrth yr heddlu.

'Do,' ac yna'n syth newidiodd Susan y sgwrs. 'Be dwi'n mynd i' neud?'

'Be wedodd e wrthoch chi? Cymerwch eich amser.'

Gwrandawodd Carol ar y distawrwydd am rai eiliadau eto ac roedd ar fin anobeithio clywed llais Susan pan ddywedodd hi, 'Ro'dd e'n gwbod 'mod i ar fy mhen fy hun ddydd Iau; bod Clare ddim yn y gwaith. Gofynnodd e beth o'n i wedi bod yn 'i neud drwy'r dydd hebddi hi. Beth os yw e'n gwbod 'mod i wedi gweud wrthoch chi amdano fe?'

'Wedodd e 'i fod e'n gwbod?'

'Naddo …'

'Peidiwch meddwl hynny, 'te. Mae e'n gwbod tipyn amdanoch chi, Susan; mae e wedi bod yn eich dilyn chi ers wthnose, ond dyw e ddim yn gwbod popeth amdanoch chi. Dyw e ddim yn hollwybodus, a pheidiwch chi â'i neud e'n hollwybodus. Mae e am i chi gredu hynny, ond peidiwch chi ag ildio modfedd iddo.'

'Ond beth os yw e'n gwbod?'

'Dyw e ddim yn gwbod, Susan. Credwch fi. Dyw e ddim yn gwbod. Iawn?'

'Iawn.' Yn dawel ac yn gyndyn.

'Siaradodd e fwy y tro 'ma nag erio'd.'

'Do.'

'O'dd 'na rwbeth yn gyfarwydd ynglŷn â'i lais?'

'Nago'dd.'

'Odych chi'n siŵr?'

'Dwi wedi mynd dros yr hyn wedodd e dro ar ôl tro. Dwi'n clywed 'i lais yn dweud y geirie … ond dwi ddim yn 'i nabod e. Dwi ddim!'

'Iawn, Susan. Dwi'n mynd i gysylltu â BT nawr i weld pwy ffoniodd chi. Faint o'r gloch o'dd e?'

'Chwarter wedi deuddeg. Dyna'r unig alwad ges i neithiwr.'

'Iawn, ddylen nhw ddim ca'l unrhyw drafferth i ddod o hyd i'r ffôn ddefnyddiodd e. Dwi'n ofni na alla i ddod heibio bore 'ma, Susan; ma'n rhaid i fi fynd i Rydaman ynglŷn â'r … achos arall sy 'da fi,' cywirodd Carol ei hun. Ni fyddai sôn am lofruddiaeth Lisa Thomas wedi gwneud dim lles i nerfau Susan. 'Ond fe alwa i heibio cyn gynted ag y galla i.'

'Chi'n addo?'

'Odw. Yn y cyfamser, peidiwch ateb y ffôn na'r drws. Iawn?'

'Iawn.'

'Wela i chi nes mla'n.'

Rhoddodd Carol y ffôn i lawr a'i godi eto mewn un symudiad. Deialodd rif ymchwilwyr arbennig BT a gofyn am yr arolygydd yr oedd wedi cysylltu ag ef y diwrnod cynt.

'Dwi'n deall fod 'na alwad faleisus wedi'i gneud am chwarter wedi deuddeg neithiwr ar rif 637529.'

Clywodd allweddell yn cael ei tharo ar ben arall y ffôn.

'Am bedair munud ar ddeg wedi deuddeg,' meddai llais y ferch.

'Pwy nath yr alwad?'

'Gwnaethpwyd yr alwad o rif 637144,' meddai'r ferch, er mwyn pwysleisio fod yna wahaniaeth rhwng y ffôn a'r sawl a'i defnyddiodd.

Nododd Carol y rhif. 'O's 'da chi enw ar gyfer y rhif?'

'O's,' meddai'r ferch, a chlywodd Carol yr allweddellau'n clecian unwaith eto. 'Cwmni o'r enw Terry's Taxis.'

Edrychodd Eifion yn y drych cyn llywio'i gar oddi ar y ffordd fawr ac i mewn i arosfan. Tynnodd yr amlen lwyd o'i boced, ei rhwygo ar agor ac arllwys y cynnwys allan i'w law. Roedd yno bum can punt union mewn hen bapurau deg ac ugain punt. Digon am wythnos, os nad pythefnos, o wyliau yr adeg yma o'r flwyddyn, meddyliodd, gan wthio'r arian yn ôl i'r amlen.

Prin wedi dihuno, heb sôn am fod ar eu traed, roedd Rosemary Jones a Karen Gardner pan gyrhaeddodd Carol Bennett a Lunwen Thomas y fflat yn Ffordd Trebanos. Tawel iawn fu'r daith o'r orsaf; gwnaeth Lunwen ei gorau i gynnal sgwrs, ond daeth yn amlwg iddi ei bod yn well gan Carol yrru mewn tawelwch ac fe roddai'r bai am hynny, fel yr oedd wedi gwneud droeon dros y misoedd diwethaf, ar ei phrofiad o ddarganfod corff Judith Watkins.

Ond digwyddiad llawer mwy diweddar nag un mis Gorffennaf oedd ar feddwl Carol Bennett. Ceisiai bwyso a mesur yr wybodaeth mai ar ffôn Terry's Taxis roedd galwad ddiweddaraf stelciwr Susan Richards wedi ei gwneud. Ai cyd-ddigwyddiad oedd bod enw'r cwmni wedi codi yng nghwrs y ddau ymchwiliad? Neu a oedd un, neu fwy, o weithwyr y cwmni ynghlwm wrth y ddau achos? Ai achos o hir stelcian oedd wedi arwain at farwolaeth Lisa Thomas? A oedd yna gysylltiad rhwng Michael Young ac un o'r gyrwyr tacsi? Roedd ceir yn amlwg yn gyffredin rhyngddynt, ond a oedd yna fwy na hynny?

Chwyrlïai pen Carol wrth iddi ystyried yr holl bosibiliadau newydd roedd yr wybodaeth hon wedi esgor arnynt. Ai dyma'r cam pwysig hwnnw fyddai'n arwain at ddiwedd yr achos?

'Shwd y'ch chi'n teimlo ynglŷn â mynd 'nôl i Marine Coast?' gofynnodd Carol i Rosemary Jones ar ôl i'r pedair ohonynt eistedd yn ystafell fyw'r fflat.

'Dwi'n iawn. Unrhyw beth i helpu dal y cythrel laddodd Lisa,' meddai Rosemary cyn troi at ei ffrind. 'Ond dwyt ti ddim mor siŵr, wyt ti?'

Siglodd Karen ei phen. 'Nagw.'

'Pam?' gofynnodd Carol.

Cododd Karen ei hysgwyddau. 'Dwi'n ofni bydd yr un peth yn digwydd 'to. Bydd rhywun arall yn ca'l 'i ladd.'

'Dwi ddim yn meddwl y digwyddith hynny, Karen, ddim gyda'r holl blismyn fydd o gwmpas y lle,' meddai Carol.

'Na, dwi'n gwbod,' meddai Karen. 'Ond ces i freuddwyd neithiwr. Am Lisa. Ro'dd hi am i fi fynd i chwilio amdani. Ro'dd hi ar goll ac yn methu ffeindio'i

212

ffordd 'nôl aton ni. Ro'dd hi am ddod ond yn methu. Ro'n i'n gweld cysgod mawr y tu ôl iddi; cysgod person, ond do'n i ddim yn gallu gweld pwy o'dd e. Gofynnes i iddi pwy lladdodd hi ond ro'dd hi'n methu gweud. Tries i 'ngore i'ch helpu chi.'

'Ma'r ail-greu yn ffordd arall y gallwch chi'n helpu ni,' meddai Carol, heb wybod yn iawn sut i ymateb i freuddwyd Karen.

Nodiodd Karen, gan sychu'r dagrau â chefn ei llaw.

'Lunwen fydd yn cymryd rhan Lisa,' meddai Carol.

'Chi'n edrych rwbeth yn debyg iddi,' meddai Karen wrth Lunwen, a dechreuodd y dagrau gronni eto.

Gwenodd Lunwen. 'Bydda i ise'ch help chi'ch dwy fel y galla i neud 'y ngore dros Lisa.'

Nodiodd Karen, yn methu atal y dagrau erbyn hyn.

'Beth y'ch chi ise gwbod?' gofynnodd Rosemary, gan estyn am y blwch o facynon papur ar y llawr a'i roi i Karen.

'Fe ddwedith Lunwen wrthoch chi shwd allwch chi helpu,' meddai Carol. 'Ma'n rhaid i fi fynd i Rydaman i weld rhywun o'dd yn nabod Lisa yno ...'

''I chariad?' gofynnodd Rosemary.

'Ie,' meddai Carol.

'Ai fe laddodd Lisa?' gofynnodd Karen.

'Dwi ddim yn gwbod. Wir,' ychwanegodd pan welodd yr olwg amheus ar wyneb Rosemary Jones. 'Petaen ni'n siŵr, fydden ni ddim yn gwastraffu amser heno.'

Nodiodd Rosemary, a chododd Carol i adael. 'Ond cyn i fi fynd, allech chi ddweud wrtha i ble fuodd Lisa'n gweithio ar ôl symud 'ma?'

'Ro'dd hi'n mynd i ddechre yn Styleways ddydd Llun,' meddai Karen yn dawel.

'Fuodd hi'n gweithio yn unrhyw le arall?'

Siglodd Rosemary ei phen. 'Naddo, dim byd ar wahân i Marine Coast.'

'Marine Coast? Fuodd hi'n gweithio fan'ny?'

'Do. O'n i'n meddwl 'mod i wedi gweud hynny wrthoch chi.'

Roedd Carol yn sicr nad oedd wedi clywed gair am hyn o'r blaen, ond nid oedd dim i'w ennill drwy ddadlau.

'Pryd fuodd hi'n gweithio 'na?'

''Nôl ym mis Awst, dwi'n meddwl,' ac edrychodd ar Karen am gadarnhad.

'Ie,' cytunodd Karen.

'Tan pryd?'

'Rhyw dair wthnos 'nôl.'

'Pam gadawodd hi?'

'Pethe wedi tawelu,' meddai Rosemary. 'Ro'dd hi'n ddiwedd y tymor a llai o bobol yn dod i aros 'na.'

'Beth o'dd 'i gwaith hi? Trin gwallt?'

'Nage, glanhau'r carafanne ar ddiwedd yr wthnos ar ôl i'r ymwelwyr adel.'

'Felly do'dd hi ddim yn gweithio 'na drwy'r amser, drwy'r wthnos.'

'Nago'dd.'

Edrychodd Carol ar Lunwen, yn ceisio penderfynu a ddylai ofyn ei chwestiwn nesaf neu beidio. Ond mewn gwirionedd nid oedd ganddi ddewis.

'Odych chi'n gwbod a o'dd rhywun yn dilyn Lisa, yn neud niwsans ohono'i hun – yn 'i ffonio hi drwy'r amser, er enghraifft.'

Tra bu Carol yn siarad bu'r ddwy yn siglo'u pennau ond pan soniodd hi am ffonio, dywedodd Karen, 'Ro'dd 'na alwade; ti'n cofio, Rose?'

Nodiodd Rosemary.

'Ond ma' amser ers 'ny,' ychwanegodd Karen.

'Faint?' gofynnodd Carol.

'Dwi ddim yn siŵr iawn,' meddai Rosemary. 'Tair wthnos?'

'Ie, rhwbeth fel'ny,' cytunodd Karen.

Dyna pryd y dechreuodd stelciwr Susan ar ei waith, meddyliodd Carol.

'Pan o'dd hi'n gweithio yn Marine Coast o'dd hyn, neu ar ôl iddi adel?'

'Ar ôl iddi adel.'

'Wedodd Lisa pwy o'dd yn 'i ffonio?'

'Naddo.'

'Wedodd hi beth ddwedodd e?'

Siglodd y ddwy eu pennau eto. Gan fod y ffôn yng nghyntedd y tŷ ni fyddai'r un ohonynt wedi clywed y sgwrs, ac roedd hi'n amlwg nad oedd Lisa am i'w ffrindiau wybod beth ddywedwyd.

'O'dd hi'n 'i nabod e?'

'O, o'dd,' meddai Rosemary. 'Ond dwi ddim yn credu 'i bod hi am ga'l dim i' neud ag e.'

'Beth am 'i chyn-gariad yn Rhydaman? Ai hwnnw o'dd e?'

Cododd Karen ei hysgwyddau.

'Fydden i ddim yn meddwl 'ny,' meddai Rosemary.

'Beth o'dd 'i hymateb i'r galwade?'

''U bod nhw'n niwsans,' atebodd Karen.

'Shwd fath o niwsans? Yn hala ofn arni neu dim mwy na …?'

'Poen yn y pen ôl,' meddai Karen, gan gwblhau'r frawddeg.

'Ddim mwy na 'ny?'

'Na, dwi ddim yn meddwl,' meddai Rosemary.

'A ddwedodd hi ddim byd wrthoch chi amdano fe; ddim shwt o'dd hi'n 'i nabod e, na dim?'

'Naddo.'

'Pam dewisoch chi Terry's Taxis i fynd â chi i'r ddawns?'

Cododd Karen ei hysgwyddau ond roedd gan Rosemary fwy i'w gynnig. 'Ma' carden ar y wal ar bwys y ffôn.'

215

'Chi ffoniodd?'

'Ie.'

Edrychodd Carol ar ei horiawr. 'Ma'n rhaid i fi fynd,' meddai, gan symud gam yn agosach at y drws. 'Dwi'n sylweddoli ei bod hi'n mynd i fod yn anodd i chi yn yr ail-greu yn Marine Coast; bydd popeth yn siŵr o'ch atgoffa o Lisa, ond ein gobaith yw y bydd rhywun arall yn ca'l 'i atgoffa o Lisa hefyd ac yn cofio rhwbeth a all fod o help i ni.'

'Gwedwch beth y'ch chi ise i ni neud,' meddai Rosemary.

'Fe wedith Lunwen wrthoch chi.'

Ac fe gydiodd Lunwen Thomas yn syth yn y gwaith. 'Ry'n ni wedi ca'l dillad tebyg i'r rhai ro'dd Lisa'n 'u gwisgo nos Fercher, ond ry'n ni ise gwbod be nethoch chi cyn mynd i Marine Coast fel y gallwch chi neud popeth yn union yr un peth heno.'

Agorodd Carol y drws a gadael i'r tair wneud eu trefniadau. Swnient yn union fel tri ffrind yn cynllunio noson allan. Fwy na thebyg mai fel hyn roedd Rosemary, Karen a Lisa wedi trefnu mynd allan nos Fercher. Caeodd Carol ddrws y fflat yn dawel ar ei hôl.

'Dere mewn, Clem,' meddai David Peters.

'Do'n i ddim yn disgwl i chi fod mewn heddi, syr,' meddai Clem Owen, gan eistedd gyferbyn â'r uwch arolygydd a oedd y tu ôl i'w ddesg yn llewys ei grys.

'Na,' meddai Peters, gan dynnu ei sbectol a'i thaflu ar ben y papurau o'i flaen. 'Do'n i ddim wedi bwriadu dod mewn, chwaith, ond gydag ymweliad Stephens, ma'r gwaith papur wedi cynyddu.'

Nodiodd Clem, gan feddwl pa ffordd fyddai orau iddo ddod at ei bwynt.

'Shwd y'ch chi'n credu a'th yr ymchwiliad?' gofynnodd.

'Anodd gweud. Ro'n i wedi gobeithio ca'l gair gyda Stephens neithiwr ond ro'n i mewn cyfarfod pan orffennodd e gyda Ken, ac erbyn i'r cyfarfod ddod i ben ro'dd Stephens wedi diflannu. Ma' enw da iddo fe, on'd o's? Yn galed ond yn deg, ro'n i'n clywed. Rwyt ti'n 'i nabod e; beth yw dy farn di?'

'Bydden i'n cytuno 'i fod e'n galed, ond dwi ddim mor siŵr a yw e'n deg iawn,' a gwelodd Clem wyneb ei bennaeth yn disgyn.

'Wel, dwi'n mynd i obeithio'r gore nes clywa i'r gwaetha. Ond fe weda i un peth wrthot ti, Clem, dwi ddim ise mynd drwy ymchwiliad arall tra bydda i 'ma. Ma' awyrgylch y lle wedi bod yn ddiflas iawn dros y tridie dwetha; ro'n i'n teimlo fel petai storom ar fin torri unrhyw eiliad. Ma'n nhw'n gweud y dylet ti ga'l profiad o bopeth unwaith, ond ro'dd hwnna'n un peth dwi ddim am 'i brofi eto.'

'Ma'n siŵr 'i fod e'n brofiad digon anodd,' cytunodd Owen yn ddiplomataidd.

'Do's gen ti ddim syniad shwt o'n i'n teimlo wrth weld enw da'r rhanbarth yn ca'l 'i lusgo drwy'r baw. Clywed Jac Madocks yn lladd arnon ni bob cyfle. Yr holl waith da ro'n ni wedi'i neud yn y gorffennol yn cyfri am ddim.' Oedodd yr uwch arolygydd am eiliad cyn ychwanegu, 'Man a man i ti wbod nawr, Clem, dwi'n mynd i alw cyfarfod penaethiaid rywbryd yr wthnos nesa i weld a allwn ni ga'l gwell trefn ar bethe. Ma' llygaid y cyhoedd arnon ni'n fwy nag erio'd nawr, ac ma'r ffordd ry'n ni'n neud y gwaith yn amal yn bwysicach na'r gwaith ry'n ni'n 'i neud.'

'Oni fydde hi'n well i chi aros i weld beth fydd canlyniad yr ymchwiliad gynta?'

'Na,' meddai'r uwch arolygydd, gan siglo'i ben. 'Hyd yn o'd os cawn nhw Ken yn ddieuog o gamymddwyn, ry'n ni'n siŵr o ga'l ein ceryddu am y ffordd ry'n ni'n gofalu am bobol sy'n ca'l 'u holi. Allan nhw mo'n gadel ni i fynd yn gwbwl rydd, a dwi am ddangos ein bod ni'n ymwybodol o'n gwendide ac yn 'u cydnabod nhw; yn disgyn ar ein bai ac yn barod i newid. Dyna'r ffordd mla'n heddi; ma'r holl arbenigwyr ar reolaeth yn gweud hynny. A dweud y gwir, dyna dwi'n 'i neud ar hyn o bryd; edrych ar rai patryme rheolaeth sy'n neud pobol yn fwy atebol i nod y cwmni. A'r peth cynta fore dydd Llun dwi'n mynd i ofyn i Ian James roi cynnig ar y Rhyngwe i weld beth yw profiade heddluoedd er'ill gyda'r mater hwn.'

'Hem ...' carthodd Clem Owen ei wddf, gan farnu na châi well agoriad. 'Ynglŷn â James dwi ise ca'l gair 'da chi.'

'Paid gweud dy fod ti wedi newid dy farn ynglŷn â'r cyfrifiaduron,' meddai Peters gan wenu.

'Da'th Carol Bennett i 'ngweld i gynne gyda chŵyn yn erbyn James.'

Difrifolodd yr uwch arolygydd. 'Cwyn? Sut fath o gŵyn?'

'Bod James wedi galw yn 'i fflat hi neithiwr ac wedi ymosod arni.'

Siglodd Peters ei ben a gadael i holl oblygiadau'r hyn roedd Clem Owen newydd ei ddweud dreiddio i'w feddwl. Yna gofynnodd, 'Wyt ti wedi gofyn i James beth ddigwyddodd?' A gyda'r cwestiwn hwnnw fe wyddai Clem Owen ar ba ochr yr oedd ei bennaeth.

'Chi yw'r cynta i glywed amdano.'

'Beth ma' Bennett yn gweud ddigwyddodd?'

'Dwi ddim yn gwbod y manylion. Y cyfan ddwedodd hi o'dd bod James wedi ymosod arni. Do'dd hi ddim am ddweud dim cyn gneud cwyn swyddogol.'

'Felly dyw hi ddim wedi cwyno'n swyddogol eto?'

'Ma' hi wedi dweud wrtha i ...'

'Ma'n rhaid i ti'i stopio hi.'

Syllodd Owen yn dawel ar David Peters.

'Shwd wyt ti'n meddwl ma' hyn yn mynd i edrych, Clem?'

'Allwch chi ddim anwybyddu ...'

'Wyt ti wedi meddwl shwt ma' hyn yn mynd i adlewyrchu arnot ti? Dau swyddog o dy adran di ynghanol ymchwiliade o fewn misoedd i'w gilydd.'

'Dyw Ian James ddim yn aelod o'r CID.'

'Ond mae Carol. Ddylet ti wbod cystal â fi, os yw un o dy bobol di'n ca'l 'i hunan i drwbwl, ma'r adran gyfan yn ca'l 'i thynnu i mewn iddo.'

'Ond dyw Carol ddim mewn trwbwl. Hi yw'r un ddioddefodd yr ymosodiad.'

'A beth am y cyhuddiade? Allwn ni 'u credu nhw? Beth os mai gweud celwydd ma' hi? Falle mai hi ddechreuodd y berthynas, ond gan nad o'dd pethe wedi troi mas fel o'dd hi wedi gobeithio, ma' hi nawr yn rhoi'r bai ar James'

Siglodd Clem ei ben. 'Fydde Carol ddim yn neud cyhuddiad di-sail.'

'Ond Clem, ma' James yn fachan galluog iawn. Ma' fe'n gweithio ar broject y prif gwnstabl. Ma' fe'n gwbod y cwbwl am y cyfrifiaduron 'ma.'

'Dwi wedi arestio sawl un o'dd yn gwbod y cwbwl, syr. Ac ro'dd rhai ohonyn nhw'n well pobol na Ian James.'

'Paid bod yn fyrbwyll, Clem. Rwyt ti'n sôn am aelod gwerthfawr o Heddlu Dyfed-Powys.'

'Odw, dwi'n gwbod, a'i henw yw Carol Bennett.'

Cododd David Peters o'i gadair a cherdded at y ffenest. Tybed a yw hyn yn un o'r patrymau rheolaeth? meddyliodd Clem Owen. Wel, doedd ond un patrwm a reolai ei ymddygiad ef.

'Clem, bydd yn rhaid i ti ...'

'Na,' meddai Owen ar draws ei bennaeth a chodi. 'Ma''

'da fi ormod o barch tuag at Carol i neud rhwbeth fel'na. Ond os y'ch chi'n meddwl mai dyna'r ffordd ore o ddelio â'i chŵyn, ma'n siŵr y cewch chi gyfle i ddweud wrthi eich hunan.'

Trodd Clem am ddrws y swyddfa ac roedd ei law ar y ddolen pan alwodd Peters arno.

'Clem, dwi ddim ise clywed dy fod ti wedi ca'l gair preifat 'da Sarjant James.'

'Peidiwch poeni, syr; hon yw'r unig sgwrs breifat dwi'n mynd i'w cha'l ynglŷn â'r mater.'

Roedd heddlu Rhydaman – ynghyd â hanner trigolion stad Parc yr Ynn – yn disgwyl am Carol Bennett y tu allan i rif saith deg pedwar. Arafodd Carol y car a'i yrru'n ofalus rhwng y beiciau a'r cŵn a weai drwy ei gilydd o'i blaen. Canodd y corn, ac er nad oedd yn effeithiol i wasgaru'r gynulleidfa, roedd yn ddigon i ddynnu sylw'r swyddog-yng-ngofal. Gadawodd yr arolygydd y clwstwr o blismyn a cherdded tuag ati.

'Shw'mae?' galwodd Carol. 'Pawb yn barod?'

'Ma' pawb yn barod ers dros hanner awr,' meddai'r arolygydd heb ei chyfarch. 'Odi'r warant i chwilio gyda ti?'

Estynnodd Carol y papur iddo. 'O's rhwbeth wedi digwydd?'

'Nago's,' meddai'r llall gan ddarllen y warant. Gan mai ef oedd yn gyfrifol am y cyrch, ac yn atebol am unrhyw beth a âi o le, roedd yn awyddus i wybod hyd a lled ei awdurdod cyn dechrau. Clodd Carol y car ac aros iddo orffen darllen. Edrychodd o'i hamgylch a sylweddoli nad oedd dydd Sadwrn yn ddiwrnod da ar gyfer cyrch; roedd gormod o blant gartref o'r ysgol, a phobl gartref o'u gwaith. Ond wedyn, ar y stad hon, faint o blant a âi i'r ysgol, a faint o bobl oedd a gwaith ganddynt?

'Paul Jeffreys,' meddai'r arolygydd o'r diwedd, gan blygu'r ddogfen. Cilwenodd; roedd ei draed ar dir cadarnach nawr. 'Dyma'r llunie o Young.'

Derbyniodd Carol yr amlen lwyd. Ynddi roedd dau lun, un o'r blaen a'r llall o'r ochr.

'Ma' 'da fe record, 'te.'

'Mân bethe, ond digon iddo ga'l 'i le yn yr albwm.'

'Odyn nhw gartre?'

'Ma' rhywun 'na,' meddai Jeffreys, gan arwain y ffordd yn ôl at y tŷ. 'Dy'n nhw ddim wedi trio gadel, ond pan sylweddolon nhw 'yn bod ni 'ma, fe olchon nhw gwdyn bach o ganabis a thabledi i lawr y tŷ bach. Achubon ni'r rheini, felly ry'n ni ar ein hennill yn barod. Er, ma'n siŵr y gethen ni fwy o gyffurie ym mhocedi'r plant 'co. O's 'na rwbeth arbennig, ar wahân i ddillad ac arf a gwa'd arnyn nhw, y dylen ni'i gadw mewn cof?'

'O's,' meddai Carol. 'Unrhyw beth a chysylltiad â chwmni tacsi o'r enw Terry's Taxis – taflen, carden rhif ffôn, a falle'r enw Graham Ward.'

'Glywsoch chi 'ny, sarjant?'

'Do, syr.'

'Iawn, bant â chi.'

Yn falch o gael rhywbeth i'w wneud ar ôl yr oedi hir, rhuthrodd y plismyn i fyny'r llwybr at y tŷ. Dilynodd Carol a chael cipolwg ar Michael Young yn agor y drws cyn i'r plismyn ei dorri'n deilchion. Sgathrodd y plismyn i bedwar ban yr adeilad; pob un a'i waith i'w wneud, heb boeni'n ormodol am y sŵn a'r llanast roedden nhw'n eu creu.

Arhosodd Carol yn y cyntedd, yn ddigon bodlon i eraill wneud y gwaith. Edrychodd drwy ddrws yr ystafell fyw ar Michael Young a Ceri Morgan. Roedden nhw wedi cael digon o amser i ystyried eu sefyllfa ac i baratoi ar gyfer yr hyn a'u hwynebai – ac i gytuno ar eu stori.

'Chi'n gwastraffu'ch amser!' galwodd Michael arni, a rhythodd Ceri arni'n fileinig.

Trodd Carol i ffwrdd a cherdded trwodd i'r gegin. Nid oedd mewn hwyl i ddadlau; roedd gormod o bethau eraill ar ei meddwl. Roedd ei hanallu i weld Susan Richards cyn gadael yn un peth a wasgai'n drwm arni; ond roedd hi wedi bod yn amhosib iddi alw yn ei fflat ar ôl treulio mwy o amser gyda ffrindiau Lisa Thomas nag a fwriadodd. Dangosodd Jeffreys yn ddigon clir nad oedd wedi arfer disgwyl am swyddogion iau. Roedd hi'n hwyr fel roedd hi; byddai bod yn hwyrach nid yn unig wedi peryglu'r cyrch ar dŷ Michael Young ond hefyd wedi achosi ffrwgwd diplomyddol rhwng heddlu'r ddwy dref.

Ond hyd yn oed petai hi wedi gweld Susan, ni wyddai Carol beth y byddai wedi'i ddweud wrthi. A fyddai'r ffeithiau plaen wedi bod yn ddigon iddi? Roedd hi wedi ymddiried ei bywyd i Carol ac roedd yn awr yn disgwyl iddi ei gwaredu rhag y perygl. Ond ni wyddai Carol a allai wneud hynny, yn enwedig nawr bod yna bosibilrwydd cryf fod y ddau achos yn gorgyffwrdd. Beth os oedd yna gysylltiad rhwng y ddau ac mai llofrudd Lisa oedd y dyn oedd yn dilyn Susan – yn disgwyl ei gyfle i'w llofruddio hithau? Os mai gyrrwr tacsi ydoedd, roedd ganddo'r rhyddid a'r cyfle i wneud fel y mynnai heb dynnu sylw na chodi amheuon neb.

Dyna'r meddyliau y bu Carol yn eu hel wrth deithio i Rydaman, ac roedden nhw'n dal i'w chorddi. Roedd hi hyd yn oed wedi ystyried gohirio'r cyrch, ond gyda'r warant i chwilio tŷ Michael Young wedi ei sicrhau, a'r trefniadau wedi eu gwneud, roedd yna ormod i'w golli o dynnu'n ôl. Ond cytunai â Michael Young mai gwastraff amser oedd chwilio'i dŷ. Er gwaetha'r hyn roedd hi newydd ei ddweud wrth Paul Jeffreys, roedd Carol yn sicr nawr nad oedd gan Michael Young ddim i'w wneud â llofruddiaeth Lisa. Doedd yna ddim byd iddi yma. 'Nôl gyda Susan y dylai hi fod, rhag ofn bod ei hymweliad â'r cwmni tacsi ddoe wedi gwaethygu'r sefyllfa. Edrychodd ar ei horiawr. Roedd Susan ar ei phen ei hun, ac fe allai unrhyw beth fod wedi digwydd iddi ers i Carol siarad â hi ddiwethaf. Gwyddai Carol y gallai munudau, eiliadau, wneud gwahaniaeth.

'Dim byd lan sta'r,' meddai'r Arolygydd Jeffreys ar draws ei synfyfyrio.

'Na?'

'Na, ro'dd hi'n ormod i' ddisgwl, falle, ac ynte wedi ca'l cyfle i daflu'r dillad.'

'O'dd.'

'Wyt ti wedi bod mas yn y garej?'

'Na, dwi ddim ise bod dan dra'd.'

Gwenodd Jeffreys ychydig yn nawddoglyd.

'Drychwch,' meddai Carol wrtho, wedi penderfynu. 'Ma'n rhaid i fi fynd 'nôl. Ry'n ni'n ail-greu orie ola Lisa Thomas heno a dwi'n credu y bydda i fwy o werth fan'na nag yr ydw i fan hyn. Bydd Sarjant Gareth Lloyd mewn cysylltiad â chi.'

Nodiodd Jeffreys, fel pe bai'n cytuno mai gwaith dynion oedd chwilio – yn enwedig mewn garej.

Arhosodd y car o flaen y tŷ a dringodd y ddau ddyn allan. Aeth y gyrrwr yn syth at y drws a chanu'r gloch tra cerddodd y llall yn hamddenol o gwmpas y Corola oedd wedi ei barcio o flaen y garej. Plygodd i syllu drwy ffenest y gyrrwr ond pan glywodd sŵn y drws yn agor, ymunodd â'i gydymaith.

'Mrs Stewart?' gofynnodd y gyrrwr i'r wraig oedd wedi ateb y drws.

'Ie.'

'Sarjant Edwards a DC Grant.' Ac edrychodd y wraig, ychydig yn ddryslyd, ar y cardiau gwarant a ddaliai'r ddau heddwas o'i blaen.

'Odi hi'n bosib i ni ga'l gair gyda'ch gŵr?' gofynnodd Edwards.

'Glyn?'

'Ie, Mr Glyn Stewart. Odi e gartre?'

'Odi.'

'Fyddwn ni ddim yn hir; un neu ddau o gwestiyne …' a gadawodd Edwards y frawddeg ar ei hanner.

Oedodd Sheila Stewart am eiliad gan syllu ar y ddau ddyn, ac yna meddai, 'Os newch chi aros fan hyn fe alwa i ar Glyn.' A diflannodd i mewn i'r gegin.

Pan ddychwelodd ychydig funudau'n ddiweddarach gyda'i gŵr, safai'r ddau heddwas yn y cyntedd; Grant yn astudio'r darluniau ar y wal ac Edwards yn disgwyl yn amyneddgar amdanynt.

'Beth alla i' neud i chi?' gofynnodd Glyn.

'Ry'n ni'n ymchwilio i ddamwain ddigwyddodd bore 'ma ar y draffordd ar bwys Port Talbot. Un person wedi ei ladd a dau arall wedi eu hanafu'n ddifrifol. Ry'n ni'n chwilio am dystion ac yn meddwl falle y gallech chi'n helpu ni.'

'Ond do'dd Glyn ddim yn agos i Bort Talbot, oeddet ti?' meddai Sheila.

'Sheila, gad hyn i fi,' meddai Glyn Stewart. 'Falle bydde hi'n well i ti fynd i weld lle ma'r merched.'

'Do's dim rhaid i chi adel o'n rhan ni, Mrs Stewart, ond os yw hi'n well gyda'ch gŵr i chi beidio â chlywed hyn am ryw reswm …' meddai Edwards, gan adael y frawddeg ar ei hanner.

Edrychodd Sheila Stewart ar ei gŵr.

Oedodd Glyn am eiliad, ond yna siglodd ei ben. 'Na, ma'n iawn.'

'O'r gore,' meddai Edwards, gan agor ei lyfr nodiadau. 'Nawr, fe stopiwyd eich car am hanner awr wedi pump fore heddi ar y draffordd i Margam.'

'Glyn?' meddai Sheila, yn ceisio gwneud rhyw fath o synnwyr o'r hyn roedd hi'n ei glywed.

'O, dwi'n deall nawr,' meddai Edwards dan wenu. 'Dy'ch chi ddim wedi gweud wrth Mrs Stewart am y digwyddiad.'

'Naddo,' meddai Glyn.

'Wel, do's dim angen ichi boeni,' meddai Edwards wrth ei wraig, gan wenu'n gysurlawn. 'Dyw Mr Stewart ddim mewn unrhyw fath o drwbwl. Ro'dd e'n teithio ar hyd yr M4 tua hanner awr wedi pump fore heddi pan ga'th e'i stopio gan un o'n ceir. Do'dd dim byd o'i le, dim ond tsec arferol ar geir sy'n teithio ar hyd y draffordd pan ma'r mwyafrif ohonon ni gartre yn ein gwlâu. Fydden ni ddim yn eich poeni chi nawr, Mrs Stewart, oni bai am y ffaith i ni ga'l adroddiad bod damwain wedi digwydd ar yr un darn o'r draffordd ac ry'n ni'n chwilio am dystion.'

'Dwi'n gweld,' meddai Sheila'n dawel.

'Welsoch chi rwbeth, Mr Stewart?'

'Naddo. Ro'dd y draffordd yn glir yr holl ffordd.'

'Ac o ble o'ch chi'n teithio?'

Oedodd Glyn am eiliad cyn ateb. 'O gyfeiriad Abertawe.'

'A welsoch chi ddim damwain o gwbwl?'

'Naddo.'

Nodiodd Edwards yn dawel am eiliad neu ddwy cyn cau'r llyfr, yna edrychodd ar Glyn a Sheila a gwenu. 'Wel, do's dim mwy i' weud am y mater, 'te. Diolch yn fawr i chi am eich amser, Mr Stewart. Gobeithio nad y'n ni wedi sbwylo'ch diwrnod. Dwi'n gwbod pa mor bwysig yw hi i deulu dreulio amser gyda'i gilydd.'

Agorodd Grant y drws a chamodd y ddau heddwas allan o'r tŷ.

'Gobeithio na fydd raid i ni'ch trwblu chi eto, Mr Stewart,' meddai Edwards gan gerdded at ei gar. Dilynodd Grant ef, yn dal heb agor ei geg.

'Odych chi'n iawn?'

'Odw,' meddai Susan Richards, ond roedd y rhyddhad o weld Carol yn amlwg.

Eisteddodd Carol gan geisio cael ei gwynt ati. Pwysodd yn ôl yn y gadair a gwenu'n ymddiheuriol. Daeth y gath o rywle a gorwedd yn ddigyffro wrth ei thraed. Estynnodd Carol ei llaw ati'n reddfol. 'Ma'n ddrwg 'da fi na allen i ddod yn gynharach.'

Nodiodd Susan. Roedd hi'n dal i sefyll, yn amharod i ymlacio. 'Chi'n brysur gyda'r llofruddiaeth?'

Cydymdeimlo, neu ddweud efallai y câi hi fwy o sylw pe bai hi wedi ei llofruddio? Eisteddodd Carol i fyny yn y gadair.

'Odych chi wedi ca'l galwad arall, ers i chi fy ffonio i?'

'Nadw. Odych chi'n gwbod pwy yw e?'

'Odych chi'n gyfarwydd â chwmni tacsis o'r enw Terry's Taxis?'

Siglodd Susan ei phen. 'Nadw. Be sy gyda nhw i' neud ag e?'

'Ar 'u ffôn nhw y ffoniodd e chi neithiwr.'

'Cwmni tacsis? Dwi ddim yn deall.'

'Na finne,' cyfaddefodd Carol. Nid oedd am grybwyll y cysylltiad rhwng Terry's Taxis ac achos Lisa Thomas rhag ofn i ryw gyfreithiwr rywle i lawr y lôn ei chyhuddo o godi amheuon ym meddwl Susan ynglŷn â'r cwmni.

'Odych chi'n nabod rhywun sy'n gyrru tacsi?'

Siglodd Susan ei phen eto. 'Nadw.'

Mae'n rhaid bod yna ryw gysylltiad, meddyliodd Carol. Anaml iawn y bydd stelciwr yn dewis rhywun nad yw wedi cael unrhyw fath o gysylltiad ag ef.

'Odych chi'n defnyddio tacsis o gwbwl?'

'Nadw, ma' 'da fi gar a dwi'n …'

'Ie? Beth?' gofynnodd Carol, gan weld bod Susan newydd gofio rhywbeth.

'Do, dwi wedi defnyddio tacsi.'

'Yn ddiweddar?'

'Rhyw ddeufis 'nôl.'

'Odych chi'n cofio pa gwmni o'dd e?'

'Nadw, ond fe weda i wrthoch chi nawr,' meddai Susan, gan groesi'r ystafell at y cwpwrdd ger y ffenest lle'r oedd ei bag. Twriodd ynddo am ei dyddiadur.

'Ie,' meddai'n dawel. 'Terry's Taxis o'dd y cwmni.'

'Pryd o'dd hyn?'

'Chwe wthnos 'nôl ar y …' ac fe chwiliodd Susan unwaith eto yn ei dyddiadur. 'Ar yr ail o Fedi ges i ddamwain gyda'r car; fe fwres i yn erbyn lorri sbwriel. Arna i o'dd y bai, ac ro'dd tipyn o niwed i'r car. Do's dim llawer o obaith gyda Clio yn erbyn un o'r rheini.'

Eisteddodd Susan gyferbyn â Carol, ei dyddiadur ar agor ar ei chôl yn barod i'w hatgoffa o'r amgylchiadau oedd wedi ei harwain i'r hunllef roedd hi'n byw ynddi nawr.

'Fues i heb y car am yn agos i dair wthnos i gyd tra o'dd e yn y garej yn ca'l 'i drwsio. Do'n i ddim wedi sylweddoli tan hynny pa mor ddibynnol o'n i arno fe, hyd yn o'd yn byw ac yn gweithio yn y dre. Y tro cynta i fi ddefnyddio'r tacsi o'dd ar yr wythfed o Fedi, diwrnod pen blwydd fy mam-gu. Ro'dd hi'n saith deg o'd ac yn ca'l parti. Ma' hi'n byw yn Llangynnog, pentre sy'n gweld bws ddwywaith y dydd. Allen i fod wedi ca'l reid adre ar ôl y parti'n hawdd, ond ro'dd cyrra'dd yno'n fwy o broblem. Cynigiodd cefnder ddod i'n nôl i, ond gan y bydde hynny'n dod ag e ddeg milltir ar hugain mas o'i ffordd, a gan 'mod i'n weddol annibynnol – ro'dd Martin wedi symud i Fryste ers rhyw fis erbyn hynny – gwrthodes i 'i gynnig e a chymryd tacsi.'

'Un o Terry's Taxis?'

'Ie. Ysgrifennes i'r rhif ffôn yn 'y nyddiadur rhag ofn y bydden i ise tacsi rywbryd eto tra o'dd y car yn y garej.' Ac estynnodd Susan ei dyddiadur i Carol i ddangos y rhif iddi - yr un rhif ag yr oedd Carol wedi ei gael gan swyddog BT.

'Beth am y gyrrwr? Ddigwyddodd rhwbeth ar y ffordd i dŷ eich mam-gu?' gofynnodd Carol, gan estyn y dyddiadur yn ôl iddi.

'Naddo. Ma' hi'n daith o ryw awr a hanner, a dwi'n cofio inni siarad bron yr holl ffordd, ond ddigwyddodd dim byd.'

'Am beth o'ch chi'n siarad?'

'Dwi ddim yn cofio. Am beth ma' dieithriaid yn siarad? Y tywydd?'

'Eu hunain?'

'Falle'n bod ni. Dyna'r adeg ro'dd Martin a finne wedi gwahanu, felly ma'n bosib iawn ...' Cofiai'r sgwrsio nawr; nid rhyw argraff niwlog o'r digwyddiad, ond y manylion. 'Chi'n iawn. Amdanon ni'n hunain siaradon ni. Ro'dd e a'i wraig ar ganol ca'l ysgariad, ac ro'dd y ddau ohonon ni'n teimlo'n hunandosturiol iawn ac yn cydymdeimlo'n fawr â'n gilydd. Chi'n gwbod, neb arall yn deall yr hyn ro'n ni'n mynd drwyddo. Dim ond ni'n dau. Ond ro'dd y cyfan yn fwy o jôc rhyngthon ni na dim byd arall.'

'Ddefnyddioch chi dacsi wedyn?'

'Do. Rhyw wthnos ar ôl hynny, ro'dd rhaid i fi fynd i Gaerfyrddin. Rhwbeth munud ola o'dd e, ac ro'dd tipyn o waith paratoi gyda fi i' neud, felly penderfynes i fynd mewn tacsi fel y gallen i ddarllen ar y ffordd.'

'A'r un gyrrwr gethoch chi?'

'Ie; gofynnes i amdano fe.'

'Pam?'

'Pan wedes i ym mharti Mam-gu 'mod i wedi dod mewn tacsi fe wedodd un o'n ewythredd wrtha i y dylen i gymryd gofal os o'n i'n mynd i deithio'n bell ar fy mhen fy hun gyda rhywun dierth. Tua'r adeg hynny ro'dd 'na dipyn o sôn am ferch o'dd wedi diflannu tra o'dd hi'n bodio, ac ym marn fy ewyrth ro'dd teithio mewn tacsi'r un mor beryglus. Chwerthin ar 'i ben e 'nes i ar y pryd, ond pan dda'th y daith 'ma i Gaerfyrddin fe gofies i am yr hyn ro'dd e wedi'i weud, a gan ein bod ni wedi dod mla'n yn dda ar y daith i Langynnog, gofynnes i am yr un gyrrwr.'

'Am bwy gofynnoch chi?'

'Graham rhwbeth. Graham Wood?'

'Odych chi'n siŵr mai Wood o'dd 'i gyfenw?' Ara deg, roedd yna gyfreithiwr yn dal i lechu rywle i lawr y lôn.

'Odw ... dwi'n meddwl,' meddai Susan yn araf. Yna goleuodd ei llygaid. 'Nage. Ward o'dd 'i enw fe. Graham Ward.'

Graham Ward, meddai Carol wrthi ei hun gan deipio'r enw i mewn i derfynell Cyfrifiadur Cenedlaethol yr Heddlu ac anfon ei hymholiad. Rwyt ti wedi gwneud digon o dwrio i mewn i fywyd Susan Richards, nawr beth am i ni weld pa gyfrinachau sydd gyda ti i'w cuddio. Newidiodd y sgrin ac ymddangosodd y canlyniad: roedd gan yr heddlu gofnod am chwe deg tri o ddynion o'r enw Graham Ward. Pe bai'n gwybod nad oedd ganddo enw arall, fe allai Carol fod wedi cyfyngu ar ei hymchwiliad, ond roedd yna ffyrdd eraill o chwynnu'r canlyniadau. Gorchmynnodd y cyfrifiadur i adael allan pob un oedd yn y carchar: chwe deg un ar ôl, llawer gormod. Gorchmynnodd iddo gadw dim ond y rheini oedd rhwng pedwar deg a phum deg oed: dau ddeg pedwar ar ôl. Dyna welliant. Dim ond y rhai oedd yn byw yng Nghymru: tri. Gwenodd; fe ddylai fod wedi dewis hwnnw'n gyntaf. Galwodd Carol am gofnodion bras y tri, ond pan welodd mai gyrru tacsi oedd gwaith y Graham Ward cyntaf, galwodd am ei ffeil gyflawn.

Roedd Graham Raymond Ward wedi ei gael yn euog bum gwaith yn ystod yr ugain mlynedd diwethaf: tair gwaith am achosi ffrwgwd mewn tafarndai a dyrnu'i wrthwynebwyr nes eu bod yn anymwybodol, a dwywaith am guro'i wraig. Does dim rhyfedd iddi ei ysgaru, meddyliodd Carol, gan wasgu'r botwm i argraffu'r wybodaeth.

'Pawb 'ma?' gofynnodd Clem Owen, a chan gymryd yn ganiataol eu bod nhw, aeth yn ei flaen i ddechrau rhannu gyda phawb gynnwys adroddiad fforensig yr Athro Anderson. 'Yn ôl Anderson, bu Lisa Thomas farw rhwng un ar ddeg nos Fercher a thri o'r gloch fore dydd Iau, ac yna mae'n mynd yn 'i fla'n i ymhelaethu ar 'i adroddiad cynta am yr ergydion i'w phen a o'dd yn gyfrifol am 'i marwolaeth.' Trodd Owen i edrych ar Gareth Lloyd. 'O's 'na unrhyw beth pellach ynglŷn â'r arf?'

Siglodd Gareth Lloyd ei ben.

'Ac ry'n ni wedi chwilio Coed y Gaer i gyd?' gofynnodd Owen.

'Odyn. Do's dim golwg o'i sgidie na'i dillad, chwaith.'

'Wel, os yw'r chwilio wedi bod yn drylwyr, ma'n rhaid i ni dderbyn nad yw'r arf yn y goedwig. Ma' Anderson yn dal i weud mai rhwbeth troedfedd o hyd, trwm, tene a glân, fel dur, achosodd yr anafiade. I fi, ma' hynny'n dal i awgrymu sbaner o ryw fath, a dwi'n dal i ffafrio Michael Young. Be gest ti yn Rhydaman, Carol?'

'Dyw hi ddim yn edrych yn addawol iawn 'na, syr.'

'Ddethoch chi o hyd i unrhyw beth o werth?'

'Gadawes i cyn y diwedd.'

'Do, fe wedodd Inspector Jeffreys wrtha i,' meddai Owen yn dawel.

'Ond dwi'n ame'n fawr ai Michael Young yw'r llofrudd,' ychwanegodd Carol.

'Pam 'ny?' gofynnodd Eifion Rowlands, yn synhwyro

fod anghydweld neu anghytuno rhwng Carol a'i phennaeth. 'Ro'dd e'n uchel iawn ar dy restr di ddoe.'

'Eifion ...' dechreuodd Clem Owen.

'Falle 'mod i'n anghywir, Eifion,' torrodd Carol ar ei draws, 'ond wedi siarad â Michael Young ac ystyried y math o berson yw e, dwi ddim yn meddwl yr ethe fe mas o'i ffordd i ddial ar Lisa Thomas.'

'Ond ro'dd hi wedi dwyn arian oddi arno fe,' meddai Eifion, gan edrych o'i gwmpas ar y gweddill i weld a oeddent hwythau'n ei chael hi'n anodd credu casgliad Carol. 'Ac wedi bygwth 'i lladd hi,' ychwanegodd.

'Bydde mynd i chwilio am Lisa'n ormod o drafferth i Michael Young,' esboniodd Carol. 'Petai Lisa wedi mynd 'nôl ato fe, yna fe fydden i'n cytuno â ti, y galle hi fod wedi ca'l amser caled iawn, ond ethe fe ddim mas o'i ffordd i ddial, yn enwedig nawr bod gydag e ferch arall i'w chynnal.'

'A gadawest ti Rydaman cyn gorffen chwilio'i gartre, am nad oeddet ti'n credu y galle Young fod wedi lladd y ferch?' meddai Eifion, yn amharod i adael llonydd i'w ddadl, yn enwedig nawr ei bod yn ymddangos bod Clem Owen a Carol yn anghytuno ynglŷn â chyn-gariad Lisa Thomas. Nid oedd gan Eifion ei hun farn bendant y naill ffordd na'r llall, ond roedd yma wreichion anghydfod ac fe deimlai reidrwydd, os nad dyletswydd, i'w bwydo.

Edrychodd Carol yn dawel ar Eifion am eiliad neu ddwy cyn ei ateb. Siaradodd yn araf, ei llais yn llawn blinder neu ddirmyg. 'Naddo, Eifion, gadawes i Rydaman am fod 'da fi waith pwysicach i'w neud.'

'Gwaith pwysicach?' ailadroddodd Eifion, gan edrych o'i gwmpas yn anghrediniol unwaith eto.

'Ie, achos arall.'

'Pa achos arall?' gofynnodd Clem Owen yn dawel. Petai un arall o'i swyddogion yn mynd ei ffordd ei hun fe allai fod yn ddigon am ei yrfa.

'Yr achos o stelcian.'

'Hwnnw soniest ti amdano fe neithiwr?'

'Ie.'

'Ac ma' 'na ddatblygiad yn yr achos hwnnw?'

'O's.' Ac aeth Carol yn ei blaen i esbonio wrth y lleill am Susan Richards a'r dyn fu'n ei dilyn ac yn ei ffonio hi ers dros dair wythnos, a sut y llwyddodd hi, gyda chymorth peirianwyr Telecom Prydain, i olrhain yr alwad ddiwethaf i ffôn...

'Terry's Taxis!' meddai Clem Owen, gan ei dynnu ei hun i fyny yn ei gadair. 'Yn un o'u ceir nhw a'th Lisa Thomas i Marine Coast?'

'Ie,' meddai Gareth.

'Cer mla'n, Carol.'

Ac fe aeth hi yn ei blaen i ddweud am gysylltiad Graham Ward a Susan Richards.

'Ward yrrodd dacsi'r merched,' meddai Gareth Lloyd cyn i'w bennaeth ofyn.

Gwthiodd Clem Owen ei law drwy ei wallt. 'Odi hynny'n golygu bod cysylltiad rhwng y ddau achos?'

'Dwi ddim yn gwbod,' cyfaddefodd Carol.

'Ond mae e'n bosibilrwydd?'

'Odi.'

'Tipyn o gyd-ddigwyddiad os nad o's 'na gysylltiad. O'dd 'na reswm pam mai Terry's Taxis ddewisodd Lisa Thomas a'i ffrindie?'

Siglodd Carol ei phen. 'Cerdyn ar y wal ar bwys y ffôn cyhoeddus yn y tŷ lle ma'n nhw'n byw.'

'Dim byd mwy na 'ny?'

'Na.'

'Hap a damwain,' meddai Owen yn fyfyrgar. 'Wel, ble ma' hynny'n ein gadel ni? Trueni na fydden ni'n gwbod hyn yn gynt.'

'Dim ond heddi y des i i wbod am y cysylltiad â Terry's Taxis,' meddai Carol yn amddiffynnol. 'Dyna o'dd yn 'y mhoeni i bore 'ma yn Rhydaman. Ma' Susan Richards wedi neud rhestr o amsere'r galwade ma' hi wedi'u derbyn, gore ag y gall hi gofio, a dwi wedi ca'l rhestr o orie gwaith Ward am yr wthnos hon,' ac estynnodd Carol y ddwy ddalen i'w phennaeth. 'Ma' Susan wedi derbyn pum galwad yr wthnos hon, ac ro'dd Ward yn gweithio ar yr adege hynny. Os gallwn ni ga'l rhestr o'r galwade o ffonie Terry's Taxis am y mis dwetha, y rhai yn y swyddfa a'r rhai ma'r gyrwyr yn 'u defnyddio yn y ceir, dwi'n siŵr y bydd rhif ffôn Susan Richards arni.'

Astudiodd Clem Owen y dalennau gan nodio'n araf. 'Odyn ni'n gwbod rhwbeth am Ward?'

Estynnodd Carol allbrint y cyfrifiadur iddo.

'Parod i ddefnyddio'i ddyrne,' meddai Owen.

'Yn erbyn dynion a menwod,' meddai Carol.

'Ac mae e'n ca'l gyrru tacsi,' meddai Wyn Collins yn syn, 'a menwod yn amal yn teithio ynddyn nhw ar 'u penne'u hunen.'

'Dim ond trwydded lân sy ise arnot ti,' meddai Clem Owen, gan estyn y papurau yn ôl i Carol. 'Dy'n nhw ddim yn poeni pa drosedde er'ill rwyt ti wedi'u cyflawni.'

'Fe allen i fynd 'nôl i'w holi fe nawr,' cynigiodd Carol.

'Na!' meddai Owen yn bendant. 'Na, dwi ddim am i unrhyw beth ddigwydd iddo fe cyn yr ail-greu heno.'

'Ond beth am Susan Richards? Fe alle hi fod mewn perygl. Dyn a ŵyr be sy'n mynd trwy feddwl Ward. Falle'i fod e'n meddwl ein bod ni ar 'i ôl e'n barod ac mai dim ond esgus i agosáu ato yw 'i ga'l e i yrru'r tacsi heno.'

'Dwi'n sylweddoli hynny, Carol, ond bydd raid i ni obeithio'r gore am y tro …'

'Ond, syr, allwn ni ddim …'

'Ond dyw hynny ddim yn golygu'n bod ni'n mynd i anghofio amdano fe, chwaith. Eifion, dwi am i ti gadw llygad arno fe ar ôl i'r tacsi gyrra'dd Marine Coast. A phaid â'i adel e mas o dy olwg am eiliad. Gareth, dwi am i ti ofyn i Ward aros yno nes i ni orffen, ond os adewith e, Eifion, dwi am i ti'i ddilyn e. Iawn?'

'Iawn, syr,' meddai Eifion, gan edrych ar Carol a gwenu'n dawel iddo'i hun.

'Cofiwch fod dillad isa a sgidie Lisa Thomas yn dal ar goll. Os mai Ward yw'r llofrudd a'i fod e'n 'u cadw nhw i'w atgoffa o'i gamp, falle y bydd e'n poeni am 'u diogelwch nhw heno. Os bydd e, ma'n bosib y bydd e am neud yn siŵr 'u bod nhw'n dal i fod lle y cuddiodd nhw, ac yn ein harwain ni atyn nhw. Nawr, os allwn ni ddychwelyd at yr adroddiad fforensig,' meddai Clem Owen, gan droi at Carol a gwenu arni. 'Hynny yw, os nag o's 'da ti unrhyw wybodaeth syfrdanol arall i ni, Carol.'

'Wel, ma' 'na un peth.'

'O?' meddai'r prif arolygydd, yn ofni beth fyddai'n dilyn.

'Nos Fercher o'dd y tro cynta i Lisa a'i ffrindie fynd i un o ddawnsfeydd Marine Coast, ond ro'dd Lisa'n hen gyfarwydd â'r gwersyll. Ro'dd hi wedi bod yn gweithio yno am rai wthnose yn ystod yr haf.'

'Beth? Eifion, wyt ti'n gwbod rhwbeth am hyn?'

Diflannodd y wên o wefusau Eifion Rowlands. Roedd Ryan wedi dweud wrtho nad oedd e'n adnabod Lisa Thomas. Beth oedd y dyn yn meddwl roedd e'n ei wneud?

'Fi? Na.'

'Ti fuodd yn Marine Coast, yntefe?'

'Ie.'

'Yn holi'r staff am Lisa Thomas.'

'Yng nghyd-destun dawns nos Fercher.'

'A nath e ddim croesi dy feddwl i ofyn a o'n nhw'n 'i nabod hi?'

'Wel, do.' Roedd e'n siŵr ei fod wedi gofyn i Ryan a Pressman.

'A wedodd neb wrthot ti 'i bod hi wedi bod yn gweithio yno dros yr haf?'

Siglodd Eifion ei ben.

'Wyt ti ddim yn gweld hynny'n rhyfedd?'

'Yn ôl yr hyn dwi'n 'i ddeall, ma' dege o bobol yn gweithio 'na dros yr haf, a ma'n nhw'n mynd a dod mor amal â'r ymwelwyr.'

'Beth? Wyt ti'n awgrymu nad o's neb yn 'i chofio hi?'

'Ma'n bosib.'

'Dwyt ti ddim yn meddwl bod gyda nhw *reswm* dros 'i hanghofio hi? Bod gyda nhw rwbeth i'w guddio?'

'Ddim o reidrwydd. Falle'u bod nhw'n ofni'r holl gyhoeddusrwydd. Chi'n gwbod cystal â fi nad yw'r cyfrynge'n gwahaniaethu rhwng y drwg a'r diniwed mewn achos fel hwn. Ond wrth gwrs, nawr ein bod ni'n gwbod bod Lisa wedi gweithio 'na, fe alla i neud ymholiade mwy manwl.' Ac fe dynnodd ei lyfr nodiadau o'i boced i ddangos ei fod o ddifrif ynglŷn â'i gynnig.

'Hm,' meddai Owen.

Pesychodd Wyn Collins ond ymwrthododd Eifion â'r demtasiwn i edrych arno. Teimlai lygaid pawb yn syllu arno, yn chwerthin am ei ben unwaith eto ac yn gweld bai arno am rywbeth nad oedd e'n gyfrifol amdano. Efallai ei bod hi'n amser iddo daro'n ôl.

'Dyw Carol ddim yn credu bod 'da Michael Young unrhyw beth i' neud â'r llofruddiaeth, a dw inne ddim yn credu bod 'da staff Marine Coast ddim i' neud â'r llofruddiaeth chwaith.'

'Ti'n 'u nabod nhw cystal â hynny, wyt ti?' meddai Clem Owen, gan gydio unwaith eto yn yr adroddiad fforensig mewn ymgais i dynnu'r cyfarfod yn ôl o'r dargyfeiriadau annisgwyl roedd wedi eu cymryd. 'Os allwn ni fynd 'nôl at yr arf a laddodd Lisa Thomas.'

'Ma'r Athro Anderson yn gweud mai arf glân laddodd Lisa,' meddai Carol. 'Ond ar ôl gweld garej Michael Young, fydden i ddim yn meddwl mai o fan'ny dda'th e.'

'Pwynt da,' meddai Clem Owen braidd yn gyndyn, gan bori yn y papurau o'i flaen. 'Na, do'dd dim ôl olew yn y clwyf; erfyn glân wedodd yr athro o'dd e. Mae e hefyd yn gweud yn bendant nad yn y goedwig y ga'th hi'i llofruddio, ac i gadarnhau hynny, mae e'n dweud iddo ddod ar draws darne o ddefnydd yn y clwyfe. Gareth, alli di weud mwy am hwnnw.'

'Falle y bydde hi'n fwy cywir i weud mai mân ffibre ddarganfyddodd yr athro yn y clwyfe,' cywirodd Gareth Lloyd ei bennaeth. 'Ro'n nhw'n gymysg â'r gwa'd a'r gwallt ar 'i phen, ac yn ôl Anderson fe allen nhw fod wedi cyrra'dd yno mewn mwy nag un ffordd. Yn gynta, bod yr arf wedi'i lapio mewn rhyw ddilledyn naill ai cyn iddo ga'l 'i ddefnyddio neu tra o'dd e'n ca'l 'i ddefnyddio i ladd Lisa Thomas. Yn ail, galle Lisa naill ai fod wedi gorwedd ar y defnydd, neu wedi ca'l 'i lapio ynddo ar ôl iddi ga'l 'i tharo.'

'A'i chario ynddo i Goed y Gaer,' meddai Wyn Collins.

'Digon posib.'

'Felly ry'n ni 'nôl gyda'r ceir ar Lôn y Coed,' meddai Carol.

Roedd y teimlad o siom a rhwystredigaeth yn amlwg i bawb yn yr ystafell, ond roedd yn rhaid i Eifion Rowlands ei leisio, gyda mwy o ddirmyg na siom yn ei lais.

'Ry'n ni'n mynd rownd mewn cylchoedd. Ro'n i'n meddwl bod Wyn wedi ca'l ateb i sŵn y car glywodd y bobol yn Lôn y Coed.'

'Falle bydd raid inni fynd 'nôl i'w holi nhw 'to,' meddai Clem Owen. 'Nawr, dwi'n gwbod ein bod ni wedi holi yno ddwywaith yn barod,' meddai pan ddechreuodd y lleill ochneidio, 'ond falle bod mwy nag un car wedi gyrru lan y lôn yn orie mân fore Iau.'

'Gan gynnwys tacsi Graham Ward,' meddai Carol. 'Ma'r cyfan yn dal i droi o gwmpas ceir.'

'Odi Anderson yn dweud rhwbeth am y defnydd alle fod o help i ni?' gofynnodd Wyn Collins.

'Odi, ac ma' hyn eto'n ein tynnu 'nôl at y car,' meddai Gareth Lloyd. 'Ma'r defnydd ma'r ffibre'n rhan ohono yn un sy'n treulio'n dda ac yn ca'l 'i ddefnyddio'n aml mewn carpedi ar gyfer swyddfeydd, ysbytai, ysgolion, gwestai, carafanne, fanie a …'

'Cheir,' gorffennodd Carol.

'A cheir,' meddai Gareth Lloyd.

Symudodd Eifion Rowlands yn anghyfforddus yn ei gadair a throdd Clem Owen ato.

'Ie, Eifion, rhyw sylw?'

Siglodd Eifion ei ben. 'Na, dim byd.'

Ond roedd ei feddwl ar ras. Nid y sôn am geir ond y sôn am garafannau a'i poenai. Beth os mai yn un o garafannau Marine Coast roedd Lisa Thomas wedi cael ei llofruddio? Roedd hi yno yn y ddawns ac mae'n debygol iawn mai yno y cyfarfu â'i llofrudd. Yn ôl ei ffrindiau, doedd Lisa ddim i'w gweld yn unman adeg yr ymlad. Beth os oedd hi a'r llofrudd wedi mynd i chwilio am rywle tawel? Roedd y carafannau'n gyfleus, ac yn ôl Richie Ryan roedd y mwyafrif helaeth ohonynt yn wag yr adeg honno o'r flwyddyn. Ac wrth feddwl am Ryan fe gofiodd Eifion am ei ail ymweliad â Marine Coast pan oedd wedi gofyn iddo ef a Brian Pressman a oedden nhw'n adnabod Lisa Thomas. Cofiai'n iawn y ddau yn sefyll ger y goelcerth yn llosgi'r drws a ddifrodwyd yn yr ymlad. Cofiai Eifion hefyd i Ryan wthio darn o garped i ganol y tân.

'Carol, gair cyn i ti fynd …' meddai Clem Owen wrth i bawb adael ei ystafell ar ddiwedd y cyfarfod. Arhosodd i Wyn Collins gau'r drws ar ei ôl cyn gofyn, 'Beth ddigwyddodd yn Rhydaman bore 'ma? Do'dd Inspector Jeffreys ddim yn hapus iawn ynglŷn â dy ymddygiad.'

'Wel, dwi *yn* synnu,' meddai Carol yn ddi-hid.

'Os o'dd 'da ti reswm da dros adel Rhydaman, trueni na fyddet ti wedi gweud wrtho fe.'

''Nes i weud wrtho fe, ond do'dd e ddim yn cymryd llawer o sylw ohona i.'

'Dwi ddim yn gwbod faint wedith e yn 'i adroddiad. Tries i dawelu pethe ond …'

'Dwi ddim ise i chi neud esgusodion drosta i.'

'Ddim neud esgusodion o'n i; trio egluro'r amgylchiade,' meddai Owen yn amyneddgar.

'Wedoch chi ddim byd wrtho fe?'

Siglodd Owen ei ben. 'Naddo. Wyt ti …? Fydde'n well 'da ti gymryd diwrnod neu ddau …?'

'Na fydde. Dwi ddim am adel i Ian James na neb arall ga'l achos i 'meirniadu i.'

'Fydde neb yn dy feirniadu di, Carol; neb sy'n dy nabod di, beth bynnag. Fe alla i ga'l gair arall 'da Mr Peters os wyt ti moyn.'

'Chi wedi siarad ag e?'

'Do.'

'Be wedodd e?'

'Wel … wedes i dy fod ti am ddwyn cwyn yn erbyn Ian James …'

'A be wedodd e?' pwysodd Carol.

'Do'dd dim llawer alle fe weud; ro'dd y cyfan yn sioc mawr iddo fe, yn enwedig gyda achos Ken Roberts yn dal i rygnu mla'n.'

'Aros nes bydd hwnnw drosodd, dyna wedodd e?'

'Na, ddim yn hollol.'

'Ond dyna ro'dd e'n 'i feddwl, gan obeithio y bydde pawb wedi anghofio amdana i erbyn hynny.'

'Nage …'

'Alla i ddeall pam nad yw Mr Peters am ga'l achos arall o ddisgyblaeth; fe fydde'r cyhoeddusrwydd yn adlewyrchu'n wael iawn ar 'i arweinyddiaeth.'

'Nid dyna'r pwynt …'

'Ai dyna wedodd e?'

'Carol …'

'Ife?'

'Mae'n amser anodd iddo fe …'

'O, ma'n ddrwg 'da fi am ddewis amser mor anghyfleus i rywun ymosod arna i …'

'Paid colli dy dymer.'

'Beth y'ch chi'n ddisgwl?'

'Os nad wyt ti am gymryd amser i ffwrdd, alli di ddim fforddio gadel i dy dymer dy reoli. Y peth gore alli di'i neud yw cario mla'n â dy waith …'

'Ac anghofio'r cyfan?'

'Nage. Dangos dy fod ti'n swyddog da. Uffach gols, Carol, rwyt ti ganwaith gwell na James a'i whare gyda chyfrifiaduron; dwi'n gwbod hynny hyd yn o'd os nad y'n nhw.'

'Ofynnodd Mr Peters i chi 'mherswadio i dynnu 'nghwyn i 'nôl?'

'Paid meddwl amdano fe. Gna di beth wyt ti am 'i neud.'

'A beth amdanoch chi? Shwd fydde dau achos o ddisgyblaeth yn adlewyrchu arnoch chi?'

'Gna di beth wyt ti am 'i neud, Carol, ac fe gefnoga i di beth bynnag fydd dy benderfyniad.'

'Dewch mla'n, dewch mla'n,' mwmialodd Eifion yn ddiamynedd i mewn i'r ffôn. Gwasgodd ei sigarét yn y blwch llwch ac edrych ar ei oriawr. Doedd bosib nad oedd neb yno heddiw, o bob diwrnod? Gyda noson fawr o'u blaen fe ddylai rhywun fod yno. Ond canu'n ofer wnaeth y ffôn. Rhoddodd Eifion y derbynnydd dan ei ên a thwrio yn ei boced am ei lyfr nodiadau. Trodd y tudalennau yn chwilio am rif ffôn cartref Richie Ryan. Doedd dim rheswm swyddogol pam y dylai rhif cartref perchennog Marine Coast fod ganddo, ond roedd Eifion wedi bod yn gwneud ychydig o ymchwiliadau answyddogol ar ei ran ei hun. Roedd y berthynas oedd wedi tyfu rhyngddynt yn ystod y dyddiau diwethaf wedi mynnu hynny.

Torrodd Eifion y cysylltiad a dechrau deialu rhif cartref Ryan, ond yna peidiodd. Na. Wyneb yn wyneb fyddai orau. Ar yr un gwastad. Rhoddodd y derbynnydd yn ôl i'w le ac estyn am ei got.

'Carol! Hei, Carol!' Cerdded drwy'r dderbynfa oedd Carol Bennett pan alwodd Scott Parry arni, ond er iddi ei glywed, aeth Carol yn ei blaen i gyfeiriad y ffreutur heb hyd yn oed edrych arno. Plentynnaidd iawn, meddai Carol wrthi ei hun pan alwodd Parry arni am y trydydd tro, ond erbyn hynny roedd hi wedi gadael y dderbynfa ac roedd hi'n rhy hwyr iddi droi 'nôl heb golli wyneb.

Doedd hi erioed wedi meddwl mai proses hawdd fyddai dwyn cwyn yn erbyn Ian James, ond roedd ei sgwrs gyda Clem Owen wedi tanlinellu'n ddigon clir nad oedd dim ond gwrthwynebiad yn ei haros. A oedd hi'n wir wedi disgwyl i David Peters gydymdeimlo â hi a mynd allan o'i ffordd i achub ei cham? Roedd Peters yn ystyried ei chŵyn fach hi yng nghyd-destun delwedd gyhoeddus Heddlu Dyfed-Powys, ac yn y glorian honno nid oedd gobaith ganddi. Byddai digon yn barod i weld bai arni am gwyno; yn ei hystyried hi, ac nid James, yn euog o gamymddygiad. Hi fyddai'n gwneud môr a mynydd o ddim byd. Hi fyddai'n torri'r rhengoedd ac yn dwyn anfri ar yr heddlu. Ac Ian James? Doedd e'n gwneud dim ond yr hyn roedd dynion wedi'i wneud erioed, ac fe ddylai hi fod yn ddiolchgar iddo am edrych arni o gwbl.

Gwthiodd Carol ddrws y ffreutur ar agor a tharo yn erbyn y Rhingyll John Williams a gariai ddau fygaid o de.

'Hei! Gan bwyll!'

Cerddodd Carol at y cownter heb edrych yn ôl.

'Ie, wrth gwrs, arna i o'dd y bai,' galwodd Williams ar ei hôl, a the berwedig yn diferu o'i law.

'Coffi,' meddai Carol wrth y weinyddes.

Clywodd sŵn siarad a chwerthin y tu ôl iddi ond cadwodd Carol ei llygaid ar y rhesi o blatiau o frechdanau a theisennau yn y cwpwrdd gwydr ar y cownter rhag ofn mai hi oedd dan sylw. Ond pa reswm oedd ganddi dros feddwl hynny – ar wahân i letchwithdod ei sefyllfa? Parhaodd i astudio'r teisennau ac ildiodd i'r demtasiwn a gynigiai plataid llawn o deisennau siocled ffres.

'A hon.'

Talodd, ac wrth droi i chwilio am le i eistedd, sylwodd ar hanner dwsin o heddweision swnllyd yn eistedd wrth y bwrdd ger y ffenest. Yn eu canol, fel cyfarwydd yn cynnal gŵyl, roedd Ian James. Dechreuodd ei thraed symud yn reddfol am y drws, ond stopiodd ei hun a cherddodd at un o'r byrddau eraill. Eisteddodd yn wynebu'r bwrdd lle'r oedd James a'r lleill.

Ni fyddai Ian James yn gweithio ar y Sadwrn fel arfer, ac roedd gwybod na fyddai yno heddiw wedi rhoi ychydig o hwb i benderfyniad Carol i ddod i'r orsaf drannoeth yr ymosodiad. Ond, wrth gwrs, gyda'r ail-greu y noson honno, roedd pawb wedi colli ei ddiwrnod gorffwys, hyd yn oed creadur mor ddiwerth â James. Neu a oedd ei gydwybod yn ei boeni? A oedd hi wedi bod yn amhosibl iddo aros gartref yn ceisio dyfalu beth fyddai Carol yn ei wneud?

Yfodd Carol ychydig o'r coffi. Os teimlai Ian James yn anghyfforddus, wel gorau oll. Gwnâi hynny iddi deimlo'n well gan fod hynny'n golygu fod ganddi fymryn o afael arno; mymryn o bŵer drosto. Cnodd damaid o'r deisen ac yfed rhagor o'r coffi gan geisio peidio syllu'n rhy amlwg i gyfeiriad y bwrdd ger y ffenest.

Roedden nhw'n dal i glebran a chwerthin am yn ail, gydag Ian James yn cyfrannu'n fwyaf aml. Tybed beth mae e'n ei ddweud? meddyliodd Carol. Gwneud yn siŵr fod pawb yn gwybod ei fersiwn ef o'r stori gyntaf? Cael pawb ar ei ochr ef? A hynny cyn iddo wybod bod Carol wedi cwyno'n swyddogol am ei ymddygiad. Roedd e'n wir yn poeni os mai dyna'r oedd yn ei wneud. Neu ai hi oedd yn dechrau dioddef o baranoia?

Agorodd drws y ffreutur a daeth dau heddwas arall i mewn a mynd at y cownter. Ar ôl cael eu paneidiau croesodd y ddau at y lleill oedd yn dal yn eu hwyliau. Nid oedd lle iddynt eistedd ac arhosodd y ddau ar eu traed yn gwrando ar y sgwrs. Roedd y siarad yn isel fel mai prin y clywai Carol ef, ond yna ar draws y lledd-ddistawrwydd ffrwydrodd chwerthin. Trodd Carol tuag atynt er ei gwaethaf, a gweld y ddau newydd-ddyfodiad yn syllu arni gan wenu'n chwantus. Nid oedd unrhyw amheuaeth nawr nad hi oedd testun y sgwrs a'r holl rialtwch.

Cyn i'r chwerthin farw'n llwyr, cododd tri o'r rhai a eisteddai o gwmpas y bwrdd a dechrau cerdded allan o'r ffreutur. Wrth i'r olaf fynd drwy'r drws, trodd at Carol, crychu ei wefusau a chwythu cusan i'w chyfeiriad. Trodd Carol ei phen i ffwrdd a gweld Ian James yn cerdded tuag ati.

'Shwd wyt ti heddi?' gofynnodd â gwên.

'Ma' wyneb y diawl 'da ti.'

'Beth wyt ti'n feddwl?' gofynnodd yn ddiniwed.

'Ymosod arna i neithiwr a heddi esgus dy fod ti'n poeni amdana i.'

Eisteddodd James ar un o'r cadeiriau. Yn wynebu Carol. A'i gefn at y bwrdd ger y ffenest.

'Dwi *yn* poeni amdanot ti, ond os mai fel'na wyt ti'n teimlo ...'

'Shwd uffern ...!' Trodd un neu ddau o'r lleill tuag atynt a gostyngodd Carol ei llais. 'Shwd uffern wyt ti'n disgwl i fi deimlo? Rhoi e lawr i brofiad a gofyn shwd o'dd e i ti?'

Gwenodd James. 'Dyna fydde'r peth calla.'

Syllodd Carol ym myw ei lygaid a gweld dim ond oerni y tu ôl i'r wên amhersonol.

'Mae'n amlwg dy fod di wedi llwyddo i anghofio'r cyfan.'

Siglodd ei ben. 'Na, dwi ddim wedi anghofio dim.'

'A dw inne ddim yn bwriadu anghofio dim.'

Pwysodd James yn agosach, a phlethu ei ddwylo o'i flaen ar y bwrdd.

'Wel, dwi'n gobeithio nad wyt ti wedi anghofio beth wedes i wrthot ti neithiwr?'

'Beth, dy rybudd ynglŷn â gneud camgymeriad? Nawr, tybed beth o't ti'n 'i feddwl wrth hynny?'

'Dwyt ti ddim wedi, wyt ti?'

'Anghofio?'

'Sôn wrth rywun am neithiwr.'

Teimlai Carol ei gafael yn tynhau fymryn amdano. Pwysodd ymlaen a phlethu ei dwylo ar y bwrdd mewn dynwarediad ohono. 'Pam? Wyt ti'n poeni? O's ofan arnot ti? Dyn mawr caled fel ti, do's bosib.'

'Dwi'n gobeithio nad wyt ti wedi gneud dim byd dwl, Carol.'

'Yr unig beth dwl dwi wedi'i neud yw cymryd trueni

arnot ti a gwrando ar dy falu awyr diddiwedd am gyfrifiaduron. Ro't ti fel plentyn bach yn methu siarad am ddim byd arall ond 'i hoff dîm pêl-droed. Dyna o'dd 'y nghamgymeriad i.'

'Amser y mis, odi hi?'

Gwthiodd Carol ei chadair yn ôl a chodi.

'A dy gamgymeriad di, Ian, yw meddwl bod arna i dy ofan di.'

'Wyt ti'n siŵr dy fod ti wedi meddwl hyn drwodd?'

Syllodd Carol i lawr arno heb ddweud gair.

'Dylet ti bwyllo ac ystyried pob peth yn ofalus,' meddai James a gwên ysgafn ar ei wefusau. 'Os nad wyt ti'n poeni amdanat ti dy hun, fe ddylet ti feddwl shwd alle dy ymddygiad effeithio ar bobol er'ill; rhai diniwed, falle.'

'Do's 'da fi ddim syniad am beth wyt ti'n sôn, ond alli di ddim 'y mygwth i.'

'Do's neb yn dy fygwth di, Carol, ond bydd yn ofalus.'

Cerddodd Carol at y drws, a phan oedd yn siŵr bod pob un o'r dynion wrth y bwrdd mawr yn edrych arni fe drodd a galw ar Ian James.

'Ynglŷn â dy broblem, Ian. Wyt ti wedi trio Viagra? Ma'n nhw'n gweud 'i fod e'n gallu gneud gwyrthie.'

A gyda sŵn bonllefain chwerthin yn ei chlustiau, gadawodd Carol y ffreutur.

Tŷ newydd sbon a fyddai'n gweddu'n well i arfordir Sbaen nag i arfordir Cymru oedd Coastwinds. Roedd ei furiau gwyn llachar a'i do o deiliau coch i'w gweld filltiroedd i ffwrdd, ac o bosib yn fwy o graith ar y fro na'r melinau gwynt roedd cymaint o brotestio wedi bod yn eu cylch yn ddiweddar. Rhyfeddai Eifion sut roedd Richie Ryan wedi cael caniatâd i'w adeiladu; ond nid perchennog Marine Coast fyddai'r cyntaf, na'r olaf, i yrru jac codi baw drwy reolau cynllunio'r sir.

Parciodd Eifion ei gar y tu ôl i'r BMW cyfres pump glas tywyll a cherdded i fyny'r llwybr briciau coch at y tŷ. Tynnodd y gadwyn ddu a grogai yn ymyl y drws a chlywodd y gloch yn atseinio i bellteroedd byd arall y tu ôl i'r drysau brown trwm. Wrth i'r atsain ddistewi, clywodd Eifion sŵn carlamu traed bychan yn agosáu o'r tu mewn i'r tŷ. Agorodd y drws yn araf i ddatgelu bachgen bach pum neu chwe blwydd oed.

'Helô,' meddai Eifion, gan wneud ei orau i wenu'n gyfeillgar.

Arhosodd y bachgen mor llonydd a mud â delw.

'Helô,' ailgynigiodd Eifion. 'Odi Dad gartre?'

Ond dal i syllu'n ddifynegiant wnaeth y bachgen.

Gobeithio i'r nefoedd na fydd Emyr yn tyfu i fyny i fod yn drysor bach annwyl fel hwn, meddyliodd Eifion. Ond os câi Siân ei ffordd, gwyddai fod yna berygl gwirioneddol mai dyna fyddai'n digwydd.

Cyrcydodd Eifion. 'Cer i nôl dy dad i fi, 'na fachgen da.'

'Eifion.'

Cerddai Richie Ryan tuag ato ar draws y cyntedd eang.

'Beth wyt ti'n neud 'ma?' gofynnodd, a min i'w lais er gwaetha'r wên ar ei wyneb.

'Fydde'n well 'da fi beidio bod 'ma, ond fel'na ma'i.'

Safodd Ryan y tu ôl i'r bachgen a rhoi ei ddwylo ar ei ysgwyddau.

'Beth alla i' neud i ti?'

'Ma' rhwbeth wedi codi a dwi'n credu y dylen ni'n dau ga'l sgwrs.'

'O,' meddai Ryan, a syllodd yn dawel ar Eifion am rai eiliadau.

Daliodd Eifion ei edrychiad yr un mor ddifynegiant â'r bachgen bach a safai rhyngddynt. 'Cyn heno.'

'Alex,' meddai Ryan o'r diwedd. 'Ma' Mam ise ti,' a

throdd y bachgen gerfydd ei ysgwyddau i wynebu'n ôl i mewn i'r tŷ. Heb gŵyn na gwg, rhedodd y bachgen ar hyd y cyntedd cyn diflannu i rywle yn y cefn.

'Be sy'n dy boeni di?' gofynnodd Ryan.

'Lisa Thomas,' meddai Eifion, gan gamu dros y rhiniog.

Caeodd Ryan y drws a dilyn Eifion. Arhosodd y ddau ar ganol y cyntedd yn syllu ar ei gilydd. Ochneidiodd Ryan ac arwain y ffordd i mewn i'r lolfa.

'Stedda.'

'Pam na wedest ti wrtha i 'i bod hi'n arfer gweithio yn y gwersyll?'

Eisteddodd Richie Ryan mewn cadair freichiau lydan, ac ar ôl ei wneud ei hun yn gyfforddus meddai, 'Ro'n i'n meddwl 'mod i wedi gweud.'

'Naddo. Dweud nad o't ti'n 'i nabod hi nest ti.'

Cododd Ryan ei freichiau'n ymbilgar. 'Pa wahaniaeth mae e'n 'i neud?'

'Ma'n 'y ngneud i i edrych yn ffŵl, yn un peth,' meddai Eifion yn bigog.

Mentrodd Ryan wên ac estynnodd am flwch arian a orweddai ar y bwrdd yn ei ymyl.

'Sigâr?'

Estynnodd Eifion ei law a chymryd un o'r blwch. Tynnodd Ryan daniwr aur o'i boced a chynnig tân iddo. Eisteddodd Eifion.

'Ti'n iawn,' meddai Ryan ar ôl iddo gynnau sigâr iddo'i hun. 'Ddylwn i fod wedi gweud wrthot ti, ond pan wedest ti mai Lisa o'dd y ferch ddethoch chi o hyd iddi yng Nghoed y Gaer, colles i bob synnwyr cyffredin. Ro'n i'n gallu gweld yr adroddiade yn y papure a'r holl gyhoeddusrwydd gwael fydde'n dilyn o hynny.'

Ceisiodd Eifion gofio sut roedd Ryan wedi ymateb i'r newyddion mai corff Lisa Thomas oedd yng Nghoed y Gaer.

'Wydden i ddim hyd yn o'd 'i bod hi wedi bod yn y ddawns nos Fercher,' aeth Ryan yn ei flaen. 'Weles i mo'ni, ac erbyn i fi siarad â'r staff a cha'l gwbod iddi fod 'na, ro'dd hi'n rhy hwyr i fi newid y stori. Fe fyddet ti wedi meddwl bod 'da fi rwbeth i'w guddio a bydde rhagor o gwestiyne gyda ti wedyn.'

'Ma'r cwestiyne hynny'n mynd i ga'l 'u gofyn nawr, beth bynnag.'

Ochneidiodd Ryan. 'Odyn, ma'n siŵr.'

'Beth o'dd dy berthynas di â hi?' gofynnodd Eifion.

Agorodd Ryan ei lygaid led y pen.

'Dyna'r math o gwestiwn sy'n mynd i ga'l 'i ofyn,' meddai Eifion. 'Ac os na ddwedi di'r cwbwl ti'n 'i wbod, byddwn ni'n ame'r gwaetha, ac i'r diawl â chyhoeddusrwydd gwael.'

Nodiodd Ryan. 'Do'dd dim byd rhyngddon ni. Dwi wedi dysgu cadw digon o fwlch rhwng gwaith a phleser. Un o'r *casuals* o'dd hi. Gwerth y byd tra ma'n nhw 'na, ond ddim yn meddwl dwywaith amdanyn nhw ar ôl iddyn nhw fynd.'

'Wyt ti'n gwbod rhwbeth o'i hanes?'

'Dim. Gall Enid roi manylion 'i chyflogaeth i ti os mai dyna wyt ti ise gwbod. Ond beth o'dd hi'n neud cyn dod aton ni, dwi ddim yn gwbod.'

Nac yn poeni, meddyliodd Eifion. Oes 'na unrhyw un sy'n poeni amdani? Lled-gofiai i rywun ddweud rhywbeth tebyg o'r blaen. Pwy? Ryan? Ef? Pwy bynnag oedd e, efallai fod mwy na gronyn o wirionedd ynddo. Roedd amser Lisa Thomas wedi bod. Amser iddo ef i boeni amdano'i hun a'i ddyfodol oedd hi nawr.

'Wel, bydd yn barod am ragor o gwestiyne heno.'

Nodiodd Ryan eto. 'Ddylen i wbod yn well na meddwl y gallen i gadw'r cysylltiad â'r maes yn dawel. Ma'r ailgreu heno'n siŵr o arwain at ddigon o gyhoeddusrwydd gwael,' meddai, gan chwerthin yn ddihiwmor.

Ond nid oedd Eifion yn gwrando ar hunandosturi Ryan; roedd newydd gofio am rywbeth arall.

'Beth am y carped?'

'Pa garped?' gofynnodd Ryan o'r tu ôl i len o fwg.

'Y carped ro't ti a Pressman yn 'i losgi pan alwes i 'nôl yn y gwersyll nos Iau.'

Cododd Ryan ei ysgwyddau. 'Dim ond y drws a ddifrodwyd adeg yr ymlADd a rhyw fân sbwriel arall o'dd hwnnw.'

'Ro'dd 'na garped yn 'i blith.'

'O'dd e? Dwi ddim yn cofio.'

'O ble dda'th e?'

'Dwi ddim yn gwbod. Wydden i ddim fod 'na garped 'na.'

'Ma'r bobol fforensig wedi dod o hyd i ffibre mân yng nghlwyfe Lisa, ffibre defnydd sy'n ca'l 'i ddefnyddio i neud carpedi ceir a charafanne.'

'Carafanne.'

'Ie.'

'Wel, dda'th e ddim o un o 'ngharafanne i.'

'Wyt ti'n siŵr?'

'Wrth gwrs 'mod i'n siŵr,' meddai Ryan yn swta. 'Adeg 'ma o'r flwyddyn pan ma'r mwyafrif ohonyn nhw'n wag, dwi'n mynd rownd bob carafán bob bore i weld fod popeth yn iawn.'

'Ac ma'n nhw i gyd yn iawn?'

'Odyn.'

'Do's 'da ti ddim i boeni amdano, 'te, o's e?'

Sugnodd Ryan ar ei sigâr am ychydig, yna edrychodd ar ei oriawr a dweud, 'Ma'n rhaid i fi fynd â'r mab i barti pen blwydd erbyn pump o'r gloch. Rhwng popeth, ma' heddi'n hunlle.'

Rhoddodd Eifion ei sigâr i orwedd ynghynn yn y blwch llwch mawr gwydr, a chododd. Roedd ganddo un peth arall i'w ddweud cyn gadael.

'Fwy na thebyg bydd y bachgen gwynodd am Pressman a Macfarlane 'na heno.'

Dychwelodd y min i lais Ryan. 'Ro'n i'n meddwl fod hwnnw wedi setlo.'

'Odi, yn swyddogol, ond rhag ofn y bydd e a'i ffrindie'n ystyried talu'r pwyth ...'

'A'r holl heddlu 'na?'

'Dwyt ti byth yn gwbod be neith rhai pobol. Os alli di ga'l gair gyda dy fechgyn rhag ofn ...'

'Iawn. Fydd 'na ddim trafferth heno.'

'Gobeithio, wir.'

Caeodd Carol ddrws ei swyddfa a phwyso yn ei erbyn yn falch o gael lloches rhag awyrgylch fygythiol y ffreutur. Fe ddylai fod wedi gwybod yn well na mynd yno; roedd holl ddiwylliant y lle yn dangos dynion ar eu gwaethaf – eu hymddygiad bachgennaidd a'u sgyrsiau ffiaidd. Âi'r dynion allan o'u ffordd i ddangos i'w gilydd gymaint o ddynion oedden nhw gan ymdrechu'n galed i wneud a dweud yn well – neu'n waeth – na'u cyd-weithwyr. Ac wrth gwrs, roedd disgwyl i'r merched ymuno yn yr hwyl, er mai bychanu a dibrisio merched fyddai'r dynion gan amlaf. Ond onid hwyl ddiniwed oedd y cyfan? Hen ferch groendenau oedd unrhyw un a gwynai. Ac er mawr gywilydd iddi hi a'r merched eraill, fydden nhw byth yn cwyno. Bod yn un o'r bois oedd y nod a'r wobr i lawer un, a dyn a ŵyr, roedd Carol hithau wedi chwarae'r gêm honno droeon cyn hyn. Ond ddim eto. Byth eto.

Gwenodd a gwingodd wrth iddi gofio'r hyn roedd hi wedi'i ddweud wrth Ian James. Roedd hi wedi disgyn i'w lefel ef drwy ei fychanu'n rhywiol o flaen ei ffrindiau, gwyddai hynny, ond ni allai beidio â gwenu wrth gofio'u chwerthin. Roedd hi'n rhy hwyr i edifarhau; byddai James wedi sylweddoli ei bod hi o ddifrif, a gwnâi diwrnod neu ddau o chwysu fyd o les iddo. Dangosai chwerthin ei ffrindiau am ei ben nad oedd llawer o deyrngarwch yn eu plith; roedd pob un yn gocyn hitio yn ei dro, a threchaf treisied oedd hi ar yr adegau hynny.

Canodd y ffôn. Gwthiodd Carol ei hun i ffwrdd o'r drws ac estyn amdano.

'DS Bennett.'

'Be sy'n mynd mla'n, Carol?' gofynnodd Glyn Stewart yn swta yn ei chlust.

'Glyn!' O leia roedd ganddi un darn o fywyd oedd y tu allan i'w gwaith a'i chyd-weithwyr.

'E? Beth uffern sy'n mynd mla'n?'

'Be sy'n bod, Glyn?'

'Yr holl blismyn 'ma!' bloeddiodd Glyn yn ei chlust. 'Alla i ddim troi rownd heb faglu dros blismon. Beth ydw i wedi'i neud i haeddu'r fath sylw?'

'Glyn, arafa a gwed be sy wedi digwydd.'

'Bore 'ma ar fy ffordd adre, ces i'n stopio ar y draffordd, ac wedyn galwodd dau blismon yn y tŷ gyda rhyw ddwli am ddamwain o'n nhw'n meddwl o'n i wedi bod yn dyst iddi.'

'O'dd 'na ddamwain?'

'Falle; beth wn i? Ca'l plismyn yn 'y nghartre i sy'n 'y mhoeni i.'

'Beth ofynnon nhw i ti?'

'Faint o'r gloch yn union o'n i ar y draffordd. Pryd ddechreues i'r daith. O ble'r o'n i'n teithio ar draffordd yr M4. Wyt ti'n gweld y darlun, Carol?'

'Odw.' O oedd, roedd hi'n gweld y darlun. Ac yr oedd yn ddarlun ehangach o lawer na'r un roedd Glyn yn ei weld.

'O'dd Sheila 'na?'

'O o'dd, fe fynnon nhw, mewn ffordd gwrtais iawn, bod Sheila'n aros tra o'n nhw'n 'yn holi i, ac wedyn ro'dd rhaid i fi esbonio i Sheila beth o'n ni'n neud ar yr M4 os mai ym Mryste o'n i wedi aros neithiwr.'

Eisteddodd Carol ar y gadair ger y ddesg a gadael i Glyn daflu ei faich arni. Dyma beth roedd James yn ei olygu pan ddywedodd e y gallai pobl eraill, ddiniwed, ddioddef pe bai hi'n cwyno amdano. Dim ond y dechrau oedd hyn; fe allai'r erlid barhau am amser ac fe allai waethygu. Nid ymateb mewn panig wnaeth Ian James wrth drefnu hyn. Mae'n rhaid ei fod wedi mynd ati'n syth ar ôl gadael ei fflat; ffonio'i ffrindiau, gofyn ffafrau, a defnyddio adnoddau'r heddlu i'w ddibenion personol ef ei hun. Roedd Ian James wedi bod yn gyfrwys a chlyfar. Tynnodd Carol ei llaw ar draws ei gwar. Ei thro hi oedd hi i chwysu nawr.

Tynnodd Lunwen Thomas y siwmper fechan goch i lawr ymhellach dros ei stumog mewn ymgais i guddio'r fodfedd a hanner o gnawd noeth oedd yn agored i'r elfennau uwchben ei sgert ledr ddu. Edrychodd arni ei hun yn nrych ystafell wely Lisa Thomas; nid dyma'r math o ddillad y byddai hi'n eu gwisgo o ddewis, meddyliodd, ond mae newid yn *change*. Safodd a'i hochr at y drych, llaw chwith ar ei hystlys a'i llaw dde'n gwthio'i gwallt i fyny; tynnodd wyneb a gwenu ar ei hymddygiad plentynnaidd. Syllodd ym myw ei llygaid ei hun a gweld Lisa Thomas yn syllu'n ôl arni. Sobrodd. Ai fel hyn roedd Lisa wedi ymddwyn nos Fercher? Chwarae dwli? Edrych ymlaen at noson allan gyda'i ffrindiau heb feddwl am eiliad mai honno fyddai ei noson olaf; y byddai'n farw cyn y bore.

Crynodd Lunwen ac estyn am y siaced wlanen ddu a orweddai ar y gwely. Gwisgodd hi a cherdded allan at Rosemary a Karen a oedd yn disgwyl amdani yn yr ystafell fyw.

'Lisa …' meddai Karen, ei llygaid yn llenwi'n syth.

'Paid!' gorchmynnodd Rosemary, a llyncodd Karen y gri a gronnai yn ei gwddf.

'Ai …' dechreuodd Lunwen, yn lletchwith ac yn dawel, 'fel hyn yr edrychai Lisa nos Fercher?'

Nodiodd Karen.

'Ie,' meddai Rosemary, ei hwyneb gwelw'n gwbl ddigyffro.

Roedd y ddwy ferch yn barod i wneud y cyfan y gallen nhw i gynorthwyo gyda'r ail-greu, a gwyddent y golygai hynny ail-fyw amgylchiadau colli Lisa, ond pan gytunon nhw i helpu'r heddlu, nid oedd yr un ohonynt wedi ystyried pa mor anodd y byddai i 'weld' eu ffrind eto. Y tair ohonynt, unwaith eto. Cadwai Rosemary reolaeth gadarn ar ei theimladau; cadw Lunwen hyd braich, eu perthynas yn ffurfiol ac yn oeraidd. Ond am Karen, roedd hi, druan, wedi methu'n lân.

Edrychodd Lunwen ar ei horiawr. Tair munud ar hugain wedi saith. Saith munud arall nes y byddai'r tacsi'n cyrraedd; neu felly y bu hi nos Fercher. Heno roedd y tacsi – gyda Graham Ward wrth y llyw – eisoes y tu allan i'r tŷ yn disgwyl amdanynt. Roedd y merched hwythau'n barod, ond roedd yn rhaid iddynt gadw at yr amserlen. Nid mynd drwy'r camau'n fecanyddol er mwyn cyhoeddusrwydd y bydden nhw. Nid dyna ddiben heno; ond yn hytrach ceisio ail-greu'r union amgylchiadau a arweiniodd at lofruddiaeth Lisa Thomas, gan obeithio y byddai hynny'n rhoi proc i gof rhywun a chodi gwreichionyn a fyddai'n tyfu'n goelcerth a oleuai'r achos cyfan. Dyna'r oedd yr heddlu'n ei obeithio, ond anaml iawn yr âi pethau fel roedd yr heddlu'n ei obeithio.

'Be nethoch chi tra o'ch chi'n disgwl am y tacsi?' gofynnodd Lunwen, er mwyn torri ar y distawrwydd llethol.

'Dim,' meddai Rosemary.

'Yfed,' meddai Karen, gan wenu a chodi o'i chadair. 'A dwi'n mynd i ga'l rhwbeth nawr.'

'Paid, Karen,' meddai Rosemary. 'Ddylet ti gadw dy ben yn glir.'

'Rose, pa werth ydw i'n mynd i fod? Ro'n i'n dwll nos Fercher, ac os mai ail-greu nos Fercher ry'n ni fod i' neud heno, dwi'n mynd i fod yn dwll heno hefyd.'

Cerddodd at un o'r cypyrddau yn rhan y gegin o'r ystafell a thynnu potel win allan. Arllwysodd gwydraid da o'r ddiod goch iddi ei hun a'i yfed ar ei ben cyn ail-lenwi'r gwydr. Daliodd y botel i fyny o'i blaen a'i chynnig i Lunwen.

Siglodd Lunwen ei phen; gwagiodd Karen ei gwydr cyn ei lenwi eto.

'Ddylet ti ddim,' meddai Rosemary.

Anwybyddodd Karen gyngor ei ffrind ac yfodd y gwin yn heriol.

'Dwi'n credu y dylen ni fynd,' meddai Lunwen.

Nodiodd Rosemary. Llenwodd a gwagiodd Karen ei phedwerydd gwydr.

Cerddodd y tair allan o'r fflat ac i lawr y grisiau gyda'i gilydd; yn debycach i dair yn mynd i angladd nag i ddawns.

Agorodd Lunwen ddrws allanol y tŷ ac arwain y ffordd at y tacsi oedd wedi ei barcio ddecllath i fyny'r ffordd. Dringodd y tair i mewn i'r cefn; Karen yn gyntaf, yna Lunwen, a Rosemary'n olaf. Fflachiodd Graham Ward olau'r tacsi i ddangos ei fod yn tynnu allan i ganol y stryd a gyrrodd i ffwrdd.

'Iawn, Eifion,' meddai Carol yn y car tu ôl.

'Dwi *yn* gwbod,' meddai Eifion yn swta, a throdd drwyn y car allan i'r ffordd fawr.

'Paid gadel iddo fynd yn rhy bell mla'n.'

'Odych chi ise gyrru?'

'Beth yw dy broblem di, e?'

Yr eiliad hon, meddyliodd Eifion, dim byd mwy na llai na ti. Ond ni leisiodd ei feddyliau, dim ond cadw'i lygaid ar gefn y tacsi o'i flaen.

Derbyniodd Eifion benderfyniad hwyr Clem Owen y byddai Carol Bennett yn dilyn y tacsi gydag ef yn ddirwgnach; ni allai wneud dim ond derbyn penderfyniad ei bennaeth. Ond gwyddai Eifion fod hyn yn gadarnhad pellach o'i ddiffyg ymddiriedaeth ynddo. Wel, i'r diawl â Clem Owen; roedd gan Eifion bethau pwysicach i'w gwneud nawr. Roedd presenoldeb Carol Bennett ar y gorau yn dân ar ei groen, ond heno, a chymaint ar ei feddwl, roedd cael Miss Perffaith yn eistedd yn ei ymyl yn codi cyfog arno. Yna cofiodd am rywbeth roedd Scott Parry wedi'i glywed amdani hi ac Ian James. Gwenodd. Dylai'r creadur gael medal am fentro mor agos ati. Medal a phigiad.

'Bydd e'n troi i'r chwith ar ben y stryd nesa.'

'Dwi'n gwbod,' meddai Eifion rhwng ei ddannedd. Wrth gwrs ei fod e'n mynd i droi i'r chwith; roedd yn rhaid iddo droi i'r chwith os oedd am gyrraedd Marine Coast heb fynd drwy Gaerfyrddin. Ac fe ddylai Eifion, o bawb, wybod y ffordd i'r gwersyll gwyliau erbyn hyn heb i neb ddweud wrtho.

Hyd yn hyn roedd dilyn y tacsi wedi bod yn ddigon hawdd – er gwaethaf cyfarwyddiadau Carol Bennett – ond bellach roedd mwy o draffig ar y ffordd, a mwy o geir yn gyrru i gyfeiriad Marine Coast. Roedd sôn am yr ail-greu wedi lledu drwy'r dref gan ddenu degau yn fwy i'r ddawns heno nag a fu yno nos Fercher. A gan na wyddai'r heddlu pwy yn union fu yn nawns nos Fercher, fe fyddai'n rhaid iddynt adael pawb i mewn er gwaethaf y problemau rheolaeth a diogelwch a olygai hynny. Gwenodd Eifion eto; nid ei broblem ef oedd honno.

Cyrhaeddodd y tacsi'r gyffordd ac aros am fwlch cyn ymuno â'r llif o geir ar y ffordd allan o'r dref. Dilynodd Eifion yn dynn y tu ôl iddo gan wthio i mewn o flaen tacsi arall a ganodd ei gorn a fflachio'i oleuadau. Wela i di eto, meddyliodd Eifion, gan nodi rhif y tacsi hwnnw.

Arafodd y llif wrth iddynt agosáu at Marine Coast. Roedd presenoldeb yr heddlu'n amlwg, gyda cheir a phlismyn fel cerrig milltir ar hyd y daith yn cadw'r drafnidiaeth i symud. Roedd arwyddion 'Dim Parcio' wedi eu gosod yma a thraw ar hyd y canllath neu ddau o laswellt oedd ar ymyl y ffordd cyn cyrraedd mynedfa'r gwersyll, ond er gwaethaf y rhain, credai rhai modurwyr nad oedd yr arwyddion yn cyfeirio atynt hwy a cheisient adael eu ceir yno. Ond yr eiliad y gyrrent oddi ar y ffordd fawr fe ymddangosai heddwas ar feic modur i'w cywiro a'u symud ymlaen i'r cae gyferbyn â mynedfa'r gwersyll a oedd wedi ei droi yn faes parcio am y noson; roedd maes parcio Marine Coast wedi ei neilltuo ar gyfer gweithgareddau'r heddlu. Gadewid y llu tacsis i mewn yno, ond unwaith yr oeddynt wedi gollwng eu teithwyr, cânt hwythau eu troi allan yn ôl i'r ffordd fawr.

Gwastraff amser, meddyliodd Eifion wrth iddo ddilyn tacsi Graham Ward drwy'r fynedfa. Efallai bod y merched yn cyrraedd yma ar yr un amser ag y gwnaethon nhw nos Fercher, ond beth am bawb arall? Ai'r un bobl sydd yma'n barod heno a oedd yma pan gyrhaeddodd y merched bryd hynny? A beth am y bobl a ddaeth yn eu ceir eu hunain nos Fercher a'u gadael yn y maes parcio? Efallai fod un neu ddau ohonyn nhw'n dal i eistedd yn eu ceir pan ollyngodd y tacsi'r merched ac wedi sylwi ar rywbeth, ond heno maen nhw hanner canllath i ffwrdd mewn cae. A beth bynnag, gyda chymaint o blismyn o gwmpas, byddai'n rhaid i'r llofrudd fod yn ffŵl i ddychwelyd i'r gwersyll o'i wirfodd. Ail-greu? Hy!

Ond wedyn, gallai absenoldeb rhywun fod yr un mor amlwg â'i bresenoldeb, ac efallai mai hynny fyddai'r proc i gynnau'r goelcerth.

Gyrrodd tacsi Graham Ward i fyny at y neuadd lle'r oedd Gareth Lloyd yn disgwyl amdano. Arhosodd Eifion, ac agorodd Carol Bennett ddrws y car.

'Paid gadel Ward mas o dy olwg am eiliad,' gorchmynnodd, gan neidio allan.

'Ddim ar unrhyw gyfri, eich mawrhydi,' meddai Eifion ar ôl iddi gau'r drws.

'Popeth yn iawn?' gofynnodd Gareth Lloyd i Carol Bennett wrth iddynt ddilyn y tair merch i gyfeiriad y neuadd.

'Odi. Shwd ma' pethe fan hyn?'

'Yn dra'd moch,' cyfaddefodd Gareth. 'Ry'n ni'n amcangyfri y bydd bron i ddwywaith gymaint o bobol 'ma heno ag o'dd nos Fercher, ac ma' swyddog diogelwch y Frigâd Dân yn gwrthod caniatáu mwy na'r wyth cant ma'r neuadd yn eu dal i fynd mewn.'

'Alla i ddeall hynny.'

'Ond go brin mai'r un wyth cant o'dd yma nos Fercher fydd tu mewn. Bydd raid i ni holi pawb fydd ar ôl y tu allan gynta ac wedyn y rhai tu mewn.'

'A dweud wrth y rhai y tu allan na fyddan nhw'n ca'l mynd i mewn i'r ddawns.'

'Ie.'

'Rysáit am drwbwl.'

Nodiodd Gareth ac edrych i gyfeiriad y rhesi o bobl oedd eisoes yn cael eu holi. Gwyddai mai'r cwestiwn cyntaf oedd, 'Oeddech chi yma nos Fercher ddiwetha?' Os mai 'Na' oedd yr ateb yna câi'r bobl eu cyfeirio – yn gwrtais ond yn bendant – at y glwyd ac allan o'r gwersyll. 'Diolch yn fawr a nos da.'

Ond fel yr oedd Gareth a Carol wedi rhag-weld, nid oedd pawb yn derbyn hynny'n fodlon, a gyda'r ddiod yn gwneud ambell un yn fwy huawdl a phenstiff nag arfer, roedd pethau'n dechrau troi'n gas. Sylwodd Gareth ar un heddwas a geisiai ddal pen rheswm â thri bachgen ifanc oedd newydd gael eu troi i ffwrdd. Yn wyneb dadlau taer y bechgyn roedd yn dechrau colli'r dydd a'i dymer.

'Aros funud,' meddai Gareth wrth Carol, a dechreuodd gerdded tuag at y pedwar.

'Sarjant!'

Trodd Gareth a gweld Richie Ryan yn cerdded ar frys tuag ato o gyfeiriad y neuadd.

'Odych chi'n troi pobol i ffwrdd?' galwodd y perchennog ar draws y maes parcio.

Arhosodd Gareth nes bod Ryan wedi ei gyrraedd cyn ateb. 'Do's dim lle i bawb yn y neuadd, Mr Ryan.'

'Ond *fi* fyddan nhw'n 'i feio am fethu mynd mewn.'

'Ma'n rhaid i ni ystyried diogelwch pawb.'

'A beth am 'y niogelwch i? Fyddwch chi 'ma'r wthnos nesa i'w cadw nhw rhag malu'r lle?'

'Dwi ddim yn credu …'

'Hei!'

Roedd y tri bachgen wedi cael digon ar ddadlau â'r heddwas ac wedi penderfynu nad oedd neb yn mynd i'w hatal rhag mynychu'r ddawns. Rhedai'r tri ar draws y maes parcio a'r heddwas ar eu sodlau. Bloeddiai nifer o'r bobl oedd yn y rhesi'n disgwyl cael eu holi, eu cymeradwyaeth, ac roedd hynny'n ddigon o anogaeth i'r bechgyn fwrw ymlaen am y neuadd. Roedden nhw o fewn pum llath i'r drysau agored pan ymddangosodd pedwar heddwas arall yn ymyl yr adeilad, a rhedodd y bechgyn yn daclus i'w breichiau. I fonllefain dirmygus y dorf arweiniwyd y tri i gyfeiriad y glwyd.

'Drychwch arnyn nhw,' ymbiliodd Ryan. 'Anhrefn llwyr.'

Cytunai Gareth, ond nid oedd yn mynd i gyfaddef hynny.

'Fi fydd yn diodde am hyn,' meddai Ryan, gan redeg ar ôl yr orymdaith o'r neuadd.

'Dyn bach pryderus,' meddai Carol.

'Falle bod 'da fe reswm,' meddai Gareth.

Eisteddai Eifion yn ei gar o flaen yr adeilad croesawu, a golau pŵl yr adeilad yn llifo drwy'r ffenest yn goleuo'i gar ef a thacsi Graham Ward a oedd wedi ei barcio'r drws nesaf iddo. Roedd Eifion a Ward ill dau yn ysmygu ac wedi ymgolli yn eu meddyliau. Ar ôl deng munud o chwarae delwau, dringodd Eifion allan o'i gar a cherdded ychydig lathenni i fyny ac i lawr er mwyn ystwytho'i goesau. Pwysodd yn erbyn y car a syllu ar y gweithgareddau ym mhen pella'r maes parcio. Câi Eifion ei dynnu ddwy ffordd wrth weld ei gyd-weithwyr yn cynnal eu hymchwiliadau. Credai y dylai yntau fod yno yng nghanol berw'r holi yn lle cael ei orfodi i warchod Ward, ond roedd hefyd yn ddigon bodlon i fod ymhell o'r cyfan, a'u gadael hwy i rygnu ymlaen gydag ymchwiliad a oedd yn ôl pob golwg yn mynd i unman.

Ond nid oedd hynny'n hollol wir, chwaith, meddyliodd Eifion; roedd pethau wedi symud yn eu blaen. Efallai nad oedd gan Clem Owen fawr o glem beth oedd wedi digwydd nos Fercher, ond roedd Eifion yn siŵr fod ganddo ddigon o'r darnau erbyn hyn i greu darlun gweddol gyflawn. Ac os oedd Eifion yn iawn, yna roedd mewn perygl o ddisgyn i dwll dwfn iawn.

Pan glywodd Eifion yn y cyfarfod y prynhawn hwnnw am yr holl dystiolaeth a gysylltai Lisa Thomas â Marine Coast, bu bron iddo gael haint. Roedd yn gandryll gyda Ryan am ei gamarwain, ei drin fel ffŵl a dweud yr holl gelwyddau wrtho am y ferch; ac ar gefn y gynddaredd honno roedd Eifion wedi rhuthro i gartref Ryan. Gwyddai nawr mai camgymeriad oedd hynny; ymateb byrbwyll, heb feddwl ymhellach na'i falchder. Fe ddylai fod wedi pwyso a mesur yr wybodaeth oedd ganddo yng ngoleuni'r hyn a wyddai am Ryan a Pressman yn lle'u rhybuddio o ymchwiliadau'r heddlu. Ond dyna fe, roedd y drwg wedi'i wneud ac nid oedd modd iddo'i ddadwneud bellach – ar wahân i ddarganfod beth yn union ddigwyddodd i Lisa Thomas.

Oddi ar ei ymweliad â chartref Richie Ryan, roedd Eifion wedi cael amser i bwyllo a meddwl am Ryan, Lisa a Marine Coast, ond roedd yn dal yn ansicr ynghylch yr hyn y dylai ei wneud nesaf. Doedd dim dwywaith mai yn Marine Coast oedd yr ateb i lofruddiaeth Lisa Thomas. Nid Marine Coast y dawnsfeydd y tu allan i'r tymor, fel y credai Clem Owen, mae'n debyg, ond yn Marine Coast y gwersyll gwyliau i'r teulu; y ddelwedd ffals honno roedd Ryan mor awyddus i'w chadw'n ddilychwyn, costied a gostio. Delwedd oedd yr un mor ffals ag ymddygiad cyfeillgar Ryan. Ond, meddyliodd Eifion, gan gynnau sigarét arall, os oedd Ryan yn barod i dalu pum can punt i gadw Mark Brown rhag dwyn achos yn ei erbyn, faint fyddai'n barod i'w dalu i gadw enw da Marine Coast allan o achos o lofruddiaeth?

A faint fyddai Eifion yntau yn barod i'w dalu i weld yr olwg ar wynebau Clem Owen a'r gweddill wrth iddo ddweud wrthyn nhw yr hyn a wyddai am lofruddiaeth Lisa Thomas? Byddai'r olygfa honno bron yn werth y drafferth o gasglu'r dystiolaeth ynghyd. Mynd allan o'i ffordd i glymu'r cyfan yn becyn taclus a'i daflu ar ddesg Owen. Ond beth am Ryan? Beth fyddai ef yn ei wneud? Yn sicr ni fyddai'n cadw'n dawel am y pum can punt. Ai dyna werth ei yrfa? Doedd ryfedd fod Ryan wedi ei drin fel ffŵl; doedd e'n ddim byd ond ffŵl i feddwl y gallai fod yn glyfar.

Ciciodd olwyn ei gar. Ffŵl! Ffŵl! A gwibiodd ei feddwl, fel y bu'n gwneud drwy'r prynhawn, i drywydd arall i geisio cyfiawnhau ei ffolineb. Pam ar y ddaear y dylai ef drafferthu am Lisa Thomas? Beth oedd hi iddo ef? Doedd Ryan ddim yn poeni amdani, roedd hynny'n ddigon amlwg, felly pam ddylai ef? Ac am y degfed tro y diwrnod hwnnw ceisiodd Eifion ddyfalu beth oedd gwir berthynas y ddau. Ai dim ond un o'r *casuals* oedd hi iddo ef, fel y dywedodd? Rhywun a weithiai'n galed i wneud ei arian iddo, dim ond i'w anghofio yr eiliad y deuai tymor yr ymwelwyr a'r arian i ben? Roedd hi'n ddigon amlwg fod y gwersyll gwyliau'n bwysicach na dim – na neb – i Ryan. A beth oedd yn bwysig i Eifion? Cwestiwn arall nad oedd e wedi cael ateb iddo eto.

Torrwyd ar draws ei synfyfyrio gan sŵn rhywun yn agosáu. Trodd Eifion a gweld dyn cydnerth mewn siwt ddu yn cerdded ar frys ar draws y maes parcio o gyfeiriad y neuadd. Un o'r bownsers; ac aeth meddwl Eifion ar drywydd arall eto.

'Hei!' galwodd arno.

Edrychodd y dyn ar Eifion ond parhaodd ar ei lwybr tuag at yr adeilad croesawu. Nid Brian Pressman oedd hwn, ond penderfynodd Eifion y gallai gair gyda Sean Macfarlane fod yr un mor ddefnyddiol. Camodd o flaen y dyn a oedd bron chwe modfedd yn dalach nag ef a rhoi ei law ar ei frest. Cododd y dyn ei law i afael ym mraich Eifion.

'Heddlu,' meddai Eifion. 'Dwi ise gair 'da ti.'

'Dwi ar frys.'

'Aros funud.'

'Alla i ddim. Ma' Mr Ryan am i fi nôl tocynne iddo fe.'

'Tocynne?'

'Ma' gormod o bobol 'ma heno. Sdim digon o le i bawb ac ma' Mr Ryan am roi tocynne i ddawns nos Fercher i'r rhai ry'ch chi'n 'u troi i ffwrdd.'

Da iawn, Ryan, meddyliodd Eifion; gorchwyl fach P.R. arall. Dechreuodd y dyn gerdded i ffwrdd, ond cydiodd Eifion yn ei fraich.

'Sean Macfarlane wyt ti?'

'Ie.'

'Ac ro't ti 'ma nos Fercher dwetha.'

'O'n.'

'Gyda Brian Pressman.'

'Ie.'

'Dim ond chi'ch dau.'

'Ie.'

'Ma' mwy o fownsers 'ma heno.'

'O's.'

Gwenodd Eifion. 'Ryan yn neud sioe o'i ddiogelwch.'

Ni ddywedodd Macfarlane air, dim ond edrych yn ddisgwylgar tua'r adeilad croesawu.

'Ble ma' Pressman heno?' gofynnodd Eifion. 'Yn y neuadd? Dwi ise gair 'da fe.'

'Dyw e ddim 'ma.'

'O?'

'Ma' fe wedi gadel.'

Tynhaodd ysgyfaint Eifion. 'Gadel?'

'Ie.'

Dechreuodd pen Eifion droi. Gwelodd Sean Macfarlane ei gyfle a brysiodd tuag at ddrws yr adeilad.

'Ers pryd?' gofynnodd Eifion, gan ddilyn Macfarlane drwy'r drws.

'Enid!' galwodd Macfarlane, gan anwybyddu cwestiwn Eifion.

Ymddangosodd Enid o'r ystafell gefn. 'Ie?'

'Ers pryd ma' Brian Pressman wedi gadel?' gofynnodd Eifion.

'Beth?' gofynnodd Enid, gan syllu'n hurt ar y ddau ddyn.

'Ma' Mr Ryan ise tocynne nos Fercher nesa,' meddai Sean Macfarlane.

'Pam?'

'I'w rhoi fel *complementaries* i'r bobol sy'n ca'l 'u troi i ffwrdd.'

'I ble ma' Brian Pressman wedi mynd?' gofynnodd Eifion.

Edrychodd Enid arno.

'Ma' Mr Ryan ise nhw nawr,' mynnodd Macfarlane, gan gadw'i lygaid ar Enid.

Edrychodd Enid ar Eifion am eiliad cyn troi am yr ystafell gefn.

'Wyt ti'n gwbod?' gofynnodd Eifion i Macfarlane. Ond cadwodd y bownser ei gefn tuag at Eifion a'i anwybyddu.

'Hei! Dwi'n siarad â ti,' meddai Eifion, ei dymer o fewn dim i ffrwydro.

'Dwi ddim yn gwbod.'

'Paid trio 'nhwyllo i. Ti'n gwbod yn iawn ble mae e.'

'Nagw.'

'Fan hyn neu lawr yn y stesion, dwi'n mynd i ga'l ateb,' mynnodd Eifion, ond ni chymerodd Macfarlane unrhyw sylw ohono.

'Faint mae e moyn?' gofynnodd Enid, gan ailymddangos yn cario pentwr o gardiau glas.

'Pedwar cant.'

Rhannodd Enid y pentwr yn ddwy ac estyn un hanner i Sean Macfarlane. Trodd i adael ond safai Eifion rhyngddo a'r drws. Syllodd y ddau ar ei gilydd am eiliad neu ddwy. Macfarlane oedd y cyntaf i ildio, ond am fod arno fwy o ofn cadw'i gyflogwr yn disgwyl na bygythiad Eifion.

'Wedodd Mr Ryan wrtha i prynhawn 'ma na fydde Brian 'ma heno, 'na i gyd dwi'n gwbod.'

'A dwyt ti ddim yn gwbod ble mae e?'

'Nagw.'

Roedd Eifion ar fin gofyn i Macfarlane sut roedd e'n mynd i ddelio â'r holl dorf ar ei ben ei hun, pan gofiodd am y dynion eraill roedd Ryan wedi eu cyflogi. Cofiodd am rywbeth arall hefyd.

'Ble ma' dy fat, Sean?'

'Beth?'

'Dy fat pêl-fas. Dwi'n deall mai dyna beth wyt ti'n 'i ddefnyddio i gadw trefn 'ma.'

'Dwi ddim yn gwbod am beth chi'n sôn.' Cymerodd gam am y drws ond cydiodd Eifion yn ei fraich.

'Beth o'dd Brian yn 'i ddefnyddio?'

Rhythodd Macfarlane arno'n fud.

'Dwi'n credu bod Brian yn licio mynd mewn i'w canol nhw,' meddai Eifion gan wenu, yn dal i afael yn dynn. 'Yn wahanol i ti sy'n sefyll bant er mwyn ca'l digon o le i ddefnyddio dy fat. Felly rhwbeth bach y galle fe'i ddefnyddio ag un llaw – morthwyl, falle, neu sbaner?'

'Dwi ddim yn gwbod am beth y'ch chi'n sôn,' ailadroddodd Sean, gan symud ei wddf cyhyrog yn ôl ac ymlaen yn anghyfforddus y tu mewn i'r coler a'i caethiwai.

'Ie, sbaner,' meddai Eifion. 'Un dur, rhyw droedfedd o hyd. Digon hawdd i'w guddio a digon defnyddiol mewn ffeit.'

Gwingodd Sean eto. Ysai am gael dianc ond ofnai beth ddywedai Eifion pe bai'n mentro'n agosach at y drws. Gwelai Eifion ei fod yn teimlo'n anghyfforddus ac roedd hi'n olygfa'r oedd yn ei mwynhau.

'Iawn, cer,' meddai Eifion ar ôl rhai eiliadau.

'Odi fe'n gweud y gwir am Brian Pressman?' gofynnodd Eifion i Enid ar ôl i Macfarlane adael.

'Odi. Prynhawn 'ma glywes inne fod Brian wedi mynd.'

'Wedodd Mr Ryan wrthoch chi pam?'

Siglodd Enid ei phen. 'Naddo.'

'Odych chi'n synnu, yn 'i gweld hi'n rhyfedd 'i fod e'n gadel heb roi unrhyw rybudd?'

'Nadw; ma' pobol yn mynd a dod drwy'r amser. Do's neb yn aros 'ma'n hir.'

'Pam 'ny? Ddim yn dod mla'n 'da Mr Ryan ma'n nhw?'

'Nage, wir,' meddai Enid, gan amddiffyn ei chyflogwr. 'Natur y gwaith yw e. Do's neb yn neud gyrfa o weithio mewn gwersyll gwylie.'

'Beth amdanoch chi? Ers faint y'ch chi wedi bod 'ma?'

'Saith mlynedd, ond ma' fe'n fy siwtio i'n iawn.'

'Beth y'ch chi'n meddwl am hyn i gyd?'

Cymylodd ei hwyneb. 'Am Lisa? Ro'dd hwnna'n beth ofnadw i ddigwydd iddi.'

'Ro'ch chi'n 'i nabod hi, on'd o'ch chi?'

'Ddim yn dda. Un arall fuodd ddim 'ma'n hir. Ychydig wthnose, 'na i gyd.'

'Ond fe ddethoch chi i'w nabod hi cystal â neb,' meddai Eifion, gan fentro bod Enid yn ddigon gofalus neu fusneslyd o fywydau'r staff i wneud ei gorau i wybod popeth amdanynt.

'Wel, dwi'n neud 'y ngore i fod yn gyfeillgar â rhywun newydd fel Lisa sy'n ddierth i'r ardal.'

'Beth am Mr Ryan? Beth o'dd e'n meddwl o Lisa?'

'Dwi ddim yn siŵr iawn.'

'Ro'dd e *yn* 'i nabod hi?'

'O'dd. Ma' Mr Ryan yn cyf-weld pawb sy'n dod 'ma i weithio, hyd yn o'd y *casuals*.'

'Ac ro'dd e'n 'i licio hi?'

'Dwi ddim yn gwbod am licio; cha'th e ddim llawer i' neud â hi, ond do'dd 'dag e ddim lle i gwyno am 'i gwaith, beth bynnag; ro'dd hi'n cadw'r carafanne'n ddigon glân.'

'O'dd hi'n ferch hawdd i ddod mla'n â hi?'

'O'dd.'

'Ac yn neud ffrindie'n hawdd?'

Cododd Enid ei hysgwyddau. 'O'dd, am wn i.'

'O'dd gyda hi ffrindie 'ma?'

'Criw dros dro sy 'ma, ond ro'dd Lisa'n ffitio mewn gyda phawb.'

'O'dd 'na rywun ro'dd hi'n gyfeillgar iawn ag e?'

'Ro'dd Lisa'n gyfeillgar â phawb, dyna pam ma'r hyn ddigwyddodd yn gymaint o drueni.'

Dechreuodd Eifion gyfri i ddeg. 'Ond a o'dd hi'n fwy cyfeillgar ag un o'i chyd-weithwyr na'r lleill?' gwasgodd, yn synhwyro nad oedd Enid mor agored nawr ag yr oedd hi rai munudau ynghynt.

'Wel ... dwi ddim yn gwbod.'

Gan bwyll, Eifion, mae hi ar y dibyn.

'Ie?'

'Allech chi weud fod 'na ryw bedwar neu bump ohonyn nhw o'dd yn neud tipyn gyda'i gilydd.'

'Pwy o'n nhw?'

'Ma'n nhw i gyd wedi gadel nawr. Dim ond 'ma dros yr haf o'n nhw, ar wahân i Brian ...'

'Pressman?'

'Ie.'

'Faint o ffrindie o'n nhw?'

'Dwi ddim yn gwbod.'

'Ro'n nhw'n fwy na ffrindie, on'd o'n nhw?' Dyma'r un llwybr eto, meddyliodd Eifion, un a wnâi lawer mwy o synnwyr na Lisa a Richie Ryan, ac ni allai'i atal ei hun rhag pwyso am atebion.

'Dwi ddim yn gwbod.'

'Pwy o'dd fwya cyfeillgar, Enid – Lisa neu Brian?'

'Dwi ddim yn gwbod.'

'Ai dyna pam ma' Pressman wedi mynd, o achos llofruddiaeth Lisa?'

'Falle. Ro'dd 'i marwolaeth yn ergyd fawr iddo, beth bynnag.'

'O'dd hi?'

'O'dd. Dwi'n meddwl bod Mr Ryan wedi trio siarad ag e, ond dwi ddim yn gwbod faint o help fuodd e.'

'Weden i fod Brian yn hoff iawn o Lisa.'

Cododd yr ysgwyddau eto. 'Falle'ch bod chi'n iawn.'

Ryan oedd yn helpu Pressman. Ei helpu i guddio ôl y llofruddiaeth a'i gael e allan o'r ffordd cyn yr ail-greu. Roedd yr adroddiad fforensig yn iawn. Olion carped carafán oedd yng nghlwyfau Lisa. Yn un o garafannau Marine Coast y cafodd hi ei lladd. Ac roedd Ryan a Pressman wedi cael gwared â'r dystiolaeth.

'O'dd Lisa a Brian yn defnyddio'r carafanne pan o'n nhw'n wag?'

Cyn iddo orffen y frawddeg, gwyddai Eifion fod ei fyrbwylltra wedi peri iddo gymryd cam gwag, ac fe gadarnhaodd geiriau Enid hynny.

'Naddo wir! Bydde Mr Ryan yn wyllt pe bai e'n gwbod eich bod chi'n gofyn y fath gwestiwn. Maes gwylie i deuluoedd yw Marine Coast, ac ry'n ni'n ofalus iawn o hynny.'

Yr hen ddelwedd ffals yna eto, meddyliodd Eifion. Roedd hi'n amlwg ei fod wedi tramgwyddo Enid ac na châi fwy o wybodaeth ganddi am Lisa Thomas a Brian Pressman. Ond mater arall oedd Richie Ryan.

Cyrhaeddodd Mark Brown a'i gyfeillion y gwersyll am chwarter wedi wyth. Nid oedd Gareth Lloyd wedi gweld yr un ohonynt o'r blaen ond fe'u hadnabu ar unwaith fel y criw y bu Eifion yn eu holi ynglŷn â'r ymladd nos Fercher. Heno eto roedd hi'n amlwg eu bod yn barod, os nad yn chwilio, am drwbl. Dangosai eu hosgo eu bod hefyd yn credu bod cynorthwyo'r heddlu gyda'r ail-greu, yn mynd i gyfreithloni eu hymddygiad, rywsut.

'Wyn!' galwodd Gareth ar DC Collins. 'Cer â hanner dwsin o ddynion i ga'l gair 'da'r criw 'co. Ond paid â'u taflu nhw mas cyn eu holi am nos Fercher.'

'Trwbwl?' gofynnodd Carol pan welodd y ddirprwyaeth yn croesi'r maes parcio.

'Ceisio'i osgoi. Sut ma'r holi'n dod mla'n?' gofynnodd Gareth, gan gadw'i lygaid ar y ddau griw oedd ar fin cyfarfod.

'Pawb yn ddigon parod i gynorthwyo, ond pwy a ŵyr a o's 'da nhw rwbeth gwerth 'i gynnig.'

'Cymerith hi sawl diwrnod o chwynnu cyn y cewn ni wbod hynny.'

Nodiodd Carol, ond roedd ei sylw hithau, fel Gareth Lloyd, i gyd ar y cyfarfyddiad ddecllath ar hugain i ffwrdd. Roedd digon o sŵn lleisiau a chwifio breichiau, ond hyd yn hyn dim mwy na hynny. Canolbwyntiodd Carol ar geisio gweld faint o ferched oedd ymhlith y criw; fe allai eu presenoldeb hwy wneud y bechgyn yn fwy eofn ac yn ddwlach nag arfer. Clywodd lais yn codi mewn protest. Roedd yn uwch na'r gweddill ac roedd iddo fin bygythiol. Dechreuodd Gareth Lloyd gerdded yn araf i gyfeiriad y trafod. Edrychodd Carol o'i chwmpas i weld a oedd yna ragor o blismyn wrth law rhag ofn, a sylwodd ar y Prif Arolygydd Clem Owen yn sefyll y tu ôl iddi.

Roedd Owen, o'i safle oruchwyliol a chyfforddus yn ei gar, wedi synhwyro y gallai pethau droi'n gas ac wedi penderfynu ei bod yn bryd iddo ddangos ei bresenoldeb. Syllodd y ddau yn dawel ar y trafod am rai munudau nes ei bod hi'n amlwg fod Mark Brown a'i gyfeillion wedi gweld synnwyr a hunan-les yn nadleuon Gareth Lloyd.

'Pryd ma' pobol yn gorffen cyrra'dd i bethe fel hyn?' gofynnodd Owen, gan edrych ar ei oriawr.

'Hanner awr wedi deg i un ar ddeg. Ma'n nhw fel arfer yn cau'r dryse pan ma'r adeilad yn llawn.'

'Ry'n ni wedi hen basio hynny,' meddai Owen, gan syllu ar y llif cyson o bobl a ddeuai drwy'r clwydi.

'Syr?'

'Ie.'

'Dwi wedi bod yn meddwl am 'y nghwyn yn erbyn Ian James.'

Trodd Owen i edrych arni ond cadwodd Carol ei llygaid ar y glwyd.

'A?'

'Dwi wedi penderfynu'i gollwng.'

'Pam?'

'Bydd hi'n fwy o drafferth na'i gwerth.'

Nodiodd Owen a throi yn ôl i edrych ar y dorf.

'Wela i. Fyddet ti'n derbyn y ddadl 'na gan rywun arall? Aelod o'r cyhoedd sy wedi diodde ymosodiad?'

'Ma' hyn yn wahanol.'

'Wrth gwrs 'i fod e,' meddai Owen yn wawdlyd.

'Dy'ch chi ddim yn deall.'

'Na, dwi'n credu 'mod i'n deall yn iawn. Rwyt ti'n rhag-weld gwrthwynebiad gan rai o dy gyd-weithwyr – ensyniade am dy gymeriad, jôcs brwnt am dy fywyd personol, negeseuon awgrymog, galwade ffôn dienw a chant a mil o bethe er'ill – a dwyt ti ddim ise dim i' neud ag e. Dwi'n deall yn iawn, Carol. Ond ro'n i'n meddwl fod 'da ti fwy o barch at dy waith na 'ny, a mwy o barch at dy hunan hefyd.'

'Nage, nid dyna'r rheswm.'

'Wel, dy benderfyniad di yw e, ac os yw e'n gysur i ti, bydd Mr Peters yn falch iawn o glywed.'

Gwyddai Carol ei bod wedi ei siomi, ac ystyriodd sôn wrtho am brofiadau Glyn, ond pe bai'n crybwyll ymddygiad y plismyn wrtho, fe wyddai mai rheswm arall dros fwrw ymlaen â'i chŵyn fyddai hynny, ac nid esgus dros roi'r gorau iddi.

Gyda'r bygythiad o du Mark Brown a'i gyfeillion drosodd, dychwelodd Clem Owen i'w gar, ac er mai dychwelyd at holi mynychwyr y ddawns y dylai hithau ei wneud, ni allai Carol wynebu hynny ar unwaith gan fod cymaint o bethau eraill ar ei meddwl. Roedd angen egwyl arni, ychydig o amser iddi hi ei hun allan o ferw'r ymchwiliad a rhialtwch y ddawns.

Dilynai sŵn y gerddoriaeth hi wrth iddi gerdded ar draws y maes parcio heibio i gerbydau'r heddlu. Ochneidiodd. Roedd Clem Owen yn iawn; roedd ei phenderfyniad i ollwng ei chŵyn yn un llwfr, ac ni fyddai hi wedi ei dderbyn gan unrhyw un mewn achos y byddai hi'n ymchwilio iddo. Ond roedd y penderfyniad wedi ei wneud, a doedd dim newid arno. Roedd hi'n siŵr o hynny. Ond roedd hi'r un mor siŵr na fyddai Ian James yn cael unrhyw foddhad o'i phenderfyniad. Ni wyddai sut eto, ond fe fyddai James yn cael ei ddwyn i gyfri am ei ymddygiad cyn iddo ymosod ar rywun arall.

Mae Susan Richards yn ddewrach o lawer na ti, meddai wrthi ei hun, a meddyliodd am Graham Ward ac Eifion. Cerddodd i gyfeiriad yr adeilad croesawu lle'r oedd y ddau wedi parcio. Gwelai gar Eifion; roedd yn wag, ac nid oedd golwg o dacsi Ward yn unman.

Agorodd Eifion ddrws ochr y neuadd a dod wyneb yn wyneb ag un o'r dynion ychwanegol roedd Richie Ryan wedi eu cyflogi ar gyfer y noson. Daliodd hwnnw ei law allan o flaen Eifion a gwgu arno. Dangosodd Eifion ei gerdyn gwarant iddo ond ni newidiodd gwep y llall.

'Ryan!' gwaeddodd Eifion yng nghlust y dyn.

Cododd hwnnw'i ysgwyddau.

'Y bòs!' gwaeddodd Eifion.

Cyneuodd golau rywle yng nghefn y llygaid a nodiodd y dyn i gyfeiriad y bar a oedd wedi ei guddio'n llwyr y tu ôl i haid o ddawnswyr sychedig. Roedd y gerddoriaeth yn annioddefol a'r gwres yn llethol, a chyfuniad o'r ddau yn ddigon i yrru dyn yn wallgof; cyflwr yr oedd Eifion yn agos iawn ato'n barod. Anelodd at ochr y bar a gwthio'i ffordd drwy'r dorf. Gwgodd ar yr un neu ddau a brotestiodd, ac er nad oedd ei wg o safon y bownser, roedd yn ddigon i'w tawelu.

Gwelodd Eifion Ryan yng nghanol staff y bar yn estyn poteli o alcohol melys i'r cwsmeriaid. Roedd yn llewys ei grys, a llifai'r chwys i lawr ei wyneb wrth i'r arian lifo i mewn i'w boced. Dyw pum can punt yn ddim iddo, meddyliodd Eifion; dwi wedi 'ngwerthu fy hun yn rhad – yn rhy rad o lawer.

Cydiodd ym mraich yr aelod agosaf o'r staff a'i dynnu ato.

'Cer i nôl Ryan i fi!'

Syllodd y dyn yn hurt arno, ond wrth i Eifion rag-weld

amser caled, sylwodd fod Ryan wedi ei weld.
Amneidiodd Eifion arno, ac ar ôl gwerthu tair potel arall
daeth Ryan tuag ato ar hyd y bar dan wenu. Roedd hi'n
amlwg y teimlai'n braf ei fyd.

'Popeth yn iawn?' gwaeddodd, gan gymryd dracht o'r
botel gwrw yn ei law.

'Ble ma' Pressman?'

Diflannodd y wên ac edrychodd Ryan o'i amgylch yn
nerfus. Dywedodd rywbeth na allai Eifion ei glywed.

Siglodd Eifion ei ben a dweud, 'Dere mas!' a
dechreuodd gerdded i gyfeiriad y drws ochr. Ar ôl
ychydig eiliadau dilynodd Ryan ef.

'Pam y diddordeb yn Brian?' gofynnodd Ryan pan
oedd y ddau ohonynt y tu allan i'r neuadd a'r drws
wedi ei gau mewn ymgais ofer i gadw'r gerddoriaeth i
mewn.

'Ble ma' fe?'

'Dim syniad. Wedodd e rwbeth am fynd ar wylie.'

'Pam gadawodd e?'

'Pwy ŵyr? Ca'l digon o fod yn yr un lle, falle. Ti'n
nabod y bobol 'ma cystal â fi, Eifion; dim gwreiddie, yn
symud o le i le.'

'Un arall o dy *casuals* di, ife?'

Lledodd Ryan ei freichiau'n amddiffynnol. 'Dyna
natur y busnes.'

'Pam na wedest ti wrtha i fod Pressman a Lisa Thomas
yn gariadon?'

'O'n nhw?' gofynnodd Ryan yn syn. 'Do'n i ddim yn
gwbod 'ny.'

'Dere mla'n, paid â thrio 'nhwyllo i.'

'Dwi ddim.'

'Rwyt ti wedi neud digon o hynny'n barod,' poerodd
Eifion.

Siglodd Ryan ei ben a chrychu ei dalcen. 'Be sy'n
bod, Eifion? Dwi'n neud 'y ngore i'ch helpu chi gyda

271

llofruddiaeth Lisa, er gwaetha'r drwgdeimlad fydd hyn i gyd yn 'i ennyn tuag at fy musnes.'

'Paid!' gwaeddodd Eifion. 'Dwi 'di clywed digon am dy blydi busnes.'

'Wel, gwranda di 'ma ...'

'Pressman laddodd Lisa.'

'Paid siarad dwli. Shwd alli di weud 'ny? Dim ond am dy fod ti'n meddwl 'u bod nhw'n gariadon. Do's da ti ddim prawf o hynny.'

'*Ma*' gyda fi brawf,' mynnodd Eifion, yn groes i reswm a'r gwirionedd. Roedd ar dir sigledig, ond roedd yn barod i bontio bylchau ei wybodaeth â dogn dda o ddychymyg. 'Ro'n nhw'n gariadon pan o'dd Lisa'n gweithio 'ma dros yr haf; ma' 'da fi dyst i hynny.'

'Pwy?' heriodd Ryan.

'Paid ti poeni pwy,' meddai Eifion, yn awyddus i barhau â'i ddamcaniaethu. Roedd yn codi stêm ac yn cael hwyl arni. Nid oedd wedi teimlo cystal ers misoedd. 'Ro'n nhw'n gariadon, ond pan orffennodd Lisa weithio 'ma fe orffennodd 'u perthynas nhw hefyd. Rhwbeth dros dro o'dd y gwaith i Lisa, a fwy na thebyg mai rhwbeth dros dro iddi o'dd 'i pherthynas â Pressman hefyd. Do'dd y ddau heb gyfarfod ers i Lisa adel, tan nos Fercher pan dda'th hi a'i ffrindie i'r ddawns. Gwelodd Pressman 'i gyfle i ailddechre'u perthynas, a rywsut – falle er mwyn y dyddie gynt neu i drafod eu perthynas, pwy a ŵyr – llwyddodd Pressman i'w pherswadio i fynd gydag e i un o'r carafanne. Falle fod pethe wedi bod yn iawn rhyngthon nhw am ychydig, ond yna fe drodd pethe'n gas a lladdodd Pressman hi ...'

Cododd Ryan ei freichiau mewn anobaith. 'Lle ma' dy brawf? Alli di ddim gweud hynny heb ...'

'... drwy 'i bwrw ar 'i phen â sbaner.'

Gwelwodd wyneb Richie Ryan.

'Ti'n gwbod pa sbaner dwi'n sôn amdano, on'd wyt

ti?' meddai Eifion. 'Yr un ro'dd e'n 'i ddefnyddio wrth 'i waith fel bownser i ti. Ma' Sean yn defnyddio bat pêl-fas, a Brian yn defnyddio sbaner. On'd y'n nhw?'

Rhegodd Carol enw Eifion. Rhedodd drwy'r maes parcio'r eildro yn chwilio amdano ond nid oedd i'w weld yn unman. Gofynnodd i nifer o'r plismyn eraill a oeddynt wedi ei weld, ond negyddol oedd ateb pob un. Roedd Eifion Rowlands wedi diflannu oddi ar wyneb y ddaear. Ond yn waeth na hynny oedd diflaniad Graham Ward.

Edrychodd Carol o'i chwmpas yn wyllt yn ceisio penderfynu beth ddylai wneud nesaf. Un peth yn unig y gallai ei wneud mewn gwirionedd, ond yn dilyn y digwyddiad yn Rhydaman y prynhawn hwnnw, roedd yn gyndyn i adael Marine Coast heb reswm digonol. Gwelodd Clem Owen yn siarad â rhai o fynychwyr y ddawns a oedd yn disgwyl cael eu holi.

'Syr!' galwodd Carol arno.

Trodd Owen tuag ati. Roedd ei gofid i'w glywed yn glir yn ei llais. 'Be sy?'

'Ma' Graham Ward wedi diflannu.'

'Beth am Eifion? Ble ma' fe?'

'Wedi diflannu hefyd.'

'Falle bod Ward wedi gadel a bod Eifion yn 'i ddilyn e.'

Siglodd Carol ei phen. 'Ma' car Ward wedi mynd ond ma' car Eifion yn dal 'ma. Syr, dwi am fynd i weld os yw Susan Richards yn iawn.'

Nodiodd Clem Owen. 'Iawn. Wyt ti ise rhywun i fynd gyda ti?'

'Nagw. Ma' mwy o'u hise nhw fan hyn.'

'Ma'r rhan fwya o swyddogion diogelwch yn cario rhyw fath o arf i'w hamddiffyn,' meddai Ryan, gan bledio achos ei weithwyr.

'Ond dyw'r rhan fwya ohonyn nhw ddim yn 'u defnyddio nhw i ladd 'u cyn-gariadon.'

Siglodd Ryan ei ben. 'Ble ma'r sbaner, 'te? Os wyt ti mor siŵr mai Brian laddodd Lisa, ble ma' fe?'

'Gwed ti wrtha i. Odi fe wedi mynd yr un ffordd â'r carped?'

Siglodd Ryan ei ben eto, ond sylwodd Eifion fod ei ysgwyddau wedi suddo. Arwydd ei fod yn anobeithio? Efallai na fyddai angen y sbaner arno; roedd gan Eifion ddigon o dystiolaeth arall i arestio Brian Pressman a'i holi ynglŷn â llofruddiaeth Lisa Thomas. Ac unwaith y byddai Pressman dan glo, dyn a ŵyr beth ddigwyddai wedyn.

'Gadawodd Pressman gorff Lisa yn y garafán a mynd 'nôl i'r ddawns, a'i gael ei hun yng nghanol uffach o ffeit,' meddai Eifion. 'Yn y ffeit honno rhwygwyd clust Mark Brown a thasgodd gwa'd dros bobman. Sylwodd Pressman ddim nes i'r ymladd ddod i ben fod ei grys gwyn yn wa'd i gyd, ac ma'n siŵr 'i fod e – ac ambell un arall – wedi meddwl mai gwa'd y bachgen o'dd e. Ond ma' 'da fi dyst arall, Richie; un sy'n barod iawn i weud fod crys Brian Pressman yn goch gan wa'd *cyn* i glust Mark Brown ga'l 'i rhwygo. Nawr, ble wyt ti'n meddwl y galle fe fod wedi ca'l yr holl wa'd 'na ar 'i ddillad? E?'

Syllodd Richie Ryan arno'n dawel. Gallai Eifion ddychmygu'n hawdd beth oedd yn mynd drwy ei feddwl; y breuddwydion yn chwalu ac enw da ei fusnes dan gwmwl. Ond nid oedd gan Eifion amser i'w wastraffu ar y rheini.

'Weda i wrthot ti. Yn un o dy garafanne di, yn y lle y lladdodd e Lisa Thomas. Ac nid dim ond ar ddillad Brian a'th y gwa'd wrth iddo daro Lisa ar 'i phen ryw ddeg ar hugain o weithie. Yn ôl y patholegydd dyle fod tipyn o wa'd dros y garafán hefyd, yn enwedig ar y carped os o'dd e wedi gadel i Lisa orwedd 'na tra a'th e 'nôl i'r ddawns. Dyna pam ro'dd yn rhaid i chi – ti a Pressman – lanhau'r garafán a cha'l gwared â chymaint o'r olion ag y gallech chi, cyn gynted ag y gallech chi. Carped o'r garafán o'ch chi'ch dau'n 'i losgi pan alwes i heibio nos Iau, yntefe? A'i sgidie a'i dillad isa, ma'n siŵr. Weden i fod hynna'n weddol agos i'w le, wyt ti ddim yn cytuno?' gofynnodd Eifion, yn teimlo'n hunanfodlon iawn.

Edrychodd ar yr olwg fyfyriol ar wyneb Richie Ryan a lledodd ei wên.

'Beth wyt ti'n mynd i' neud?' gofynnodd Ryan.

Chwarddodd Eifion. 'Beth wyt ti'n meddwl dwi'n mynd i' neud? Dwi ddim yn mynd i gadw'n dawel, alla i weud 'ny wrthot ti. Ma' dros hanner cant o ddynion draw fan'co a rodde'u pensiwn i wbod beth dwi'n 'i wbod; ma'n nhw wrthi nawr yn torri'u bolie yn trio dod o hyd i'r ateb, ond mae e gyda fi'n barod. Mae e gyda *fi*!'

'Rwyt ti'n credu taw hwn yw'r achos sy'n mynd i neud dy yrfa, wyt ti?'

'Ma' 'na un ar gyfer pob plismon, dim ond iddo gymryd 'i gyfle.'

Nodiodd Ryan a chymerodd Eifion hynny fel cyfaddefiad o'i sefyllfa anobeithiol, ond nid oedd Ryan mor barod â hynny i ildio'r dydd. 'Cyn i ti fynd a gneud enw mawr i ti dy hunan,' meddai, 'nei di ddod gyda fi i'r swyddfa gynta?'

Gwenodd Eifion. 'Paid dechre meddwl bydd dy arian yn dy helpu di nawr; un peth yw neud cymwynas i ga'l gwared â Mark Brown a'i debyg, ond ma' llofruddiaeth yn rhwbeth hollol wahanol.'

'Falle,' meddai Ryan. 'Ond ma' 'da fi rwbeth dwi am i ti'i weld.'

Canodd gyrwyr dau gar eu cyrn wrth i Carol lywio'i char hithau rownd y cornel. Gwichiodd yr olwynion ar wyneb y ffordd wrth iddi droi'r llyw yn sydyn i osgoi tacsi oedd wedi ei barcio'n rhy agos i'r tro. Gyrrai'n llawer rhy gyflym ar gyfer amgylchiadau canol y dref ar nos Sadwrn ond, er gwaethaf ei hyfforddiant a synnwyr cyffredin, ni allai arafu. Ni allai adael i drychineb arall ddigwydd. Tynnodd y llyw i'r dde yn sydyn wrth i bâr ifanc gamu o'i blaen. Llithrodd ei char ar draws y ffordd ond llwyddodd i'w unioni heb golli gormod o gyflymdra nac amser.

Pedwar troad arall ac roedd Carol o fewn cyrraedd i'r stryd lle'r oedd Susan yn byw. Arafodd. Roedd yn rhaid iddi wneud nawr, nid oherwydd ei diogelwch ei hun, ond diogelwch Susan; os oedd Graham Ward yno'n barod, nid oedd am ei rybuddio.

Trodd y car yn araf i mewn i'r stryd gan blygu'n isel dros y llyw ac edrych i gyfeiriad y tŷ lle'r oedd fflat Susan. Gwelodd olau yn ffenest fawr y llawr cyntaf; ei hystafell fyw. Edrychai popeth yn dawel a digyffro, fel wyneb llyn ar ddydd o haf. Chwiliodd Carol ymhlith y ceir oedd wedi eu parcio ar hyd y stryd am dacsi Graham Ward.

Nid oedd amheuaeth ganddi nad dod yma oedd bwriad Ward. Nid ar chwarae bach y byddai wedi gadael Marine Coast ar ôl i'r heddlu ofyn iddo aros yno. Roedd rhywbeth wedi ei orfodi i adael; rhywbeth na allai ymladd yn ei erbyn. Credai Carol fod patrwm ei berthynas â Susan wedi newid ac mai hi oedd yn gyfrifol am hynny. Roedd hi wedi troi a throi ei chyfweliad gyda Ward yn swyddfa'r cwmni tacsi yn ei meddwl sawl gwaith yn ystod y prynhawn, ac roedd yn sicr bod ei gysylltiad â llofruddiaeth Lisa Thomas, er mor ymylol oedd hwnnw, wedi ei gyffroi. Cofiai'n glir yr olwg ar ei wyneb pan soniodd wrtho am ei llofruddiaeth, a'r effaith a gafodd y newyddion arno. Credai bryd hynny mai tristwch, a'r ffaith iddo'i chludo i'r ddawns yn ei gar, oedd achos yr ysgytwad, ond bellach, o wybod am ei gefndir treisiol, gwelai Carol gymhellion dyfnach a thywyllach i'w ymateb. Teimlai fod llofruddiaeth Lisa wedi bod yn drobwynt ym mherthynas Ward a Susan; ei fod wedi dechrau edmygu llofrudd Lisa, a'i fod ar fin efelychu'r weithred a phrofi ei fod yntau'n ddyn a allai gyflawni unrhyw beth, hyd yn oed lladd gwrthrych ei obsesiwn a'i gariad.

Cyrhaeddodd Carol ben y stryd heb weld tacsi Ward. Fe allai fod wedi gadael ei gar yn ddigon pell i ffwrdd a … Beth oedd hwnna? Trodd Carol i gyfeiriad y cysgod roedd lamp y stryd wedi'i daflu ar draws y car a gweld dyn yn cerdded yn gyflym yn ôl i lawr y stryd i gyfeiriad tŷ Susan Richards. Cysgod ac amlinelliad tywyll aneglur, dyna'r cyfan roedd Carol wedi ei weld, ond ni allai ei anwybyddu. Llywiodd ei char i mewn i fynedfa un o'r tai, diffodd y peiriant a dringo allan mewn pryd i weld y dyn yn croesi'r stryd ac yn diflannu drwy glwyd un o'r tai gyferbyn â thŷ Susan.

Wrth iddi gerdded yn ôl ar hyd y palmant, cadwai Carol ei llygaid ar y glwyd yr aeth y dyn drwyddi. Pan ddaeth hi gyferbyn â'r tŷ, arhosodd a syllu'n galed arno. Roedd yn hollol dywyll. Onid yw pobl fel arfer yn cynnau'r golau ar ôl cyrraedd adref? A oedd hi wedi clywed drws y tŷ'n cau? A oedd y dyn wedi mynd i gefn y tŷ? Ystyriai Carol groesi'r stryd i weld ble'r oedd y dyn, ond roedd gwneud yn siŵr bod Susan yn ddiogel yn bwysicach nag ymlid cysgodion.

Canodd gloch fflat Susan. Clywodd sŵn car yn agosáu a throdd i edrych arno nes iddo yrru heibio, ac wrth iddo gilio i'r pellter credai Carol iddi glywed sŵn traed ar y palmant. Camodd allan o gysgod drws y tŷ a dod wyneb yn wyneb â Graham Ward.

Cymerodd eiliad iddi ymateb; digon o amser i Ward sylweddoli'r sefyllfa beryglus yr oedd ynddi. Trodd ar ei sawdl a rhedeg i fyny'r stryd.

'Hei! Aros!' galwodd Carol, ond anwybyddodd Ward hi. Gwyddai mai aros lle'r oedd a chysylltu â'r orsaf am gymorth y dylai'i wneud, ond unwaith eto roedd greddf yn drech na rheswm. Rhedodd Carol ar ei ôl.

Daliai Ward fag cynfas brown yn ei law dde ond nid oedd yn rhwystr iddo, ac er ei fod yn agos i ddwywaith oedran Carol, rhedai'n rhwydd, ac erbyn iddo gyrraedd y llwybr a rannai'r stryd yn ddwy, roedd bron i bumllath ar y blaen iddi. Heb oedi, trodd Ward i lawr y llwybr a arweiniai at lôn a redai ar hyd cefn y tai; lôn oedd yn ddigon llydan i gar deithio ar ei hyd, yn ddigon llydan i adael car yno. Dilynodd Carol ef.

Roedd y llwybr yn hollol dywyll, ac er na allai Carol weld Ward, clywai sŵn ei draed yn sgathru'r graean a'r cerrig wrth iddo redeg. Rhedai Carol yn ddall ar ei ôl; ni allai adael iddo dddianc nawr, ac yntau'n ymwybodol bod yr heddlu'n gwybod ei fod yn stelcian Susan. Pe llwyddai i ddianc, dyn a ŵyr pryd y caent gyfle i'w ddal eto. Cyrhaeddodd Ward ddiwedd y llwybr a throi i'r chwith allan o olwg Carol. Rhedodd Carol ymlaen yn ei chyfer, yn benderfynol o'i ddal cyn iddo gyrraedd ei gar.

Trodd y cornel ar ei ôl yn rhy gyflym ac yn rhy ddiofal i osgoi'r bag cynfas brown a'i trawodd yn ei hwyneb. Disgynnodd Carol i'r llawr fel sach o flawd, ei thrwyn yn gwaedu a'i llygaid wedi eu dallu gan nerth yr ergyd. Ceisiodd droi ar ei hochr a rholio allan o'r ffordd, ond cyn iddi gael cyfle i symud plannodd Ward ei droed yn ei hochr. Ffrwydrodd y gwynt o'i hysgyfaint. Brwydrodd i dynnu ei choesau i fyny'n dynn at ei stumog a rhoi ei breichiau dros ei phen i'w hamddiffyn ei hun, ond nid oedd hynny'n ddigon i'w diogelu rhag yr ymosodiad gorffwyll. Disgynnai'r ergydion yn ddidrugaredd ar hyd ei chorff, a phan ddaliodd sawdl ei esgid ochr ei phen collodd Carol ymwybyddiaeth.

* * *

'Enid, ei di i weld shwd ma' Sean yn dod mla'n gyda'r tocynne ar gyfer nos Fercher?'

'Odych chi'n mynd i adel nhw i gyd mewn am ddim?' gofynnodd yr ysgrifenyddes, gan agor y cownter i adael Ryan drwodd i'r swyddfa.

'Bydd raid inni neud rhwbeth i'w cadw nhw'n hapus ar ôl ffiasgo heno.'

'Bydd, chi'n iawn,' a gydag un edrychiad cyhuddgar i gyfeiriad Eifion, gadawodd Enid yr adeilad.

Cerddodd Richie Ryan o gwmpas y ddesg ac eistedd. Estynnodd ei law tua'r gadair gyferbyn ag ef ond siglodd Eifion ei ben ac aros ar ei draed yn disgwyl clywed beth oedd ganddo i ddangos iddo a oedd mor bwysig.

'Wyt ti'n cofio'r sgwrs gethon ni pan ddest ti 'ma gynta, ddydd Iau?' gofynnodd Ryan.

'Ynglŷn â Mark Brown?'

'Ar ôl hynny, pan o't ti'n gadel.'

Siglodd Eifion ei ben.

'Diogelwch y maes,' atgoffodd Ryan ef. 'Ti'n cofio?'

'Odw,' atebodd Eifion yn fyr, yn casáu cael ei drin fel plentyn nad oedd wedi dysgu ei dablau'n iawn, yn enwedig gan ddyn a fyddai dan glo cyn diwedd y nos.

'Ac fe fuest ti mor garedig â dod â rhywfaint o lenyddiaeth heibio …'

'Dyna pryd weles i ti a Pressman yn llosgi'r carped a gwa'd Lisa Thomas arno fe,' meddai Eifion, yn benderfynol o ddwyn Ryan yn ôl at y mater dan sylw. 'Mae'n siŵr dy fod ti'n cofio?'

'Wel,' meddai Ryan, gan anwybyddu ergyd Eifion, 'wedes i wrthot ti bryd 'ny mai'r unig fesur diogelwch o'dd gyda ni 'ma o'dd camerâu diogelwch. Ma'n siŵr dy fod ti'n meddwl ar y pryd nad o'dd hynny'n ddigon ar gyfer maes carafanne mor fawr â hwn, a falle dy fod ti'n iawn, ond ma'n nhw'n ddigon defnyddiol.' Safodd Ryan ar ei draed a thynnu dyrnaid o allweddi o'i boced.

Cerddodd at y sêff, dewis yr allwedd gywir, a'i hagor. Tynnodd gasét fideo allan a'i chwifio o flaen Eifion. 'Ma' mwy nag un ystyr i ddiogelwch, hefyd; diogelwch eiddo a diogelwch personol, ac er mai am ddiogelwch eiddo ro'n ni'n sôn ddydd Iau, ma'r camerâu wedi bod yn ddefnyddiol ar gyfer 'y niogelwch personol i hefyd.'

Ni wyddai Eifion i ble'r oedd y sgwrs yn arwain, ond roedd rhywbeth ynglŷn ag ymddygiad hunanfeddiannol Ryan, a'r tinc hyderus yn ei lais, a oedd yn dechrau peri pryder iddo.

'Dyma beth dwi am i ti 'i weld,' meddai Ryan, gan symud at deledu bychan a pheiriant fideo oedd ar y bwrdd ger y ddesg. Fflachiodd y teledu ynghynn gyda llun o gornel maes parcio Marine Coast o flaen yr adeilad croesawu. Du a gwyn ac amaturaidd ei ansawdd oedd y llun, ond er gwaethaf hynny adnabu Eifion ei hun a Richie Ryan yn hawdd.

'Ma'n drueni nad o's 'na sain ar hwn,' meddai Ryan, 'ond dwi ddim yn credu bydde neb yn 'i cha'l hi'n anodd deall be sy'n digwydd.'

Ac wrth iddo ddweud hynny, gwelodd Eifion Ryan yn estyn amlen iddo ac yntau'n ei rhoi ym mhoced ei got.

'Mae hefyd yn drueni, i ti, Eifion, nad yw'r fideo'n dangos faint o arian sy yn yr amlen nac yn dweud pam dwi'n 'i rhoi i ti. Ma'n siŵr bod hynny'n golygu fod y swm a'r rheswm lan i fi.'

Eisteddodd Eifion; prin y gallai ei goesau ei gynnal. Siglodd ei ben ar ei ffolineb a'r twll o'i wneuthuriad ef ei hun roedd wedi disgyn iddo. Dylai fod wedi amau mai rhywbeth fel hyn oedd gan Ryan mewn golwg, ond fel gyda phopeth arall, roedd wedi disgyn i'r fagl cyn sylweddoli beth oedd yn digwydd. Funudau'n ôl canmolai ei hun mai ef oedd yr unig un a wyddai beth oedd wedi digwydd i Lisa Thomas, a nawr, oherwydd hynny, fe allai Ryan honni fod Eifion wedi mynnu arian er mwyn cadw'n dawel am y llofruddiaeth. Griddfanodd wrth feddwl am ei sefyllfa.

'Edrych,' meddai Ryan, a'i lais yn llawn cydymdeimlad. 'Rwyt ti mewn twll, ond os nei di gamu 'nôl am eiliad ac edrych ar y sefyllfa mewn gwa'd o'r, dwi'n credu y gallwn ni ddatrys dy broblem.'

Cododd Eifion ei ben. 'Dwi'n gwbod shwd allen i ...'

'Ca dy geg a gwranda,' meddai Ryan, gan estyn ei law chwith allan o'i flaen. 'Ar y naill law ma'n rhaid i ti bwyso a mesur ein dyfodol ni'n dau; dy yrfa di a 'musnes i. Ar y rheini y dylen ni ganolbwyntio nawr. Dy'n ni ddim am 'u peryglu nhw, odyn ni? Yn enwedig o ystyried beth sy yn y llaw arall.' Ac fe ddaliodd ei law dde allan. 'Brian Pressman a Lisa Thomas. Dau debyg iawn i'w gilydd; dim gwreiddie a dim dyfodol gwerth sôn amdano. O's rhywun yn hidio beth ddigwyddodd i Lisa a phwy nath e? Nago's! Dwi'n gwbod mai dy waith di yw dal 'i llofrudd, ond wedi gweud hynny, jobyn o waith yw e i ti, dim mwy na hynny. A dyw e'n ddim i fi. Dim. Ma' Lisa wedi mynd a ddaw dim â hi 'nôl. Ma' Brian wedi mynd ac fe wna i'n siŵr na ddaw e 'nôl.'

A gyda hynny fe gaeodd Ryan ei ddwrn i ddangos fod gorffennol Lisa Thomas a dyfodol Brian Pressman yn ei afael ef. Ond cyn i'r bysedd gau yn llwyr fe welodd Eifion ei fod yntau yno yng nghledr llaw Richie Ryan.

Pan ganodd cloch y fflat, diffoddodd Susan Richards olau'r ystafell a cherdded at ffenest fawr yr ystafell fyw i weld pwy oedd yno. Roedd golau lamp y stryd yn ddigon cryf iddi adnabod Carol ar unwaith, ac roedd ar ei ffordd allan i agor y drws pan ganodd y ffôn.

Syllodd Susan arno gan gyfri'r caniadau.

Tawelodd ar ôl tri chaniad ac yna ar ôl ysbaid o rai eiliadau dechreuodd ganu eto. 'Clare,' meddai Susan, gan ollwng ei gwynt mewn rhyddhad. Cyneuodd y lamp fechan a oedd ar y bwrdd yn ymyl y ffôn ac estyn am y derbynnydd.

'Hei! Aros!' galwodd Carol o'r stryd y tu allan, a chofiodd Susan amdani. Gadawodd y ffôn i ganu a rhuthrodd i lawr y grisiau i agor drws y tŷ. Diflannodd ei gwên pan welodd nad oedd Carol yno. Disgynnodd ei hysgwyddau. Ai dychmygu …? Nage! Roedd rhywun wedi canu'r gloch, a Carol Bennett welodd hi'n sefyll ar y trothwy, a llais Carol roedd hi wedi'i glywed yn galw arni i aros. Efallai ei bod hi wedi anghofio rhywbeth yn ei char ac wedi mynd i'w nôl. Dim ond unwaith roedd Susan wedi clywed y gloch yn canu, a doedd bosib na fyddai Carol wedi ei chanu'r ail waith cyn rhoi'r gorau iddi a gadael?

Camodd allan o gysgod y drws yn ofalus ac edrych i fyny ac i lawr y stryd, ond nid oedd Carol, na'i char, i'w gweld yn unman. Cerddodd yn araf yn ôl am y tŷ a chlywodd y ffôn yn canu. Cofiodd am Clare. Fe fyddai hithau wedi blino aros pe na bai'n ateb y ffôn yn fuan, a chyflymodd ei cherddediad. Gwthiodd ddrws y tŷ ar ei hôl a rhedeg i fyny'r grisiau.

'Clare?'

'Ie, ro'n i'n dechre meddwl dy fod ti allan.'

'Na, ro'dd rhywun wrth y drws …' a rhewodd y geiriau ar ei gwefusau.

Y drws! A oedd hi wedi ei gau? Ni allai gofio. Roedd wedi ei wthio ond a oedd e wedi cau'n dynn?

'Susan? Wyt ti'n iawn?'

'Odw,' atebodd yn dawel. 'Dim ond meddwl …'

Gwichiodd y grisiau. Trodd a gweld fod drws y fflat ar agor. Os gadawodd hi hwnnw ar agor, yna …

'Susan?'

Rhoddodd Susan y derbynnydd i lawr ar y bwrdd a cherdded yn araf tua'r drws agored.

Carol sydd yno, meddai wrthi ei hun. Roedd hi wedi

anghofio rhywbeth yn ei char, a phan ddychwelodd i'r tŷ a gweld fod y drws ar agor fe gerddodd i mewn. Carol sydd yno. Carol sydd … Ond beth os mai … ?

Roedd hi o fewn pedair troedfedd i'r drws. Gallai estyn ei braich allan o'i blaen a bron â'i gyffwrdd. Bron cyffwrdd. Cam arall ac fe allai ei gyffwrdd yn hawdd. Cam arall ac fe allai ei gau. Cam arall …

Gwichiodd y grisiau.

Cyffyrddodd blaen ei bysedd ag ymyl y drws. Pwysodd ymlaen i roi ei llaw y tu ôl iddo.

Gwelodd y cysgod ar y wal gyferbyn.

Llithrodd ei bysedd y tu ôl i'r drws.

Symudodd y cysgod yn agosach ar hyd y wal.

Cydiodd yn ymyl y drws a chyfeirio'i nerth i gyd i'w braich.

'Helô, Susi.'

Gwthiodd Susan y drws mor galed ag y gallai ond symudodd Graham Ward ei gorff yn ei erbyn a'i atal yn ddiymdrech rhag cau. Pwysodd Susan yn ei erbyn ond fe'i bwriwyd yn ôl i ganol yr ystafell wrth i Ward wthio'r drws. Baglodd Susan yn erbyn bwrdd y ffôn a disgynnodd hwnnw a hithau i'r llawr. Gwelodd y derbynnydd ychydig droedfeddi y tu ôl i'w phen; petai'n gallu dweud wrth Clare ei fod e yn y fflat fe âi hi i nôl help. Sgrialodd amdano a saethodd poen trwy ei hochr lle trawodd yn erbyn ymyl y bwrdd. Gwingodd, ond brwydrodd yn erbyn y boen, gafael yn wifren y derbynnydd a'i dynnu tuag ati.

'Rho fe lawr,' gorchmynnodd Ward yn dawel a phwyllog.

Cododd Susan y derbynnydd i'w chlust. Roedd y cysylltiad wedi ei dorri.

'Lawr.' Safai Ward a'i gefn at ddrws caeedig y fflat.

Ufuddhaodd Susan. Gollyngodd y derbynnydd diwerth.

'Dere 'ma.'

Siglodd Susan ei phen a symud oddi wrtho wysg ei chefn ar hyd y llawr.

Gwenodd Ward. Cerddodd yn araf tuag ati. Sgathrodd Susan i godi ond daliodd ei throed yn ymyl basged Calan a disgynnodd ar ei hyd ar y llawr.

Arhosodd Ward. 'Dere,' meddai, gan estyn ei law chwith tuag ati. Yn ei law arall daliai fag cynfas brown.

Cododd Susan a chamu'n ôl at wal yr ystafell gan gadw'i dwylo y tu ôl i'w chefn.

'Susi, Susi,' meddai Ward, gan siglo'i ben. 'Ro'n i'n meddwl ein bod ni'n ffrindie. Yr orie dreulion ni gyda'n gilydd yn y car yn rhannu'n probleme a'n cyfrinache. Dere, do's dim ise iti fy ofni.' Cymerodd gam arall tuag ati.

Symudodd Susan yn araf ar hyd y wal gan geisio cau allan y llais fu'n ei hymlid ers wythnosau. Meddyliodd am Clare a'r ffôn marw; fe fyddai hi'n siŵr o ddyfalu beth oedd yn digwydd, ac fe fyddai'n siŵr o ffonio'r heddlu. Oni fyddai? Ond a allai hi ddibynnu ar rywun arall i'w hachub? Roedd wedi ymddiried yn yr heddlu'n barod ond doedden nhw ddim wedi ei ddal. Hi oedd wedi cael ei dal. Hi oedd yn garcharor.

'Wedest ti wrth yr heddlu amdana i, ondofe?' meddai Ward, fel pe bai'n gwybod ei meddyliau; yn gwybod popeth amdani ...

Nagoedd! Doedd hi ddim dan ei awdurdod ef, a doedd hi ddim yn garcharor chwaith. Roedd hi wedi cael ei charcharu'n rhy hir yn ei fflat eisoes o'i achos ef, ond nid oedd hi'n garcharor. Hi oedd yn rheoli yno. Ei chartref *hi* oedd hwn! *Hi* a reolai ei bywyd! Dyma'r gwirionedd fu'n ei chynnal cyhyd ac nid oedd yn mynd i ollwng gafael arno nawr.

Daliai Ward i siarad; roedd yn dal i geisio'i thawelu ac ennill ei chyfeillgarwch, ond bellach roedd Susan ymhell oddi wrtho, yn llunio'i chynllun ei hun ac nid yn ufuddhau'n slafaidd i ryw gynllun roedd ef wedi ei baratoi ar ei chyfer.

Safai rhyngddi a drws y fflat. Roedd y drws a arweiniai i'r grisiau tân yn y gegin, ond byddai'n rhaid iddi fynd heibio iddo i gyrraedd y gegin. Ond roedd yna ffordd arall at y grisiau tân.

Modfedd wrth fodfedd symudodd Susan yn agosach at y drws a arweiniai i'w hystafell wely ac i'r ystafell ymolchi. Agorai ffenest yr ystafell ymolchi ar y grisiau tân. Roedd y ffenest yn fach ond nid yn rhy fach iddi ddringo trwyddi. Os gallai gyrraedd yr ystafell a chloi'r drws cyn iddo ef ei dal roedd ganddi obaith.

'Ma'n nhw gyda fi fan hyn,' meddai Ward, gan godi'r bag cynfas brown. 'Wyt ti am 'u gweld nhw?'

Tynnwyd sylw Susan yn ôl i'r presennol gan ei gwestiwn. Ni wyddai hi at beth y cyfeiriai, ond os oedd cytuno yn golygu ychydig mwy o funudau iddi fagu digon o hyder i fentro ar ei chynllun, yna doedd ganddi ddim i'w golli. Nodiodd.

'Dere 'ma, 'te. Dere i'w gweld.'

Yn araf, gwthiodd Susan ei hun i ffwrdd o'r wal a chymryd hanner cam tuag ato, ond yr eiliad y cyffyrddodd gwadn ei throed chwith â'r llawr neidiodd am y drws. Cydiodd yn y ddolen a'i throi mewn un symudiad. Roedd drwyddo ac yn rhedeg i lawr y coridor cul am yr ystafell ymolchi cyn i Graham Ward sylweddoli'n iawn beth oedd wedi digwydd.

'Hei!' galwodd mewn syndod, ond erbyn iddo gyrraedd y coridor, roedd Susan wedi cyrraedd yr ystafell ymolchi ac wedi gwthio'r bollt efydd bychan i'w le. Pwysodd yn erbyn y drws, ei chalon yn curo ac yn atseinio drwy'r pren i'w phen. Llenwodd ei hysgyfaint ag aer a phlannu ei thraed yn galed yn y llawr yn barod i wrthsefyll yr hyrddiad at y drws roedd hi'n siŵr fyddai'n dilyn.

Ond ni ddaeth yr ergyd ar y drws; yn lle hynny clywodd Susan lais tawel drwy'r pren. 'Ma'r ffenest yn rhy fach i ti fynd drwyddi.'

Trodd Susan ei phen at y ffenest.

'Beth yw hi?' meddai Ward. 'Troedfedd wrth droedfedd a hanner? Mae'n rhy fach.'

Sut oedd e'n ...

'A'r holl boteli a chanie sy ar y silff; bydd raid i ti'u symud nhw gynta. Faint sy 'na? Saith? Wyth? Dere i ni ga'l gweld.'

Syllodd Susan yn syn ar y rhes o boteli siampŵ, hylifau golchi a chaniau aer ffres oedd ar y silff.

'Ie, dyna ni, wyth. Edrych drosot dy hun.'

Dechreuodd Susan eu rhifo ond yna clywodd sŵn siffrwd ger ei thraed; ymddangosodd llun dan y drws.

'Do's dim rhaid i ti eu rhifo,' meddai'r llais yn dawel. 'Dim ond edrych ar y llun.'

Plygodd Susan a'i godi. Llun o ffenest ei hystafell ymolchi, a'r rhes o boteli siampŵ, hylifau golchi a chaniau aer ffres ar y silff o'i blaen.

Dechreuodd Susan dagu.

Roedd e wedi bod yn ei fflat!

Sut ... ?

Yno! Yn tynnu lluniau. Yn mynd drwy ei phethau.

Teimlai'r cyfog yn codi yn ei gwddf. Rhuthrodd at y tŷ bach a disgyn ar ei phenliniau.

Pan glywodd Graham Ward Susan yn chwydu uwchben y tŷ bach, cymerodd gam yn ôl o'r drws ac yna'i daflu ei hun yn ei erbyn. Roedd wedi bod yn ddigon parod i'w gadael i ddianc i'r ystafell ymolchi; wedi'r cyfan, gwyddai nad oedd ganddi obaith i ddianc oddi yno, nac i'w gadw ef allan am hir gyda dim ond bollt efydd bychan yn glo.

Trodd Carol Bennett ar ei hochr a saethodd y poen yn ei

hasennau drwy ei chorff gan ei gorfodi yn ôl ar ei chefn. Gorweddodd yno am rai eiliadau gan adael i'w meddwl dynnu darnau gwasgaredig ei chof a'i synhwyrau ynghyd. Agorodd ei llygaid ac edrych i fyny ar yr awyr dywyll.

'Susan,' griddfanodd, wrth i'r darlun ddod yn gliriach. Cododd ei llaw i'w phen a theimlo'r talp gwlyb o wallt a gwaed ar ei harlais. Ceisiodd droi ar ei hochr unwaith eto, ac er ei bod yn disgwyl y poen y tro hwn, nid oedd hynny'n ddigon i'w atal rhag saethu drwyddi. Ymladdodd yn ei erbyn nes ei bod ar ei phedwar yn ymbalfalu yng nghanol cerrig mân, llaid a budreddi'r llwybr er mwyn ceisio codi.

'Ddim eto,' mynnodd wrthi ei hun pan dyfai'r poen yn ei hochr bron yn ormod iddi allu ei ddioddef. 'Ddim eto.'

Disgynnodd yn erbyn wal gardd gefn ar un ochr i'r llwybr a'i thynnu ei hun i fyny. Unwaith y teimlodd ei hun yn gadarn ar ei thraed, pwysodd yn erbyn y wal i gael ei gwynt ati. Nid oedd y poen cynddrwg nawr. Efallai nad oedd wedi torri ei hasennau wedi'r cwbl. Eu cleisio, eu cracio ar y gwaethaf, meddyliodd. Fe allai ddioddef hynny. Ond methu Susan fel yr oedd hi wedi methu Judith; allai hi ddim dioddef hynny.

Cerddodd yn simsan ar hyd y llwybr i gyfeiriad golau'r stryd.

Torrodd sŵn yr ergydio a gwichian pren brau drws yr ystafell ymolchi drwy'r niwlen a amgylchynai ei chlustiau. Cododd Susan o'i phenliniau o flaen y tŷ bach, tynnu ei llaw ar draws ei cheg a symud at y ffenest. Efallai bod ganddi amser o hyd i ddringo allan i'r grisiau tân. Unwaith y byddai hi yno …

Gwegiodd y bollt o dan ergydion Graham Ward a gwelodd Susan hollt ym mhren y ffrâm. Faint o amser cyn y byddai … ?

Gafaelodd yn rhai o'r poteli a'r caniau oedd ar sil y ffenest a'u taflu o'r neilltu. Petai ond yn gallu agor y ffenest ...

Cydiodd Susan mewn rhagor o'r poteli. Ffrwydrodd y drws ar agor a tharo yn erbyn y wal â chlec a ddiasbedodd drwy'r ystafell fechan. Taflodd grym ei hyrddiad Graham Ward i mewn i'r ystafell. Trodd at Susan, ei lygaid yn oer a dideimlad. Roedd ei osgo hunanfeddiannol wedi diflannu'n llwyr; wedi ei fygu gan ei rwystredigaeth a'i dymer wrth iddo ymdrechu i dorri'r drws.

Camodd tuag at Susan.

Gwasgodd Susan ei hun yn ôl i'r cornel. Agosaodd Ward a chododd Susan ei dwylo i'w hamddiffyn ei hun. Taflodd y botel siampŵ oedd yn ei llaw tuag ato. Ni chymerodd Ward sylw wrth i'r botel blastig ei daro ar ei ysgwydd. Cymerodd gam arall tuag ati.

Yn reddfol, anelodd Susan y can o aer ffres a ddaliai yn ei llaw arall at Ward. Gwasgodd y botwm yn galed. Sgrechiodd Ward wrth i'r cwmwl daro'i lygaid a'i ddallu. Daliodd Susan y can yn ei dwy law a chwistrellu ei gynnwys tuag ato gan ei yrru'n ôl ymhellach oddi wrthi. Pan oedd ei ffordd at y drws yn glir, taflodd Susan y can ato a rhedeg o'r ystafell.

Gwelodd y ffôn ar lawr yr ystafell fyw ac oedodd.

Dianc! sgrechiai llais yn ei phen. Dianc! Syllodd ar y ffôn am eiliad arall cyn ufuddhau i'r llais a baglu ei ffordd ar draws dodrefn yr ystafell tuag at ddrws y fflat. Llifodd ton o ryddhad drosti wrth iddi ei agor, ond gwrthododd ildio i'r teimlad; gwyddai nad oedd gwir ddiogelwch iddi tra oedd Ward yn rhydd.

Rhedodd at ben y grisiau a chlywodd rywun yn dringo i'w chyfarfod. Clare, meddyliodd, a theimlodd don arall o lawenydd yn codi ynddi. Rhuthrodd yn ei blaen, ond pan welodd Carol Bennett ar droad y grisiau a'r olwg waedlyd fudr oedd arni, dychwelodd ei hofnau fel dwrn yn suddo i bwll ei stumog.

'Carol!' meddai, gan estyn ei llaw tuag ati.

Gwthiodd Carol ei llaw i ffwrdd. 'Odych chi'n iawn?'

'Odw. Beth ddigwyddodd ... ?'

'Ble ma' Ward?'

'Yn y fflat. Fe nath hyn i chi?'

Nodiodd Carol a disgynnodd darn neu ddau arall o synnwyr i'w lle. 'Os yw Ward yn y fflat, shwd y'ch chi mas fan hyn?'

'Dalles i fe gydag erosol a dianc.'

Gwenodd Carol, ond trodd chwyddi ei gwefus y wên yn sgyrnygiad. Roedd ganddi gwestiynau eraill i'w gofyn, ond cael Susan allan o'r tŷ oedd y peth pwysicaf nawr. 'Ewch i ffonio'r heddlu am help,' meddai wrthi. 'Fe a' i i weld shwd ma' Ward.'

'Odych chi'n siŵr?' gofynnodd Susan. 'Ma' ise doctor arnoch chi.'

'Dwi'n iawn. Ewch.'

Ufuddhaodd Susan yn gyndyn a dechrau ei ffordd i lawr y grisiau. 'Yn y stafell molchi mae e,' meddai, cyn diflannu o olwg Carol.

Arhosodd Carol nes iddi glywed Susan yn gadael y tŷ cyn cerdded y pum llath o ben y grisiau i'r fflat. Gwthiodd y drws ar agor ac aros yno yn syllu a gwrando.

Clywai sŵn dŵr yn rhedeg rywle yng nghefn y fflat. Roedd yn dal yn yr ystafell ymolchi. Yn golchi ei lygaid? Yn dal i ddioddef? Os oedd y chwistrelliad yn dal i'w boeni, ni châi well cyfle na hwn i'w ddal. Cerddodd yn araf i mewn i'r fflat ac anelu at y coridor a arweiniai i'r ystafell ymolchi.

Plygai Ward dros y sinc yn sychu ei lygaid â gwlanen wlyb. Ochneidiai mewn poen a rhyddhad am yn ail wrth i nerth yr hylif a losgai ei lygaid wanhau.

Syllodd Carol arno. Ni wyddai ei bod hi yno; edrychai'n hollol ddidaro, wedi ymgolli yn ei ofalon ei hun. Roedd Susan wedi dianc ac yn berygl iddo, ond doedd hynny'n ddim byd i Ward boeni amdano nawr. Fe ddôi cyfle arall iddo ei dal. Roedd mor sicr â hynny o'i afael arni a'i bŵer drosti. Credai mai hynny oedd ei thynged ac na allai neb ei rwystro ef rhag gwireddu hynny. Ond arall oedd ei dynged ef. Gyda'i phrofiad a'i hyfforddiant, nid oedd Graham Ward yn fygythiad i Carol Bennett; gallai ei ddal yn ddidrafferth.

Camodd Carol i mewn i'r ystafell. Cododd Ward ei ben a hanner troi tuag ati, yn synhwyro'i phresenoldeb. Ond a'i lygaid yn dal i losgi, roedd yn hollol ddiymadferth, yn gwbl ddiymgeledd. Yn union fel Susan, fel Lisa, fel …

Plannodd Carol ei phenelin de yng ngwaelod ei asgwrn cefn â'i holl nerth. Saethodd ei ben i fyny; cydiodd Carol mewn dyrnaid o'i wallt a thynnu ei ben yn ôl cyn ei daro yn erbyn y wal. Pistylliodd y gwaed o'i drwyn a llifo'n ffrwd goch i lawr y wal.

Ceisiodd Ward droi a chydio yn Carol ond cydiodd hi yng ngarddwrn ei fraich chwith a'i throi nes bod asgwrn ei benelin wedi cloi. Gorfodwyd Ward i ddisgyn i'w liniau. Pe bai'n ymladd yn erbyn ei gafael, torrai ei fraich.

'*Bitch*!' poerodd Ward rhwng ei ddannedd. '*Bitch*! *Bitch*! *Bitch*!'

Trodd Carol ei fraich ychydig ymhellach. Griddfanodd Ward ond peidiodd ei fytheirio.

'Dyna welliant,' meddai Carol yn nawddoglyd. 'Nawr, dwi am i ti gropian 'nôl i'r stafell fyw.'

'Gyda dim ond un fraich?' protestiodd Ward.

'Wyt ti ise'i thrio hi heb yr un?'

Dechreuodd Ward ei lusgo'i hun ar hyd y llawr. Gwasgai pob symudiad o'i eiddo yn erbyn ei benelin gan beri i'r poen saethu drwy ei fraich. Griddfanodd Ward a llaciodd Carol fymryn ar ei gafael. Gwthiodd Ward yn erbyn ei choesau mewn ymgais i'w tharo i'r llawr. Disgynnodd Carol yn erbyn wal yr ystafell ond daliodd ei gafael yn ei arddwrn.

Sgrechiodd Ward mewn poen wrth i'r symudiad ysigo'i benelin ymhellach.

'Aros nes ca i 'nwylo arnot ti,' bygythiodd.

'Beth?' gofynnodd Carol, gan blygu drosto, ei thymer unwaith eto'n drech na'i disgyblaeth. 'Be nei di? E? Dyn mawr, on'd wyt ti, yn meddwl y galli di neud beth bynnag ti moyn ac na fydd neb yn dy stopio di. E? Wel dwyt ti'n ddim byd ond cachgi, ac ma' dy amser di drosodd; fe wna i'n siŵr na wnei di boeni neb eto.'

'Ie, ie, dim byd ond siarad gwag. Chi gyd yr un peth.'

'O, nagyn, ddim i gyd. Falle bod rhai'n diodde'n dawel, ond ma' rhai ohonon ni'n barod i ymladd 'nôl.'

'Siarad, siarad, siarad. Dim byd ond ...'

Trodd Carol fraich Graham Ward dro cyfan i'r dde, ac er bod ei sgrechian yn ddigon i ddeffro'r meirw, nid oedd yn ddigon i foddi sŵn asgwrn ei benelin yn cracio a thorri.

'Shwd ma' hi?' gofynnodd Clem Owen pan roddodd Gareth Lloyd y ffôn i lawr.

'Wedi torri un o'i hasenne, a dwy arall wedi cracio; digon o gleisie, wrth gwrs. Ma'n nhw am 'i chadw hi mewn dros nos, ond yn ôl y doctor fe fydd hi'n iawn.'

Siglodd Clem Owen ei ben. 'Rhwng popeth, ma' Carol wedi ca'l blwyddyn a hanner o helynt yn ddiweddar. O't ti'n gwbod bod James wedi ymosod arni?'

'Ian James?'

'Ie; galwodd e yn fflat Carol nos Wener ac ymosod arni. Dwi ise iddi neud cwyn swyddogol yn 'i erbyn e, ond ma' hi'n gwrthod.'

'Allwch chi mo'i beio hi.'

'Na, sbo, o ystyried y bydde'n well 'da David Peters anwybyddu'r cyfan. Ma' un helynt ar 'i blât yn fwy nag y gall e'i stumogi. Be nei di â nhw?'

Ni cheisiodd Clem Owen guddio'i ddirmyg, ond gwyddai ar yr un pryd nad oedd dim i'w ennill o grafu'r grachen honno. Ond nid agwedd unllygeidiog ei bennaeth tuag at Carol Bennett oedd yn gwbl gyfrifol am ei rwystredigaeth bresennol; roedd achos llofruddiaeth Lisa Thomas yn dechrau troi yn ei unfan a'i ddiflasu. A doedd cynnal yr ymchwiliad o dan lygad barcud a beirniadol y Prif Uwch Arolygydd Tony Stephens yn helpu dim. Hyd yn hyn, rhestr hir o fethiannau oedd y cyfan, ac nid oedd gweithgareddau'r noson yn addo dim gwelliant, ond daliai Clem Owen i obeithio y deuai rhyw lygedyn o obaith o rywle cyn iddo'i droi hi am adref.

'Beth am Ward?' gofynnodd.

''I fraich a'i drwyn wedi torri …'

'Nage, ddim cyflwr 'i iechyd,' meddai Owen yn ddi-hid. 'Ble mae e'n sefyll yn achos Lisa Thomas?'

'Yn glir.'

'Ti'n siŵr?'

'Odw. Siarades i gynne â'r dyn ro'dd e wedi'i yrru i Lanelli. Alle Ward ddim fod wedi neud y siwrne a chyrra'dd 'nôl mewn pryd.'

'Wel, 'na 'ny, 'te,' ochneidiodd y prif arolygydd. 'Dwi'n dal i ffafrio Michael Young, ti'n gwbod.'

'Dwi'n gwbod,' meddai Gareth gan estyn am ei baned o goffi. 'Ond dda'th dim o chwilio'i dŷ.'

'Naddo. Be sy 'da ni o'r ail-greu?'

Cyn i Gareth gael cyfle i ateb, curodd rhywun ar y drws.

'Ie?' meddai Owen.

Agorodd y drws a cherddodd Eifion Rowlands i mewn.

'Wyt ti'n dal 'ma?' gofynnodd Owen.

'O'n i'n meddwl tybed a o's 'na rwbeth alla i' neud,' meddai Eifion.

'Dim byd heno, ond bydd digon o fory mla'n ar ôl i Gareth ga'l goleuni ar yr ail-greu.'

'O's 'da ni rwbeth o Marine Coast?' gofynnodd Eifion i Gareth.

'Anodd dweud ar hyn o bryd, ond dwi'n ame a gewn ni lawer mwy o wybodaeth. Ro'dd rhai'n nabod Lisa o'r llun, ac ambell un yn cofio'i gweld hi yn y ddawns, ond do'dd 'da nhw ddim mwy na hynny i'w gynnig i ni.'

'Ry'n ni'n colli gafel arno fe, Gareth. Nage. Damo!' ac fe drawodd Owen y bwrdd â'i law nes bod y llestri'n canu. 'Ry'n ni *wedi* colli gafel arno fe. Merch ifanc yn ca'l 'i llofruddio a dy'n ni ddim tamed agosach at ddal y llofrudd heno nag o'n ni pan ddethon ni o hyd i'w chorff.'

Nodiodd Gareth mewn cytundeb. 'Fel'na ma'n digwydd weithie; fe ddaw rhwbeth 'to.'

'Ma'n rhaid bod rhywun yn gwbod rhwbeth. Os yw Anderson yn iawn a bod yr ymosodiad wedi bod yn un gwaedlyd, fe ddylse hi fod yn anodd cuddio'r holl wa'd, ond dy'n ni'n dal ddim yn gwbod ble ga'th hi 'i llofruddio. Dy'n ni'n gwbod bron dim am y cyfnod rhwng iddi gyrra'dd y ddawns, a darganfod 'i chorff yng Nghoed y Gaer. A beth am y car a'th â hi i fan'ny? Ble ma' hwnnw? Pam nag o'dd neb wedi'i weld? Ma' cymaint o fylche; dwi'n siŵr bod rhywun yn gwbod, ond 'u bod nhw'n cadw'n dawel. Beth wyt ti'n meddwl, Eifion?'

Edrychodd Eifion ar Clem Owen ac yna ar Gareth Lloyd cyn codi ei ysgwyddau. 'Ma'n bosib, falle ...' ond gadawodd y frawddeg ar ei hanner a chynnau sigarét.

Cododd Clem Owen ei lygaid tua'r nenfwd a siglo'i ben.

'Os 'da ti *ryw* feddylie am yr ail-greu?'

'Nago's. Dwi'n cytuno â chi mai Michael Young laddodd hi.'

Nodiodd Clem yn araf.

Fel arfer byddai'n frwydr i gadw Eifion Rowlands yn yr orsaf eiliad yn hirach nag oedd raid, ond heno – neu yn hytrach, y bore 'ma – roedd wedi cadw'n glòs wrth sodlau Gareth Lloyd a Clem Owen fel ci bach. Efallai ei fod yn teimlo'n euog am iddo adael Graham Ward o'i olwg, meddyliodd Gareth, ac felly'n rhannol gyfrifol am yr hyn ddigwyddodd i Carol Bennett. Ond bu rhywbeth arall yn tynnu ar feddwl Gareth ers oriau, a than yn awr nid oedd wedi llwyddo i'w ddal.

'Pam gadawest ti Ward, Eifion?'

'Beth?' gofynnodd Eifion, gan syllu ym myw llygaid Gareth.

'Graham Ward. Pam gadawest ti fe ar 'i ben 'i hun yn Marine Coast?'

'I fynd i edrych ar y carafanne.'

'Y carafanne?' gofynnodd Owen.

'Ie, cofio'r adroddiad fforensig 'nes i, bod olion carped ar gorff Lisa Thomas, ac y galle fe fod wedi dod naill ai o gar neu o garafán, a nath e 'nharo i wrth eistedd yn Marine Coast, beth os mai yn un o'r carafanne fan'ny ga'th hi 'i lladd.'

''I bod hi, a phwy bynnag laddodd hi, wedi mynd i un o'r carafanne, ti'n meddwl?' gofynnodd Owen.

'Ie.'

'A ...?'

'Es i i chwilio am y perchennog, ac fe ethon ni i edrych ar y carafanne, ond ro'n nhw i gyd yn iawn. Dim ôl torri mewn, dim ôl ymladd tu mewn. Dim.'

Edrychodd Owen ar Gareth.

'Llwybr gwerth 'i ddilyn,' meddai Gareth.

Nodiodd y prif arolygydd. 'Dwi am i ti roi hwn i gyd lawr ar bapur, Eifion. Fydd neb yn gallu'n cyhuddo ni o beidio dilyn pob trywydd.'

Yfodd Gareth ddracht arall o'r coffi llugoer ac edrych ar y rhestr o'i flaen. 'Fe ddechreua i fory ar y paratoade ar gyfer y profion DNA.'

'Iawn. Dyna'n hunig obaith ni nawr.'

'Pum cant tri deg a saith o ddynion i gyd,' meddai Gareth gan ddarllen ei nodiadau.

'Ond a yw'n dyn ni'n un ohonyn nhw?'

'Odi, os o'dd e yn Marine Coast heno.'

'Dwi ddim yn gredwr mawr yn y busnes 'na am lofrudd yn dychwelyd i fan y drosedd. Fydden i ddim wedi mynd o fewn can milltir i'r lle.'

Dylyfodd Gareth ên.

'Digon i'r diwrnod ...' meddai Owen gan godi.

'Allwn ni groesi Marine Coast oddi ar y rhestr, 'te?' gofynnodd Eifion.

'Siŵr o fod,' meddai Owen, gan estyn am ei gwpan a llyncu gweddill ei goffi. Tynnodd wyneb wrth i'r gwaelodion adael blas cas yn ei geg.

RHWNG Y CŴN A'R BRAIN
Elgan Philip Davies

'hon … yw'r nofel orau o'i math i ymddangos yn y
Gymraeg ers tro byd … nofel ysgafn o sylwedd.'
– Andras Millward, *Golwg*

Mae'r plethu storïol a'n hadnabyddiaeth o'r
cymeriadau'n dechrau. Fe'n bachwyd …

'Shwd wyt ti 'da chyrff?'
'Allen i fyw hebddyn nhw.'
'Ddim yn y jobyn hyn.'
Marwolaeth erchyll ond marwolaeth naturiol. Dyna a
gredai pawb a welodd y corff, gan gynnwys y Ditectif
Ringyll Gareth Lloyd a oedd yn dechrau blwyddyn
newydd mewn rhanbarth newydd.

Ond mae rhai pobl yn fwy o drafferth yn farw nag o'n
nhw'n fyw, a phan ddarganfyddir nad o achosion naturiol
y bu farw Edward Morgan nid yw'r croeso mor gynnes i
Lloyd – yn enwedig o du'r Arolygydd Ken Roberts.

'Bydd rhaid i ti fod yn fwy effro na 'ny os wyt ti ise
aros fan hyn.'

Gall ambell berson byw fod yn dipyn o boen hefyd.

ISBN 0 85284 095 0
Cyhoeddwyd gan Hughes a'i Fab

RHYW CHWARAE PLANT
Elgan Philip Davies

Dilyniant i *Rhwng y Cŵn a'r Brain*. Erbyn hyn rydym
yn adnabod y cymeriadau ac mae gwead gwych y straeon
yn parhau. Fe'n bachwyd eto …

'… mae'r *police procedure* yn berffaith'
– Lyn Ebenezer, Radio Cymru

'… nofel wedi ei saernïo'n ofalus a'r amrywiol themâu
wedi'u gwau at ei gilydd yn gelfydd … rydym yn cael
cyfle i fynd o dan groen sawl un o'r prif gymeriadau,
darganfod beth yw eu poen a'u pleser,
beth sy'n eu gyrru.'
– Annes Glyn, *Llais Llyfrau*

Mae darganfod corff dyn ar y traeth yn peri i
ddigwyddiadau'r gorffennol frigo i'r wyneb a bygwth y
presennol.

Fel arfer ni fyddai hwn ond yn un achos arall i'r Prif
Arolygydd Clem Owen a'i dîm, ond buan iawn y daw i'r
casgliad eu bod yn dechrau colli rheolaeth ar bethau wrth i
dystiolaeth gael ei chawlio a phroblemau personol
aelodau'r CID beryglu'r ymchwiliad.

'Os clywith ffôrs arall am hyn fe fyddwn ni'n fwy o jôc
nag o'dd tîm tai haf David Owen.'

Ar ben y cyfan mae gan y prif arolygydd bla o
fandaliaeth a llosgi eiddo ar ei ddwylo, a barn nifer o
drigolion yw bod yr heddlu'n colli'r dydd ac mai cael
cwmni preifat i warchod eu heiddo yw'r ateb.

'Uffach wyllt! Sôn am whare plant!' meddai'r Prif
Arolygydd Clem Owen yn ei rwystredigaeth.

ISBN 0 948930 43 8

Cyhoeddwyd gan Gymdeithas Lyfrau Ceredigion